KB052320

역사적 유물론과 현대 중국

천센다(陳先達) 지음
김승일·전영매(全英梅) 옮김

경지출판사
Korea Washon China

아시아 경전 저작 호환 번역 플랜(亞洲經典著作互換計劃)

역사적 유물론과
현대 중국

초 판 1쇄 인쇄 2024년 05월 20일
초 판 1쇄 발행 2024년 05월 25일
발 행 인 김승일
디 자 인 김학현
출 판 사 경지출판사
출판등록 제 2015-000026호

잘못된 책은 바꿔드립니다.
가격은 표지 뒷면에 있습니다.

ISBN 979-11-90159-95-1 (93820)

판매 및 공급처 경지출판사
주소 : 서울시 도봉구 도봉로117길 5-14 **Tel :** 02-2268-9410 **Fax :** 0520-989-9415
블로그 : https://blog.naver.com/jojojo4

※ 이 도서의 국립중앙도서관 출판사 도서목록(CIP)은 서지정보유통지원시스템 홈페이지(http://seoji.nl.go.kr)와 국가자료공동목록시스템에서
   이용하실 수 있습니다.

역사적 유물론과 현대중국

천셴다(陳先達) 지음

경지출판사
Korea Wisdom Classic

아시아 경전 저작 호환 번역 플랜(亞洲經典著作互換計劃)

목 / 차 ────────

중편: 역사적 유물론과 중국문화

9

상편 _ 역사적 유물론과 '중국의 길'

상편 : 역사적 유물론과 '중국의 길'

제1장 사회주의 실천 속의 유물사관

유물사관이 없으면 정확하고 효과적인 사회주의 실천도 있을 수 없다. 소련의 궐기와 해체, 신 중국 창건 70년 이래 특히 개혁개방 40여 년 이래 중국 특색의 사회주의 건설 실천과 성과가 모두 이 진리를 증명해주고 있다.

1. 사회주의 실천이 새로운 문제를 제기하다

1949년 민주혁명의 승리를 거둔 후 중국은 사회주의 개조와 사회주의 건설 시기에 들어섰다. 사회주의 실천 자체가 민주혁명시기와는 다른 새로운 문제들을 끊임없이 제기하였다. 경제발전과 계급투쟁의 관계에 대해 말한다면 무산계급은 정권을 탈취하기 전에 혁명을 준비하는 시기에 용속적(庸俗的)[1] 생산력 이론에 힘써 반대해야 한다. 용

---

1) 용속적 : 범용(凡庸)하고 속되어 이렇다 할 특징이 없음.

속적 생산력 이론에 반대하지 않고서는 혁명이 반드시 승리할 것이라는 믿음을 가질 수 없고, 혁명의 발걸음을 내디딜 수 없으며, 또 정권을 장악한 후에도 혁명의 승리를 공고히 할 수가 없다. 가만히 앉아서 생산력의 발전을 기다리다가 혁명시기를 놓치는 자는 기회주의 노선을 집행하는 자이며, 그 자는 곧 역사의 죄인이다.

레닌은 러시아 혁명을 지도할 때 에두아르트 베른슈타인(Eduard Bernstein)과 카를 카우츠키(Karl Johann Kautsky), 그리고 러시아 기회주의자들의 용속적 생산력 이론에 강력하게 반대하였다. 레닌은 러시아가 경제적 · 문화적으로 비교적 낙후하다는 사실을 모르고 있던 것은 아니었다. 그는 「우리 나라의 혁명에 대하여」라는 글에서 수하노프(Nikolai N. Sukhanov)의 비난에 대답하면서 말하였다시피 우리에게 정권을 탈취할 기회가 주어졌는데 왜 정권을 탈취하지 않겠는가, 그런 다음 왜 그 정권의 힘을 이용하여 우리 경제와 문화를 대대적으로 발전시키지 않겠는가, 그렇게 하지 않다가는 영원히 노예의 지위에서 벗어나지 못할 게 아닌가? 그런 마르크스주의는 마르크스주의가 아니라 기회주의일 뿐이다. 그때 당시 엥겔스가 「프랑스와 독일의 농민문제」라는 글에서 가만히 앉아서 농민의 무산계급화 재 혁명을 기다리는 관점에 대해 비판한 적이 있다. 그는 "만약 우리가 자본주의 생산 발전의 결과가 도처에서 완전히 드러난 이후에야, 그리고 마지막 소형 수공업자와 마지막 소농이 모두 자본주의 대 생산의 희생물이 된 후에야 그 개조를 실현하게 될 경우 우리에게는 도움이 되지 않을 것이다." [2]라고 말하였다.

그렇다면 유물사관의 관점에서 볼 때 용속적 생산력 이론과 과학적 생산력 이론의 경계는 어디에 있는가?

---

2) 마르크스 · 엥겔스, 『마르크스 · 엥겔스선집』 제4권, 3판, 베이징, 인민출판사, 2012, 372쪽.

필자가 보기에 용속적 생산력 이론은 기계적 생산력 결정론으로서 생산력을 오직 유일한 결정적 역량으로 간주하고 있고, 과학적 생산력 이론은 변증법적 결정론으로서 생산력의 최종 결정 작용을 생산력과 생산관계, 경제적 토대와 상부구조의 모순운동 속에 두고 고찰하는 것이라고 본다. 예를 들면 그 어떠한 혁명이든지 모두 일정한 경제적 조건을 필요로 하며, 일정한 경제발전이 없이는 발생할 수 없고, 지속적으로 존재할 수도 없으며, 더구나 승리는 있을 수도 없다. 대중적인 사회혁명이 소수인의 음모가 되어서는 안 된다. 이는 역사적 유물론의 원칙이다. 마르크스는 "철저한 사회혁명은 경제발전의 일정한 역사적 조건과 관련되어 있다. 이런 조건은 사회혁명의 전제조건이다."3)라고 말한 바 있다. 그러나 생산력의 발전수준은 오직 혁명의 전제일 뿐 유일한 결정적 요소는 아니다. 생산력수준이 높아도 혁명이 일어나지 않는 경우는 비일비재하다. 게다가 생산력의 발전과 경제의 고성장은 왕왕 대중의 불만을 억제하여 통치자의 정권을 공고히 하는데 도움이 된다. 혁명은 경제·정치·사상 여러 가지 모순의 복잡한 증후군으로서 통치자가 종전대로 통치할 수 없고, 피통치자가 종전대로 생활하기를 원하지 않을 경우에는 거기에다 다시 국내외의 조건이 결합되어 발생한다. 이러한 조건만 있으면 어떤 작은 불꽃이라도 혁명을 일으킬 가능성이 있다. 그런데 생산력의 측면에서 볼 때 이 시기는 생산력의 고성장시기가 아닐 뿐만 아니라 오히려 생산력의 쇠퇴시기이다. 땅은 온통 황폐해지고 백성들은 도탄에 빠진다. 낡은 생산관계가 생산력의 발전을 심각하게 저애하고 낡은 상부구조 특히 국가정권이 낡은 생산관계를 수호하는데 전력을 다한다. 이런 사회기본 모순의 격화만이 혁명을 일으킬 수 있다. 마르크스는 유명한

---

3) 마르크스·엥겔스, 『마르크스·엥겔스선집』 제3권. 3판. 베이징, 인민출판사, 2012, 338쪽.

『「정치경제학 비판」 서문』에서 사회혁명에 대해 이렇게 분석하였다. 예를 들면 구(舊) 중국은 생산력수준이 서구의 어느 나라보다도 뒤처져 있었으면서도 사회 모순이 매우 복잡하였다. 낡은 정권의 부패와 낡은 생산관계, 예를 들면 중국인민, 특히 농민에 대한 제국주의·봉건주의·관료매판자산계급의 착취가 구 중국의 사회 기본 모순을 격화시켰으며, 생산력의 진일보적인 발전을 촉진시킬 가능성은 어디에도 없었다. 중국인민에게는 오직 영원히 식민지 반식민지로, 영원히 회복되지 않을 노예의 지위에 처하든가, 아니면 민족의 생존을 위해 희생을 무릅쓰고 용감히 피어린 투쟁을 계속해 나가는 두 갈래의 길 밖에는 없었다. 아편전쟁 이래 한 세기 남짓한 동안 중국의 유지인사들, 특히 중국공산주의자들이 걸어온 길이 바로 그러한 길이었다. 그 길은 중국사회의 자체 해방을 실현하기 위해 반드시 걸어야 할 길이었다. 이는 생산력 발전의 절대적 수준에 의해 조성된 것이 아니라 중국사회의 기본 모순에 의해 조성된 것이었다. 그리고 중국 자본주의 경제의 일정한 발전과 일정한 생산력 수준 및 노동자계급의 일정한 수는 이러한 모순으로 말미암아 그 절대적 수준과 수를 넘어서는 작용을 발휘할 수 있었다.

생산력의 발전수준이 상대적으로 낮은 나라에서 혁명을 진행할 수 있으며, 혁명의 시기가 성숙되기만 하면 정권을 탈취할 수 있다. 따라서 혁명의 준비시기와 진행시기에 용속적 생산력 이론에 반대하는 것은 옳은 것이다. 이 문제에 있어서 레닌과 마오쩌둥(毛澤東)은 옳았다. 1977년 10월 덩샤오핑(鄧小平)은 캐나다 국적의 린다광(林達光) 교수와 담화하는 자리에서 다음과 같이 말하였다. "레닌은 카우츠키의 용속적 생산력 이론을 비판하면서 이렇게 말하였다. 낙후한 나라도 사회주의혁명을 할 수 있다. 우리도 용속적 생산력 이론에 반대한다. 우리는 10월혁명과 다른 방식을 취하여 농촌에서부터 시작하여 도시를 포위하였다. 그때 당시 중국에는 선진적인 무산계급정당이 있었고, 자본주의경제가 초보적으로 형성되어 있었으며, 게다가 국제적 조건까지 갖추고 있었기 때문에, 아주 발달하지 못한 중국에서 사회주의를 실시할 수가 있었다. 이는 레닌이 말한 용속적 생산력 이론과 같은 이론이다."[4] 그러나 정권을 탈취한 후 생산력 발전과 계급투쟁의 관계를 어떻게 처리할 것이냐 하는 새로운 문제가 나타났다. 역사적 경험이 증명하다시피 새로운 생산관계의 우월성은 그것이 확립된 후 생산력의 발전을 촉진할 수 있다는 데 있다. 자본주의 생산력의 급속한 발전은 17세기·18세기 영국과 프랑스 자산계급혁명시기가 아니라, 자산계급이 정권을 잡은 후인 19세·20세기, 특히 20세기 후반기에 나타났다. 그래서 새로 수립된 사회주의 생산관계와 사회제도를 어떻게 이용하여 중심을 생산력의 발전에 둘 것인가 하는 것은 무산계급혁명이 승리한 후의 가장 중요한 과제가 되어야 한다. 따라서 혁명시기에는 용속적 생산력 이론에 반대해야 한다. 반대하지 않고서는 혁명할 수 없다. 그러나 정권을 잡은 후 만약 계속 이른바 용속적 생산력 이론에 반대한다는 이유를 들어 계급투쟁을 중심 위치에 놓는다면 경제를 빨리 발전시킬 수 없고, 빈곤에서 벗어날 수 없으며, 사회주의사회가 장기간 낙후한 상태에 처하게 되어 새로운 사회주의제도의 우월성이 나타날 수 없는 것이다. 민주혁명에서 승리를 거둔 후 마오쩌둥 동지는 생산을 발전시키는데 각별한 주의를 돌렸다고 할 수 있다. 그는 중국공산당 제7기 중앙위원회 제2차 전원회의(7기 2차 전원회의)에서 "혁명에서 승리를 거둔 후 빨리 생산을 회복하고 발전시켜 외국 제국주의에 대처하고, 중국을 농업국가에서 공업국가로 안정적

4) 중공중앙문헌연구실, 『鄧小平思想年譜』, 베이징, 중앙문헌출판사, 1998년: 46~47쪽.

으로 전환시켜 위대한 사회주의 국가로 건설해야 한다."[5]라고 제기하였다. 그는 또 모든 역량을 동원하여 생산을 회복시키고 발전시키는 것은 모든 업무의 중점이자 당의 중심 과업이라고 명확하게 제시하였다. 1956년 이후 당시 국제와 국내 정세의 변화 및 그 변화에 대한 마오쩌둥의 지나치게 심각한 예측으로 말미암아 계급투쟁이 점차 중심 위치를 차지하게 되었으며, 심지어 "계급투쟁을 가장 중요한 부분으로 하는" 정도에까지 이르게 되었다. 이는 침통한 교훈이며 또한 중국 사회주의 건설 진보의 역사적 대가이기도 하다.

2. 소유제구조의 상호관계와 모순을 정확하게 처리하다

무산계급혁명의 종국적 목적은 자본주의 사유제도를 소멸시키고 착취를 소멸시키며, 노동에 의한 분배를 실시하고, 궁극적으로 공동 부유를 실현하는 것이다. 마르크스와 엥겔스는 『공산주의 원리』, 『공산당선언』 및 기타 저작에서 이와 같은 주장을 거듭 천명하였다. 이 또한 세계 각국 공산주의자들의 공동 주장이기도 하다. 그러나 혁명의 승리를 거둔 후 낡은 생산관계를 소멸시키고 새로운 생산관계를 수립하는 과정에서 어떻게 자국 생산력의 성격과 수준에 알맞게 소유제 유형을 확정할 것인지가 새로운 과제로 대두하였으며, 이는 마르크스와 엥겔스가 맞닥뜨리지 못했던 실질적인 문제였다. 예를 들면 소유제문제에 있어서 원칙에서 출발하여 기존의 모든 소유제 유형을 너무 일찍, 너무 빨리 변화시킴으로써 생산력과 생산관계 간의 새로운 부적응을 조성할 것인지, 아니면 생산력의 상황에 적응하여 새로운 생산관계를 점차적으로 수립할 것인지? 분배문제에 있어서 생산

---

5) 마오쩌둥, 『毛澤東選集』 제4권. 2판. 베이징, 인민출판사, 1991, 1437쪽.

력을 촉진하는데 유리한 분배형태를 취할지, 아니면 생산력이 발달하지 못한 상황에서 단순히 공평성만 추구할 것인지? 절대적 평균주의는 빈곤의 보편화를 초래하게 될 것이고, 빈곤의 보편화는 모든 낡은 것들의 부활을 초래하게 될 것이다.

  정권을 탈취하기 전에는 공산당과 대중 간의 관계가 물고기와 물의 관계였다. 그렇지 않으면 공산당은 생존조차 할 수 없었을 것이다. 그러니 정권을 탈취한다는 것은 더 말할 나위가 없었다. 이 점에 대해 레닌은 일찍 여러 차례 강조하였다. 그는 "공개적인 정치투쟁으로 인해 정당은 대중들과 더욱 긴밀한 연계를 이루지 않을 수 없었다. 그런 연계가 없으면 정당은 아무런 쓸모도 없기 때문이다."[6]라고 말하였다. 대중과 가까이 하지 않으면 아무 일도 해낼 수 없다. 혁명의 승리를 거둔 후 대중을 이탈하는 위험이 쉽게 발생하는 것은 혁명의 승리를 거둔 후 당과 대중의 관계에 또 관료와 민중의 관계가 추가되었기 때문이다. 공산당은 집권지위에 있고 각급 간부는 위임된 것이다. 일부 간부들은 흔히 권력이 누가 쥐어준 것인지 하는 근본문제를 망각하고, 권력은 상급에서 준 것이라고 여기면서 상급부문에 대해서만 책임지고, 상급부문에게 책임지는 것과 인민에게 책임지는 것을 결합시키지 않았으며, 인민에게 책임지는 것을 최고의 척도로 삼지 않았다. 그래서 집권지위에 있는 각급 간부들에게는 어떻게 인민을 위하여 봉사할 것인지 하는 문제가 존재하며, 이 문제를 잘 풀지 못하면 대중을 이탈할 위험성이 생기는 것이다. 중국공산당과 마오쩌동 동지는 대중관점과 대중노선을 일관되게 강조하여왔으며, 관료주의에 반대하는 투쟁을 굳건히 전개한 바 있다. 이 문제는 혁명의 승리를 거둔 후 내내 우리 당이 직면한 근본 문제의 하나였다.

---

6) 레닌, 『레닌전집』 제17권, 2판. 베이징, 인민출판사, 1988: 325쪽.

정권을 탈취하기 전에는 개인 숭배주의가 생겨날 수 있는 조건과 토양이 부족하였다. 정권을 탈취하고 적을 물리치기 위해서는 당내 민주를 실시하지 않을 수 없고, 뭇사람들의 힘을 모으지 않을 수 없다. 특히 혁명과 전쟁 시기에 처하였을 때는 지도자의 종신제가 있을 수 없다. 혁명의 좌절과 실패는 흔히 지도자의 교체를 초래하게 된다. 지도자는 개인숭배에 의해서가 아니라 자신의 탁월한 재능과 단합협력의 정신에 의해서만 지도자의 지위에 오를 수 있다. 그리고 혁명의 승리를 거둔 후에는 지도자에 대한 대중의 충심 어린 사랑, 그리고 정권이 갖는 지고 무상한 권위로 말미암아 지도자에 대한 대중의 개인 숭배가 점차 생겨날 수 있다. 특히 경제와 문화가 낙후하고 소농이 다수를 차지하는 동양 국가에서는 더욱 그렇다. 마르크스는 프랑스 보나파르트 정변에 관한 분석에서 이 문제에 대해 언급한 바 있다. 그는 농민들이 "의회를 통하든 아니면 국민공회를 통하든 자신의 계급적 이익을 자신의 명의로 보호할 수 없다. 그들은 자기 자신을 대표할 수 없으므로 다른 사람이 그들을 대표해야만 한다. 그들의 대표는 동시에 그들의 지배자여야 하며, 그들의 위에 높이 올라선 권위자여야 한다."[7]라고 말하였다. 그러므로 동양 사회주의국가의 무산계급이 혁명의 승리를 거둔 후 개인숭배를 방지하고 반대하는 것 또한 심각한 문제로 나타난다.

국가문제는 역사적 유물론에서의 중대한 문제이며, 또 무산계급이 혁명의 승리를 거둔 후 직면하게 되는 현실적 문제이다. 역사적으로 볼 때, 국가의 등장은 역사의 진보이며 경제와 문화교육에 대한 국가의 관리기능은 사회의 진보에 유리하다. 그러나 국가의 본질은 관리기능이 아니라 계급압박의 수단이다. 과거의 모든 계급사회에서 국가

---

7) 마르크스, 엥겔스. 『마르크스 · 엥겔스선집』 제1권. 3판. 베이징, 인민출판사, 2012, 762~763쪽.

는 사회로부터 발생하여 또 사회 위에 군림하며 사회로부터 점점 멀어져가는 하나의 세력으로 존재하였다. 국가는 세수, 국채 등을 통해 관리·군대·경찰을 기르고, 노동자의 피와 땀을 소모하여 자신의 통치를 수호한다. 그래서 마르크스주의 고전 작가들은 국가를 사회조직에 부착되어 있는 사회의 혹으로 간주하였다. 특히 국가의 기능은 언제나 일부분의 사람들에 의해 행사된다. 이들은 관리들이고 사회의 관리자이다. 그들은 수중의 권력을 이용하여 "사회의 충복에서 사회의 주인으로 바뀌었다." 엥겔스는 이러한 "사회의 충복에서 사회의 주인으로 바뀌는 것"은 "세습군주국가에서뿐만 아니라 민주공화국에서도 마찬가지로 볼 수 있다. 다른 어느 나라에서보다도 '정치가들'이 국민 중 더 특수하고 더 막강한 권세를 누리는 부분을 이루는 나라는 바로 미국이다. 이 나라에서 번갈아 집권하는 양대 정당 중의 매개 정당은 또 정치를 장사로 바꾸어 연방의회와 각 주(州) 의회의 의석을 투기로 이득을 얻거나 자기 당을 위한 선동을 통해 살아가며, 그 대가로 자기 당이 승리한 후 직위를 얻는 사람들의 조종 하에 있다."[8] 이것이 바로 정권의 부패현상이다. 착취계급의 정권에는 부패문제가 존재하지 않는 것이 없으며, 게다가 사회의 진보와 경제의 발전에서 부패문제를 근절할 수는 없다고 말할 수 있다. 그 어떤 착취사회의 그 어떤 정권이든지 모두 자기 계급통치의 원대한 이익을 위해 부패에 반대하였지만, 모두 근본적으로 문제를 해결하지 못하고 결국에는 부패 속에서 멸망의 길로 나아갔다. 이것이 이른바 정권 교체의 주기율 문제이며, 모든 착취계급 정권들이 피해갈 수 없는 운명이다.

　무산계급도 승리한 후에는 국가라는 형태를 이용하여 지배해야 하며, 또 필연적으로 사회의 관리기능을 소부분의 사람들에게 맡기게

8) 마르크스·엥겔스. 『마르크스·엥겔스선집』 제3권. 3판. 베이징, 인민출판사, 2012, 54쪽.

된다. 이는 필요한 것이다. 우리는 무정부주의자가 아니다. 혁명의 승리를 거두면 바로 국가의 소멸을 이룰 수 있으리라는 꿈을 꿀 수 없다. 그러나 우리는 사회주의 국가 정권도 마찬가지로 부패할 수 있다는 것을 분명히 인식해야 한다. 부패문제를 어떻게 대할 것이냐 하는 것은 중국 사회주의 사업의 성패에 관계되고 중국 집권당의 생사존망에 관계되는 큰 문제이다. 무산계급정권은 반드시 부패를 초래하는 것이 아니다. 권력은 반드시 부패한다고 생각하는 것은 무산층과 노동인민에게 영원히 혁명을 포기하고 정권을 탈취하는 것을 포기하라는 것과 같다. 이런 관점은 대단히 해롭다. 그러나 감독이 없는 권력은 부패를 낳게 되며 특히 권력이 일부 사람들의 손에 장악되고, 또 그들이 법률의 제약과 인민의 감독을 받지 않을 경우 더욱 쉽게 부패하게 된다는 것을 우리는 인정해야 한다. 이른바 엘리트 정치를 일방적으로 강조하는 것은 옳지 않다. 확실히 나라를 관리하는 데 문화 · 재능 · 경험이 필요한 것은 사실이다. 그러나 인민의 감독을 배척하고 국가의 통치를 신비화하는 관점은 수천 년간 통치자들이 백성을 우롱하고 협박하며 통치권을 영구히 장악하려는 관점이다. 마르크스주의 고전작가들은 이런 자산계급의 정치 관점을 여러 차례 비판하였다. 사회주의국가는 인민이 주인이 되어 권리를 행사하는 국가이며, 인민이 여러 가지 효과적인 방식으로 국가를 관리하는 국가이다. 부패 척결은 무산계급이 정권을 쟁취한 후, 특히 혁명의 질풍노도가 지나가고 사회가 점차 시장경제방식의 운행을 통해 경제건설을 진행하는 시기에 직면하게 되는 날로 준엄해지는 과업이다.

어떠한 혁명이든지 모두 이데올로기의 투쟁을 포함하고 있다. 어떠한 사회 계급의 지배든지 모두 이데올로기의 지배가 포함된다. 자산계급혁명은 문예부흥으로부터 영국과 프랑스의 자산계급이 정권을 잡기까지 장장 수백 년간 봉건사상에 반대하는 투쟁을 거쳤다. 자산계급이 지배적 지위에 처함에 따라 그 이데올로기도 지배적 지위에 처하였다. 자산계급은 자체 계급을 위해 이데올로기 인재를 꾸준히 양성하였다. 마르크스는 자본주의사회에서 "이데올로기 계급 은 자본가에게 예속되어 있다"[9]라고 명확하게 지적하였으며 또 "자산계급은 이데올로기 계급을 자기 혈육으로 간주하며, 어디서나 자기 본성에 따라 그들을 개조하여 자기 동업자로 만든다."[10]라고 말하였다. 사회주의 혁명은 이데올로기에 더욱 중시해야 한다. 특히 정권을 쟁취한 후에 이데올로기의 투쟁은 경제적 개조의 성과와 직접적 정치투쟁의 약화로 인해 끝나지 않았다. 이왕의 모든 혁명은 사유제의 범위 내에서의 혁명이었으며, 한 사유제로 다른 한 사유제를 대체하는 혁명이었다. 한편 사회주의혁명은 기존의 사유제와 철저히 결렬하는 혁명이므로 사상영역에서 필연적으로 기존의 사유제 관념과 결렬하게 된다. 이는 매우 긴 과정이며 또한 이데올로기 영역의 투쟁에서 기복이 되풀이되는 과정이기도 하다. 이 과정에서는 이데올로기 사업에서의 '좌' 경 오류에 반대하여 자산계급과 봉건주의 이데올로기에 반대하는 투쟁을 전통문화에 반대하는 투쟁으로 바꾸고, 지식인을 대상으로 하는 투쟁으로 바꾸어 지식인에 해를 끼치는 것을 방지해야 할 뿐 아니라, 또 '우' 경 오류를 방지하여 자산계급과 봉건주의 이데올로기의 자유로운 유입을 방치하거나 심지어는 자산계급 자유화 사조의 유입을 방치하는 것을 방지해야 한다. 사회주의국가에서 마르크스주의의 지도적 지위가 흔들리기만 하면 서구의 자산계급화 사조와 국내의 자유화 사조가 서로 결합하여 사회의 안정을 위협하는 극히 큰 불안정요소가 된다. 사상이론영역은 무산계급이 점령하지 않으면 자산계

9) 위의 책, 제26권, 1972, 168~169쪽.
10) 위의 책, 315쪽.

급이 점령하게 되는데 이는 사람들의 의지로 바꿀 수 없는 법칙이다. 사회주의국가의 이론 분야 종사자들은 역사적 유물론의 관점으로 이데올로기 문제를 연구해야 하며 이데올로기 영역에서 마르크스주의의 지도적 역할을 진정으로 정확하게, 효과적으로 발휘되도록 해야 한다.

이와 비슷한 문제의 예를 더 들 수 있다. 이 모든 것은 유물사관의 근본 문제이다. 즉 경제와 정치의 관계, 생산력과 생산관계의 관계, 계급 · 정당 · 지도자 · 대중의 관계, 그리고 사회주의 발전의 보편적 법칙과 각국 특성의 관계 문제 등이 그것이다. 중국에 이러한 문제들이 존재하였으며, 소련에도 이러한 문제들이 존재하였다. 소련의 궐기로부터 해체까지의 역사가 증명하다시피 이러한 문제에 대한 처리는 사회주의의 생사존망에 관계된다.

레닌은 혁명 전에 수하노프(N.Sukhanov) 및 러시아의 일부 용속적 생산력 이론가들의 주장에 극력 반대하였으며, 경제적 문화적으로 낙후한 러시아에서 처음으로 인민을 인솔하여 사회주의 혁명의 승리를 거두었다. 그러나 레닌은 10월혁명이 승리한 후 계속하여 이른바 용속적 생산력 이론에 반대한 것이 아니라 생산력의 발전에 큰 중시를 돌렸으며, 고도로 발달한 생산력은 새로운 사회가 낡은 사회를 전승할 수 있는 보장이라는 이치를 명확히 의식하였다. 레닌의 신(新)경제정책은 본질적으로 온갖 방법을 동원하여 생산력을 발전시키는 정책이었다. 스탈린도 특정 시기에는 생산력의 발전에 주의를 돌렸었다. 스탈린의 인솔 하에 소련은 경제와 과학기술, 국방력이 놀라울 정도로 발전하였다고 할 수 있으며, 소련은 세계 2위의 강국이 되었다. 그러나 1930년대 이후 스탈린은 당내 투쟁과 사회계급투쟁을 지나치게 강조하였다. 특히 반혁명 분자 숙청을 확대하여 인위적으로 계급투쟁을 조성하였으며, 게다가 그 후 경제와 정치 관계에 관한 유물사관의 원리에서 점점 멀어져갔다. 당과 대중의 관계, 지도자와 대중의 관계 문제에서 사회주의 민주가 부족하고 개인숭배주의를 실시하였고, 생산력과 생산관계 문제에서 레닌의 신경제정책을 포기하고 공업과 농업 공유제를 추구하였으며, 이데올로기 투쟁에서 극좌의 정책을 취하였다. 특히 1940년대 후반 문예·철학에 대한 비판은 더욱 그러하였다. 소련은 마르크스주의와 자국 사회주의 건설을 결합시키는 문제를 줄곧 잘 해결하지 못하였고, 사회주의에 관한 마르크스주의와 엥겔스의 구상에 따라 교조적으로 전체적 공유제와 노동에 따른 분배를 토대로 하는 고도로 집중된 계획경제 체제를 구축하였다. 특히 스탈린은 사회주의사회에 모순이 존재한다는 것을 부정함으로써 사회주의 사회의 성격을 올바로 인식하고 올바른 방침을 취할 수 있는 길을 막아버렸다. 스탈린이 서거한 후 그의 후계자가 스탈린의 과오를 시정하는 동시에 자본주의의 복벽을 초래하는 길로 점차 빠져들었다. 만약 스탈린이 역사적 유물론의 일부 원칙에서 벗어났다면, 그의 후계자들은 역사적 유물론의 근본 원칙을 점차 배반했던 것이다. 스탈린 시대에 존재하였던 모순에 대해 그의 후계자들은 하나도 해결하지 못하였으며, 오히려 그 모순들을 우경주의 방향으로 더욱 악화시켰다. 그들은 개인숭배주의에 반대한다는 명분하에 걸출한 인물들의 역사적 역할을 전면 부정하였다. 그들은 다시 용속적 생산력 이론으로 돌아가 현재 있는 기존의 생산력 조건으로는 애초에 사회주의를 건설할 수 없다고 주장하였다. 그들은 사유화를 실시하는 것으로 경제를 발전시키면서 공산당의 영도와 마르크스주의 지도를 없애버리려고 애썼으며 결국 10월 혁명의 성과를 망쳐버렸다.

'중국의 길'은 소련과 다르다. 물론 우리의 오류는 역사적 유물론에 어긋나는 면에서 소련의 오류와 일부 같은 점이 있다. 예를 들면 우리도 개인숭배주의 오류를 범하였었고, 생산력의 제약을 무시하고 "일대이공"(一大二公. 인민공사 규모가 크고, 인민공사 공유화 정도가 높은 현상을 이르는 말)을 맹목적으로 추구하는 오류를 범하였었으며, 시장경제를 부정하고 계획경제를 유일한 경제체제라고 떠받드는 오류를 범하였고, 또 생산이 분배를 결정한다는 원칙에서 벗어나 평균주의와 빈곤의 보편화를 초래한 오류를 범했던 것 등이다. 그러나 우리는 소련과 다른 근본적인 부분을 갖추었다. 그것은 바로 중국 공산당이 시종일관 마르크스주의와 중국의 실제를 결부시키는 훌륭한 전통을 견지하고 역사적 유물론과 사회주의 실천을 결부시키는 원칙을 견지하면서 스스로 교훈을 총화하고 오류를 시정하였으며 방향을 정확하게 잡고 계속 앞으로 나가고 있다는 것이다. 신 중국의 70년은 분할할 수 없는 70년이었다. 비록 그 과정에도 여러 단계가 있었다. '문화대혁명' 이전의 17년, '문화대혁명' 시기의 10년, 특히 개혁개방 이후 40여 년의 서로 다른 세 시기는 일부 구별되는 점도 있지만 심지어는 중대한 구별이 있는 경우도 있었다. 그러나 그 세 시기는 통일된 사회주의 건설의 70년이었고, 사회주의 실천이 곡절 속에서 발전해온 70년이었다. 이 70년의 사회주의 실천에서 중국의 철학연구 종사자들이 역사적 유물론과 사회주의 실천의 관계에 대한 체험은 더욱 깊다. 우리가 생산관계는 반드시 생산력의 성격과 수준에 어울려야 한다는 역사적 유물론의 원리로 되돌아가지 않는다면, 또 생산력이 사회 최종 결정 역할을 한다는 것과 관련하거나, 경제와 정치 관계와 관련하거나, 개인과 인민대중의 관계와 관련하는 등등의 역사적 유물론의 원리로 되돌아가지 않는다면 우리는 경험을 정확하게 종합할 수 없으며, 사회주의 방향을 따라 꾸준히 발전할 수가 없다. 또한 오류를 시정한다는 명분으로 은폐하는 가운데 앞 30년을 부정하는 쪽으로 기울 수 있으므로 사회주의를 부정하는 결과를 초래하게 될 것이다. 덩샤오핑의 위대함과 영명함은 바로 그가 창조적으로 마르크스주의를 견지하고 역사적 유물론의 원칙을 운용하여 경험을 총화(總和)하였으며, 개인숭배주의를 비판하면서도 또 마오쩌동의 역사적 지위를 충분히 수호한데 있으며, "일대이공"을 비판하고 생산력의 발전에 부응해야 한다는 표준에 따라 소유제 구조를 조정하면서도 공유제의 주체 지위를 보호하는 것을 견지한데 있으며, "세 가지 이로운"의 표준을 견지하면서도 중국의 네 가지 현대화 사회주의의 방향을 강조하고 '좌'경에 반대하는 것을 중시하는 한편 또 '우'경도 방지하는데 있었다. 우리는 중국 특색의 사회주의 건설에 관한 덩샤오핑의 이론 속에서 사회주의 초급단계이론, 사회주의의 본질과 사회주의의 근본 과업에 관한 이론, 사회주의 경제체제와 운영 메커니즘에 관한 이론 및 사회주의 개혁개방이론과 "세 가지 이로운"의 표준에 대한 논술 속에서 역사적 유물론의 원리와 덩샤오핑의 사회주의 이론의 내적 연관성을 쉽게 볼 수 있었다. 덩샤오핑의 중국 특색의 사회주의 건설 이론은 역사적 유물론과 중국의 사회주의 실천이 결부된 뚜렷한 표현이라고 분명히 말할 수 있다. 이른바 사상해방과 실사구시의 노선이라는 것은 그 내용에 있어서 모두 역사적 유물론에 관한 근본적인 문제이다. 이는 10월 혁명 이래의 사회주의 실천이며, 중국의 70년 사회주의 실천의 긍정적 · 부정적 두 방면 경험의 결정체이다. 역사적 유물론과 사회주의 실천의 결합이 없었다면 현 시기 중국의 생동적인 발전 국면도 있을 수 없는 것이다.

3. 역사적 유물론의 역사적 사명

마르크스주의가 현대 서양철학을 포함한 이전의 모든 철학과 근본적으로 다른 점은 바로 인류의 철저한 해방과 사회 발전의 전도에 대한 배려이다. 마르크스주의는 궁극적 배려를 떠벌이는 종교적 철학과는 다르며, 또 개체나 이른바 유사한 것에만 관심을 두는 휴머니즘 철학과도 다르다. 마르크스주의철학이 진정으로 관심을 두는 것은 무산계급과 근로인민의 해방이며, 사회주의사회로 자본주의사회를 대체하는 것이다. 마르크스가 철학을 "인간 해방의 두뇌"라고 표현한 것은 바로 마르크스주의의 이런 본질을 가장 정확하고 생동적으로 표현한 것이다.

바로 그렇기 때문에 마르크스주의 철학은 형이상학적인 사변체계의 수립을 추구하지 않았으며, 철학을 무기로 현실적인 혁명운동에 뛰어들고 있는 것이다. 마르크스주의 철학의 본질은 마르크스주의 철학사에서 마르크스주의 철학자가 동시에 혁명가이며, 여러 가지 방식으로 낡은 세계를 뒤엎는 투쟁의 참여자가 되어야 함을 결정하였다. 마르크스 · 엥겔스 · 레닌 · 스탈린 · 마오쩌동으로부터 제1 인터내셔널, 제2 인터내셔널의 수많은 이론가들 및 수많은 유명한 마르크스주의 이론가들에 이르기까지 모두 그랬다.

순전히 마르크스주의 연구를 전공으로 혹은 직업으로 삼는 것은 무산계급이 정권을 획득한 이후에 나타난 현상이다. 러시아 10월 혁명 이후 마르크스주의 이론 교원과 마르크스주의 이론 연구 종사자들을 대거 양성하였다. 중국도 마찬가지이다. 이는 사회주의 정권을 건설하고 공고히 하기 위한 필요에서 이며 이데올로기의 영도권을 확고히 장악하기 위한 필요 때문이다. 70년래 중국공산당과 정부는 마르크스주의 철학 교원들을 대거 양성하였으며, 그중에는 역사적 유물론의 연구자가 포함된다. 마르크스주의 철학의 전문화와 직업화, 마르크스주의 대오의 확대는 마르크스주의의 보급과 연구를 추진하는 역할을 하였다. 개인적 견지에서 볼 때, 마르크스주의 철학의 교원 개인은 있어도 되고 없어도 되지만, 그 대오는 절대 있어도 되고 없어도 되는 존재가 아니다. 우리가 종사하고 있는 직업은 평범하지만 우리가 종사하는 사업은 위대한 것이다. 그 사업이 사회주의 이데올로기 중의 영도권 문제와 관련되기 때문이다. 이론상의 성숙은 한 정당의 성숙을 가늠하는 척도이다. 마르크스주의 이론 대오가 없는 사회주의사회는 공고해질 수 없고 장기적으로 존재할 수 없다. 입장이 확고하고 기치가 선명하며 이론수준이 높고 실제와 연결시키는데 능한 마르크스주의 이론 대오를 양성하는 것은 사회주의 사상이론건설에서의 중요한 과업이다. 일찍 1950년대에 마오쩌둥은 이 과업을 제기하였다. 그는 "우리는 계획을 세워 이처럼 강대한 이론대오를 구축해야 한다. 우리 사회주의 공업화, 사회주의 개조, 현대화한 국방, 원자력 연구만으로는 안 된다. 문제를 해결할 수 없다."라고 말하였다.

70년 동안 중국역사적 유물론 연구자들은 역사적 유물론에 관한 많은 중요한 원리에 대하여 연구토론과 논쟁을 진행하였다. 그중에는 그때 당시 사회주의 건설 과정에 제기된 문제와 관련된 것도 있었고, 순수 학리적인 논쟁도 있었다. 예를 들면 중국에서 일어났던 종합적 경제 토대와 상부구조 문제에 관한 논쟁, 선진 생산관계와 낙후한 생산력의 모순 문제에 관한 논쟁, 과도기 계급과 계급투쟁에 관한 논쟁, 인도주의와 소외 문제에 관한 논쟁, 역사적 유물론의 출발점에 관한 논쟁, 이밖에 일부 문제의 논쟁은 학리적 분야의 논쟁에 속하는 경우가 더 많다. 그 논쟁들은 모두 뚜렷한 사회 정치적 배경을 가지고 있다. 예를 들면 역사적 유물론의 대상과 성격에 관한 논쟁, 역사적 유물론의 논리적 출발점에 관한 논쟁, 경제 토대와 사회 존재가 균등한지의 여부, 상부구조가 경제 토대에 속하는지의 여부, 경제 토대가 생산력을 포함하는지의 여부에 관한 논쟁 및 최근 몇 년간 사회발전의 "다섯 형태"와 "세 형태", "복선론과 단선론", 역사의 "법칙론과 선택론"에 관련한 논쟁, 역사의 창조자가 인간이냐 인민대중이냐 하는 논쟁 등 역사적 유물론의 거의 모든 기본 원리가 관련되어 있다.

70년 동안 중국의 역사적 유물론 연구자들이 상기 두 가지 측면에서 역사적 유물론에 대한 이해와 파악은 '문화대혁명' 이전보다, 심지어 개혁개방 이전보다 더욱 깊고 전면적이다. 예를 들면 역사적 유물론의 대상에 대한 이해가 바로 역사의 본체론 범주를 벗어나 역사적 유물론을 단지 사회 역사의 일반 법칙을 연구하는 것으로 이해하던 범위를 넘어섰으며, 역사인식론과 역사가치론에 대한 연구에 주의를 돌리기 시작하고, 이른바 역사철학의 사변과 역사철학의 비판을 대립시키는 서구의 관점을 타파하였다. 또 사회발전 중에서 생산방식의 역할과 계급투쟁의 관계에 대하여, 생산력의 척도문제, 표준문제 및 최종 결정 역할의 문제에 대하여 더욱 깊은 이해를 가지게 되었다. 사회법칙의 객관성과 인간의 주체 선택의 관계에 대한 이해도 더욱 전면적이 되었다. 사회 발전의 통일성과 다양성, 사회주의 건설 길의 다양성, 사회 발전의 단계성에 대한 문제 및 사회주의 건설에 대한 사회주의 정신문명건설, 문화건설, 사회과학이론과 교육 등 상부구조 요소의 중요성 문제에 대해 모두 예전보다 더 깊고도 전면적으로 이해하였다. 인간과 인간의 자질 문제에 대한 연구도 매우 활발하였다. 건국 후 70년 동안에 역사적 유물론에 대한 연구 성과는 뚜렷하다고 말해야 할 것이다.

물론 논쟁이 될 문제가 여전히 너무 많다. 게다가 원칙적인 문제가 적지 않다. 예를 들어, 마르크스주의 계급과 계급투쟁에 대한 이론에서 어떤 학자들은 "계급투쟁에서 어떤 계급은 승리하고, 어떤 계급은 소멸되었다. 이것이 바로 역사이며 이것이 바로 수천 년의 문명사이다. 이러한 관점으로 역사를 해석하는 것을 역사적 유물론이라고 하며 이 관점의 반대편에 선 것은 역사적 유심론"이라는 마오쩌둥의 관점을 역사적 유물론에 대한 곡해라며 극좌적 사조의 이론적 근거라고 비판하였다. 그들은 "계급투쟁을 중심으로 하는 것"에 반대하는 것을 더 확대하여 "모든 계급사회에서 문제를 관찰함에 있어서 모두 계급 관점과 계급 분석방법을 강조해서는 안 된다"고 주장하였다. 이는 물론 옳지 않은 주장이다. 설사 현대사회라 하더라도 문제를 관찰함에 있어서 계급분석방법을 완전히 포기해서는 안 된다. 그렇지 않으면 미국과 서구의 기타 일부 나라들이 왜 온갖 방법을 동원하여 사회주의국가에 반대하는지, 소련이 해체된 후에는 중국에 칼끝을 겨누는지, 1989년에 중국에서 왜 정치풍파가 일어났는지 등에 대해 명확히 설명할 수 없다. 또 예를 들면 한 사회의 성격이 주도적 지위를 차지하는 생산관계에 의하여 결정되는지 아닌지는 역사적 유물론 이론의 견지에서 볼 때 말할 필요도 없는 일이다. 그런데 일부 이론가들은 "소유제 문제는 중요한 것이 아니며 관건은 생산력을 발전시키는 것"이라며 "사회의 공평을 보장할 수 있고, 생활수준을 향상시킬 수만 있다면 사회주의"라고 주장한다. 논쟁이 되는 문제는 확실히 많다. 그 중에서 마르크스주의 역사적 유물론의 존망에 관계되는 원칙적 문제가 적지 않으므로 명확히 밝히지 않으면 안 된다. 엥겔스는 칼 슈미트에게 보낸 편지에서 그들에게 이론적으로 사고할 것을 요구하면서 명석한 이론 분석만이 복잡하게 얽힌 사실관계 속에서 우리에게 올바른 길을 가리켜줄 수 있다고 밝혔다. 역사적 유물론의 연구자들은 중국의 새로운 실천과 현실 속에서 제기되는 수많은 이론 문제에 직면하여 확실히 책임이 무겁고 갈 길이 멀다.

중화인민공화국 창건 70주년이 되는 해, 특히 개혁개방 40여 년래 중국 사회생활의 제반 분야에서 사상이론 관념을 포함한 변화는 중국역사에서 있었던 적이 없다. 그러나 새로운 시대에 우리는 더욱 큰 기회를 맞이하게 된 동시에 더욱 큰 도전에도 직면하였다. 역사적 유물론의 연구 면에서도 역시 그러하다. 우리는 사회주의시기 역사적 유물론의 70년 경험과 교훈에 대하여 비교적 명석한 인식을 가져야 한다.

4. 역사적 유물론의 관점으로 여러 가지 사회주의 사조를 분석하다

현대 세계에는 서양에서 동양에 이르기까지, 발달한 자본주의국가에서 개발도상국가에 이르기까지 여러 가지 사회주의 사조가 존재한다. 우리는 어느 사회주의 사조든 모두 상응하는 철학적 토대를 가지고 있음을 발견하게 된다. 특히 사회역사관이 그러하다. 어떠한 사회역사관이 있으면 어떠한 사회주의 이상과 방안이 있게 된다고 말할 수 있다.

마르크스와 엥겔스가 과학적 사회주의를 창설한 때로부터 현대중국의 사회주의 실천에 이르기까지 한 세기 남짓한 동안 사회주의는 이론에서 운동으로, 제도로 이어지는 과정을 거쳤다. 사회주의는 시기별 강조하는 중점이 각기 다르다. 마르크스·엥겔스 시대에 두 사람은 사회주의 이론의 과학성을 강조하였고, 사회주의 필연성에 대한 논증을 강조하였으며, 사회주의 이론의 계급투쟁 토대를 강조하였다.

그들은 독일 당내의 우경기회주의에 대해 "계급투쟁이 사람을 불쾌하게 만드는 '거친' 현상으로 간주되어 밀려난 자리에 남아 사회주의 토대가 된 것은 '진정한 박애'와 '정의'에 관한 공허한 말 뿐"[11]이었다고 비판한 바 있다. 엥겔스는 1877년 10월 리하르트 조르게(Richard Sorge)에게 보낸 편지에서, 그리고 카를 오이겐 뒤링(Karl Eugen Duhring)에 반대하며 또 독일 당에 이러한 비판을 되풀이하였다. 그는 일부 사람들은 "사회주의의 '더 높은, 이상적'인 전환을 원한다. 다시 말하면 정의·자유·평등·박애의 여신에 관한 현대 신화로써 그들 유물론의 토대를 대체하려고 한다."[12]라고 비판하였다.

레닌은 러시아 사회주의 혁명의 지도자이며, 사회주의를 운동으로부터 제도로 전환시킨 최초의 실천자이다. 레닌은 사회주의 실천성을 강조하였다. 그것은 그가 사회주의 실천의 지도자로서 실제로 사회주의를 건설하는 역사적 사명을 짊어지고 있었기 때문이다. 러시아 10월 혁명이 승리한 후, 레닌은 "러시아에서 책에 쓰여 있는 이론으로 사회주의 강령에 대해 논쟁하던 시대도 이미 지나갔고 다시는 돌아오지 않을 것이라고 믿어 의심치 않는다. 오늘날은 오로지 경험에 의해서 사회주의에 대해 논할 수밖에 없다."[13]라고 말하였다. 그는 또 "지금은 모든 것이 실천에 달려 있다. 지금은 이론이 실천으로 바뀌고 있고, 이론은 실천으로 활력이 부여되고 있으며, 실천으로 수정되고 검증되는 역사의 고비에 이르렀다."[14]라고 말하였다. 사회주의는 무엇인지에 대해 말하면서 그는 "사회주의에 대해 논술하려면 우리는 아직 할 수 없다. 완전한 형태에 이른 사회주의는 어떤 모습일지 우리는

---

11) 마르크스, 엥겔스, 『마르크스·엥겔스선집』 제3권. 3판. 베이징, 인민출판사, 2012, 738쪽.
12) 위의 책, 제4권. 3판. 2012, 522쪽.
13) 레닌, 『레닌전집』 제34권. 2판. 베이징, 인민출판사, 1985년, 466쪽.
14) 위의 책, 제33권. 2판. 1985, 208쪽.

알지 못하며 또 말할 수도 없다." [15] "사회주의를 건설하기 위한 벽돌은 아직 채 굽지를 못하였다." [16] 덩샤오핑은 사회주의 건설의 다른 한 시기에 처하였으므로 사회주의의 긍정적인 경험과 부정적인 경험을 이미 쌓게 되었고 사회주의란 무엇인지에 대해 우리는 아직 완전한 해답을 찾지 못하였다. 그래서 그는 사회주의 본질문제와 사회주의 민족특색의 문제를 특히 강조하였다. 덩샤오핑은 중국 사회주의 건설의 길에 대한 탐색에서 마오쩌둥의 미완의 사업과 탐색 중의 경험과 교훈을 계승하여 중국 특색의 사회주의 건설 이론을 제시함으로써 과학적 사회주의 이론을 새로운 경지로 끌어올렸다.

"사회주의란 무엇이며 사회주의를 어떻게 건설할 것인지"를 분명하게 밝히는 것이 이론단계에서는 완전히 실현될 수 없다. 과학적 사회주의이론의 확립단계에서는 이론상의 논증가능성과 논리상의 일관성이 요구되며, 순수 이론단계에서는 사회주의를 사회발전의 일반형태로 간주하고 논술하며 다섯 가지 사회형태 교체의 틀 안에서 자본주의사회를 대체하는 더욱 높은 단계에 처하며, 모든 면에서 자본주의사회보다 절대적으로 우월하다. 이러한 사회주의는 일종의 추상적이고 순수 이론적 형태의 사회형태이다. 그러나 실천속의 사회주의사회는 추상적인 사회주의가 아니라 특정된 국가와 민족의 범위 내에서의 구체적인 사회적 존재이다. 사회주의사회의 생산력 수준, 문화 및 교육의 보급 정도 그리고 사회의 도덕상황이 마르크스와 엥겔스가 순수 이론 테두리 안에서 기대하였던 수준과는 거리가 멀 수도 있다. 그러므로 사회주의사회형태의 추상적인 원칙이 아닌 자국의 실제 상황에 근거하여 사회주의를 건설하는 것이 지극히 중요하다. 그러므로 사회주의 실천 단계에서 사회주의 이론원칙은 반드시 자국의 실제와

---

15) 위의 책. 제34권. 2판. 1985, 60쪽.
16) 위의 책. 제34권. 2판. 1985, 61쪽.

결부되어야 하며, 운용성과 유효성을 갖추어야 한다. 만약 사회주의 현실적 실천 속에서 예기한 목표에 도달하지 못하고, 생산력의 지속적이고 안정적이며 빠른 발전이 없으며, 인민의 생활이 만족할 수 있을 정도로 향상되지 않았고, 사회주의 민주와 법제 건설이 무질서한 상태에 처하여 있다면 사회주의란 무엇이며, 사회주의를 어떻게 건설할 것인지에 대해 우리가 완전히 이해하지 못하고 있다고 단정 지을 수밖에 없다. 이는 마르크스와 엥겔스를 탓할 수 없으며 우리 선조들을 탓할 수 없다. 왜냐하면 그들의 임무는 사회주의 일반에 대해 논술하고 사회발전의 일반 법칙의 차원에서 사회주의에 대해 과학적으로 논증하는 것이기 때문이다. 어떻게 구체적인 경로를 통해 그 원칙들을 실현하고, 바꾸거나 또는 깨뜨릴지는 후대의 몫이다. 그들이 거듭 강조하는 것이 바로 이 부분이다. 그들은 자신들의 사회주의 관념으로 후세사람들의 손발을 묶어둔 적이 없다. 그러나 마르크스와 엥겔스가 강조하였던 사회주의 이론의 과학성이나 레닌이 강조하였던 실천성이나 그리고 마오쩌동과 덩샤오핑 등이 강조하였던 사회주의 건설을 위해 나아가는 길의 민족적 특색이나 근본적으로는 모두 일치하는 것이다. 그것이 과학적이기 때문에 실천을 지도할 수 있는 것이다. 그리고 실천은 언제나 구체적이며 필연적으로 민족적 특색을 띠게 된다. 그래서 과학적 사회주의 이론에서 과학성·실천성·민족성은 갈라놓을 수 없다. 다만 역사적 상황이 각기 다름에 따라 강조하는 중점이 다를 뿐이다. 뿐만 아니라 그 특성들은 모두 역사적 유물론을 토대로 하며 모두 유물사관과 사회주의가 특정 시기와 결합된 각기 다른 표현이다.

유물사관에 토대한 과학적 사회주의와는 반대로 이른바 사회주의 노선이라는 또 다른 하나의 노선이 있다. 그것은 추상적 인간중심주의에 바탕을 둔 민주적 사회주의 노선이다. 그러한 사회주의 노선의 특징은 사회주의의 인도주의 특성을 강조하는 것이다. 즉 이른바 사회주의란 인간화된 사회이며 자유·민주·인도·공평·정의를 최고 준칙으로 하는 사회로서 가치문제를 우선순위에 놓고 사회주의의 본질로 삼는다. 마르크스와 엥겔스의 시대에 추상적 인도주의로 역사적 유물론을 대체하여 사회주의 이론의 토대로 삼는 추세가 이미 나타났고 점차 사회주의 운동의 중요한 파별이 되었다. 중요한 대표주자는 제2 인터내셔널의 에두아르트 베른슈타인(Eduard Bernstein)이다. 그는 사회주의의 승리는 내재된 경제적 필연성에 달린 것이 아니라 이상일 뿐이라고 주장하였다. 그래서 "칸트로 돌아가자"는 구호를 내세우고 사회주의를 단순한 가치 목표로 세웠다. 베른슈타인의 영향력은 거대하였다. 그 이후 점차 형성된 세 가지 사조, 즉 서구 자본주의 선진국의 민주사회주의 사조, 서구 마르크스주의 중의 인간중심주의 사조, 사회주의국가 중 고르바초프를 대표주자로 하는 인도적이고 민주적인 사회주의 사조 모두 베른슈타인사상의 연장이자 변형이다. 결과는 아주 분명하다. 서구 선진국들은 현재까지도 여전히 자본주의사회이다. 그 국가들은 민주사회주의가 기대하는 것처럼 인간화되지도 않았고 사회주의화 되지도 않았다. 자본주의를 토대로 하여 사회주의의 가치를 실현한다는 것은 어불성설이다. 이와 반대로 원래 사회주의국가였던 일부 나라들이 민주사회주의라는 통로를 통하여 자본주의로 나아갔다. 고르바초프가 민주화와 공개성을 힘써 선전하고 전 인류의 이익이 민족과 계급의 이익보다 우선시되어야 한다고 선전하였지만, 이런 추상적인 인도주의 원칙은 소련을 강대하게 하지 못하였고 오히려 약화시키고 해체시켰다.

동유럽의 격변과 소련의 해체 이후 사회주의란 무엇인가 하는 문제

에 대한 해답이 세계적인 과제로 부상하였다. 서구 일부 나라의 사회
민주당과 노동당은 일부 공산당 지도자들을 포함하여 "미래의 사회
주의는 어떠할까?"라는 주제로 토론을 진행하였으며 『미래의 사회주
의』라는 잡지를 창간하였다. 게다가 그중에서 일부 글들은 마르크스
주의와 과학적 사회주의의 관계를 계획적으로 왜곡하여 "사회주의를
따르자. 마르크스주의는 버리자."라는 사람들의 이목을 흐리는 구호
를 제기하였다. 예를 들면 장 에렌슈타인(Jean Ehrenstein)의 글「마르
크스주의는 죽어가고 있다. 마르크스주의는 이미 죽었다. 사회주의
만세!」가 바로 그런 글이다. 그는 "사회주의는 생산방식이 아니다. 사
회주의는 우리 기술문명에 양지(良知)와 도덕성을 부여하려는 일종
의 새로운 시도이다." "우리는 혁명과, 무산계급독재와, 계급투쟁과
아무런 상관도 없다." 사회주의는 "새로운 인도주의이다." "현대의
인도주의이다."라고 거듭 강조한 것 등이다.[17]

중국에도 이런 추상적인 인본주의 사조가 나타났지만 덩샤오핑
의 호된 비판을 받았다. 우리가 사회주의 길을 견지하고 중국 특색의
사회주의를 건설하는 길에서 빛나는 성과를 거둘 수 있었던 것은 덩
샤오핑 동지를 핵심으로 하는 당의 2세대 중앙 지도집단이 유물사관
을 지침으로 하는 원칙을 고수하면서 사회주의를 건설하고 사회주의
사회의 기본 모순을 언제나 정확히 처리하였기 때문이고, 사회주의
공유제의 주체적 위치를 견지하면서 생산력을 해방시키고 발전시키
기 위해 사회주의 본질에 어울리지 않는 여러 가지 체제를 질서 있게
개혁하였기 때문이다. 우리는 사회주의 필연성과 현실적 가능성이 경
제 속에 존재한다고 강조한다. 그러나 우리는 또 이상·가치·신앙으
로서의 사회주의의 중요성을 중시하고 있다. 사회주의는 자본주의 제

---

17) 고르바초프, 브란트 등, 『미래의 사회주의』, 베이징, 중앙편역출판사, 1994, 449, 450, 451쪽.

도와는 다른 일종의 제도로서 그 자체는 사회주의 민주·공정·인도주의 원칙을 포함하고 있다. 민주적인 법치국가를 건립하고 법률과 도덕을 통해 사회주의의 공평과 정의를 보장하고 사회주의 인도주의 원칙을 실시하는 것은 사회주의사회 우월성의 중요한 부분이다. 이왕의 사회주의 실천 속에서 계급투쟁의 역할을 일방적으로 강조하고 사회주의 법치를 위반하는 현상은 사회주의의 위신을 크게 손상시켰다. 이런 '좌'적인 오류가 중국에서 시정되었다. 그러나 우리는 "사회주의 가치 원칙은 사회주의제도의 일부분이며, 그것은 사회주의 경제제도와 정치제도의 수립을 근거로 한다."라고 강조하고 있다. 사회주의 경제의 발전과 사회주의 정치제도의 수립 및 공고화를 떠나서 자본주의 범위 안에서 공평과 정의 및 인도주의에 관한 모든 부드럽고 따스한 말들은 모두 공담과 기만에 그치고 말 것이다. 설사 사회주의사회라 하더라도 공산당의 정확한 영도가 없다면, 공유제가 갖는 주체적 지위의 공고화와 강화가 없다면 사회주의 가치원칙 또한 자동으로 실현될 수 없다. 바로 그렇기 때문에 우리는 '좌'경 오류를 반대하고 시정하는 동시에 추상적인 인도주의에도 반대하면서 경제발전과 사회주의제도의 공고화를 우선순위에 놓고 고도로 발전한 경제와 완비된 법치로써 사회주의 가치원칙의 실현을 확실하게 보장해야 한다. 만약 역사적 유물론 대신 추상적 인도주의를 사회주의의 이론과 실천의 토대로 삼고 추상적인 자유와 민주를 제창한다면 우리는 소련의 전철을 밟게 될 것이다.

어떤 의미에서 볼 때 중국 사회주의 미래의 발전은 우리가 어떤 이론을 사회주의 이론과 실천의 토대로 삼는지에 달렸다고 말할 수 있다. 우리가 사회발전의 법칙성과 인류활동의 목적성 통일에 관한 역사적 유물론의 관점을 견지하고 중국에서 사회주의사회 수립의 역사적 필연성과 필요성을 그 가치목표와 통일시키는 관점을 견지하며 시진핑 신시대 중국특색 사회주의 사상을 견지한다면, 우리는 변화무상한 세계의 물결 속에서 항상 사회주의 방향을 견지할 수가 있다. 신중국 사회주의 현대화 건설 70년의 경험과 교훈에는 역사적 유물론과 사회주의를 결합시키는 정확한 방향이 포함되어 있기 때문이다.

제2장 중국역사 100년 변혁의 변증법

역사의 차원이 사유의 깊이를 결정한다. 현대중국은 이미 중국 특색의 사회주의 신시대에 들어섰다. 역사의 새로운 위치에 서서 중국의 근 백년간의 위대한 사회 변혁에 대해 회고하고, 중국이 우뚝 일어나서부터 부유해지고 다시 강대해지기까지의 역사과정을 되짚어볼 필요가 있다. 높은 곳에 서서 걸어온 길을 굽어본다면, 중국역사 변혁의 법칙성을 깊이 파악할 수 있다. 시진핑(習近平) 총서기는 19차 당 대회(중국공산당 제19차 전국대표대회) 보고에서 "중국 특색의 사회주의 정치 발전의 길은 근대 이래 중국 인민의 장기적 분투의 역사적 논리, 이론적 논리, 실천적 논리의 필연적인 결과이며 당의 본질적 속성을 견지하고 당의 근본 취지를 실천하기 위한 필연적 요구이다."[18]라고 지적하였다. 중국의 근 백년 변혁의 역사변증법에 대해 연구하면 중국 특색의 사회주의 길과 「시진핑 신시대 중국 특색 사회주의 사상」을 견지할 수 있는 우리의 자각성을 높일 수 있다. 지난날을 돌이켜보고 미래를 전망하면서 우리는 자신감을 가지고 근 백년간 분투하여 이룩한 역사의 길을 따라 계속 걸어 나갈 수 있다.

---

18) 시진핑, 「사오캉사회 전면 실현의 최종 승리를 이루고 신시대 중국 특색의 사회주의의 위대한 승리를 이룩하자 ― 중국공산당 제19차 전국대표대회에서 한 보고」, 베이징, 인민출판사, 2017, 36쪽.

1. 역사 발전의 연속성과 전환

중국의 100년 역사를 종적으로 살펴보면 나라가 굴기하여 부유해지고 다시 강대해지기까지의 역사발전 과정을 거쳤다. 각 단계는 독특한 역사적 내용과 역사적 사명을 지니고 있다. 모든 단계는 서로 갈라놓을 수 없다. 앞 단계가 그 다음 역사의 발전을 위한 단계를 마련해주며 해결해야 할 새로운 문제들을 제기한다.

중국공산당이 영도하는 혁명·건설·개혁은 역사적 연속성을 띨 뿐만 아니라, 중요한 고비의 위대한 전환도 있다. 연속성과 전환은 중국 근 100년간의 파란만장하고 기세 드높으며 끊임없이 분투해온 역사과정을 구성하고 있다. 그 세 단계에 일관된 주도 사상이 바로 시진핑 총서기가 19차 당 대회 보고에서 제기한 "초심을 잃지 않고 사명을 명기하며 중국 특색의 사회주의의 위대한 기치를 높이 들고, 샤오캉 사회를 전면 실현하여 최종 승리를 이루며, 신시대 중국 특색의 사회주의의 위대한 승리를 이룩하여 중화민족의 위대한 부흥이라는 「중국의 꿈」을 실현하기 위해 꾸준히 분투하는 것"이다. 그 지도사상은 마르크스주의와 현대중국의 마르크스주의이며 지도핵심은 중국공산당이다.

"다난흥방"(多難興邦. 재난이 많은 나라에서 백성들이 분발하여 국가를 부흥시킨다)이라고 하였다. 한 세기 남짓 민족의 수난을 겪어온 중국은 중국공산당이 이끄는 혁명의 승리를 거둔 후 드디어 일어섰다. 여기에는 그 역사적 필연성이 있다. 마르크스주의가 제시한 법칙은 보편성을 띠고 있지만, 법칙이 작용할 수 있는 데는 언제나 구체적이고 역사적인 조건이 필요하다. 보편성의 견지에서 말하면 생산관계 변화의 합리성은 반드시 생산관계가 생산력의 진일보적 발전을 수용할 수 없고, 또 새로운 보다 높은 차원의 생산관계가 이미 모태에서 성숙된 토대 위에 수립되어야 한다. 구체성의 견지에서 말하면 나라마다 사회의 발전 정도와 역사적 조건이 다르기 때문에, 생산력이 어느 수준까지 발전해야 생산관계가 생산력의 지속적인 발전을 수용할 수 없는지, 그 조건은 구체적이고 역사적이며 통일된 기준이 없다. 현대 서구의 자본주의 선진국들은 생산력 발전수준이 높지만 그 생산관계는 여전히 생산력 발전을 수용할 수 있는 여지가 있다. 그렇기 때문에 그들 국가들은 일정한 정도와 일정한 범위 내에서 자기조절이 가능하다. 그 원인은 서구의 선진국들에서는 위기와 마찰이 종종 발생하긴 하지만 마르크스가 예견하였던 사회혁명이 아직까지 일어나지 않은데 있다. 두 가지 필연성 법칙에 대한 마르크스주의의 제시에 따르면, 자본주의제도는 역사의 종결이 아니며 사회 변혁의 시간과 방식, 수단은 나라별 구체적 조건에 따라 결정된다.

중국혁명의 필연성과 합리성의 근거는 중국 사회 자체의 기본 모순에 있으며, 서구의 발달한 자본주의 생산력 수준은 중국혁명의 합리성 여부를 가늠하는 기준이 될 수 없다. 혁명은 구체적인 것이며 혁명이 일어나는 국가도 구체적인 것이다. 구체적인 문제를 구체적으로 분석하는 것은 변증법의 영혼이다. 구 중국의 생산력이 낙후한 것은 사실이지만 구 중국의 생산관계는 더욱 부패하여 생산력의 발전을 심각하게 저해하였다. 마오쩌둥은 「중국 사회 여러 계급에 대한 분석」이라는 글에서 다음과 같이 지적하였다. "경제적으로 낙후한 반식민지 중국에서 지주계급과 매판계급은 전적으로 국제 자산계급에 종속되었으며, 그 생존과 발전은 제국주의에 종속되었다. 이들 계급은 중국의 가장 낙후하고 가장 반동적인 생산관계를 대표하며 중국 생산력의 발전을 저해한다." [19] 그 뚜렷한 표현은 중국 자체의 민족공업이 쇠락하는 곤경에 처하고 나라가 쇠퇴해지고 백성이 가난해진 것이다. 이러한 낙후한 경제 토대 위에 수립된 상부구조의 정치적 대표주자는 부패한 통치자이며 정부는 가장 부패한 정권이다. 이것이 바로 경제적, 문화적으로 낙후한 중국에서 자본주의 선진국들보다도 더 먼저 혁명이 일어나게 된 원인이다. 궁즉사변(窮則思變. 가난하면 변혁할 생각을 한다)이라고 하였다. 구 중국의 가난함은 생산관계와 상부구조가 생산력의 발전을 심각하게 저해하고 있었음을 보여준다. 중국사회 자체의 생산력과 생산관계의 모순, 경제적 토대와 상부구조 모순의 격화야말로 중국혁명 필연성의 내적 근거이다.

중국이 굴기한 것은 사회 기본 모순의 격화에 따라서만 좌우되는 것이 아니라, 혁명적 정당과 자각적인 혁명정신에 따라서도 좌우된다. 중국에서 마르크스주의의 전파, 중국공산당의 창건, 중화민족의 문화전통은 모두 중국 혁명의 주체 요소이다. 중화민족처럼 민족의 생명력과 5천년 전통문화를 가진 민족은 근대 들어 생산력과 생산관계의 모순, 경제적 토대와 상부구조의 모순이 그처럼 첨예하고 해결할 수 없으며, 생사존망의 위기에 빠지게 되었을 때 이와 같은 모순 속에서 필연적으로 전반적인 국면을 힘껏 되돌려 인민을 도탄 속에서 구해낼 수 있는 상반되는 적극적인 세력이 생겨나게 되고, 역사의 걸출한 인물과 운동이 생겨나게 된다. 리다자오(李大釗) 선생은 일찍 "역사의 길은 평탄하기만 한 것이 아니다. 때로는 어렵고 험난한 경지에 이르기도 한다. 이때는 전적으로 강인한 정신이 있어야만 뚫고 나갈 수 있다."[20]라고 말한 적이 있다.

중국에 중국공산당이 생겨날 수 있고 중국공산당이 중국혁명을 이

19) 마오쩌둥, 『毛澤東選集』 제1권. 2판. 베이징, 인민출판사, 1991, 3~4쪽.
20) 李大釗, 『李大釗全集』 제4권. 베이징, 인민출판사, 2013, 487쪽.

끌어 승리할 수 있었던 것은 바로 사회 모순의 격화와 자강불식의 민족정신이 서로 결합된 결과이다. 중국공산당의 영도 하에 그리고 마르크스주의와 마르크스주의 중국화 이론의 지도하에 중국은 28년간의 어려운 분투를 거쳐 중화인민공화국을 창건하였다. 중화인민공화국의 창건은 중국인민이 이제부터 일어섰음을 보여준다. 신 중국 탄생의 전야에 중국인민정치협상회의 제1기 전원회의에서 마오쩌둥 동지가 회의에 참석한 대표들에게 다음과 같이 말하였다. "우리 모두가 같은 느낌일 것이다. 바로 우리 사업이 인류의 역사에 기록될 것이라는 점이다. 이는 전체 인류의 4분의 1을 차지하는 중국인이 이제부터 일어섰음을 보여줄 것이다."[21]

역사적 변증법은 흔히 역사의 연속성과 인과성으로 표현된다. 중국혁명의 승리가 없었다면, 독립적이고 자주적이며 반식민지 반봉건적 지위에서 벗어난 신 중국이 없었다면, 중화인민공화국의 창건을 상징으로 하는 중국인민의 각성이 없었다면, 수십 년 뒤에 방대한 규모, 장원한 영향을 끼친 개혁개방이 나타날 수 없었으며, 일어서면서부터 부유해지는 단계로의 변화가 나타날 수 없었을 것이다. 마찬가지로 개혁개방 이후의 거대한 물질의 축적과 경험의 축적이 없었다면, 중국 특색의 사회주의 건설의 길과 이론을 개척하지 않았다면, 사회주의 현대화 강국을 건설하는 신시대를 계속 열어나갈 수 없었을 것이다. 시진핑 총서기가 중국혁명의 역사적 논리를 강조하는 것은 바로 우리가 굴기하고, 부유해지고, 강대해지는 세 단계 중 어느 한 단계도 건너뛸 수 없기 때문이다. 사람은 제멋대로 역사를 만드는 것이 아니며, 자신이 선정한 조건이 아닌 기정의 조건, 과거로부터 물려받은 조건 하에서 역사를 창조하는 것이다. 역사의 발전은 연속성·내재적

21) 마오쩌둥, 『毛澤東外交文選』, 북경, 중앙문헌출판사, 1994, 113쪽.

관련성 그리고 인과적 제약성을 띤다.

중국 근 백년 역사의 논리가 분명히 보여주다시피 일어서지 않으면 부유해질 수도 없고, 부유해지지 않으면 강대해질 수도 없는 것이다. 우리는 법칙성 차원에서 그들 사이의 관련성을 이해해야 한다. 세 단계의 연속성과 그 중대한 전환에 대한 이해를 떠나서는 중국의 근 100년간 역사발전의 변증법을 이해할 수 없다. 개혁개방의 위대한 성과와 그것이 개척한 중국 특색의 사회주의 실천과 이론의 새로운 경지는, 개혁개방이 중국 특색의 사회주의 역사의 연속성에서의 또 한 차례의 중대한 전환이며, 또 세계 사회주의 운동역사의 위대한 창조라는 것을 사실 자체를 통해 증명하였다.

굴기하고, 부유해지고, 강대해지는 세 단계 역사의 연속성과 전환점의 변증법적 이해는 개혁개방 전과 후의 역사에 대한 평가와 관련될 뿐만 아니라 우리 역사관과도 관련되며, 중국의 근 100년 역사의 법칙성과 이해 가능성과도 관련된다. 개혁개방 전과 후의 역사를 절대적으로 대립시키는 사람은 누구든 개혁개방이 어떤 토대 위에서 전개되었는지에 대해 진정으로 이해하지 못할 것이다. 만약 중국혁명의 승리가 없었고, 사회주의 기본 경제제도와 정치제도가 수립되지 않았다면, 그리고 상대적으로 완전한 공업체계가 수립되지 않았다면 개혁개방은 경제적 전제와 정치적 전제가 결여된 것이다. 개혁개방 전과 후의 역사는 대립될 수 없다는 시진핑 총서기의 관점은 변증법적 유물론과 역사적 유물론을 견지한 것으로서 철학적 지혜와 정치적 지혜가 넘치고 있다. 그는 19차 당 대회 보고에서 "우리 당이 인민을 단합 인솔하여 사회주의 혁명을 완성하고, 사회주의 기본 제도를 확립하였으며, 사회주의 건설을 추진하고, 중화민족 역사상 가장 광범위하고도 가장 큰 사회변혁을 완성하였으며, 현대중국의 모든 발전과 진보를 이룩하기 위한 근본적인 정치적 전제와 제도적 토대를 마련하였고, 중화민족이 근대에 끊임없이 쇠락하던 데로부터 운명을 근본적으로 돌려세우고, 지속적인 번영과 부강의 길로 향하는 위대한 비약을 실현하였다."라고 말하였다.

시진핑 총서기가 비약이라는 말로 중국이 굴기한 위대한 의의를 표현한 것은 우연이 아니다. 중국혁명의 승리, 중화인민공화국의 창건은 확실히 중국 근대사에서 한 차례의 위대한 비약이었다. 왜냐하면 그것이 중국의 이후 발전을 위한 가장 아름다운 전망을 개척하였기 때문이다. 일부 사람들이 서술한 것처럼 중국이 암흑의 세계, 비참한 세계, 독재적 세계로 전락한 것이 아니다. 극소수의 사람들일망정 '민국풍(民國風)' 심지어 '북양풍(北洋風)'까지 일으키면서 그 시대를 칭송하고 미련을 두고 있는 것은 바람직하지 않다. 사실상 식견 있는 서구 학자들마저도 개혁개방의 전과 후를 절대적으로 대립시켜서는 안 된다는 점을 인정한다. 영국 학자 스티브 페리(Steve Perry)가 『환구시보(環球時報)』 기자의 질문에 대답할 때 그 문제에 대해 언급한 바 있다. 그는

"신 중국을 덩샤오핑 이전 시대와 이후 시대로 나누려는 시도가 있는데 그렇게 하는 것은 너무 단순화 하는 것이다. 개혁개방 이전 시대에는 '마오쩌동이 없었다면 현대중국도 없었을 것'이라고 말할 것이다. 중국이 1978년에 개혁개방을 시작할 수 있었던 것은 그 이전 다년간의 노력과 실험이 있었기에 가능한 일이다. 예를 들면 중국의 통일을 어떻게 유지할 것인지, 빈곤과 중대 질병 및 교육과 의료자원의 결핍에 어떻게 대처할 것인지 등이다. 이런 기반이 없었다면 개혁개방은 그 시점에서 일어나지 않았을 것이다."[22]

이들 세 단계는 갈라놓을 수 없으며, 우리가 중국의 현대화를 어떻게 대할 것인가 하는 문제와도 관련된다. 어떤 학자들은 양무운동(洋務運動) 때부터 중국은 현대화의 길에 들어섰는데 중국혁명이 그 진척과정을 중단시켰다고 말한다. 그들의 관점에 따르면 중국공산당과 중국공산당이 이끄는 혁명 없어도 중국은 여전히 현대화를 실현할 수 있다는 것이다. 이는 역사적 사실에 어긋나는 망설이다. 중화인민공화국이 창건되기 전의 구 중국에서는 강대한 제국주의 경제의 지배하에 민족공업의 생존과 발전 공간이 극히 제한되어 있었기에 중국 자체의 공업화는 애초에 운운할 수 없었다. 이에 대해서는 마오둔(茅盾)의 『자야(子夜)』를 읽거나, 주인공 오손보(吳蓀甫)의 운명을 아는 사람이라면 누구나 알 수 있을 것이다. 혁명의 승리가 없었다면, 중국이 굴기하는 역사적 대전환이 없었다면, 국가 주권도 없고 민족 독립도 없는 중국에서 현대화를 실현한다는 것은 순전히 헛된 꿈에 불과하였을 것이다. 네 가지 현대화는 중국인민이 굴기한 후에 제기한 국가의 전략적 목표이며, 사회주의 현대화 국가의 전면적 건설은 중국이 강대해진 후 제기한 중화민족의 위대한 부흥을 실현하는 중요한 내용이다. 식민지화는 현대화가 아니다. 설사 일부 피식민지국가에서 신식공업이 나타나고 일정한 기초적 건설을 진행할 수 있다 하더라도 그것은 피식민지국가의 현대화를 위한 것이 아니라, 식민주의자들의 이익 취득에 필요한 공업과 기초 건설을 위한 것이다. 중국에서는 한때 "중국이 300년 동안 피식민지 상태를 유지하였더라면 벌써 현대화를 실현하였을 것"이라는 황당한 언론이 나타났었던 적이 있다. 지금도 다른 방식으로 그런 황당무계한 논리를 주장하는 사람들이 있다. 이

---

22) "스티브 페리(Steve Perry) 영국 48개 그룹 클럽 주석이 개혁개방에 대해 논함 - 중국의 성공은 과학적 방법을 운용한데서 힘입은 것이다", 『환구시보』, 2018—5—25.

는 국가의 독립과 현대화 간의 관계에 대해 전혀 모르고 더욱이 사회주의 현대화와 사회주의제도의 불가분적 관계에 대해 전혀 모르는 무지한 말이다. 압박 받는 민족은 현대화를 실현할 수 없다. 이는 족쇄에 묶인 사람이 멀리뛰기를 할 수 없는 것과 마찬가지다.

변증법의 관점에서 보면 굴기하고, 부유해지고, 강대해지는 것은 중화민족의 위대한 부흥을 실현하는 사업에서 유기적인 구성부분으로서 갈라놓을 수 없으며, 그중 어느 한 고리도 빠져서는 안 된다. 이는 중국 근대 100년 역사발전의 변증법이며, 또한 마르크스주의와 중국의 실제를 결부시킨 이론혁신의 변증법이기도 하다.

2. 역사는 오랜 문제를 해결하고 새로운 문제를 제기하는 가운데서 앞으로 나아간다

마르크스는 「집권문제. 문제 자체로부터, 그리고 1842년 5월 17일 화요일 〈라인 신문〉 제137호 부록으로부터 이야기하다」라는 글에서 세계사 자체는 새로운 문제로 오랜 문제에 대하여 대답하고 해결하는 것 이외에는 다른 방법이 없다고 주장하였다. 사실 중국의 근 100년 역사의 법칙도 이와 같다. 마오쩌둥 동지가 톈안먼(天安門)에서 중화인민공화국의 창건을 공식 선포함에 따라 유신변법으로부터 신해혁명에 이르기까지 해결되지 못한 오래된 문제를 해결하였고, 오랜 세월 동안 분쟁이 끊이지 않았던 중국은 어디로 가야 하는지, 출로는 어디에 있는지, "전반적 서구화"냐 아니면 중체서용(中體西用. 청조 말기 태평천국운동 이후에 일어난 양무운동의 기본 사상. 중국의 유교문화를 바탕으로 하되, 서양의 과학과 기술을 도입하여 부국강병을 꾀하자는 것)이냐는 오랜 문제를 해결하였다. 중화인민공화국의 창건은 중국의 출로 문제를 해결하는 것이 유신도, 변법도, 개량도 아닌 혁명이라는 사실을 분명히 보여주었다. 오직 마르크스주의를 지침으로 하고, 중국의 실제로부터 출발해야만 중국은 진정한 출로를 찾을 수 있었던 것이다. 시진핑 총서기는 19차 당 대회 보고에서 "중국의 선진분자들은 마르크스 · 레닌주의의 과학적 진리 속에서 중국문제 해결의 출로를 보았다."라고 명확하게 지적하였다.

일어나 중국의 출로는 어디에 있는지 하는 오래된 문제를 해결하였다. 그러나 국민당이 내버리고 간 혼란한 국면을 어떻게 수습하여 중국이 "경제적으로 가난하고 문화과학수준이 낮은 국면"에서 하루 빨리 벗어나 짧은 시간 내에 부유해질 수 있도록 하고 심지어는 강해질 수 있도록 할 것인가 하는 새로운 문제에 직면하게 되었다. 이는 경제 · 정치 · 문화 여러 영역의 건설에 관련된 문제이다. 이는 중국이 일떠선 후의 역사 발전의 필연적 요구이고 중국공산당의 역사적 사명이며 또 전체 중국인민의 간절한 기대이기도 하다. 중국이 혁명의 승리를 통해 이룬 것이 다만 정치적으로 일어선 것일 뿐이고 사회에 대한 전면적 개조가 아니며 부유해지고 강해지는 방향으로 나아가는 것이 아니라면 혁명을 할 필요가 있겠는가? 혁명은 그 자체가 목적이 아니라 중화민족의 위대한 부흥을 실현함에 있어서 반드시 걸어야 할 길이다.

중화인민공화국이 창건된 후의 첫 30년은 신민주주의혁명을 완성하고 사회주의건설을 향해 매진한 역사 시기였다. 사회주의 발전단계로 말하면 그 시기는 사회주의 초급단계 중의 시작 단계로서 모든 사물이 초급단계에서 가지는 불완전성과 미성숙성을 가지고 있는 것은 필연적이다. "어떤 사업이든지 시작은 보잘 것 없어도 장차 그 끝은 장대할 것이다."(其作始也簡, 其將畢也必巨) 이는 법칙적 현상이다.

중국의 사회주의 건설은 "경제적으로 가난하고 문화과학수준이 낮은" 토대 위에서 자체 건설 경험이 없는 상태에서 더듬어가며 앞으로 걸어온 것이다. 게다가 '좌'경 오류까지 범하면서 중국 사회주의 발전은 애로기를 겪었다. 그 심층 원인을 분석해보면 사회주의 건설의 실천 자체가 제기한 새로운 문제, 즉 인민의 생활이 가난한 것이 사회주의사회인가? "계급투쟁을 중심으로 하는 것"이 사회주의 건설의 기본노선인가? 중국의 사회주의가 계획경제와 단일한 공유제의 토대 위에서 계속하여 활력을 얻을 수 있을까? 하는 문제이다. 개혁개방은 우연히 생겨난 것이 아니다. 개혁개방은 역사적 전환기에 앞 30년 동안 존재해온 문제와 체제적 결함에 대한 새로운 해답을 찾은 것이고 두터운 경제·정치·사회 및 민의적 토대를 가지고 있으며 중국 사회주의 발전의 역사적 논리에 부합한다.

개혁개방은 중국 특색의 사회주의 길에서의 위대한 창조이며 중국의 근 백년 역사에서 또 한 차례의 중대한 전환이다. 개혁개방은 중국 사회주의 역사 발전의 새로운 국면을 개척하였고 중국 특색의 사회주의 실천과 이론 혁신의 새로운 경지를 개척하였다. 1976년 10월 "4인방"을 물리치고 정치적으로 중국이 계속 발전하는 것을 저애하는 걸림돌을 제거하였다. 그러나 사상은 언제나 현실에 뒤처져 있다. 정치적 논리와 사상적 논리의 변증법적 관계로 볼 때 정치구도의 변화는 하룻밤 사이에 실현될 수 있지만 사상의 해방은 더 어렵다. 1978년에 진리의 기준문제에 관한 토론이 사상을 크게 해방시키는 역할을 하였다. 바로 사상해방과 실사구시의 사상노선이 회복된 토대 위에서 중국의 사회주의발전은 새로운 원동력과 발랄한 생기를 얻게 되었던 것이다.

역사적 논리로 볼 때 첫 30년 동안의 성과는 가일층의 발전을 위한 발전의 토대를 마련한 것이다. 그리고 그중에 존재하는 문제와 체제적 결함이 다시 계속 발전에 걸림돌이 되었다. 이러한 걸림돌을 왜 개혁해야 하는지, 무엇을 개혁해야 하는지, 왜 개방해야 하는지, 어떻게 개방해야 하는지 등 해결해야 할 새로운 문제가 되었다. 사회주의란 무엇이며 사회주의를 어떻게 건설할 것인가 하는 질문이 바로 앞 단계에 존재하는 문제에 대한 총체적인 질문이며 그 질문 속에는 경제·정치·사상 및 체제 등 여러 방면의 풍부한 내용에 대한 전개가 포함되어 있다. "계급투쟁을 중심으로 하는 것"을 포기하고 경제건설을 중심으로 하는 방향으로 전향하여 "하나의 중심, 두 개의 기본점"이라는 당의 기본 노선을 제시하고, 계획경제체제에서 사회주의시장경제로 점차 전환하였으며 단일 공유제에서 공유제를 주체로 하고 여러 가지 소유제 경제가 공동으로 발전하는 방향으로 전환한 등등이다. 이에 따라 중국의 경제 발전은 미증유의 새로운 동력을 얻었다. 마치 시진핑 총서기가 지적하였다시피 "우리 당은 중화민족의 위대한 부흥을 실현하려면 반드시 시대의 흐름에 부응하고 인민의 염원에 순응하여 대담하게 개혁개방을 진행하여 당과 인민의 사업이 언제나 힘차게 앞으로 나아갈 수 있는 강대한 원동력으로 가득 찰 수 있어야 한다는 것을 깊이 깨달았다. 우리 당은 인민을 단합, 인솔하여 개혁개방이라는 새로운 위대한 혁명을 진행하여 국가와 민족의 발전을 가로막는 모든 사상과 체제적 걸림돌을 제거하고 중국 특색의 사회주의 길을 개척함으로써 중국이 시대의 발전을 성큼성큼 따라잡을 수 있도록 하였다." 개혁개방이 없었다면 오늘날의 중국도 없었을 것이다. 우리가 개혁개방 40주년을 열렬히 경축하는 원인이 바로 여기에 있다. 역사적 논리, 정치적 논리, 사상적 논리의 통일은 개혁개방 과정에서 잘 나타났다.

부유해진다는 것은 40여 년간의 개혁개방 성과에 대한 상징적인 개괄이다. 확실히 개혁개방으로 중국은 부유해지기 시작하였고 세계 2위의 경제체로 되었으며 세계 무역대국으로 되었고 외환보유고 최다 국가가 되었다. 부유해짐으로써 중국 특색의 사회주의가 강대해지는 새로운 단계에 들어설 수 있도록 다방면의 조건을 마련해주었다. 만약 개혁개방으로 축적한 부가 없다면 우리는 국방·교육·위생·사회보장 및 빈곤구제 빈곤퇴치 방면에 대량의 자금을 투입할 수 없다. 민생은 국가존립의 근본이며 부유한 인민의 생활은 사회주의의 하드파워이자 소프트파워이기도 하다. 이는 그것이 사회주의제도의 우월성을 구현하기 때문이다. 일떠선 뒤 부유해짐으로써 더욱 확고하게 서있을 수 있는 것이라고 할 수 있다. 또한 부유해짐으로써 강대해질 수 있는 가능성을 창조하였다. 경제는 토대이며 종합 국력의 가장 중요한 구성부분이다. 중국 개혁개방의 성과는 세계가 주목하고 공인하는 바이다. 우리는 40여 년을 들여 서구의 주요 선진국들이 백년이 걸려서야 도달한 발전수준과 대체적으로 상당한 발전수준에 이르렀다.

역사의 발전은 변증법적인 것으로서 문제가 생기는 것을 원치 않고 발전만 원하는 것은 불가능하다. 일떠서는 단계에서 우리는 민족 독립의 문제를 해결하고 사회주의 신 중국을 건설하는 길에 들어섰다. 그러나 우리 인민들의 생활은 아직 비교적 가난한 상황이고 체제 면에서도 많은 미흡한 점과 결함이 존재하였다. 이런 문제들은 부유해지는 단계에 개혁개방을 통하여 비교적 원만히 해결되었다. 우리는 총체적으로 빈곤에서 벗어나기 시작하였고, 기존 체제의 폐단이 조정되고, 새로운 체제가 점차적으로 구축되었으며, 사회는 부를 추구하고 부를 위해 달려가는 활력으로 가득 찼다. 그러나 부유해지는 과정에서 불거지는 문제가 있게 마련이다. 빠르게 발전하는 과정에서는 또 새로운 문제와 새로운 모순이 쌓였다. 정치생태에서 탐오부패현상이 많이 발생하고 자연생태에서 환경파괴가 심각하며 문화생태에서 이상과 신앙이 결핍하고 사회생태에서 빈부분화가 뚜렷한 등등 문제가 포함된다. 이런 문제들은 강대해지는 길에 잠복해있는 위험으로서 강국의 길에서 반드시 해결되어야 한다.

3. 강대해지려면 부유해지는 과정에서 존재해온 문제를 해결하고, 새롭게 나타나는 문제를 해결해야 한다

각기 다른 단계에는 각기 다른 문제가 존재한다. 가난한 시기, 부유해지는 단계, 강대해지는 단계 어떤 단계에나 그 단계에 불거지는 문제가 있다. 가난하면 그만큼 어려움이 따르게 되는데 빈곤은 생활수준의 향상을 저애하게 된다. 부유해지면 사치와 교만 정서가 생기기 쉬운데 교만하고 사치스러우면 사회의 불량한 현상을 초래하게 된다. 강하면 싫어하는 이들이 많아지게 되어 우리 발전은 외부로부터 오는 여러 가지 방식의 억제와 저애를 받게 된다. 그러므로 강국의 길로 나아가자면 부유해지는 단계에서 남아 내려온 오랜 문제를 해결해야 할 뿐만 아니라 강해지는 과정에서 나타나는 새로운 문제에도 직면해야 한다. 시진핑 총서기는 "현재 개혁과 발전과 안정의 임무가 막중하고 모순과 위험과 도전이 많으며 국정운영이 전례 없는 시련에 직면하였다. 우리는 우세를 쟁취하고 주도권을 쟁취하며 미래를 쟁취하여 반드시 마르크스주의를 적용하여 실제 문제를 분석하고 해결하는 능력을 꾸준히 제고해야 하며 우리가 중대한 도전에 대응하고 중대한 위험을 막아내며 중대한 장애를 극복하고 중대한 모순을 해소하며 중대한 문제를 해결하는 능력을 꾸준히 향상시킬 수 있도록 꾸준히 과학적 이론으로 지도해야 하며 더 넓은 시야와 더 장원한 안목으로 미래 발전에서 직면하게 될 일련의 중대한 문제를 생각하고 파악하며 마르크스주의 신앙과 공산주의 이상을 꾸준히 확고히 세워야 한다."라고 강조하였다.

시진핑 총서기는 아름다운 생활에 대한 인민들의 날로 늘어나는 수요와 불균형적이고 불충분한 발전 간의 모순이라는 신시대의 사회 주요 모순을 제기하고 중국이 여전히 사회주의초급단계에 처해있다고 하는 것은 우리 발전이 불균형적이고 불충분하며 부유해지는 것은 여전히 상대적이기 때문이라고 거듭 강조하였다. 중국은 국토 면적이 크고 인구가 많으며 국내총생산(GDP)을 14억이 넘는 인구수로 평균하면 세계 순위가 상대적으로 뒤처져 있다. 게다가 아름다운 생활에 대한 인민의 동경은 단순히 GDP로만 평가할 수는 없으며 여러 방면의 내용을 포함하고 있다. 우리는 새로운 발전이념을 관철해야 하며 계속하여 인민을 중심으로 하는 원칙을 견지하면서 인민대중이 가장 관심하는 현실적인 이익 문제를 중점으로 꾸준히 민생을 보장하고 개선하며 사회의 공평과 정의를 촉진하여 개혁의 성과가 더 많이, 더 공평하게 전 국민에게 혜택을 가져다주게 하고 인간의 전면적 발전을 꾸준히 촉진하며 전 국민의 공동 부유를 실현하는 목표를 향해 매진하면서 생태환경을 대대적으로 개선하고 인간과 자연의 조화로운 상생을 견지하여 아름다운 중국을 건설해야 한다. 우리는 과학기술혁신을 대대적으로 제창하여 핵심기술을 확실하게 장악함으로써 남의 제약을 받지 않도록 하며 과학기술대국, 문화강국을 건설해야 한다.

역사적 변증법에 따르면 우리는 일떠서고, 부유해지고, 강대해지는 단계를 차례로 대체되는 역사단계로 볼 수 없다. 다음 단계에는 전 단계의 성과를 포함해야 하고 또 전 단계에 나타난 문제를 계속 해결해나가야 한다. 우리는 중국의 근 백년의 역사 변혁의 위대한 의의를 충분히 인식해야 한다. 그 근 백년의 역사 변혁은 확실히 중국 수천 년 역사에서 있어본 적이 없는 큰 변화이다. 그러나 동시에 우리는 실사구시하게 우리의 "부유함"과 "강대함"은 여전히 상대적인 것이라는 사실을 인정해야 한다.

역사는 간단하게 비교할 수 없지만 역사적 경험은 참고로 삼을 수 있다. 특히 사회주의의 역사적 경험은 더욱 직접적인 참고가치를 가지고 있다. 1917년 10월 혁명으로부터 크렘린궁에 붉은 기가 내려질 때까지의 시간은 74년이다. 러시아는 레닌의 영도 아래 10월 혁명을 통해 일떠섰으며 영국·프랑스·미국 등 14개국 군대의 진공으로도 러시아를 요람 속에서 짓밟아 죽이지 못하였다. 소련은 해체되기 전 당시 부유한 나라라고 할 수 있었다. GDP가 미국의 약 60% 수준에 달할 정도였으며 인구 당 평균 GDP를 보면 현재 중국보다 훨씬 부유한 수준이었다. 소련의 강대함 정도를 보면 해체되기 전에 소련은 세계에서 미국과 견줄 수 있는 유일한 강국이었다. 당시 미국과 소련은 세계에서 2대 슈퍼대국으로서 2대 패권국이었다. 그런데 소련이 해체되고 소련에서 사회주의가 실패하리라고는 아무도 예상하지 못하였다. 이는 사회주의국가가 확고하게 일떠서고 오랫동안 부유함를 유지하며 막강해지려면 반드시 공산당의 영도를 견지해야 하고 마르크스주의 기치를 높이 들어야 하며 반드시 마르크스주의 기본 원리를 자국의 실제와 결부시켜야만 불패의 지위에 설 수 있다는 사실을 분명하게 보여준다. 그렇지 않으면 일단 전복적 오류가 발생하면 실패하게 된다.

시진핑 총서기는 정치방향문제, 중국의 노선 문제, 이상과 신앙 문제에 대해 크게 중시하였다. 그는 "우환의식을 가져야 하고 전복적 오류를 방지해야 한다"고 우리를 항상 가르쳐 왔다. 18차 당 대회 이래 시진핑 동지를 핵심으로 하는 당 중앙은 큰 정치적 용기와 막강한 책임감을 안고 국정운영에서 일련의 새로운 이념, 새로운 사상, 새로운 전략을 제시하였으며 일련의 중대한 조치를 내오고 일련의 중대한 사업을 추진하여 오랜 세월동안 해결하려고 하였으나 해결하지 못한 많은 난제를 해결하였고 과거에 성사시키려 하였으나 성사시키지 못한 많은 대사를 성사시킴으로써 당과 국가의 사업에서 역사적인 변혁이 일어나고 역사적 성과를 이룩할 수 있도록 추동하였다. 특히 사기를 진작시킨 것은 시진핑 총서기가 당 건설을 크게 중시하고 사회혁명과 자아혁명의 통일을 견지한 것이고, 당을 전면적으로 엄하게 다스려 탐오부패를 가차 없이 척결할 수 있도록 추진한 것이며, 이데올로기 영역에서 마르크스주의 지도적 지위를 견지하는 것을 크게 중시하여 마르크스주의 기치가 중국의 상공에서 높이 휘날릴 수 있게 한 것이다. 사회주의국가에서는 공산당의 영도, 마르크스주의의 지도적 지위, 사회주의제도의 번영과 발전을 갈라놓을 수 없다. 크렘린궁에 붉은 깃발이 내려지는 것은 순식간에 일어날 수 있는 일이지만 소련에서 사회주의의 실패는 절대 하룻밤에 일어난 일이 아니며 수십 년간 정치적 · 사상적 탈변기를 거쳤다. 얼음이 석 자 두께로 어는 것이 어찌 하루 추위 때문일까. 앞 수레의 뒤집힘이 뒷 수레의 거울이 되고 앞 사람의 실패를 뒷사람이 거울로 삼아야 하는 법이니 어찌 조심하지 않을 수 있겠는가!

마르크스 탄신 200주년은 중국이 가장 성대하게 기념하였다. 장엄한 인민대회당에서 중앙정치국 전체 상무위원이 참석하고 수천 명의 마르크스주의이론 연구 종사자가 경축대회에 참가하였으며 시진핑 총서기가 마르크스의 위대한 인격과 역사적 공적을 기리고 마르크스의 숭고한 정신을 되새기며 중요한 연설을 발표하였다. 이처럼 성대하고 이처럼 장엄하며 이처럼 높은 규격으로 중국이 어떤 정도로 발전하더라도 중국공산당은 초심을 잃지 않고 사명을 깊이 새길 것이라는 중요한 메시지를 전 세계에 전하였다. 중국공산당이 '중국의 길'을 포기하고 서구의 이른바 "보편적 가치관"을 받아들일 것이라는 기대는 아무도 하지 말아야 한다. 시진핑 총서기가 마르크스 탄신 200주년 기념대회에서 "앞으로 나아가는 길에서 우리는 계속하여 마르크스주의 위대한 기치를 높이 들고 마르크스와 엥겔스가 구상한 인류사회의 아름다운 전망을 중국 대지에서 꾸준히 생동하게 펼쳐나가야 한다."라는 메시지를 힘찬 목소리로 전달하였다. 마르크스주의 기치는 중국의 상공에서 영원히 휘날려야 하고 중국 특색의 사회주의 길은 계속 걸어 나가야 하며 시진핑신시대중국특색사회주의사상은 마땅히 영원히 견지해야 한다.

세계는 평온하지 않고 사회주의 길은 평탄하지 않으며 개혁도 절대적으로 완벽할 수 없고 단번에 완성될 수 없다. 오래된 문제를 해결해야 할 뿐만 아니라 새로운 문제가 나타나는 것도 방지해야 한다. 개혁에는 종지부를 찍을 수 없다. 그것은 문제에 종지부가 없기 때문이다. 매번 새로운 문제의 해결은 모두 중국 특색의 사회주의를 한 단계 높은 차원으로 끌어올렸으며 이는 또 중국 특색의 사회주의 이론의 새로운 발전, 새로운 경지이기도 하다. 이는 사회주의 발전 법칙에 부합된다. 엥겔스는 이른바 사회주의는 고정불변한 것이 아니라 항상 변화하고 개혁하는 사회이며 또 「모순론」과 「실천론」에서 서술한 대립통일의 법칙 및 실천과 인식 관계의 법칙에도 부합된다. 중국 특색의 사회주의 실천은 이론의 발전을 추진하며 중국 특색의 사회주의 실천과 이론은 모두 모순을 해결하는 가운데서 발전하고 있다.

4. 중국과 세계의 관계도 변증법 법칙의 지배를 받는다

중국이 일떠서고 부유해지는 데서부터 강대해지기까지의 역사 과정은 중국역사의 큰 변혁일 뿐만 아니라 동시에 또 세계 정치 구도와 세계 역사 과정에 영향을 끼치는 변혁이기도 하며 중국과 세계의 상호 관계 성격의 변혁이다.

중국과 세계의 관계도 마찬가지로 변증법의 법칙의 지배를 받는다. 마르크스가 1853년에 『뉴욕 트리뷴』에 발표한 「중국 혁명과 유럽 혁명」이라는 제목의 평론에서는 중국과 유럽의 관계를 역사적 변증법의 "양극 상호 연관" 즉 대립 통일의 관점으로 고찰하였다. 마르크스는 "'양극 상호 연관'이라는 소박한 속담은 삶의 모든 방면에 그대로 적용할 수 있는 위대한 진리이며 철학자에게 없어서는 안 될 정리이다. 마치 천문학자가 케플러의 행성 운동 법칙을 떠날 수 없는 것이나 뉴턴의 위대한 발견과 마찬가지이다."[23]라고 말하였다. 그는 또 "중국 혁명이 문명 세계에 큰 영향을 미칠 수 있다는 것이 바로 이 원칙의 명확한 예이다."[24]라고 말하였다. 마르크스의 이 판단은 현대중국의 사회변혁 속에서 가장 뚜렷하게 증명되었다.

중국은 5천년의 전통문화를 가진 고대문명국이다. 지난 수천 년의 역사에서 명(明)대 전기에 이르기까지 중국은 세계에서 여전히 중요한 지위를 차지하였으며 세계에 중국문명을 기여하였고 또 다른 나라의 문명 성과도 받아들였다. 중국과 세계의 교류는 평화적이고 호혜적이다. 중국은 평화를 사랑하는 나라다. 근대 서구 자본주의가 생겨난 이후 대외 침략과 식민의 시대에 중국은 제국주의 열강에 유린당

---

23) 마르크스, 엥겔스. 『마르크스·엥겔스선집』 제1권, 3판. 베이징, 인민출판사, 2012년, 778쪽.
24) 위의 책.

하고 침략을 당한 피해자이자 피압박자였다. 서구 열강은 중국과 세계의 관계에서 모순의 주도적 측면에 처해 있다. 일떠서서부터 중국은 세계의 변두리에서 점차 세계의 중심으로 나아가고 있다. 그러나 중국은 세계를 주도하는 것을 추구하지 않는다. 중국이 강대해지기 시작한 후에도 이 방침은 변하지 않았으며 또 영원히 변하지 않을 것이다. 2001년에 중국이 세계무역기구에 가입해서부터 "일대일로" 공동 건설에 대한 제안과 인류 운명공동체의 구축에 이르기까지 강국의 길에 들어선 개발도상대국으로서 중국이 근대 세계 구도에서 거듭하여 침략만 당하고 얻어맞기만 하던 지위가 바뀌었지만 나라가 강대해지면 반드시 패권을 쥐곤 하는 옛길을 걷지 않을 것이며 여러 나라 인민들과 함께 인류 운명공동체를 적극 구축하고 인류의 평화와 발전을 위해 꾸준히 새로운 기여를 하고 있음을 보여주었다. 중국은 대외개방을 견지하여 세계경제의 발전을 촉진한 동시에 중국의 발전도 이루었다. 중국의 개방정책은 역사의 흐름에 부합되며 세계 여러 나라 이익에 부합된다. 중국과 세계의 관계는 호혜상생하고 순조롭게 서로 작용하는 변증법적 관계이다. 세계는 중국을 떠날 수 없고 중국도 세계를 떠날 수 없다.

제3장 사회주의 필연성 및 그 실현방식

두 가지 필연성에 관한 역사적 유물론의 관점에 따르면 사회주의가 자본주의를 대체하는 것은 역사의 필연이다. 그러나 이러한 필연성의 실현 및 그 방식은 매우 복잡하다. 소련의 해체는 역사적 유물론에 새로운 역사적 경험을 제공하였다.

1. 소련 사회주의의 실패는 필연인가 아니면 우연인가?

소련은 과거에 세계 사회주의 초강대국이었고 중국도 세계에서 중요한 사회주의대국이지만 양자의 발전방식과 운명은 너무 다르다. 소련은 최종 해체되었고 강대한 사회주의국가에서 자본주의국가로 탈바꿈하였으며 원래 빈곤하던 사회주의 중국은 개혁개방 속에서 빠르게 궐기하였다. 같은 사회주의국가인데 왜 각기 다른 두 가지 운명을 가지게 된 것일까? 만약 사회주의가 자본주의보다 우월하다면 소련은 왜 해체되었을까? 만약 사회주의가 자본주의보다 우월하지 않다면 중국은 왜 사회주의 기본제도를 견지하는 틀 안에서 이처럼 중대한 발전을 이룩할 수 있었을까? 사회주의사회가 자본주의사회를 대체하는 데는 필연성이 있는 걸까? 역사의 우연성, 즉 자기 개성을 가지고 특정된 역사 시기에 정치 무대의 전면에 나선 역사 인물이 중국과 소련의 사회주의사회 발전의 상이한 운명을 어느 정도까지 결정할 수 있는 것일까? 이런 문제들은 역사철학 문제인 동시에 현실적 문제이기도 하다. 문제와 그 해답은 모두 소련과 중국 각자의 사회주의사업의 역사발전과정에 존재한다.

소련이 해체된 후 이론가들 사이에서는 그것이 도대체 필연인지 아니면 우연인지 하는 문제에 대한 논쟁이 끊이지 않았다. 만약 그것이 필연이라면 10월 혁명은 잘못된 것이었고 실패할 수밖에 없는 모험이었으며 소련의 사회주의는 조산아였을 뿐만 아니라 그야말로 기형아였다고 할 수 있다. 만약 그것이 우연이라면 소련이라는 방대한 거물이, 그리고 미국 및 서구의 다른 자본주의 국가들에 대적할 수 있는 유일한 사회주의 대국이, 또 미국 및 서구의 다른 국가들이 종전 후 아무 거리낌 없이 제멋대로 할 수 없는 대국이 세인이 주목하는 빛나는 성과를 이루었으나 결국 우연적인 요소의 작용으로 말미암아 해체된 것인가? 우연적인 요소의 작용으로 자본주의 부활을 초래하게 되었다는 것은 납득할 수 없다. 우연히 생겨난 사회제도는 이처럼 빛나는 역사적 업적을 이룰 수 없으며 필연적으로 생겨난 사회제도 또한 단지 우연적 요소에 의해서만 멸망되는 것은 아니다.

이론가들이 소련 해체의 필연성과 우연성 문제에 대해 이와 같이 논쟁하는 가장 큰 오류는 자연법칙과 사회법칙을 혼동한 것이다. 사람들은 소련이 해체된 필연성에 대해 논하는 것을 마치 월식과 일식에 대해 논하는 것처럼 그것을 처음부터 실패하게 정해져 있는 역사 사건이라고 생각하였다. 사실 소련에서 발생한 모든 것은 소련의 역사 발전 과정에 존재하며 소련공산당이 영도하는 활동 과정에 존재한다. 소련의 사회주의 역사를 떠나서는 소련 해체의 필연성 문제도, 소련 해체를 초래한 각이한 개성을 가진 인물들이 나타나게 된 우연성 문제도 존재하지 않는다.

10월 혁명은 세계 역사적 의의를 띤 위대한 혁명이다. 그것을 단순히 우연한 것이라고 하든지, 레닌의 음모라고 하든지 하는 것은 물론 전적으로 그릇된 것이다. 세계 역사를 창조한 위대한 혁명이 순전히 우연일 수는 없다. 우연적인 요소는 유발 요인이 될 수는 있지만 역사 발전의 결정적인 요인은 아니다. 10월 혁명이 승리한 후 소련의 발전이 세계의 이목을 끌게 되자 한동안 서구세계가 우왕좌왕한 것이 바로 10월 혁명은 합리한 것이며 역사의 흐름에 순응하는 것이고 민심에 부합되는 것임을 설명해주고 있다.

10월 혁명의 필연성은 인류사회형태 교체의 법칙과 러시아의 특수한 조건의 결합 속에 존재한다. 만약 인류사회가 자본주의사회에 진입하지 않았고 자본주의사회가 자체의 모순으로 말미암아 필연적으로 사회주의사회로 넘어가는 법칙이 존재하지 않는다면 10월 혁명은 애초에 존재할 리도 없었을 것이다. 만약 러시아가 그 당시 자본주의 세계의 모순이 가장 첨예하고 가장 취약한 부분에 처해있지 않았더라면 사회주의혁명 또한 러시아에서 제일 먼저 일어날 리도 없었을 것이다. 세계 역사의 일반 법칙과 제1차 세계대전 종전 후 러시아가 직면한 여러 가지 모순된 특수 조건이 10월 혁명을 배태하였다고 말할 수 있다. 그리고 레닌이 창설한 러시아 볼셰비키 당의 확고하고 정확한 영도와, 러시아 이월혁명 승리 후의 정세를 시의적절하게 이용한 것, 그리고 전쟁의 해결 문제와 러시아 농민의 토지와 빵 문제의 해결을 요구하는 문제에 대한 러시아 자산계급 임시 정부의 무능함이 10월 혁명을 가능에서 현실로 바꾼 것이다. 10월 혁명의 필연성은 세계 자본주의 발전 법칙, 러시아의 특수한 조건과 사회 모순 및 레닌과 러시아 공산당의 활동의 결합 속에 존재하였다. 주체의 참여는 사회 법칙이 작용하는 특성으로서 사회주의혁명도 예외가 아니다.

역사가 소련의 필연적 해체와 사회주의의 필연적 실패를 운명적으로 정해놓은 것은 아니다. 그러나 결과는 무자비하였다. 소비에트정권은 눈부시게 빛나는 과정을 겪었지만 최종적으로는 몰락하고 말았다. 그러한 해체의 필연성은 국제적 조건 속에도 그리고 소련의 국내적 조건 속에도 마찬가지로 존재하며 집권 지위에 있는 소련공산당의 활동에도 존재한다. 소련 해체의 필연성은 특정된 역사적 조건하에서 소련공산당 자체의 활동에 의해 점차 조성된 것이었다.

스탈린은 집권 이후 소련의 궐기를 위해 혁혁한 공훈을 세웠으나 계급투쟁과 당내 투쟁으로 정권을 공고히 하면서 사회주의사회에 모순이 존재한다는 사실을 인정하지 않았으며, 각기 다른 모순을 정확히 처리하고, 각기 다른 방법으로 해결해야 한다는 사실을 인정하지 않았으며, 독재와 고압정책을 실시함으로써 소련 사회주의사회의 비정상적인 발전에 일정한 역사적 책임이 있으며, 잠재적 위험을 남겨놓았다. 그러나 결정적인 역할을 한 것은 스탈린이 세상을 뜬 후 소련공산당의 역대 지도자들이다. 그들은 스탈린이 세상을 뜬 후의 집권자이며 결정권자로서 소련의 실제 상황에 결부하여 진정으로 사회주의 원칙에 따라 스탈린과 스탈린 시기의 과오를 시정할 가능성이 얼마든지 있었다. 그러나 그들은 서로 다른 길을 걸었다. 스탈린이 세상을 뜬 후에 나타난 두 가지 가능성 중 소련공산당 지도자들은 잘못된 선택을 했던 것이다.

흐루시초프 이후의 몇 세대 소련공산당 지도자들은 한편으로는 이론과 여론 면에서 스탈린을 전면적으로 부정함으로 인해 유발된 소련 국내의 반(反)마르크스주의 사조가 사회주의 제도를 희화화하고 중상하는 사조로 바뀐 것에 대해 방임하는 태도를 취했고, 다른 한편으로는 경제 및 정치면에서 여전히 스탈린 시기에 확립된 체제를 유지하면서 진정 효과적인 개혁을 진행하지 않음으로 인해 소련 경제가 정체 상태에 빠져들게 되었다. 이런 경제적 토대와 상부구조 사이의 모순, 즉 이데올로기 속에서 사회주의와 마르크스주의 여론을 헐뜯는 여론의 범람과 기존의 경제체제를 따르는 것 사이의 모순은 소련의 생산력과 과학기술의 발전에 심각한 영향을 끼쳤으며, 그로 인해 인민의 생활수준이 서구의 선진국에 비해 훨씬 뒤떨어지게 되었다. 이데올로기 영역에서 마르크스주의가 소외되고 희화화되었으며, 사상이 매우 혼란스러웠다. 역사적 유물론의 관점에 따르면 모든 사회적 충돌은 결국 사회의 기본 모순 속에 존재한다. 소련이 이데올로기 면에서 극심한 혼란에 빠지고, 생산력과 과학기술의 발전이 정체되고, 인민의 생활수준이 빈곤에 빠졌을 때, 해체의 필연성은 불만 속에서 조용히 형성되었다.

소련공산당 지도자 고르바초프와 옐친이 정치무대에 등장한 것은 시의적절한 일이었다. 추상적으로 말하면 사회주의는 당연히 민주가 필요하고 투명한 것이 필요하며 사회주의적 인도주의가 필요하다. 그러나 고르바초프가 신(新)사유를 창도하고, 이른바 민주적이고 인도적인 사회주의를 실시한 것은, 스탈린과 소련 정치체제의 전제와 폭행의 이른바 반 인도주의에 저항하는 정치적 경향이 이미 다년간 서서히 지속되어온 가운데 제기한 것으로서 사회주의 제도 자체에 칼끝을 겨눈 것이지 체제의 결함이 존재하는 것은 아니었다. 이에 따라 가뜩이나 혼란한 사상을 더욱 혼란하게 하였다. 사회주의 제도, 소련공산당 그리고 지도사상으로서의 마르크스주의는 오랫동안 끊임없이 희화화되어 왔기 때문에 많은 사람들의 마음속에서 그 합리성을 이미 잃었으며 마지막 존엄마저도 잃어버렸다. 옐친이 신(新)자유주의의 전면 사유화라는 "쇼크 요법"을 실시함에 따라 경제 토대에 근본적인 변화가 일어나게 되자 소련은 상부구조에서 경제 토대에 이르기까지 근본적인 변화가 일어났고, 소련의 해체와 자본주의 복귀는 피할 수 없게 되었다. 의회에서 소수인의 저항은 실패할 수밖에 없었다.

소련공산당의 해체, 소련 사회주의의 실패 앞에서 인민들은 혹자는 수수방관하거나 혹자는 거리로 나가 적극적으로 참여하는 태도를 취하였다. 수수방관하는 태도는 일종의 정치적 냉담주의로 표현되었고, 적극적 참여 태도는 일종의 비이성적 광신주의로 표현되었다. 이는 소련 사회의 생산력과 생산관계, 경제토대와 상부구조의 모순이 다년간 누적된 결과이다. 왜냐하면 10월 혁명의 필연성에서부터 소련 해체의 필연성에 이르기까지의 기간은 매우 긴 역사 과정이었기 때문이다. 바로 그 역사 과정에서 소련공산당의 실천 활동을 통해 사회적으로 소련 해체의 경제적, 정치적, 사상적 조건이 점차 마련되었다. 소련의 해체와 소련 사회주의 실패의 필연성은 주로 탈 스탈린시대 때에 소련공산당은 마르크스주의를 점차 이탈하고 저버리는 활동 속에 존재하고 있었으며, 소련공산당의 노선과 정책으로 인해 차근차근 쌓아올리게 되었던 것이다.

소련 사회주의 실패의 교훈을 통해 분명히 알 수 있다시피 사회주의사회에는 자체 발전법칙이 있으며, 그 자체의 모순은 단순하게 무산계급의 전면적 독재와 계급투쟁을 실행하는 것에 의존해서는 해결할 수 없는 것이다. 사회주의사회의 발전과정에서 결정적 역할을 하는 것은 여전히 물질수단의 생산방식이다. 스탈린은 세상을 뜰 때까지 계급투쟁을 조금도 늦추지 않았으며, 엄격한 정치운동과 당내 투쟁으로 이른바 "말끔하게, 순결하게" 사회주의사회를 만들었지만, 그럼에도 소련은 해체고 말았다. 소련의 해체와 10월 혁명 성과의 상실은 역사적 유물론의 기본 원리의 정당성을 충분히 증명해주었다.

사회적 필연성은 사회와 분리된 "운명의 신"이 아니다. 사회적 필연성은 사회 발전과정 속에 존재한다. 따라서 역사적 사건이 발생한 시대 배경, 시간, 조건 모두가 동일할 수는 없다. 구체적인 역사 사건은 재현되지 않는다. 역사 속에는 각기 다른 주인공들이 있었다. 역사의 거인이 있는가 하면 역사의 난쟁이도 있기 마련이다. 역사인물들이 활동하는 사회적 조건이 각기 다르며 국제적 배경도 각기 달랐다. 10월 혁명은 인류혁명의 새로운 기원이며 인류혁명의 위대한 승리였다. 소련의 해체는 사회주의의 위대한 실천 과정에서 겪은 한 차례의 실패였다. 이처럼 각이한 사건 속에서 각이한 성격, 각이한 수준, 각이한 임무를 맡은 역사 인물들을 발견할 수 있다. 탈 스탈린시대의 역사가 소련 사회주의 건설의 성과를 부정하는 방향으로 변화하고 있을 때, 정치무대에는 10월 혁명을 가능성에서 현실로 바꾼 레닌과 같은 천재적인 인물이 또 다시 나타날 수 없었으며, 소련을 나무 쟁기를 사용하던 데로부터 원자탄을 보유하고 독일 파시스트를 전승하였으며, 인내력과 독재력을 갖춘 이중인격과 전략적 안목을 갖춘 스탈린과 같은 인물이 나타날 수밖에 없었다. 소련 사회주의 건설의 성과와 마르크스주의를 전면 부정한 뒤 필요한 것은 오로지 "신 사유"의 기치 아래서 완전히 뒤집을 수 있는 인물이었다.

10월 혁명의 필연성이 소련 사회주의의 종국적 승리의 필연성을 가

겨올 수는 없었다. 이는 성격이 다른 두 가지 필연성이다. 그 어떤 위대한 마르크스주의 이론가나 혁명가도 그들의 뒤에 있는 나라를 위한 영구불변의 치국방안을 내놓을 수 없으며, 그들이 개척한 사업이 앞으로 요절하지 않으리라고 보장할 수도 없다. 옛 말에 창업이 어렵지만 그것을 지키는 일은 더욱 어렵다고 하였다. 사회주의 위대한 사업은 어떠한 봉건왕조와도 달라서 끊임없는 변혁 속에서 보완되고 공고해지며 발전할 수밖에 없다.

역사는 우연성을 띤다. 소련공산당의 다른 지도자가 아닌 고르바초프와 옐친이 최종 소련 사회주의를 매장시킨 주역이 된 것이다. 소련의 해체 과정에서 수많은 극적인 사정들은 물론 모종의 우연성을 띠었지만, 그 우연성의 배후에서 최종 결정적 역할을 한 것은 여전히 역사적 필연성이었다. 한 사회주의 국가가 만약 사회의 기본 모순을 정확하게 해결할 수 없고, 오히려 사회의 기본 모순을 끊임없이 격화시켜 사회주의 기본 제도의 범위 내에서 모순을 해결할 수 없고, 민심을 모두 잃었을 때, 소련 모델의 사회주의의 실패는 불가피한 것이 되고 말았던 것이다.

2. 마오쩌동의 예견성과 역사의 국한성

소련 사회주의제도가 무너지고 자본주의가 소련에서 부활하였다. 이 점에 대해서 마오쩌동은 오래 전부터 예상하고 있었던 듯하다. 그는 소련에 대해 "위성은 하늘로 날아오르고 붉은 깃발은 땅 위에 떨어질 것"이라고 예언한 적이 있다.

마오쩌동은 어떻게 이런 결론을 얻었을까? 그 판단의 근거는 무엇인가? 마오쩌동의 근거는 사회주의 발전의 역사적 필연성이다. 사회주의 국가의 지도사상은 마땅히 마르크스주의여야 한다. 만약 이데올로기 영역에서 마르크스주의 지도권을 잃게 되면 사회주의 국가는 위험한 상태에 처하게 될 것이다. 마오쩌둥은 흐루시초프가 스탈린을 극구 반대하고 스탈린을 전면 부정하는 것을 보고 "소련이 스탈린을 전면 부정한다면 필연적으로 한발 더 나아가 레닌을 부정하게 될 것이며, 레닌과 스탈린 이 두 기치를 버리게 되면 소련은 무너지고 말 것"이라고 단정 지었다. 사회주의 상부구조에 이데올로기의 틈이 벌어지기만 하면 각종 반(反)마르크스주의, 반(反)사회주의 사조가 세차게 밀려들어 와 사회주의 제도를 무너뜨리게 될 것이다. 이 점에 대해서는 소련이 해체되기 전 상당히 오랜 기간 철학사회과학과 문학예술 분야에 나타난 주도적 경향을 보면 바로 알 수 있다. 사회주의 제도가 희화화되었고, 듣도 보도 못한 수많은 '폭행'과 '암흑면'이 신문 · 라디오 · 텔레비전에다 '공개적'인 호소를 통해 끊임없이 폭로되었다. 사회구조는 하나의 전체이다. 한 측면으로부터, 예를 들어 이데올로기 영역으로부터 하나의 틈만 찢어 놓아도 사회구조는 그 틈을 따라 끊임없이 연장되고 확장되어 사회 중심이 기울고 민심이 흩어지는 결과를 초래하게 되며, 결국에는 전반적인 사회구조의 붕괴와 해체를 부르게 된다. 사람들의 마음속에서 합리성과 합법성을 잃은 사회제도는 더 이상 계속 존재할 수 없는 것이다.

역사활동 속에서 개인의 동기는 결정적인 것이 아니다. 흐루시초프가 1956년에 사회주의를 무너뜨리려는 생각을 갖고 있었던 것은 아닐 것이다. 그도 성심성의를 다 해 개혁을 진행하려고 하였을 수도 있었다. 그러나 역사는 개인의 주관 의지에 의해 좌우되는 것이 아니다. 스탈린을 전면 부정하고, 소련 사회주의의 역사를 부정하는 갑문을 열기만 하면 흙탕물이 그 갑문으로 밀려들어올 것이다. 처음에는 작은 흐름일 수 있겠지만 차츰 막아낼 수 없는 거센 흐름으로 바뀌게 될 것이다. 마오쩌동은 그 위험성을 보았으며, 사회주의 이데올로기 문제에서 그는 시종일관 높은 경각성을 유지하였다. 그러나 그때 당시 마오쩌동이 관심을 가졌던 것은 소련 사회주의 체제에 존재하는 문제가 아니라 이데올로기 분야의 문제였다. 그때 당시 그는 소련 사회주의 체제에 대한 개혁을 진행하지 않는다면 결국은 "위성은 하늘로 날아오르고 붉은 깃발은 땅 위에 떨어질 수 있다"는 사실을 미처 알지 못하였다.

  마오쩌동은 그때 당시 여전히 기존의 사회주의 관념의 모델 속에 머물러 있었다. 소련의 『정치경제학교과서』에 관한 독서 노트와 관련 담화를 통해 마오쩌동은 자본주의가 소멸된 후 자본주의를 다시 실시할 수 있고, 가치법칙은 큰 학교이며, 경제적 채산에 대해 배워야 한다는 등의 중요한 사상을 제기한 바 있다. 그러나 그의 주도사상은 여전히 '8급제'를 자산계급의 법권이라고 부르고, 상품경제를 자본주의 복원의 온상으로 몰아가며, 그 당시 중국의 사회주의 발전 단계를 과대평가했던 것이다. 그는 흐루시초프가 스탈린을 전면 부정하는 것에 반대하였으며, 스탈린의 공(功)과 과(過), 시(是)와 비(非)에 대해 정확하게 평가하는 것을 견지한 것은 옳았지만, 사회주의 국가에서는 마땅히 '개인숭배주의'를 반대해야 한다는 것에 대해서는 명확한 입장이 결여돼 있었다. 이는 중국에서 '개인숭배주의'를 타파하고, 당의 집단지도제도를 확립하고 건전히 하는 데 불리하다. 마오쩌동이 사회주의 이데올로기 영역에서 마르크스주의의 지도적 지위를 수호한 것은 옳았지만, 사회주의 일부 관념은 반드시 실제 상황에 따라 끊임없이 발전시켜야 한다는 마르크스와 엥겔스의 사상에 대해서는 힘주어 강조하지 않았다. 마오쩌동은 마르크스주의 중국화의 창도자이자 실천자이며 중국 사회주의 길의 탐색자이긴 하지만, 소련이 "위성은 하늘로 날아오르고 붉은 깃발은 땅에 떨어질 것"이라고 단정 지으면서도 여전히 이데올로기에 중점적으로 관심을 돌리고 소련 경제체제와 정치체제에 존재하는 결함을 보지 못하였다. 그래서 마오쩌둥은 전체적으로 여전히 소련과 대체로 같은 체제를 견지했던 것이다. 소련을 두고 "위성은 하늘로 날아오르고 붉은 깃발은 땅 위에 떨어질 것"이라는 마오쩌둥의 예언은 예견성이 있을 뿐 아니라 매우 큰 역사적 국한성도 있다. 이러한 국한성은 중국에서 장장 20년간이나 지속된 '좌'경 오류의 중요한 이론적 근원이 되었다.

엥겔스는 인간은 일정한 조건하에서 사물에 대해 인식한다면서 조건이 어떤 정도에 이르게 되면 인식도 어떤 정도에 이르게 된다고 말하였다. 위대한 인물도 마찬가지로 역사적 제한성이 있기 마련이다. 역사적 필연성에 대한 인식은 하나의 과정이며 심지어는 막대한 대가를 치러야 하는 과정이기도 하다. 마오쩌둥 시대의 중국은 틈새에 끼어 있었던 시기였다. 서양에는 서구 자본주의 세계 특히 미국의 봉쇄가 있었고, 동양에는 소련의 대항이 있었다. 그때 당시 마오쩌둥은 대외개방을 할 수 없었으며, 일부 사람들이 먼저 부유해지도록 할 것을 제창하는 것은 더욱이 불가능한 일이었다. 마오쩌둥에게 있어서 "우리를 멸망시키려는 적들의 마음이 죽지 않은" 국제정치 형세 하에, 또 나라가 여전히 "토대가 박약한" 상황에서 평균주의는 사회를 안정시키고 정권을 공고히 하기 위한 필연적인 선택이었다.

마오쩌둥은 전 집권 생애에서 정치적·사상적으로 사회주의 정권을 공고히 하는 것을 가장 중요한 대사로 간주하였다. 역대 왕조 흥망성쇠의 역사를 잘 알고 있는 마오쩌둥이었기 때문에 사회주의 정권을 이미 얻었지만 다시 잃을 수 있다는 것을 분명하게 알고 있었다. 1945년에 그는 황옌페이(黃炎培) 선생과 역사주기율 문제에 대해 토론한

적이 있었다. 전국의 해방이 임박하였을 때 곧 취득하게 될 전국 정권을 어떻게 공고히 할 것인지가 마오쩌동이 우선 고려해야 할 문제였다. 마오쩌동은 당의 7기 2차 전원회의에서 한 보고에서 이미 전 당에 경종을 울렸다. 그 후 당 중앙이 시바이퍼(西柏坡)에서 베이징으로 이주하였을 때 마오쩌동은 또 이자성(李自成)을 예로 들면서 "우리는 절대 이자성이 되지 않을 것이다. 우리 모두가 좋은 성적을 따내길 바라고 있다"라고 말하였다. 마오쩌동의 이런 뛰어난 예견성은 모두 무산계급이 정권을 쟁취한 후 얻었던 정권을 다시 잃지 않도록 어떻게 방지할 것인가 하는 문제와 관련되는데 중점은 어떻게 해야 정권을 공고히 할 수 있으며, 역사적으로 농민혁명지도자가 도시에 입성한 후 부패해졌던 옛길을 걷지 않을 수 있지 않을까 하는 것이었다. 그리하여 마오쩌동은 인민 내부의 모순을 정확히 처리하는 문제, 사회주의사회 기본 모순의 조정 및 그 기본 모순이 생산력에 부응하지 못하는 방면에 대한 조정 문제, 10대 관계를 정확히 처리하는 문제 등의 문제에 대해 제기했던 것이다. 그러나 중국 사회주의 건설의 길과 사회주의 제도의 공고화에 대한 전국적, 전망적 전략적 의의가 있는 이러한 사상들은 마오쩌동 생전에 착실하게 관철되지는 못하였다.

중국 사회주의 건설의 역사가 증명하다시피 "계급투쟁을 중심으로 하는 노선"을 통해 사회주의를 공고히 하려는 시도는 사회주의제도의 자기완성에 도움이 되지 않고 민생의 개선에도 도움이 되지 않을 뿐 아니라, 결국 사회주의제도의 공고화에도 도움이 되지 않음을 알 수 있다. 중국 사회주의사회의 기본 모순은 여전히 생산력과 생산관계의 모순, 경제토대와 상부구조의 모순이며, 최종 결정적인 역할을 하는 것은 생산력 발전의 수준과 상황이다. 한 사회는 단순히 정치투쟁에만 의지하여 정권을 공고히 할 수 없으며, 평균주의에 의지하여 민심을 안정시킬 수도 없다. '문화대혁명' 과정에서 계급투쟁을 크게 벌이는 바람에 간부와 지식인에 대해 오랫동안 아물기 힘든 상처를 남겼다. 사람들의 주관적 염원의 여하를 막론하고 역사적 유물론의 기본 원칙과 사회주의사회 발전의 객관법칙은 어길 수 없는 것이다.

3. 중국 사회주의 발전의 필연성과 중국공산당의 정확한 선택

마오쩌둥이 서거한 후 가난한 사회주의 국가를 어떻게 부유한 사회주의 국가로 변화시킬 것인가 하는 것이 중국 공산주의자들 앞에 놓인 중대한 과제였다. 국제 정세와 중국사회 자체의 발전이 그 요구를 제기하였고, '4인방' 이 분쇄시키는 선택을 정치적으로 가능케 하였다. 시대는 역사적 중임을 감당할 수 있는 인물을 필요로 하고 있었으며, 사상해방과 마르크스주의 중국화의 새로운 발전을 필요로 하고 있었다. 시대가 질문을 던졌으니 해답도 주기 마련이다. 그 해답으로 바로 중국 특색의 사회주의 이론이 생겨난 것이다. 이는 중국 사회주의 역사 발전의 필연성이며, 또한 사회주의 역사 발전에서 필연적으로 걸어야 하는 길에 대한 중국 공산주의자들의 올바른 선택이다.

사회주의 발전은 서로 다른 역사단계에 서로 다른 특징을 띤다. 마오쩌둥은 사회주의 정권이 제대로 자리 잡지 못하였을 때, 정치적으로 정권을 공고히 하는 데 주안점을 두고 계급투쟁은 일정한 역사적 합리성이 있다고 강조하였다. 그러나 "계급투쟁을 중심으로 하는 것" 을 전적으로 사회주의시기의 지도사상으로 삼음으로 인해 정치적으로 민주와 법제건설에 주력하지 않고, 두 가지 서로 다른 성격의 모순을 혼동하였으며, 경제건설에 정력을 집중하지 않고, 이른바 "혁명을 틀어쥐는 것" 으로 생산을 촉진한다는 것이 실제로는 생산력의 발전을 저해하게 됨으로써 사회주의사회제도의 우월성이 충분히 발휘되지 못하는 결과를 초래하였다.

중국이 장기간의 모색과 고통 그리고 좌절을 겪은 후, 국제 사회주의 실천의 경험을 총화 한 토대 위에서 덩샤오핑이 제일 먼저 "사회주의란 무엇이며, 사회주의를 어떻게 건설할 것인가?" 라는 문제를 제기하였으며, "하나의 중심, 두 개의 기본점" 이라는 기본 노선을 점차 형성하고 개혁개방의 발걸음을 내디뎠으며, 중국 사회주의 발전의 수수께끼를 풀었다.

우리는 반드시 역사적 필연성의 차원에서 덩샤오핑 이론을 이해해야 한다. 사회주의란 무엇이며, 사회주의를 어떻게 건설할 것인가 하는 질문이 제기한 것은 사회주의 역사적 필연성 실현의 추상적 가능성과 구체적 가능성의 상호관계에 관한 문제이다. 사회주의가 필연적으로 자본주의를 대체하게 될 것이라는 이론은 인류사회가 자본주의 사회에 들어선 후 마르크스와 엥겔스가 인류사회 발전의 총체적인 역사적 추세에 대해 과학적으로 개괄한 것이다. 그러나 그 법칙의 실현은 국가별 조건과 특징을 떠날 수 없다. 오로지 여러 나라 자체의 조건과 특징으로부터 출발해야만 사회주의가 자본주의를 대체하는 것이 가능하고 현실이 될 수 있는 것이다. 그렇지 않으면 그것은 추상적인 패턴이 되고 말 것이며 심지어는 유토피아에 빠질 수도 있을 것이다.

"사회주의란 무엇이며, 사회주의를 어떻게 건설할 것인가?"에 관한 덩샤오핑의 이론은 사회주의가 자본주의를 대체하는 법칙의 실현을 현실적 토대 위에 올려놓음으로써 사회주의사회를 인류사회 발전의 사회형태에 관한 법칙성 이론으로부터 중국의 실제 사회주의 건설의 이론과 실천으로 전환시켰으며, 따라서 그 이론은 과학적 사회주의 이론을 중국의 실제와 결부시킨 탁월한 본보기가 되었다.

"하나의 중심, 두 개의 기본점"이라는 기본 노선에 대해서는, 사회주의사회구조의 차원에서 이해해야만 그 합리성과 현실성을 이해할 수 있다. 경제건설을 중심으로 한다는 것은 생산력이 사회발전의 최종 결정적 역량이라는 법칙을 확실히 파악하는 것이다. 엥겔스는 마르크스의 묘소 앞에서 "다윈이 유기계의 발전법칙을 발견하였듯이 마르크스는 인류역사의 발전법칙을 발견하였다. 그 발전법칙이란 것은 바로 예로부터 복잡하게 뒤섞여 있는 여러 가지 이데올로기들에 가려져 있던 하나의 간단한 사실, 즉 사람들은 우선 먹고, 마시고, 살고, 입는 문제를 해결한 다음에야 비로소 정치·과학·예술·종교 등의 활동에 종사할 수 있다는 것이다."[25] 물질수단의 생산은 인류의 모든 활동이 실현될 수 있는 토대이다. "두 개의 기본점"도 마찬가지로 사회주의사회 구조와 갈라놓을 수 없으며, 사회주의사회가 존재하고 발전하기 위한 필연적 요구를 구현하였다. 네 가지 기본원칙을 견지하는 것은 경제토대에 대한 사회주의 상부구조의 반작용을 견지하는 것이며, 네 가지 기본원칙을 견지하지 않으면 개혁개방은 사회주의 필연성의 방향에서 멀어지게 되며, 개혁개방을 견지하지 않으면 끊임없이 변혁하고 있는 사회주의사회를 고착화시키고, 중국에서 사회주의 역사적 필연성의 실현을 저지하게 된다. 개혁개방을 네 가지 기본원칙과 분리시킨다면 사회주의사회의 기본모순의 격화를 초래할 수 있다.

덩샤오핑 이론은 마르크스주의 발전사에 있어서나 사회주의 실천사에 있어서나 모두 위대한 창조이다. 수십 년간의 개혁개방 과정에서 중국 특색의 사회주의 이론체계는 시대와 더불어 끊임없이 발전하였다. 경험이 증명하다시피 중국 특색의 사회주의 길을 걷는 것은 중

---

25) 마르크스, 엥겔스. 『마르크스·엥겔스선집』 제3권. 3판. 북경, 인민출판사, 2012, 1002쪽.

국에서 소련의 비극이 재연하는 것을 방지하고, 사회주의를 견지하고 발전시키며 보완하면서 중화민족의 위대한 부흥을 실현함에 있어서 반드시 걸어야 할 길이다.

신(新)발전관의 제기는 인류사회가 포스트 산업사회에 들어선 후 직면한 공동의 문제에 대한 대답일 뿐만 아니라 중국 사회주의사회 발전의 필연적 요구이기도 하다. 인류사회의 발전은 아주 긴 역사적 단계에서 자연발생적 상태에 처해있었다. 사회주의 이전 사회에서는 그 어떤 사회도 사회발전에 대한 총체적 계획이 없었고 또 총체적 계획을 세울 수도 없었다. 자본주의사회에서도 기업마다 계획이 있었지만, 전반 경제생활 영역에서는 여전히 시장이라는 "보이지 않는 손"에 의해 자동적으로 조절되었으며, 사회경제를 지배하는 것은 정글의 법칙이었다.

1970년대 서구 자본주의국가들이 발전문제에 관심을 돌리기 시작하였고, 유엔에도 발전문제에 대해 전문적으로 연구하는 학자들이 생겨났고 전문저서도 출판되었다. 그러나 사회발전문제에 있어서 서구 사회에서는 다만 그중의 한 분야, 즉 생태환경의 악화로 인한 인간과 자연의 모순에만 관심을 돌렸을 뿐 인간과 인간 간의 관계문제에 대해서는 전혀 취급하지 않았거나 또는 아주 드물게 취급하였다. 그들은 서구 기존의 사회경제제도와 정치제도를 떠나 발전문제를 단순히 생태보호문제에 귀결시켰다. 인간과 자연의 관계, 인간과 인간의 관계는 분리시킬 수 없다. 인간과 자연의 관계는 인간과 인간의 사회관계 내에서 발생하며 인간과 인간의 관계는 인간과 자연의 관계를 토대로 발생한다. 오직 양자를 결부시켜 고려해야만 현대인류 사회발전의 필연적 요구에 진정으로 부응할 수 있다. 발전에 관한 서구의 이론은 인간과 자연의 필연성 관계에 대해 일정하게 인식하고 있지만, 사회의 필연성에 대한 인식은 여전히 맹목적인 상태에 처해 있었다고 말할 수 있다.

과학적 발전관에서 '과학' 이라는 두 글자는 우선 사회주의사회구조를 총체적으로 경제발전의 토대 위에 수립하였음을 의미한다. 생산력의 발전이 없다면, 경제의 발전이 없다면, 종합 국력의 향상이 없다면, 사회생활 기타 영역의 발전이 없다면 경제발전에 필요한 물질적 토대의 지지가 부족하게 된다. 물질수단의 생산방식은 사회의 존재와 발전의 토대이며, 생산력은 결국 사회발전의 결정적 역량이다. 사회주의는 종국적으로 자본주의를 전승하게 된다. 사회주의가 자본주의보다 우월하다는 것은 종국적으로 더욱 높은 물질생산력과 생산성에서 구현된다. 과학적 발전관의 첫 번째 요의가 발전이라는 것은 바로 이와 같은 중요한 원리를 집중적으로 구현하고 있다.

가치관으로 말하면 인간중심주의를 신시대 과학적 발전관의 핵심으로 삼은 것도 마찬가지로 사회주의 본질을 근거로 한 것이다. 인민대중은 사회의 주체이고 역사의 창조자이다. 그러나 과거 역사과정에서는 인민대중의 창조적 역할과 지위가 큰 제한을 받았다. 착취계급이 지배적 지위에 있는 사회에서는 인간중심주의가 단 한 번도 진정으로 행해진 적이 없으며, 또 그럴 수도 없었다고 말할 수 있다. 인간중심의 사고가 있기는 하지만, 그것은 소수의 진보적 사상가의 이상과 추구일 뿐 사회적 현실이 되었던 적은 없다. 인간중심이 계급사회에서 실현될 수 없는 것은 역사의 필연이지만 사회주의사회에서 인간중심은 사회주의 본질의 필연적 요구이다. 민생을 개선하지 않고 민정에 관심을 돌리지 않으며 민의에 귀를 기울이지 않고 사회 모든 구성원들이 발전의 성과를 함께 누리도록 하지 않는다면, 사회주의사회는 장기적으로 존재하고 발전해나갈 수 없다. 인류발전에 관한 마르크스의 세 가지 형태이론은 인류 역사 발전의 각도에서 그 문제를 이해하는 열쇠이다.

사회주의 필연성의 실현은 결코 모순이 없는 과정이 아니다. 자본에는 자본의 논리가 있는데 그것은 바로 이윤의 추구이다. 공산당은 공산당의 논리가 있는데 그것은 바로 인민을 위한 당 건설과 인민을 위한 집권이다. 도덕에는 도덕의 논리가 있는데 그것은 바로 도덕적 규범과 도덕적 이성의 차원에서 개인과 집단이 부당한 경제적 이익에 대한 굴종에서 벗어나게 하는 것이다. 이윤에 대한 추구가 없으면 자본은 활력이 없다. 자본은 이윤을 추구하고 사회의 발전을 추진하는 데 유리하다. 그러나 사회주의사회에서 기업가는 자본의 인격화에만 그칠 것이 아니라 중국 특색의 사회주의의 건설자가 되어야 하며, 자본의 본성은 마땅히 사회주의제도의 제약을 받아야 한다. 그러나 희망사항이 실제상황이 되는 것은 아니다. 사회주의 시장경제 조건 하에서 기업가들이 모두 자각적으로 인간중심의 철학 이념의 지배를 받는 것이 아니다. 일부 사람들은 흔히 자본 논리의 지배를 받는다. 이것이 바로 사회주의 시장경제에서 온갖 가짜, 저질 제품이 나타날 수밖에 없는 경제적 원인이다.

서구 자본주의 시장경제도 발전과정에서 오랜 기간 가짜 저질 제품이 시장에 범람하던 단계를 거쳤다. 일본과 한국의 발전도 마찬가지다. 미국 뉴욕에서도 "구정물 우유"라는 유독우유사건이 발생한 적이 있다. 자본주의 시장경제는 시장경쟁을 통해 양심이 없는 기업가들의 명성을 떨어뜨리고 파산시킴으로써 그들이 시장규칙을 준수하도록 강요한다. 엥겔스는 자본주의 경제발전에 대해 논술하면서 "현대 정치경제학의 법칙 중의 하나는 (통용되는 교과서에는 명확히 밝히지 않았지만) 바로 자본주의 생산이 발전할수록 그 초기단계의 특징이 되는 사소한 기만과 사기수단을 더 사용할 수 없다는 것이다."[26]라고 지적하였다. 자본주의가 고도로 발전함에 따라 "상업도덕은 반드시 일정한 수준으로 발전하게 된다. 그것은 윤리에 대한 열광에서 비롯되는 것이 아니라, 순전히 시간과 고생을 헛되이 하지 않기 위해서이다."[27] 기업이 불법적인 수단으로 이윤을 얻었는데 결과적으로 얻는 것보다 잃는 것이 더 많을 때 기업은 파산하게 된다. 그런 파산의 위협이 기업으로 하여금 시장경쟁의 규칙을 지키지 않을 수 없게 한다. 상업경쟁은 상업 사기를 줄일 수는 있지만, 자본주의는 사기를 근절시키지 못하며 오히려 사기가 점점 더 은밀해지고 점점 더 위험해진다. 과거 미국 발 세계적 금융위기가 바로 자본주의 금융자본의 본성을 폭로한 한 차례 대 사건이었다.

사회주의 시장경제는 물론 시장 자체의 힘을 이용하여 양심이 없는 기업과 기업가들이 시장의 징벌을 받도록 해야 한다. 그러나 사회주의 조건 하에서 우리는 단순히 시장 자체의 힘에만 의지하여 불량기업과 불량한 기업가를 징벌할 수는 없다. 단순히 시장에만 의지하게 되면 그 결과는 혹자는 "악화(惡貨)가 양화(良貨)를 몰아내거나" 혹자는 기업이 파산되어 대량 노동자의 실업과 사회적 파장을 부르게 된다고 하고 있다. 양자 모두 사회주의사회에는 불리한 것이다. "싼루(三鹿)분유"사건이 우유업계의 위기를 유발하였고, 심지어는 식품 안전에 대한 대중의 불신을 유발시켰다. 그 사건은 우리가 단순히 시장에만 의존하여 조절하고 처벌해서는 안 된다는 도리를 충분히 설명해주었다. 시장의 역할에 대한 맹목적인 숭배가 실제로는 인간을 법칙의 노예로 만든다.

---

26) 마르크스, 엥겔스. 『마르크스 · 엥겔스선집』 제1권. 3판. 베이징, 인민출판사, 2012, 65쪽.
27) 위의 책.

사회주의사회구조의 총체적 요구는 국가가 필요한 경제기능을 발휘해야 할 뿐만 아니라 사회주의 법제와 도덕의 역할도 중시해야 한다는 것이다. 국가가 시장을 감독하는 것은 인민을 위한 당 건설, 인민을 위한 집권이라는 사회주의 국가의 성격을 구현한다. 이는 미시적 경제의 운행에 대한 간섭이 아니라 기업의 행위를 인도하는 것이며, 소비자 즉 인민을 보호하는 것이다. 인간중심주의 이념은 반드시 자본의 논리를 통제하는 법률제도와 도덕규범이 되어야 한다. 오로지 시장의 우승열패법칙에만 의지하게 되면 사회주의 시장경제를 보완하는 과정만 더 길어지게 된다. 이는 중국공산당의 인간중심주의 이념에 부합되지 않을 뿐만 아니라 사회주의사회발전법칙에도 부합되지 않는다. 사회주의 기본 경제제도와 시장경제의 결합은 사회주의사회의 필연성과 인간의 능동성 및 제도의 우월성의 결합이며 시장법칙에 대한 자각적인 통제이다.

　　사회주의 시장경제에서 자본의 논리와 인간중심주의는 절대적 대립관계가 아니다. 기업가는 '경제인'이 아니라 현실속의 인간으로서 현실사회 속에 살고 있으며, 사회관계가 부여한 본성을 갖고 있기 때문이다. 자본의 본성은 결코 기업가의 유일한 특성이 아니다. 그러나 인간중심주의는 반드시 제도화되어야 하며, 인간중심을 추상적인 인간성에 대한 요구로 변화시켜서는 절대 안 된다. 법률규정도, 도덕규범의 내용도 없는 '인간화'이니 뭐니 하는 말은 공허한 구호일 수밖에 없으며 실제 적용의 가능성도 없다. 자고로 인간성에 호소하여 사회문제를 해결하려는 정부 치고 성공한 것은 단 하나도 없다. 오늘날 세계를 둘러보면 무릇 관리가 맑고 깨끗하며, 사회질서가 양호한 사회는 모두 법치와 엄격한 관리제도에서 비롯된 것이고, 장기적인 도덕교화에서 비롯된 것이지, 인간화·인간성의 복귀와 같은 공허한 구호에서 비롯된 것이 아니다. 과학적 사회주의는 바로 공상사회주의의 추상적 인성론을 포기한 토대 위에서 생겨난 것으로서 사회주의 시장경제의 보완도 마찬가지로 그래야만 한다.

사회주의 조화로운 사회의 구축도 마찬가지로 사회주의 필연성의 차원에서 이해해야 한다. 사회주의사회 자체의 견지에서 볼 때, 사회주의 조화로운 사회의 구축이 가능한지의 여부는 사회발전이 과학적 발전관의 요구에 따르고 있는지의 여부를 구현한다. 지속가능한 발전을 전면적으로 조절할 수 없는 사회는 GDP가 고속 성장하더라도 사회주의 필연성의 최종 실현을 보장할 수는 없다. 왜냐하면 조화롭지 않은 사회, 모순이 첨예한 사회는 틀림없이 위기가 도처에 도사리고 있는 사회이기 때문이다. 사회주의사회의 조화와 사회의 안정과 발전은 서로를 촉진케 하고 서로를 지탱해주는 것으로 사회주의 필연성을 실현하는 중요한 고리이기 때문이다.

가치관으로 말하면 조화로운 사회의 구축은 사회주의 경제가 현 단계까지 발전함에 있어서의 필연적 요구이기도 하다. 사회주의 조화로운 사회는 저절로 실현되는 것이 아니라 구축해야 하는 것이다. 구축은 사회활동에서의 주체 행위이다. 중국 사회주의 초급단계에는 여러 경제이익집단이 존재하고 빈부격차가 존재하며 여러 가지 모순이 존재한다. 조화로운 사회를 구축하는 것은 중국이 다년간의 경제발전을 거쳐 인민의 생활수준이 보편적으로 향상되었지만, 양극분화와 빈부격차가 큰 모순을 해소해야 하는 필연적 요구에서 비롯된 것이다. 현대중국에서 조화로운 사회를 구축하는 지도자는 중국공산당이고, 주체는 광범위한 간부와 전체 사회의 구성원이다. 사회주의 조화로운 사회를 구축하는 과정에 역사의 필연적 요구와 사회주의사회 구성원들의 적극성의 통일을 충분히 구현토록 해야 한다. 당 17기 3차 전원회의에서 「농촌의 개혁과 발전을 추진하는 데에 관한 몇 가지 중대한 문제에 대한 결정」을 채택한 것은 바로 광범위한 농민들의 적극성을 충분히 동원하여 농업생산력을 해방시키고 발전시켜 농촌사회경제의 전면적인 발전을 추동(推動)시키기 위한 전략적 조치이다. 이는 과학적 발전의 이념을 전면적으로 관철시키기 위한 요구이자 사회주의 조화로운 사회를 전면적으로 구축하기 위한 요구이기도 하다.

역사가 증명하다시피 중국 특색의 사회주의 성과와 경험 그리고 매 단계마다 중점적으로 해결해야 하는 문제들이, 모두 중국 특색의 사회주의 이론의 발전을 추동하고 있다. 덩샤오핑 이론에서 「세 가지 대표」라는 중요 사상에 이르고, 또 「과학적 발전관」에 이르며, 그리고 「시진핑 신시대 중국 특색 사회주의 사상」에 이르기까지 중국 특색의 사회주의 이론의 발전은 중국역사발전의 필연적 요구 속에 들어 있다. 오직 역사적 필연성이 중국공산당 지도자의 정확한 정책결정으로 전환되어야만 역사적 필연성의 요구가 실현될 수 있으며, 역사적 필연성이 맹목적인 파괴력이 되지 않을 수 있다.

소련이 해체된 후 서구의 나라들은 줄곧 중국이 제2의 소련으로 전락하기를 기대해왔지만 그들이 기다린 것은 중국 특색의 사회주의의 궐기였다. 개혁개방 40여 년이래, 특히 18차 당 대회 이후 우리는 제반 사업에서 위대한 성과를 거두었다. 이로써 오직 사회주의만이 중국을 구할 수 있고, 오직 개혁만이 사회주의를 발전시키고 공고히 하며 완성시킬 수 있음을 증명하였다. 바로 중국공산당의 올바른 선택이 있었기에 사회주의의 완성과 궐기가 중국에서 가능성으로부터 점차 현실로 바뀔 수 있는 것이다.

한 가지 가능성의 실현이 다른 한 가지 가능성의 실현을 막았다고 하여 다른 한 가지 가능성이 완전히 소실되었음을 의미하는 것은 아니다. 비록 새로운 시기 중국의 가장 뚜렷한 특징이 빠른 발전으로 인민을 만족시키는 것이지만, 우리 당은 전 당과 전국 인민에게 '안거위사(居安思危, 편안한 처지에 있을 때에도 위험할 때의 일을 미리 생각하고 경계한다)' 하고 '우환의식'을 증강시켜야 한다고 간곡히 교육하고 있다. 이른바 '안거위사' 하고 '우환의식'을 증강시킨다는 것은 겸손하고 신중하며 끊임없이 경험을 총화하고, 중국 특색의 사회주의 법칙에 대해 깊이 파악하는 것이 포함될 뿐만 아니라, 여러 가지 우연성, 즉 자연영역과 사회영역, 국제와 국내의 여러 가지 예측하기 어려운 돌발사건에 대처하는 것도 포함된다.

개혁개방은 전적으로 옳은 선택이며 물러서면 출로가 없다. 중국의 발전은 무엇에 의지해야 하는가? 개혁개방에 의지해야 한다. 중국 40여 년간의 변화는 개혁개방에 힘입은 것이다. 개혁개방은 현대중국의 운명을 결정짓는 관건적인 선택이며, 미래 중국의 전도를 결정짓는 전략적 방향이기도 하다. 그러나 개혁개방 또한 한 차례의 시련이며, 네 가지 기본원칙을 견지하는 것과 개혁개방을 견지하는 것 간의 관계를 어떻게 정확히 처리할 것인가에 대한 시련이기도 하다. 우리는 개혁개방 과정에 나타난 일부 문제로 인해 다시 폐쇄되고 경직되지 않을 것이며, 개혁개방으로 인해 서구 '분열주의자'들의 음모에 빠져 기치를 바꾸는 그릇된 길로 나아가지도 않을 것이다.

변증법적 유물론과 역사적 유물론을 지침으로 하는 중국공산당은 사상해방과 실사구시를 결합시키는 원칙을 견지하면서 기계적 결정론에 반대할 뿐 아니라, 주의주의 이론에도 반대한다. 소련의 해체와 중국 특색의 사회주의의 성과는 반박할 수 없는 사실로써 중국공산주의자들의 철학적 사유노선의 정확성을 증명하였다.

제4장 '중국의 길' 과 중국의 방안

'중국의 길' 에 대한 문제는 세인이 가장 관심을 갖는 큰 문제이다. 중국이 어떤 길을 선택하는지, 중국이 어디로 가는지는 중화민족의 운명과 전체 중국 인민의 절실한 이익과 관련될 뿐만 아니라, 세계 정치구도와 대국 간 세력의 성쇠도 바꿀 수 있다. 「중국 위협론」, 「중국 경제 붕괴론」 등은 본질적으로 모두 언론의 형태로 나타나며, '중국의 길' 이 이룩한 위대한 성과에 대한 초조와 공포가 포함되어 있다.

1. '중국의 길' 과 중국의 방안

'중국의 길' 은 그 일반적인 의미로 말하면 중국 혁명·건설 ·개혁이 겪은 전 과정을 포함한다. 지난날로 말하면 '중국의 길' 은 중국의 혁명과 사회주의 건설의 역사이고, 현실적으로 말하면 '중국의 길' 은 바로 현대중국의 사회주의 실천이며, 미래에 대해 말하면 '중국의 길'은 바로 중국의 '두 개의 백년' 분투목표와 중화민족의 위대한 부흥을 실현하고 최종적으로 공산주의를 실현하는 길이다. 하나의 전일체로서 '중국의 길'은 바로 중국공산당이 중국인민의 혁명과 건설을 이끄는 실천의 역사과정이다. 중국공산당이 근 백 년 동안 걸어온 길에는 문화에 대한 중국공산주의자들의 자신감이 깃들어 있으며 그 심층 본질은 공산당의 집권법칙, 사회주의 건설법칙, 인류사회의 발전법칙에 대해 파악하는 것이다.

''중국의 길''이라는 표현이 어쩌면 중국의 모델이라는 표현보다 더 적절할 수 있으며, 마르크스주의 철학의 본의에 더 부합된다. 모델을 국부적인 것에 적용할 수는 있지만 전체적인 것에 적용한다면 중국 특색의 사회주의 길의 본질을 표현하기는 어렵다. 의미로 볼 때 모델은 정형화되고 정적이며 안정적인 것이다. 국가의 발전에 적용하면 모델은 배타성을 띤다. 자국의 발전을 다른 나라와는 다른 유일하고 가장 우월한 발전방식으로 보거나 또는 자국의 발전모델이 보편성을 띠어 다른 나라를 위한 기성의 발전 패러다임을 제공할 수 있다고 여긴다. 마치 케이크를 만드는 모형처럼 모든 케이크는 모두 하나의 틀 안에서 만들어내는 것이라고 여기는 것과 같다. 그 어떤 의미에서 보든지 모델이론은 중국 특색의 사회주의 길에 적용하기에는 별로 적절하지 않다.

역사적 유물론의 견지에서 보면 나라마다 각기 다른 발전의 길이 있다. 세계 어느 나라에나 다 알맞은 발전모델은 없으며 유일한 모델은 더더욱 없다. 서구 발전의 길은 서구 국가들 자체의 역사와 문화에 의해 결정된 것일 뿐 세계에 모델을 제공하기 위한 것이 아니며, 또 그런 모델을 제공할 수도 없다. 중국이 개혁개방을 실시하는 것은 중국공산당이 세계 각국 특히 서구의 발달한 자본주의 국가의 경험을 배우기를 원하지만, 서구의 발전모델을 그대로 옮겨오지는 않을 것임을 표명한다. 시진핑 총서기는 "우리는 인류의 모든 문명성과를 거울로 삼기를 원하지만, 그 어느 나라의 발전모델도 그대로 옮겨오지는 않을 것"이라며, "한 가지 모델로 전 세계를 개조하려고 해서는 안 된다."라고 말한 바 있다.

역사적 유물론은 '사회발전 모델이론'이 아니라 '사회형태 발전이론'이다. 중국 특색의 사회주의 길은 하늘에서 떨어진 것이 아니라 '중국인민이 중국공산당의 영도 아래 걸어온 길이다. 중국의 전반적인 역사를 볼 때, 중국 특색의 사회주의는 중화민족 수천 년의 문명과 문화를 전승하는 과정에서 이룩한 것이다. 근대사로 말하면 중국 특색의 사회주의는 1840년 이래 중국인민이 민족의 부흥을 위해 분투하고 희생하면서 끊임없이 좌절을 겪은 고난의 경험과 교훈 속에서 총화(總和, 전체가 서로 간에 마음이나 뜻을 모아 화목하게 어울림)해낸 것이다. 길은 수직방향으로 이어지는 것으로서 자국 과거의 역사적 특징, 문화적 특징과 갈라놓을 수 없다. 중국역사의 발전이 없고 중국 문화의 축적이 없으면, 중국 특유의 발전의 길이 있을 수 없는 것이다.

길의 특징은 모방하여 제작하는 것이 아니라 실천하는 것이다. '중국의 길'은 바로 중국인의 실천이다. 실천하지 않는 것은 길이 아니며 또 길이 있을 수 없다. 물론 중국 특색의 사회주의 건설에서 우리에게는 계획이 있고 톱다운 설계가 있으며, '두 개의 백년' 목표가 있고, 중화민족의 위대한 부흥이라는 목표가 있을 수 있다. 그러나 목표가 길은 아니다. 목표는 단지 길의 중요한 구성부분으로서 길의 방향이자 도달하려는 역이다. 그 역에 어떻게 도달할지 어떻게 갈지 하는 것은 바로 길에 대한 문제이다. 대담하게 말할 수 있는 것은, 역사적 변증법에 따라 우리는 수정과, 보완과, 조정이 필요 없는 '중국의 길'에 대한 계획 설계도를 상세하게 그려낼 수는 없으며, 마땅히 실제 상황에 따라 끊임없이 조정해야 한다는 것이다. 그것이 바로 톱다운 설계와 돌을 더듬어 가며 하천을 건너는 것처럼 양자를 서로 결합하는 것이다. 그렇기 때문에 '중국의 길'은 고정된 모델이 아니다. '중국의 길'에는 굽은 길도 있고, 곡절도 있으며, 심지어 갈림길에도 직면하게 된다. 중국 특색의 사회주의 길은 정형화된 것이 아니라 미완성형이며 지금도 계속 걸어 나가고 있다. 한마디로 말하면 '중국의 길'은 실천과정으로서 기성의 모델이 아니라 인류가 더 훌륭한 사회제도를 모색하는데 중국의 방안을 제공해주는 것이다.

개혁개방 수십 년이래 '중국의 길'에서 우리는 위대한 성과를 이룩하였지만 직면한 문제도 적지 않았다. 그중 일부는 개혁의 본래 의도와는 다른 미처 예상하지 못한 새로운 문제들인데 우리는 조치를 취하여 점차 해결해나가고 있다. 사회주의 건설은 따를 수 있는 법칙이 있다. 우리에게는 사각지대가 있을 수도 있고, 아직 장악하지 못한 새로운 법칙이 있을 수도 있다. 우리는 계속하여 꾸준히 모색하고 끊임없이 총화해 나가야 한다. 개혁 초기에 덩샤오핑이 경제건설을 중심으로 하되 중점은 생산력을 해방하고(자유롭게 발휘하도록 하다), 생산력을 발전시키는데 두어야 한다고 제기하였으며, 이를 위해 발전이 확고한 도리라는 유명한 논단을 내놓았다. 개혁 실천과정에서 중국공산주의자들은 발전이 확고한 도리라는 원칙을 계속 고수하면서 과학적 발전관을 제시하였으며, 또 오늘날의 혁신 · 조율 · 녹색 · 개방 · 공유의 새로운 발전이념으로 발전시켰고, 최초의 일부 사람들이 먼저 부유해지게 하는 데서부터 오늘날의 공동 부유를 강조하고, 의법치국을 강조하며, 공평과 정의를 강조하기까지 발전하였다. 이는 모두 40

여 년간 개혁의 경험을 축적해오면서 한 걸음씩 걸어온 덕분이다. 40 여 년의 경험이 증명하다시피 중국 특색의 사회주의 길은 실천과정에서 꾸준히 보완되어 온 것이다. 그 과정은 아직 끝나지 않았다. '중국의 길'에는 명확한 방향이 있다. "사회주의란 무엇이고 사회주의를 어떻게 건설할 것인가?", "어떠한 당을 건설할 것이고 당을 어떻게 건설할 것인가?", "어떠한 발전을 이룰 것이고 어떻게 발전할 것인가?" 등 이처럼 길을 둘러싼 근본적 이론문제에 대한 깊이 있는 탐구는 우리의 이론적 자각을 향상시켰으며, 제반 방침과 정책을 제정하고, 제반 사업을 추진하기 위한 과학적 지침을 제공해주었다.

중국 방안의 제기는 중요한 이론적 의의와 실천적 의의를 가지고 있다. 중국의 방안은 바로 '중국의 길' 안에 존재한다. '중국의 길'이 없이는 중국의 방안도 있을 수 없다. 중국의 방안을 내놓지 못하면 '중국의 길'은 공언이 되고 말 것이다. 어쩌면 "중국의 모델은 세계적 의의가 있지만" '중국의 길'은 "세계적 의의가 없다"고 말하는 사람이 있을지도 모른다. 그러나 이는 역사적 유물론의 관점에 부합되지 않는다. 모델은 모형을 제공한다. 우리가 서구의 "보편적 가치관"에 반대하는 것은 바로 그들의 자유·민주·인권에 대한 해석의 발언 패권에 반대하는 것이며 서구의 자본주의 민주제도를 모델화하는 것에 반대하는 것이다. 사실상 각국에 필요한 것은 자국의 국정과 문화적 특성에 부합하는 자유·민주·인권제도이다. 물론 우리는 그들의 장점을 배우고 서구의 적극적인 성과를 받아들일 수 있다. 그러나 우리는 서구의 모형으로 복제해낸 모조품이 될 것이 아니라 자체 발전의 길과 방안을 마련해야 한다.

'중국의 길'은 중국의 특색이 있는 '중국의 길'일 뿐만 아니라 세계적 의의가 있는 '중국의 길'이기도 하다. 중국특색이 있는 '중국의 길'이라고 하는 것은 그 길이 중국의 역사적 특징, 민족적 특징, 문화적 특징을 갖추고 있기 때문이며, 또 그 길을 세계적 의의가 있는 '중국의 길'이라고 하는 것은 그 길이 서구 발전의 길과는 다른 중국의 방안을 인류에게 제공하였기 때문이다. 그 방안은 근 100년간 열강의 압박과 침략을 받아온 민족이, 한때는 서구의 선진국에 뒤처졌던 민족이 전적으로 자기 힘으로 자기 민족의 특성에 맞는 제도와 발전의 길을 구축할 수 있고, 민족의 위대한 부흥의 길로 나아갈 수 있다는 것을 세계에 분명히 보여주었다.

자본주의사회는 결코 인간세상의 천국이 아니고, 자본주의 경제와 정치제도 또한 인류사회 발전의 유일한 길이 아니며, 자본주의 가치관념은 사람마다 반드시 준칙으로 삼아야 하는 절대적 가치가 아니다. 현대에는 나라별로 얼마든지 서로 다른 발전 방안이 있을 수 있다. 그것이 바로 서구의 일부 자본주의 나라들이 중국의 평화로운 발전을 한사코 억제하고 있는 원인이다. 중국의 굴기가 중국 방안의 성공을 의미하기 때문이다. 그리고 중국 방안의 성공은 현대 자국과 민족 부흥으로 통하는 또 다른 길이 있을 수 있음을 의미하는 것으로서 서구가 강요하는 자본주의제도의 '우월론'과 '영세론'이라는 '만병통치약'을 받아들일 필요가 없다. 중국의 방안은 마르크스주의와 중국문화의 정수를 결합시킨 것으로 그 영향력과 설득력은 세계에 대한 중국의 기여이다. 그렇기 때문에 서구의 국가들은 백방으로 '중국의 길'에 먹칠을 하면서 '중국의 길'을 자유세계의 길과 엇나가는 것으로 간주하는 것이다.

2. '중국의 길'을 둘러싼 논쟁

방향은 길을 결정하고 길은 운명을 결정한다. 중국에서 각기 다른 길을 둘러싼 논쟁은 그 깊은 차원에서는 각기 다른 문화를 둘러싼 논쟁으로 표현된다. 중국이 어떤 길을 걸어야 하는지에 대한 논쟁은 유래가 깊다. 지금에 와서 나타난 것이 아니라 일찍이 1920년대 중국공산당이 창립된 이후부터 존재하여 왔다. 이것이 바로 중국공산당이 주장하는 중국에서 혁명을 진행하는 길이고 문화 보수주의가 주장하는 중국문화의 본위주의이며, 일부 사람들이 창도하는 '전면 서구화'의 자본주의 길이다. 1949년 중국 혁명의 승리는 실천적으로 이 문제에 대해 총화한 것이며, 마오쩌둥의「인민 민주주의 독재에 대하여」라는 글은 이 문제에 대해 이론적으로 개괄한 것이다. 원래 중국혁명이 승리한 후의 첫 30년 동안 이 문제에 대한 논쟁은 이미 사라졌다. 그러나 개혁개방 이후 중국이 '문화대혁명'의 경험을 총화함에 따라, 중국 전통문화에 대해 새롭게 바르게 이해함에 따라, 경제의 세계화 이후 서구의 신(新)자유주의 사조가 밀려듦에 따라 '중국의 길'을 둘러싼 논쟁이 다시 일기 시작하였다. 그러나 지금 각자의 이론과 표현은 중국혁명이 승리하기 전에 비해 새로운 시대적 특성과 이론적 토대를 가지고 있다. 그 이론이 지탱해주는 문화적 특성은 3가지 '화(化)'로 요약할 수 있다. 즉 중국 특색의 사회주의 길의 핵심은 "마르크스주의의 중국화"이고 전통으로 되돌아가고 유학(儒學)으로 되돌아가 중국 사회주의와 중국공산당을 개조하는 핵심은 "유가의 교화(儒化)"이며, 인류로의 회귀, 세계로의 회귀의 핵심은 '서구화'이다. 만약 역사적 유물론의 차원에서 이 3가지 '화'의 본질을 파악하지 않는다면 중국 특색의 사회주의사회 길의 문제에서 문화에 대한 자신감이 부족하게 될 것이다.

중국이 세계 인류문명 발전의 공동의 길을 걸으며 세계문명의 길을 걸어야 한다는 주장도 있었다. 그들은 히브리 유태교와 고대희랍철학을 원천으로 하는 서구문화를 가장 우수한 문화로 간주하였으며, 서구의 길이 세계의 보편적인 길이라고 여겼다. 중국 특색의 사회주의 길은 세계문명을 벗어난, 진시황 이래의 중국 봉건사회의 전제주의를 답습하는 길이며, 세계의 흐름을 벗어나는 길이다. 국제적으로나 국내적으로나 이런 견해는 자주 들려오고 있다. 이는 서구의 "보편적 가치론"의 정치적 속내를 그대로 드러낸 견해이다. 자본주의 길이 어찌 세계문명의 길이고, 인류세계의 공동의 길이란 말인가? 역사적 유물론의 관점으로 볼 때 서구문화는 문화의 일종에 불과할 뿐이고, 자본주의 길은 인류사회 발전과정의 하나의 중요한 단계에 불과할 뿐이다. 자본주의가 과거 어느 시대보다도 더 인류를 위해 크게 기여한 것은 확실하다. 그러나 또 동시에 자기 무덤을 스스로 팠다. 자본주의사회는 문명과 야만, 광명과 암흑이 공존하는 사회이다. 마르크스와 엥겔스는 「공산당선언」에서 열정적인 필치로 자본주의 성과를 긍정하였지만 동시에 또 인정사정없이 자본주의에 사형을 선고하고, 자본주의를 위해 조종을 울렸으며, 자본주의사회의 과도적 특성에 대해 지적하였다. 자본주의사회의 출현과 발전은 인류사회의 발전법칙에 포함되어 있지만, 인류의 아름다운 이상을 대표하는 것은 아니며, 인류사회 발전의 보편적 법칙도 아니다.

인류공동의 길이란 무엇인가? 인류사회 발전의 보편적 법칙은 무엇인가? 역사적 전망을 볼 때, 공동의 길과 보편적 법칙은 소수의 사람이 부유해지는 자본주의가 아니라 공평하고 정의로우며, 공동으로 부유해지고 조화로운 사회주의와 공산주의이다. 인류사회에 수천 년간 존재해온 계급사회 및 착취사회와 비교하면 계급을 궤멸시키고 착취를 궤멸시켜 공평하고 정의로우며 공동으로 부유해지고 조화로운 사회를 건설하는 것이야말로 인류 공동의 길이다. 중국의 철학적 표현을 인용한다면, 온 천하는 일반 국민의 것이고, 세계 대동(大同)의 길이라고 할 수 있다. 역사적 유물론의 사회형태 발전이론으로 말하면 이는 인류 해방의 길이고 공산주의 길이다. 세계적으로 이 공동의 길로 통하는 방식과 방법은 각기 다를 수 있으며, 선후가 있고, 이름과 늦음이 있을 수 있다. 그러나 인류사회에 있어서 착취제도는 영원할 수 없다. 사유제도는 일정한 조건하에서 발생한 것으로서 역시 일정한 조건하에서 종결될 수 있으며, 사유제의 최고 발전단계로서의 자본주의제도 형태도 역시 그러하다. 착취를 궤멸시키고 양극분화를 제거하며 사유제를 소멸시키고 공평하고 공동으로 부유해지는 사회로 나아가는 것이야말로 인류발전의 보편적 법칙이다. 「공산당선언」의 불후의 가치가 바로 전 인류에게 그 보편적 법칙을 드러내 보이고, 이를 위해 단합하여 분투하도록 전 세계 노동자들에게 호소한 데 있다.

우리가 정치적 의도를 가진 서구의 "보편적 가치론"에 반대하는 것은 세계발전의 흐름에 어긋나는 것이 아니며, 세계 발전에서 이탈하는 것은 아니다. 우리는 자유·민주·평등·인권·법치와 같이 인류가 인정하는 공동의 가치에 반대하는 것이 아니라, 오히려 우리는 사회주의 자유·민주·인권제도를 힘써 구축하고 있다. 우리는 서구 일부 나라나 학자가 문화에 대한 과대망상적인 우월함을 품고 서구의 가치관념과 제도를 모델화하고, 세계 어디에 갖다놔도 다 옳은 '보편적' 모델로 간주하고 있는 것에 반대하는 것이다. "보편적 가치론"의 본질은 바로 서구제도의 모델화이며, '보편적 가치'를 소프트파워로 삼는 서구 자본주의제도의 우월성과 넘어설 수 없는 패권적 발언이다.

국내외 일부 학자들은 중국 특색의 사회주의 길이 세계발전의 길을 이탈하고 인류발전의 길을 이탈하였다고 비판하면서 중국이 인류발전의 길로 회귀할 것을 요구하는데, 이는 바로 '보편적 가치'라는 길로의 복귀를 요구하는 것이다. 그들은 중국이 '전제' '독재'의 사회주의에서 '자유' '민주'의 자본주의로 회귀하는 것이라고 말한다. 실제로 그들은 중국이 자신들의 역사적 전통을 끊고 중국문화의 특성과 사회주의의 길을 버리고 "붉은 깃발이 땅 위에 떨어지는" 전철을 다시 밟기를 바라는 것이다.

　길에 대한 문제에서는 또 다른 한 가지 주장이 있다. 그것은 바로 유가로 되돌아가고 전통으로 되돌아가야 한다는 주장이다. 가장 치열하게 등장하는 견해는 "중국공산당에 대한 유교적 교화" "사회주의에 대한 유교적 교화"이다. 그 견해는 겉으로는 세계로 회귀하고 인류에로 회귀하는 신자유주의 길과 "두 봉우리가 서로 대치하는 것"과 같지만 실제로는 방법은 달라도 결과는 같은 것이다. 중국 특색의 사회주의는 우리가 생활하고 있는 현실적인 사회이며, 공산주의사회는 우리의 이상이다. 사람은 서 있을 때, 항상 두 발로 땅을 딛고 등은 뒤를 향하며 두 눈은 앞을 향한다. 사회발전도 마찬가지이다. 사회는 영원히 현실에 발을 붙이고 전통에 등을 기대며 미래에 주의를 돌리는 것이다. 그 반대일 수는 없다. 현실을 이탈하고 과거를 마주보며 미래를 등질 수는 없다. 사회발전은 앞으로 나아가는 것이다. 인류의 추구는 사회발전의 방향과 반대로 나아갈 수 없으며, 같은 방향으로 나아갈 수밖에 없다.

　전통에 등을 기대는 것은 바로 전통을 계승하고, 전통을 고양하며, 전통을 혁신하는 것이지, 전통으로 되돌아가는 것이 아니다. 유학과 마찬가지로 되돌아갈 것이 아니라 계승하고 발양해야 한다. 역사는 과거의 존재이고, 현실은 현재의 존재이다. 전통은 역사와 현실 사이의 연속적인 문화의 연결이다. 역사는 현실에 큰 영향을 끼친다. 즉 역사의 문화적 유전자는 모종의 유전성을 띠고 있다는 것이다. 유학의 전통은 계승하되 시대와 함께 앞으로 나아가야지 되돌아가서는 안된다. 시진핑 총서기는 다음과 같이 명확히 지적하였다. "역사는 언제나 앞으로 나아가고 있다. 역사는 망설이는 자, 관망하는 자, 게으른 자, 나약한 자를 기다려주지 않는다. 오직 역사와 걸음을 같이하고 시대와 운명을 같이하는 사람만이 밝은 미래를 이룰 수 있다."

"치세의 방법에는 하나만 있는 것이 아니다. 나라를 다스리는 데 이롭다면 옛날의 낡은 방법을 본받을 필요가 없다.(治世不一道, 便國不法古)" 사회주의는 자체의 발전법칙이 있다. 현대중국의 현실은 사회주의사회의 현실이다. 사회주의는 봉건사회와는 다른 자체의 경제적 토대와 상부구조를 가지고 있으며, 이전의 어떤 사회제도와도 다른 새로운 지도사상, 새로운 정치제도를 가지고 있다. 우리는 21세기를 살아가고 있는 현대인이며, 중국 특색의 사회주의를 건설하는 시대를 살아가고 있는 현대인이다. 현대를 살아가고 있는 우리는 중국 전통문화를 중시해야 하고, 중국 전통문화의 우수한 사상을 받아들여야 하지만, 사회제도의 건설과 사상 지도관념에서 전통으로 되돌아가는 것과 유학으로 되돌아가는 것은 불가능하다. 유가의 교화를 '중국의 길'과 방향의 지침으로 삼게 되면 중국의 사회주의만 망칠 뿐이다.

중국 특색의 사회주의 길은 빛나는 길인 동시에 어려움으로 가득 찬 길이기도 하다. 우리 당은 국민들이 일부 현실적인 문제에 대해 의론하고 불만을 가지고 있다는 사실을 잘 알고 있다. 현대의 문제는 고대인의 문제가 아니라 현실의 문제이다. 현실의 문제는 어디까지나 마르크스주의를 지침으로 하고 문제로 선도해야 하며 역사적 유물론의 방법으로 분석하고 그 현실적 원인을 찾아 그 문제의 효과적인 해결방법을 제공해야 한다. 전통문화는 그중 주도적 지위를 차지하는 유교학설을 포함하고 있어 우리에게 문제를 해결할 수 있는 사상적 자원과 계발을 줄 수 있는 지혜를 제공할 수는 있지만 전통문화는 전혀 경험해 보지 못한 2천 년 뒤의 문제에 대한 예방책과 해답을 제공할 수는 없다. '중국의 길'에 존재하고 나타나는 문제에 대해 유가의 교화는 출로가 아니며, 서구화는 더욱 출로가 아니다. 출로는 계속하여 사회주의 발전법칙과 중국공산당의 집권법칙을 깊이 있게 연구하고 파악하며 사회주의 방향을 견지하고 당을 엄하게 다스리는 것을 견지하는 데 있다. 사회주의 기본법칙을 어겨서는 안 되며, 집권당의 법칙을 어겨서는 안 된다. 당을 다스림에 있어서 반드시 엄격해야 한다. 만약 당을 관리함에 무력하고 당을 다스림에 엄격하지 못하여 인민대중의 반영이 강렬한 당내의 불거진 문제를 해결하지 못한다면, 우리 당은 언젠가는 집권 자격을 잃게 되고 역사에서 도태되는 건 불가피한 일이다. 역사적 변증법에 대해 알지 못하고 득실과 성패가 일정한 조건하에서 전환될 수 있다는 것을 모른다면 너무나도 위험하다. 거울삼아 경계해야 할 "은나라의 전례가 멀리 있지 않은데 어찌 그것을 잊을 수 있겠는가!.(殷鑒不遠, 豈能忘之)" 『주역(周易)』에 이르기를 "군자는 하루 종일 자강불식하고 부지런해야 하며, 밤에도 위험한 경지에 처한 것처럼 조심하고 신중하며, 경계를 늦추지 말아야만 재앙을 당하지 않을 수 있다.(君子終日乾乾, 夕惕若厲, 無咎)"라고 하였다. 이 말은 우리의 좌우명이 되어야 한다. 우리는 반드시 초심을 잃지 않으려는 의지와 살얼음 위를 걷는 것처럼 신중하고 조심스럽게 맡은 일을 열심히 해나가는 마음가짐으로 사회주의 법칙에 부합되는 '중국의 길'을 걸어야 한다.

3. '중국의 길'과 사회주의 현대화

　시진핑 총서기는 "현대중국의 위대한 사회변혁은 단순히 중국의 역사와 문화를 이어가는 본판(母版)도 아니고, 마르크스주의 고전작가의 구상을 단순히 그대로 적용한 모델도 아니며, 다른 나라 사회주의 실천의 재판도 아니고, 또 외국 현대화 발전의 복제판도 아니다."라고 말하였다. 이는 시진핑 총서기가 새로운 역사적 조건하에서 마오쩌동의 「인민민주주의 독재에 대하여」라는 글에서 총화한 중국혁명의 역사적 경험에 대한 진일보적인 발전이며, 중국 특색의 사회주의 길의 창조성을 설명한 것이다.

　상기한 네 개의 '아니다'에는 세 개의 '화(化)'가 포함된다. "마르크스주의 고전 작가가 구상해낸 모델을 단순하게 인용하는 것이 아니며" "다른 나라 사회주의 실천의 재판이 아니다"라는 것은 바로 마르크스주의 중국화를 강조하고 마르크스주의를 중국의 실제 및 문화와 서로 결합시켜야 함을 강조하는 것이다. "단순히 중국의 역사와 문화를 이어가는 본판이 아니다"라는 것은 바로 중국의 사회제도와 길이 유가적 교화가 이루어질 수 없다고 강조하는 것이며, 유학을 주도로 하는 전통문화는 창조적으로 전환하고 혁신적으로 발전해야 한다고 강조하는 것이다. "또 외국 현대화 발전의 복제판도 아니다"라는 것은 중국의 현대화는 "서구화"가 아닌 사회주의 현대화라는 점을 강조하는 것이다.

　마르크스주의의 중국화는 가장 근본적인 '화'이다. 그 '화'가 없다면 모든 것을 논할 길이 없다. 중국혁명과 사회주의 건설 특히 중국의 개혁개방은 중국 특색의 사회주의 길로서 마르크스주의 고전 작가가 구상한 모델을 단순히 인용하는 것이 아니며, 소련 사회주의 실천의 재판도 아니다. 그것은 우리가 중국의 실제로부터 출발하여 마르크스주의를 지도사상으로 삼고 중국발전에 알맞은 길을 찾았기 때문이다. 중국의 민주혁명은 마르크스와 엥겔스가 구상한 시가전이나 소련이 걸었던 도시 무장봉기가 아니라 농촌 무장 할거와 농촌으로 도시를 포위하는 길을 걸었다. 사회주의 혁명과 사회주의 건설에 있어서 우리 역시 러시아를 스승으로 삼던 데로부터 자기 길을 걷기에 이르렀다. 사회주의 혁명시기에 우리는 성격이 다른 일을 한데 묶어 처리한 것이 아니라 자산계급의 생산재를 국가 소유로 유상 환수하는 정책을 실시하여 민족자산계급과 관료매판자산계급을 분명히 구별하였고, 사회주의 건설시기에는 10대 관계를 정확히 처리할 것과 서로 다른 성격의 두 가지 모순을 정확히 처리할 것을 강조하였으며, 개혁개방 시기에는 사회주의 방향을 견지할 것을 강조하고 "하나의 중심, 두 개의 기본점"을 강조한 것 등이다. 이런 일 처리 방법은 모두 마르크스주의 고전 작가들이 구상한 모델을 단순하게 그대로 옮겨다 적용한 것이 아니며, 소련 사회주의 실천과 개혁의 재판은 더더욱 아니다. 더 설명할 필요도 없이 중국의 혁명·건설·개혁은 마르크스주의의 중국화라는 길을 걸었다. 만약 실제로부터 출발하지 않고, 실사구시의 마르크스주의 기본 원칙을 견지하지 않았다면, 중국의 혁명과 건설 및 개혁은 성공을 거둘 수 없었을 것이다. 물론 마르크스주의 중국화는 아직 끝나지 않았다. 시진핑 총서기가 말하였다시피 "초심을 잃지 말고 계속 앞으로 나아가려면 마르크스주의의 지도적 지위를 견지해야 하고 마르크스주의 기본 원리를 현대중국의 실제 및 시대적 특징과 밀접히 결합시키는 원칙을 견지해야 하며, 이론적 혁신·실천적 혁신을 추진하고, 마르크스주의의 중국화를 꾸준히 앞으로 밀고 나가야 한다.

중국역사문화 본판의 단순한 연속이 아니면, 바로 중국 전통문화의 창조적 전환과 혁신적 발전문제이다. 중국혁명은 중국역사문화의 본판을 이어갈 수 없다. 중국역사상 사회주의혁명이 나타났던 적이 없는데 본판이 어디 있겠는가? 중국공산당이 영도하는 혁명은 중국역사상 왕조의 교체와 조대의 교체가 아니라 낡은 사회제도를 뒤엎는 혁명이었고 사회형태의 변화였다. 그렇기 때문에 중국공산당의 창립이야말로 중국 천지개벽의 대사변이며, 중국혁명과 사회주의,건설이야말로 중국역사상 지침으로 삼을 본판이 없는 위대한 창조였다. 『예기 · 예운(禮記 · 禮運)』에 기록된 "대도가 행하여지면 천하가 공평무사해진다(大道之行也, 天下爲公)"는 '대동(大同)' 이상이든, 태평천국(太平天國)의 「천조전무제도(天朝田畝制度)」 중 봉건토지의 사유제 폐지 및 사회 빈부 균등분배 사상이든 모두 풍부한 사상자원을 포함하고는 있지만 중국혁명과 사회주의건설의 본판이 될 수는 없다. 그 사상들은 원시적인 공상적 사회주의 또는 농업 사회주의이다. 우리는 과학적 사회주의를 견지한다. 중국 특색의 사회주의는 본질적으로는 마르크스주의의 과학적 사회주의이다. 다른 그 어떤 주의도 아니다.

　유가학설은 개척과 혁신을 거쳐 창조한 본판이 아니라 봉건사회 왕조의 본판이며 이미 이루어져 있는 것을 왕조가 지켜낸 본판이다. 이는 역대 왕조가 유가학설로 나라를 다스릴 것을 창도한 이유이다. 그러니 그 학설이 어찌 중국 특색의 사회주의 길의 본판이 될 수 있겠는가! 물론 유학이 비록 본판은 아니지만 중국 전통문화의 폭넓음과 심오함에는 추호도 손상이 없으며 우리의 사고방법 · 도덕수양 · 인문교화 · 국정운영에 대한 유학을 주도로 하는 중국 전통문화의 거대한 사상적 가치에 영향을 주지 않는다. 우리는 유학의 정치화 · 종교화에 반대해야 한다. 반대로 사회주의 시대에는 유학의 문화 본질을 중시해야 한다. 그러나 길과 기치의 견지에서, 그리고 이상과 신앙 재건의 견지에서 말하면, 우리는 유교로 나라를 교화하고 유교로 당을 교화하는 길은 절대 걸어서는 안 된다. 우리가 다스리고자 하는 것은 사회주의 국가이며, 우리가 재건하고자 하는 이상·신앙·가치는 사회주의와 공산주의 이상·신앙·가치이다. 중국공산당을 중국공산당이라고 부르는 것은 바로 중국공산당이 창립된 그날부터 공산주의를 원대한 이상으로 확립하였기 때문이다.

현실에 관심이 있는 사람이라면 누구나 중국공산당 내의 부패분자와 좀벌레들이 유학에 대한 신앙을 상실해서가 아니라, 사회주의와 공산주의에 대한 신앙을 상실해서라는 사실을 볼 수 있다. 우리 사회에 나타난 도덕규범이 파괴되고 가치 관념이 혼란한 일부 현상도 유학에 대한 신앙을 잃었기 때문이 아니라, 현대중국사회의 심각한 변화의 부산물 또는 사회적 대가라고 할 수 있다.

우리가 당시(唐詩), 송사(宋詞)와 같은 문학을 포함한 중국 전통문화의 경전을 배워야 한다는 것에 필자는 찬성한다. 총체적으로 중국 전통문화 중의 귀중한 것들을 우리는 모두 소중히 여겨야 한다. 그러나 사회 모순은 영원히 현실적이며, 우리가 직면하는 문제는 영원히 당면한 문제라는 것도 우리는 알아야 한다. 현대인의 신앙과 가치는 언제나 시대에 부응해야 한다.

어느 나라나 전통사회에서 벗어난 뒤에는 현대화를 이루려고 한다. 중국도 마찬가지다. 그러나 중국의 현대화는 사회주의 현대화이다. 서구 현대화의 복제판이 아니다. 현대화는 가장 많이 사용되는 개념이다. 그러나 현대화란 무엇이고 어떠한 현대화를 실현할 것인가는 시대의 배경에 달려 있으며, 각국의 역사적·문화적 특성에 달려 있다. 특히 사회제도의 본질에 달려 있다.

중국은 사회주의 제도가 확립된 때부터 시작하여 공업·농업 ·국방·과학기술의 현대화를 점차적으로 실현하는 것을 우리 분투목표로 삼았다. 70년간의 건설을 거쳐 우리는 현대화의 내용을 끊임없이 심화시켰다. 그 내용에는 국가 관리체계와 관리능력의 현대화를 추진하고 사회주의 시장경제를 발전시키며, 사회주의 협상민주제도를 발전시키고, 중국 특색의 사회주의 법치체계를 건설하는 것 등이 포함된다. 그러나 중국 현대화의 내용이 어떻게 심화되든지 우리는 자본주의의 현대화가 아니라 사회주의의 현대화를 실현하고 있다는 한 가지 사실만은 변하지 않을 것이다. 만약 우리가 중국 특색의 사회주의 기본 경제제도와 정치제도를 포기하고 '중국의 길'에서 벗어나 현대화 문제에서 분석을 거치지 않고, 서구 국가들이 고취하는 추상적인 국가 현대화를 받아들여 중국공산당이 영도하는 다당 합작과 정치협상제도를 바꾸고 중국공산당의 영도를 포기하며, 사상의 시장화를 고취하고, 마르크스주의의 지도적 지위를 포기하며, 사상의 다원화에 의지하여 지도사상의 일원화에 반대하고, 군대의 국가화를 고취하며, 군대에 대한 당의 영도를 반대하는 등의 경우 실제적으로는 현대화의 명분 아래 내용과 본질을 바꾸어 사회주의 현대화를 '서구화'의 복제판으로 만드는 것이다.

자본주의 현대화는 인류사회가 전통사회에서 벗어난 후의 거대한 역사적 진보임에 틀림없지만 서구의 현대화는 대외로의 식민지화를 통해 실현한 것으로서 침략·약탈·착취·확장과 밀접히 연결되어 있다. 일본 역시 탈아입구(아시아를 벗어나 유럽으로 들어감)의 길을 걸었다. 현대화의 실행을 통해 군국주의로 나아갔고, 미친 듯이 대외 확장과 침략을 감행하였다. 우리는 서구의 발달한 자본주의 국가가 부강해지고 문명해진 것만 보았을 뿐, 자본주의 현대화가 세계와 대다수 피식민지국가에 가져다준 엄청난 재앙은 잊어버렸다. 마르크스는 "우리가 자산계급 문명의 고향에서 식민지로 눈을 돌려보면, 자산계급 문명의 갖고 있는 극도의 위선과 야만적 본성이 적나라하게 우리 앞에 드러난다. 자산계급 문명이 고향에서는 그나마 버젓한 체 하지만, 식민지에서는 조금도 숨기지 않는다."[28]라고 말한 바 있다.

자본주의 현대화의 본질은 자본 본성의 확장이다. 대외 식민지화가 바로 자본의 확장이지만 그들은 이를 "문명의 수출"이라고 부른다. 이는 사실상 마르크스가 말하였다시피 피식민지 국가는 "그들의 옛날 세계를 잃었으나 새로운 세계는 얻지 못하였으며, 그로 인해 그들이 현재 겪고 있는 재난은 일종의 특별히 비참한 색깔을 띠게 된다는 것"이다.[29] 만약 그때 서구 자본주의가 "문명의 수출"이라는 구호 아래 세계에 재난을 가져다주었다면, 현대에 '보편적 가치'를 수출한다는 구호 아래 세계에 가져다준 것 또한 마찬가지로 재난이다. 중동과 아프리카의 '민주화' 된 일부 나라들의 경우를 보면 그 나라들이 전쟁의 소용돌이 속에서 산산조각이 난 삶의 터전, 쏟아져 나오는 난민들을 보면 자연스레 알 수 있다.

사회주의 현대화는 서구 자본주의 현대화와 일부 공통점을 가지고 있지만, 절대로 서구 현대화의 복제판이 아니다. 시대가 다르고, 사회제도가 다르며, 문화 바탕과 전통이 다르고, 현대화의 길도 다르다. 중국의 문화는 평화의 문화이지 확장의 문화가 아니다. 중국은 민족의 독립을 이루고 사회주의제도를 세운 후 점차적으로 현대화를 추진하였다. 우리는 자본주의 세계에 의해 봉쇄당한 상황에서 전적으로

---

28) 마르크스, 엥겔스, 『마르크스 · 엥겔스선집』 제1권. 3판. 베이징, 인민출판사, 2012, 861-862쪽.
29) 위의 책, 850쪽.

독립자주, 자력갱생에 의거하고 당의 영도와 인민의 힘에 의거하여 현대화를 실현한 것이다. 경제 글로벌화의 배경 하에서 우리는 개혁개방의 심화를 통해 세계교류에서 사회주의 현대화를 계속 추진한 것이다. 우리 현대화는 식민도 약탈도 없이 서로 이롭고 상생하는 것이며, 전쟁도 유혈도 없이 인류 운명공동체를 구축하는 것이다. 중국이 사회주의 현대화를 실현하는 것은 세계평화를 증강시키고 전쟁을 방지하는 힘이며, 세계 평화발전을 촉진하는 힘이다. 이는 식민·전쟁·약탈을 수반하는 서구의 현대화와는 전혀 다른 두 종류의 현대화이다. 중국이 현대화를 실현하는 것은 세계에 대한, 인류의 평화에 대한 중대한 공헌이다.

사회주의 현대화는 서구 현대화의 복제판이 아니다. 그러나 우리는 서구 현대화에 대한 연구를 중시한다. 그 성과와 그중에 존재하는 문제들은 모두 우리에게 경험과 교훈을 제공하여 줄 수 있다. 우리는 후발국이므로 서구의 현대화 과정에 나타나는 이러저러한 문제들을 피할 수 있는 조건을 갖추고 있다. 우리는 중국의 현대화에 대한 서구 현대화의 영향과 모종의 추동(推動)을 잊지 않을 것이다. 그러나 필자는 "중국 현대화의 동력이 외재적인 것으로서 중국역사 자체 발전의 내재적인 요구와 무관하다"라는 관점에는 찬성하지 않는다. 외재적원인은 조건이고 내재적 원인이야말로 근거이다. 중국은 수천 년의 문화전통을 자랑하는 민족이고, 수천 년 문명의 내재적인 힘을 간직하고 축적해 온 민족이며, 근대에 침략과 약탈을 겪을 대로 겪으면서도 민족의 부흥과 부민강국을 추구하는 강대한 힘을 축적해 온 민족이다. 현대화는 중국혁명에 당연히 포함되어야 할 내용이다. 중국의 현대화를 내재적 힘의 요구가 아닌 단순한 외력-반응모델로 보는 것은 잘못된 역사관이다. 이러한 역사관이 도출해낸 결론은 바로 중국의 현대화가 마땅히 서구 침략의 덕을 입어야 한다는 것이다. 일부 사람들은 만약 중국이 서구의 식민지로 300년 동안 지낸다면, 서구인의 수중에서 기성의 현대화한 중국을 물려받을 수 있을 것이라고 뻔뻔스럽게 떠벌이고 있다. 이 얼마나 황당한 관점인가!

맺는 말

중국 특색의 사회주의 길은 현대화를 실현함에 있어서 반드시 걸어야 할 길이며, 인민의 아름다운 생활을 창조함에 있어서 반드시 걸어야 할 길이다. 길에 대한 우리들의 자신감은 문화에 대한 자신감에서 나온다. 중국은 5천여 년의 문명발전에 의하여 형성된 중화의 우수한 전통문화를 가지고 있을 뿐만 아니라, 중국공산당과 중국인민이 위대한 투쟁 속에서 형성한 혁명문화와 사회주의 선진문화도 가지고 있다. 문화는 지식과 지혜의 축적일 뿐만 아니라, 더욱이 한 민족의 가장 심층적인 정신적 추구이다. 중국은 근 100년간의 재난을 겪으면서 수도 없이 죽을 고비를 넘겼지만 후회는 없다. "십만 명의 장병이 피흘리고 희생된다 할지라도 어지러운 이 세상을 구원해 바로잡아야 한다." 그 속에서 빛나는 것은 바로 "나는 나의 피를 중화민족에 바치리라"라는 중화민족의 문화정신인 것이다.

제5장 역사주기율과 중국 특색의 사회주의

소련의 해체와 소련에서 사회주의의 실패는 하나의 중요한 진리, 즉 인류역사의 위대한 변혁으로서 사회주의 건설의 길은 평탄하지 않으며, 역행과 역전의 위험도 마찬가지로 존재한다는 진리를 명시하고 있다.

1. 역사주기율문제는 사회주의 사회에도
마찬가지로 중요하다

오로라호 순양함의 포성과 함께 탄생한 소비에트정권이 세인이 주목하는 빛나는 성과를 거친 뒤 멸망할 줄 누가 예견하였겠는가! 소련이 해체되면서 사회주의 제도는 소련에서 종말을 고하였다. 역사가 남긴 것은 스탈린 보위전, 베를린 공략, 가가린(Gargarin)의 우주선, 그리고 스탈린의 일련의 위대한 업적에 대한 추억들뿐이다. 물론 또 스탈린에 대한 폄하와 소련 사회주의에 대한 이러저러한 원망과 부정도 포함해서 말이다.

원명원(圓明園)을 불사른 불길과 난징(南京)대학살, 온갖 불평등조약의 굴욕을 겪은 후 제국주의 열강에 의해 사분오열된 상태에 처한 중국이 평화적 발전의 새로운 자태로 세계 민족의 대열에 우뚝 서서 중화민족의 위대한 부흥의 길로 성큼성큼 나아가게 될 줄을 누가 알았겠는가.

세계의 역사를 돌이켜보면 파란만장하고 변화무쌍한 과정을 거쳤다. 역사적 사건은 예측하기 어렵지만, 역사에는 법칙이 있다. 역사에는 하늘이 내린 기적이란 것은 없다. 기적의 창조자는 민족의 분투와 각성이다. 시진핑 주석은 중국인민 항일전쟁 및 세계 반파시즘전쟁 승리 70주년 기념대회에서 "우리는 역사를 명기하고, 선열들을 추모하며, 평화를 소중히 여기고, 미래를 개척해나가야 한다." 라고 지적하였다. 이는 중국인민이 중국공산당의 영도 하에 분투해온 역사과정을 이론적 논리로써 재현한 말이다. 그중에서도 특히 중국 특색 사회주의 이론체계와 중국 특색의 사회주의 길을 견지하는 데에 관한 논술은 우리가 역사주기율을 벗어나는데 있어서 중대한 지도적 의의가 있다.

역사주기율 문제는 1945년 항일전쟁 승리 전야에 황옌페이(黃炎培) 선생이 옌안(延安)을 방문하였을 때 마오쩌둥에게 제기한 문제이다. 황옌페이 선생은 마오쩌둥에게 중국공산당이 역사상의 "흥하는 것도 빠르지만 망하는 것도 일순간이다(其興也勃, 其亡也忽)"라는 역사주기율에서 벗어날 수 있겠느냐고 물었다. 이에 마오쩌둥은 그렇게 할 수 있다고 대답하였다. 그는 "우리는 이미 새로운 길을 찾았다. 그 새로운 길이 바로 민주이다. 오직 인민이 정부를 감독해야만 '집권자가 망해 그가 추진하던 정사가 폐지되는(人亡政息)' 일이 없을 것"이라고 말하였다. 그때 당시 중국공산당은 옌안에 있었고, 국민당이 공격을 할 수 있었으므로 내전은 일촉즉발의 상황이었다. 황 선생은 역사적 경험에 의거한 추상적인 가능성을 제기한 것이고, 마오쩌둥은 그에 대한 가장 중요한 원칙을 제기했던 것이다. 민주는 중국공산당이 정권을 취득한 후 정치체제 건설에 관계되는 중대한 문제이며, 역사주기율을 효과적으로 방지할 수 있는 중요한 보장이다. 그때 당시는 사회주의 건설의 실천적 경험과 현실적 긴박성이 아직 없는 상황이었지만, 마오쩌둥이 '민주' 라는 처방전을 내놓은 것은, 높이 서서 멀리 내다볼 수 있는 선견지명과 정치적 통찰력을 갖추었기 때문이라고 할 수 있다. 그 처방전은 현재도 여전히 유효하다.

새 중국 창건 전야에 정권을 장악한 후 어떻게 정권을 공고히 할 것인가 하는 문제가 중국공산주의자들 앞에 놓였다. 마오쩌둥은 당 7기 2차 전원회의 보고에서 전 당에 경종을 울려주었다. "어쩌면 이러한 공산주의자들이 있을 수 있다. 그들은 총을 든 적들에게 정복당한 적이 없다. 그들은 그런 적들 앞에서는 영웅으로 불리기에 손색이 없다. 그러나 그들은 적들의 사탕포탄의 공격은 막아내지 못하고 사탕포탄 앞에서 패하고 말 것이다." 훗날 당 중앙이 시바이퍼(西柏坡)에서 베이징으로 옮겼을 때 마오쩌둥은 또 리자성(李自成)을 예로 들면서 "우리는 절대 리자성처럼 되지 않을 것이다. 우리 모두 좋은 성적을 따내길 바라고 있다." 라고 말하였다.

마오쩌둥의 이런 멀리 내다보는 탁월한 식견은 모두 무산계급이 정권을 장악한 후의 역사주기율 문제와 관련된다. 마오쩌둥이 주목한 중점은 어떻게 정권을 공고히 하여 역사상 농민혁명지도자가 입성한 뒤 부패해지는 옛길을 걷지 않을 수 있을 것인지 하는 문제였다. 전국적인 승리를 거둔 후 마오쩌둥이 '3반운동(三反. 해방초기 중국공산당과 국가기관 내부에서 전개한 "반탐오, 반낭비, 반관료주의" 운동을 가리킴)'과 '5반운동(五反. 해방초기 사영 상공업자들 중에서 전개한 "반뇌물수수, 반탈세누세, 반국가재산 절도 편취, 반부실/날림공사, 반국가 경제정보 절도 편취" 운동을 가리킴)'에서 장쯔산(張子善)과 류칭산(劉青山)에 대한 사형 집행을 결심한 것은 바로 무산계급의 신생 정권을 공고히 하기 위한 전략적 고려에서 비롯되었다. 장쯔산과 류칭산은 모두 혁명 유공자로서 그들을 극형에 처하는 것은 "눈물을 머금고 마속의 목을 베는 것(泣斬馬謖)"에 비유할 수 있었다.

사회주의 정권이 안정된 후 어떻게 사회주의 건설을 통해 역사주기율 문제가 나타나는 것을 방지할 것인가 하는 것도 마오쩌둥이 고려한 중대한 문제였다. 마오쩌둥은 인민 내부 모순의 정확한 처리, 사회주의사회의 기본 모순, 10대 관계의 정확한 처리 등에 관한 논술을 제기하였다. 이런 논술은 중국 사회주의 건설의 길과 사회주의 제도의 공고화에 대해 모두 전반적, 전망적, 전략적 의의를 가지고 있다. 전체적으로 볼 때, 마오쩌둥은 생전에 주로 정치와 계급투쟁에 그리고 어떻게 정권을 공고히 할 것인가에 주의력을 집중시켰다. 그가 전개한 일련의 정치운동은 반우파 투쟁과 '반우경' 기회주의 투쟁에서부터 최종 무산계급 '문화대혁명'으로 발전하기에 이르렀다. 마오쩌둥은 당과 국가가 자산계급 부활의 위험에 직면하였다고 생각하였으며, 그래서 "계급투쟁을 중심으로 할 것"을 강조하며 '문화대혁명'을 일으켰던 것이다. 경험이 증명하다시피 "계급투쟁을 중심으로 하는 노선"을 통해 사회주의를 공고히 하고, 역사주기율을 방지하려는 시도는 사회주의 제도의 자기완성과 민생의 개선에 도움이 되지 않을 뿐만 아니라, 궁극적으로 사회주의 제도의 진정한 공고화에도 도움이 되지 않았다.

2. 소련 사회주의 실패의 교훈

사회주의 국가는 철의 강산일 줄 알았다. 이미 정권을 장악한 사회주의 국가 역시 역사주기율에서 벗어나지 못할 가능성이 있다는 것은 상상하기 어려운 일이다. 그러나 동유럽의 급변과 소련의 해체는 너무나도 현실적이고 날카롭게 사람들 앞에 다가왔다. 특히 중국 공산주의자들의 앞에 다가온 것이다. 무산계급 정권은 얻었다가 다시 잃을 수 있고, 사회주의사회는 "망하는 것도 순식간일 수" 있다.

소련 사회주의 실패의 교훈이 증명해주다시피 사회주의는 단순히 무산계급의 전면적 독재와 계급투쟁의 실행에만 의지해서는 공고히 할 수 없다. 스탈린은 계급투쟁을 늦춘 적이 없다. 그는 엄격한 정치운동과 당내 투쟁을 통해 소련공산당을 "깨끗하고 더할 나위 없이 순수하게 만들었다"고 할 수 있다. 그럼에도 소련은 결국 해체되었다. 소련의 해체와 10월 혁명 성과의 상실은 극히 비극적인 역사적 교훈이다. 스탈린이 소련의 산업화, 조국 보위전쟁, 소련을 강대하게 만드는 등 면에서 큰 공적을 쌓았지만, 결국 그는 비극적인 인물이 되었다.

10월 혁명은 물론 인류 역사상 가장 위대한 혁명이었다. 10월 혁명이 러시아의 역사와 전통 및 사회 성격과 맞지 않아 실패할 운명이었다고 주장하는 설도 있는데 이는 사람들을 납득시키기 어렵다. 만약 그 이유가 성립될 수 있다면 중국혁명이 일어났을 때의 사회 발전수준과 사회 성격은 러시아 10월 혁명 때보다 별로 더 선진적이진 않았다는 점에 비추어 볼 때, 중국도 사회주의 혁명을 실시하지 말아야 하고, 정권을 탈취하지 말아야 하며, 자산계급 민주주의혁명만을 실시하거나 또는 정권을 이용하여 자본주의사회를 수립해야 한다는 결론을 이끌어내야 하지 않겠는가? 하지만 그것은 새로운 창조라 할 수 없다. 그것은 창당 시기부터 논쟁이 되었던 문제였다. 현재 일부 이론가들은 또 소련의 해체를 이용하여 혹자는 노골적으로, 혹자는 완곡하게, 혹자는 단도직입적으로, 혹자는 에둘러서 그 주장을 우리 앞에 꺼내놓고 있다. 사실상 그것은 조건이 성숙된 후 정권을 탈취해야 하는지 하지 말아야 하는지 하는 문제와 정권을 탈취한 후에 어떻게 건설을 진행할 것인지 하는 서로 다른 두 가지 문제를 동일시한 것이다. 레닌은 「우리 나라 혁명에 대하여」라는 글에서 수하노프를 논박하면서 그 문제를 언급한 적이 있다. 필자는 지금도 여전히 레닌의 의견이 옳다고 생각한다.

역사의 발전과정은 끊임없이 변화한다. 따라서 과거를 되짚어 옛 장부를 따져서는 안 된다. 왜냐하면 모든 역사적 사건이 발생하는 시대적 배경과 시간 그리고 조건이 모두 다르기 때문이다. 역사적 사건의 주인공도 다르다. 역사의 거인이 있는가 하면, 역사의 난쟁이도 있었다. 10월 혁명은 인류혁명의 새로운 기원이며, 인류혁명의 위대한 승리였다. 그로부터 74년 뒤 소련의 해체는 사회주의 위대한 실천 과정에서의 한 차례 실패였다. 이로부터 얻은 교훈은 혁명이 필요한지 아닌지 하는 문제가 아니라 혁명 후에 어떻게 건설할 것인가 하는 문제이다. 그 문제는 창업자의 역사적 과업이 아니라 후계자 자신이 독자적으로 해결해야 할 문제이다. 그 어떤 위대한 마르크스주의 이론가나 혁명가도 영구불변한 치국방안을 내놓을 수 없으며, 그들이 개척한 사업이 여러 해가 지난 뒤에도 요절하지 않을 것이라고 보장할 수 없다. 한마디로 말하여 모든 일은 사람이 하기에 달린 것이다.

중국 옛날 사람의 역사관에 따르면, 하나는 천하를 취하는 것이고, 다른 하나는 천하를 다스리는 것이다. 가이(賈誼)의 『과진론(過秦論)』 속의 말을 인용한다면 "공격하여 취할 때와 이미 이룬 성과를 지킬 때는 정세와 태세가 서로 다르다(攻守異勢)"와 같은 것이다. 정권을 탈취할 때는 오로지 앞으로 돌진만 하면 된다. 나라를 다스릴 것도 없고 끼니를 제공할 필요도 없다. 정권을 잡은 후에는 자신이 주인이 되어 수세에 처하게 된다. 즉 전 국민의 의식주행을 관리해야 하고, 홀륭한 정치를 행하기 위해 좋은 방법을 취해야 한다. 마르크스주의 역사적 유물론의 관점으로 말하면 공산주의자의 혁명정신과 혁명신앙이 바뀌어서는 안 된다는 말이다. 그러나 혁명 전과 후의 임무는 같지 않다. 하나는 깨는 것이고 다른 하나는 세우는 것이며, 하나는 혁명전쟁이고, 다른 하나는 사회주의 건설이다. 국정과 전통, 국제환경이 서로 다르기 때문에 나아갈 길과 방식도 확실히 똑같을 수는 없다.

10월 혁명은 세계적으로 역사적 의의가 있는 위대한 혁명이었다. 그 혁명을 전적으로 우연한 일이요, 레닌의 음모에 의해 이루어진 것이라고 하는 말 전적으로 틀린 말이다. 세계 역사상 독창적인 장거인 위대한 혁명이 순전히 우연일 수는 없다. 10월 혁명 후 그처럼 거대한 성과를 이룩하였고, 소련은 세인이 주목하는 발전을 이루었으며, 서구세계를 실색하게 해버렸다. 그것은 혁명이 합리적인 것이고, 필요한 것이며, 역사의 흐름에 순응하고, 민심에 부합되는 것임을 말해주고 있다. 소련의 후계자들이 대대로 진정으로 소련의 실제에 근거하여 소련이 직면한 여러 모순들을 타당성 있게 해결하고, 사회주의 원칙에 따라 개혁을 진행하였더라면 소련은 얼마든지 계속 존재할 수 있었을 것이다. 역사에서 소련의 해체와 소련 사회주의의 실패는 운명적으로 정해져 있었던 것이 아니다.

그러나 기세 드높은 대중혁명운동에서 승리를 거둔 러시아혁명과 소비에트정권은 국내외, 당내외의 정치세력의 작용 하에, 대중의 불만과 참여 하에 붕괴되고 말았다. 왜였을까? 스탈린이 집권한 후 소련이 이룬 성과는 부정할 수 없다. 처칠마저도 스탈린이 나무자루가 달린 쟁기를 사용하는 나라를 물려받아 원자탄을 보유한 나라로 만들어 놓았다고 말하였다. 그러나 잘못 또한 크다. 그는 주로 계급투쟁과 당내투쟁으로 정권을 공고히 하면서 사회주의사회에 모순이 존재한다는 사실을 인정하지 않았고, 정확한 처리의 필요성과 각기 다른 성격의 모순은 각기 다른 방법으로 해결해야 한다는 것을 인정하지 않았으며, 독재와 고압정책을 실시하였다. 스탈린의 개인독재와 그에 대한 대중의 개인숭배가 장기적인 요인 중의 하나로서 소련 사회주의의 실패에 대해 일정한 역사적 책임이 있는 것이다. 그러나 가장 중요한 것은 스탈린의 후계자들이다. 그들은 스탈린이 서거한 후의 집권자들로서 얼마든지 스탈린의 개인숭배주의 영향을 막아냄과 동시에 소련의 실제에 결부하여 진정으로 사회주의 원칙에 따라 스탈린과 스탈린 시기의 잘못을 바로잡을 수 있었다. 하지만 그들은 다른 길을 택하였다. 스탈린의 개인숭배주의를 비판하는 것을 스탈린과 레닌을 희화화하고 헐뜯는 것으로 바꿔 마르크스주의와 사회주의를 공격하였다. 물밑에 가라앉았던 앙금이 다시 수면으로 떠오르듯 여러 가지 그릇된 사조가 다시 일기 시작하였다. 지도자들은 이론적·여론적으로 그 사조들을 방임하는 태도를 취하였지만, 경제적으로나 정치적으로는 여전히 스탈린 시대에 확립된 기존의 체제를 그대로 유지한 채 효과적인 개혁을 진행하지 않았다. 사회주의와 마르크스주의를 헐뜯는 그런 여론의 확산으로 인해 인민들의 사상이 극도로 혼란해지고, 사람들은 어떤 것을 따라야 할지를 몰랐다. 결국 소련공산당 지도자가 사회주의제도를 근본적으로 포기하고, 이른바 신(新)사유와 신(新)자유주의의 사유화 개혁방침을 펼 때 인민들은 수수방관하였다. "물은 배를 띄우지만, 뒤엎을 수도 있다(水能載舟, 亦能覆舟)"라는 역사법칙은 사회주의 소련에도 마찬가지로 적용된다.

역사적 유물론의 관점에 따르면 10월 혁명은 필연적으로 일어날 일이었고, 74년 뒤 소련의 해체 역시 필연적으로 일어날 일이었다. 그 두 필연성 사이는 겉보기에는 마치 물과 불, 얼음과 숯처럼 모순되는 것 같지만 실제로는 병존할 수 있다. 역사적 필연성은 인간의 활동밖에 외재하는 운명의 신이 아니다. 10월 혁명의 필연성은 제1차 세계대전 종전 후 러시아가 직면하게 된 얼기설기 복잡하게 얽힌 여러 가지 모순 속에 존재해 있었다. 2월 혁명 이후 수립된 임시 입헌정부가 전쟁과 토지 및 빵 문제를 해결할 수 없게 되었을 때, 무산계급혁명과 인민의 봉기는 필연적으로 일어날 일이었다. 소련의 해체와 소련 사회주의 실패의 필연성은 장장 30년이 넘는 스탈린 이후 소련공산당 자체 활동 속에 존재하였다. 소련의 해체와 소련 사회주의의 실패는 소련공산당 자체의 그릇된 노선과 정책이 한 걸음 한 걸음 초래한 것이다. 고르바초프가 소련공산당의 해체를 선포하고, 옐친이 훼손되어 황폐해진 소련 사회주의라는 큰 빌딩의 기반과 소련 마르크스주의의 이데올로기를 철저히 파괴하였으며, 과거에 소련공산당의 권력자였던 두 인물이 소련과 사회주의를 매장시켰다. 사회주의 국가에서 사회주의를 매장할 수 있는 이는 오직 집권지위에 있는 공산당 자신과 그 지도자라는 사실을 가장 생동적인 실례로 설명한 것이다. 사회주의 국가에서 집권지위에 있는 공산당의 노선·방침·정책은 사회주의 국가의 전도와 운명을 결정짓는 관건이다. 제도가 결정적 요소라고 말하는 학자가 있다. 그러나 사실 제도는 개혁할 수 있는 것이다.

개혁할 용기가 있는지, 어떻게 개혁할 것인지, 어떤 방향으로 개혁할 것인지를 결정짓는 이는 공산주의자들이며, 그들이 어떤 이론을 지침으로 삼고 어떤 노선·방침·정책을 실시하는지에 달린 것이다.

마오쩌둥은 그때 당시 중국혁명의 승리를 만리장정의 첫걸음을 뗀 것에 비유하였다. 지금 생각해 보면 그 비유는 확실히 선견지명이 있는 표현이었다. 혁명이 승리한 후 장기적인 사회주의 건설과정에서 존재할 수 있는 문제와 위험 및 그 복잡성 정도는 확실히 정권을 장악할 때보다 훨씬 더 심했던 것이다.

3. 중국 특색 사회주의 이론과 길의 위대한 의의

무산계급 혁명시기·정권탈취시기에 혁명의 지도자들은 혁명 대중까지 포함하여 모두 이상주의자들이었다. 이는 이해하기 쉽다. 사회의 이상이 바로 혁명의 정신적 원동력이기 때문이다. 그러나 혁명이 승리한 후 어떻게 수중의 정권을 이용하여 자신의 사회적 이상을 실행할 것인지는 혁명의 광풍이 몰아치던 시기의 이상에 근거할 것이 아니라 실제 상황에 근거하여 새롭게 정책을 결정할 필요가 있다. 그러므로 사회주의란 무엇이며, 사회주의를 어떻게 건설할 것인가 하는 것은 무산계급이 승리를 거둔 후 필연적으로 직면해야 하는 문제이다. 진정한 사회주의사회는 반드시 생산력이 고도로 발전한 사회여야 하고, 인민이 나라의 주인이 되는 사회여야 하며, 인민의 물질과 문화생활 수준이 끊임없이 향상되는 사회여야 한다. 그런 사회주의는 반드시 경제건설을 중심으로 하여 개혁개방을 전면적으로 진행해야지, 단순히 계급투쟁에만 의지해서는 확립하고 건설하며 공고히 할 수 없다.

물론 미네르바의 부엉이는 황혼 무렵에야 그 날개를 편다. 지혜로운 노인의 발걸음은 언제나 현실보다 늦다. 역사 활동 중에 있는 인간에게는 경험과 교훈 그리고 축적이 필요하며, 멈춰 서서 자신이 걸어온 길을 되돌아보는 것도 필요하다. 신 중국이 장기간의 모색을 거치고, 좌절을 겪고, 또 국제 사회주의 실천의 경험을 총화한 뒤 마침내 덩샤오핑은 중국에서 진정으로 사회주의를 건설하려면 반드시 과학적 사회주의 기본 원칙을 견지해야 하고, 중국의 실제에 결부시켜야 하며, 반드시 먼저 사회주의란 무엇이며, 사회주의를 어떻게 건설할 것인가를 분명히 알아야 한다. 우리의 많은 정책적 오류와 좌절은 모두 교조주의에서 비롯되었고, 추상적인 이상과 과격에서 비롯된 것으로서 중국의 실제를 벗어났고, 중국의 국정에 대해 알지 못하며, 우리가 현재 사회주의 초급단계에 처하였다는 사실에 대해 알지 못하였기 때문이다.

　　덩샤오핑은 과학적 사회주의의 기본 원리를 중국의 실제와 결부시켜 창조적으로 사회주의 본질이론을 제기하고 "사회주의란 무엇이고, 사회주의를 어떻게 건설할 것인가" 하는 문제를 초보적으로 해결하였으며, "하나의 중심, 두 개의 기본점"이라는 노선을 형성하였고, 개혁개방의 발걸음을 내디뎠다. 그때부터 중국의 사회주의는 세계가 주목하는 급속한 발전의 길에 들어서게 되었으며, 중국이라는 용이 날아오르기 시작하였다. 만약 그 위대한 전환이 없었다면 "계급투쟁을 중심으로 하는 것"에서부터 경제건설을 중심으로 하고, 개혁개방을 실시하는 쪽으로 전향하지 않았다면, 중국은 국내외 정치세력의 선동 아래 또 다른 방식으로 소련의 전철을 밟았을 수도 있었다. 역사주기율이 중국에서 재연되지 않으리라고는 그 누구도 장담할 수 없었던 것이다.

과학적 사회주의 이론과 실천의 각도에서 볼 때, 중국 특색의 사회주의 이론과 길은 세 가지 문제를 해결하였다. 첫째, 사회주의를 발전시키는 길을 찾은 것이다. 둘째, 중화민족의 위대한 부흥의 길을 찾은 것이다. 셋째, 사회주의사회가 역사주기율에서 벗어나는 길을 찾은 것이다. 이 세 가지 문제는 서로 관련되어 있다. 오직 개혁개방만이 사회주의를 발전시킬 수 있고, 오직 사회주의의 자체 완성과 발전만이 진정으로 사회주의를 공고히 할 수 있으며, 이로써 역사주기율에서 벗어날 수가 있다. 그 과정은 동시에 중화 민족의 위대한 부흥을 실현하는 과정이다. 그러나 그중에서 역사주기율 문제는 또 특별히 중요한 연구가치가 있다. 왜냐하면 사회주의사 회의 공고함은 정해진 것으로서 백성들은 자연적으로 사회주의를 지지할 것이라는 그릇된 관념을 역사주기율 문제가 이론적으로 타파하였기 때문이다. 이로 인해 집권지위에 있는 중국 공산주의자들은 대중을 위한 당 건설, 인민을 위한 집권 및 집권능력을 꾸준히 제고해야 하는 중요성에 대한 자각의식을 제고시켰다.

중국 특색의 사회주의 이론은 마르크스주의 발전사에서나 사회주의 실천사에서나 모두 위대한 창조이다. 경험이 증명하다시피 중국 특색의 사회주의 길은 가장 효과적으로 역사주기율을 방지하는 길일 뿐만 아니라, 사회주의를 견지하고 발전시키며 완성하는 길이며, 민족의 위대한 부흥을 실현하는 길이기도 하다.

중국 특색의 사회주의 이론은 시대와 더불어 발전하는 과학체계이다. 그 이론 중 역사주기율 탈출에 대한 탐구 역시 하나의 과정이다. 마오쩌둥은 사회주의 정권이 국외의 적들에게 포위되어 있고, 국내에 반동적 정치세력이 여전히 존재하며, 신생 정권이 아직 안정하게 발을 붙이지 못한 환경에서 정치적으로 정권을 공고히 하는 것에 역점을 두고, 계급투쟁은 일정한 역사적 합리성을 띤다고 강조하였다. 그러나 "계급투쟁을 중심으로 하는 것"을 전 사회주의 시기의 지도사상으로 삼을 경우 필연적으로 중국공산당이 정치적으로 민주와 법제건설에 주력하지 않게 되어 사회주의 제도의 우월성을 충분히 발휘하지 못하는 결과를 초래하게 된다. 우리는 마오쩌동 동지를 핵심으로 하는 초대 당 중앙 지도집단이 사회주의 개혁개방을 위해 닦아놓은 경제적·정치적 토대를 영원히 잊어서는 안 된다. 그러나 "계급투쟁을 중심으로 하는" 잘못된 노선과 정책을 계속 실시해서도 안 된다. 경제건설을 중심으로 하고 생산력을 해방시키는 것과 생산력을 발전시키는 것에 역점을 두어야 한다는 등 일련의 이론과 정책으로 구성된 덩샤오핑이론으로부터 "세 가지 대표" 중요 사상에 이르고, 다시 과학적 발전관에 이르,며 시진핑 신시대 중국 특색 사회주의 사상에 이르기까지 중국공산당은 중화민족의 위대한 부흥을 실현하고 역사주기율에서 벗어나는 새로운 경로를 개척한 것이다.

4. 안거위사(安居危思)[30)와 우환의식의 증강

개혁개방 40여 년간, 특히 18차 당 대회 이후, 우리가 이룩한 제반 사업의 위대한 성과는 "오직 사회주의만이 중국을 구할 수 있고, 또 오직 개혁만이 사회주의를 발전시키고 공고히 하며 완성시킬 수 있음"을 증명하고 있다. 현대중국에서 중국 특색 사회주의 이론체계를 견지하는 것은 바로 마르크스주의를 견지하는 것이다. 중국 특색의 사회주의를 견지하는 것은 바로 사회주의를 견지하는 것이다.

새 시기의 가장 뚜렷한 특징은 발전이 빠른 것이다. 우리는 이미 세

---

30) 안거위사 : 편안할 때에 어려움이 닥칠 것을 미리 대비하여야 하는 것.

계가 주목하고 전 인민이 만족하는 중대한 성과를 거두었다. 시진핑 동지는 왜 편안할 때에도 어려움이 닥칠 것을 미리 대비해야 하고 우환의식을 증강시켜야 한다고 항상 전 당과 전 국민을 간곡하게 교육하는 것인가? 세계적으로 우리는 도전과 기회가 병존하고 도전보다 기회가 더 많은 상황에 직면하고 있다. 국내적으로는 우리가 이룬 성과가 문제보다 더 많다. 문제는 발전과정에 나타난 문제이다. 기회가 있으면 도전이 있게 되고 도전은 기회 속에 존재한다. 모순이 있으면 문제가 생기기 마련이며 문제는 모순 속에 존재한다. 시진핑 총서기는 안거위사와 우환의식을 증강하는 동시에 '위험'과 '어려움'에 주의하라고 전 당에 타일렀다.

중국에서 샤오캉사회를 전면 실현하고 사회주의 현대화를 실현하며 "두 개의 백년"의 웅대한 목표를 실현하려면 아직도 여러 세대에 걸쳐 꾸준한 노력이 필요하다. 이 역사시기에 우리는 국제정세의 변화에 대응하고 국내의 여러 가지 모순과 어려움을 극복해야 하며 올바른 개혁의 방향을 확고부동하게 견지하고 중국 특색의 사회주의 길을 견지해야 한다. 그 길은 어려움과 위험이 존재하는 길이다.

위험은 어디에서 오는가? 어려움으로부터 오는 객관적 위험이 존재할 뿐만 아니라 더욱이 위험에 대처하는 능력과 의사결정 방면의 주관적 위험도 존재한다. 오늘날 세계는 자본주의와 사회주의가 공존하고 교류하는 세계이다. '서구화'와 '분화'의 위험은 언제나 소홀히 해서는 안 된다. 그러나 우리 객관적 위험에 대해 연구할 때 위험을 해소하는 능력에 대한 연구에 더욱 중점을 두어야 한다. 그것이 바로 당의 집권능력, 간부대오의 건설 및 마르크스주의이론 건설에 대한 연구이다.

(1) 당의 집권능력문제

중국공산당은 자체 능력건설에 큰 중시를 기울이고 있는 당이다. 혁명시기에나 사회주의 건설시기에나 모두 그렇게 하였다. 특히 개혁개방 이후 어떠한 당을 건설할지 당을 어떻게 건설할지 하는 것이 중국 특색의 사회주의 과학적 이론체계의 중요한 구성부분이 되었다. 성심성의로 인민을 위해 봉사하는 것은 우리 당의 취지이다. 현대중국에서 우리 당은 집권당일 뿐만 아니라 개혁개방이라는 위대한 혁명을 이끄는 당이다. 우리 과업은 더욱 간고하고 더욱 어렵다. 그러나 우리가 처한 환경은 전쟁 연대와 전혀 다르다. 현시대는 경제적 요소가 다양해지고 분배방식과 취업방식에 중대한 변화가 생겼으며, 당원들도 각기 다른 계층 출신들이다. 사회주의국가에서 가장 큰 위험은 집권당 자체에 있을 수 있다. 중국 노동자계급의 선봉대로서 우리 당은 중국인민과 중화민족의 선봉대의 본질을 영원히 유지하고, 중국 특색의 사회주의사업을 지도하는 핵심이 되며, 당의 기본 노선을 견지해야만 발전과정에 나타나는 그 어떤 위험도 다 해소할 수 있는 결정적 힘이 될 수 있다. 당의 선진성을 유지하는 것은 중국 특색의 사회주의 길을 견지하는 근본적인 보장이다.

(2) 위험은 간부대오에서 올 수 있다

한 사회의 상황이 어떠한지, 인민이 만족하는지 만족하지 않는지, 지지하는지 지지하지 않는지 하는데 있어서 가장 중요한 것은 관리의 치적이다. 유종원(柳宗元)은 「답원요주논정리서(答元饒州論政理書, 정치를 논하여 요주의 원자사에게 답하는 편지)」에서 나라에 가장 큰 해를 끼치는 것은 "뇌물수수가 성행하는 것과 조세를 마구 징수하는 것"이라고 말한 바 있다. 물론 그것은 봉건사회를 두고 말하는 것이다. 그러나 그런 견해는 우리 간부대오 건설에도 경고의 의미가 있다. 중국에서 당의 바른 노선이 확정된 후 간부는 결정적 의의를 가진다. 각급 간부들은 제일 먼저 중국 특색의 사회주의 기치를 높이 들어야 하고, 제일 먼저 중국 특색의 사회주의 노선·방침·정책을 관철 이행해야 한다. 성심성의를 다 해 인민을 위해 봉사하는 높은 자질, 높은 수준을 갖춘 간부대오가 없다면, 중국 특색의 사회주의를 견지하는 위대한 사업과 길이 좌절을 당할 수 있다. 개혁개방 이후 우리 당 간부대오의 문화수준, 재능 및 정치적 자질이 모두 크게 향상되었다. 그러나 일부 간부들에게 존재하는 권력과 금전과의 결탁, 타락현상 역시 충격적이었다는 사실을 부정할 수는 없다.

특히 적지 않은 고위관원들의 낙마는 더욱이 사람들의 우려를 자아냈다. 우리 당은 부패척결이 당과 나라의 운명과 전도가 달린 큰 문제라고 줄곧 강조하여 왔다. 18차 당 대회 이래 우리는 부패 척결 면에서 중대한 성과를 거두었고, 부패를 예방하는 면에서도 새로운 정책과 조치를 끊임없이 내놓았다. 그러나 부패 척결은 여전히 장기적이고 복잡하며 어려운 과업이다. 우리는 부패가 "안거위사하고, 우환의식을 증강시키는데" 있어서의 중요한 문제이며, 사회주의 국가에 대한 심각한 위협임을 인식해야 한다.

(3) 위험은 사회주의 사상 이론분야의 혼란에서 온다

소련 사회주의 실패는 아주 오랜 기간 사상의 혼란과 여러 가지 그릇된 사조가 여론의 진지를 점령하는 과정을 겪었다. 이론의 진지와 여론의 진지가 가장 중요한 것이다. 이론의 혼란은 필연적으로 사상의 혼란으로 이어지며, 사상의 혼란은 필연적으로 행동의 혼란을 초래하게 된다.

중국공산당은 이론건설과 마르크스주의 이론의 대오건설을 일관되게 중시해온 당이다. 그러나 중국 특색 사회주의 이론의 과학체계를 전면적으로 정확하게 이해하는 면에서 진지하게 연구하고 해명해야 할 문제들은 여전히 많다. 우리가 종사하는 마르크스주의 이론사업의 직업적 성격과 임무를 말하면, 우리는 18차 당 대회 이후의 문건을 진지하게 학습하고 선전해야 할 뿐만 아니라, 19차 당 대회에서 제기된 일련의 중대한 이론문제와 실제문제에 대해서도 깊이 연구해야 한다.

이론문제는 지극히 중요한 문제이다. 이론분야에는 여러 가지 경향이 다 존재한다는 사실은 부정할 수 없다. '좌'적 노선과 사조가 중국에 끼쳤던 해악을 절대 반복해서는 안 된다.그러나 신자유주의, 역사허무주의 사조도 팽배하다. 마르크스주의 이론 종사자로서 우리는 마땅히 '좌' 경·'우' 경 사상과 이론을 배격하고 명확히 해야 하며, 현대중국의 마르크스주의를 깊이 있게 학습하고, 시진핑 신시대 중국 특색 사회주의 사상을 학습해야 한다. 이는 역사와 시대가 우리에게 부여한 책임이다.

제6장 인민을 중심으로 하는 '중국의 길'

시진핑은 마르크스 탄신 200주년 기념대회에서 "마르크스주의는 인민의 이론이다. 마르크스주의는 최초로 인민이 자체 해방을 실현하는 사상체계를 창립하였다. 마르크스주의는 넓고 심오하지만 결국에는 '인류의 해방을 추구한다'라는 한 마디로 종합할 수 있다."라고 지적하였다.

1. 인간의 개념을 구분하는 서로 다른 언어 환경

"인민을 위해 봉사하자"라는 것은 중국공산당의 일관된 주장이다. 중국 특색의 사회주의 길을 건설하는데 있어서 우리 당은 반드시 시종일관 "인민을 중심으로 한다"는 원칙을 견지하고, "인민을 위한 당 건설, 인민을 위한 집권"의 원칙을 견지하며, "성심성의껏 인민을 위해 봉사하는" 근본 취지를 실천하고, 아름다운 생활에 대한 인민의 갈망을 실현하는 것을 분투목표로 하며, 최종적으로는 인간의 자유롭고 전면적인 발전이라는 위대한 이상을 실현해야 한다.

　인류의 해방에 관한 마르크스주의 사상은 서구 역사상의 인간중심주의와 일정한 비판적 계승관계가 존재하지만, 또한 근본적인 구분이 있다. 중국 특색의 사회주의 길을 건설하는 과정에서 "인민을 중심으로 하는" 노선을 견지하려면, 반드시 역사적 유물론의 차원에서 마르크스주의의 인간에 관한 이론을 이해해야 한다.

　"인민을 중심으로 하는 것"은 과학성을 띤 철학적 명제일 수도 있고, 추상적인 인본주의 명제일 수도 있다. 관건은 인간을 어떻게 이해하는가 하는 것이다. '인간'의 내포와 외연은 서로 다른 언어 환경에서 매우 크게 다르다. 우리는 사람 '인(人)' 자의 일상용어와 문학용어 및 철학용어를 구분해야 하며, 철학용어는 또 각기 다른 철학학파로 구분해야 한다. 일찍이 엥겔스는 「시가와 산문 속의 독일 사회주의」라는 글에서 카를 그륀(Karl Grun)이 괴테를 오독하였다고 비난한 바 있다. 엥겔스는 "괴테는 문학가로서 인간이라는 단어를 다소 과장된 의미로 자주 사용하곤 하였지만, 괴테가 사용하는 인간이라는 단어는 루드비히 포이어바흐(Ludwig Feuerbach)가 사용하는 것과 같은 철학용어는 아니다."라고 말하였다. "그 단어가 특히 괴테에게 있어서 대부분 완전히 비철학적이고, 육체적인 의미를 가지고 있다. 괴테를 포이어바흐의 제자이자 '진정한 사회주의자'로 만든 공로는 전적으로 그륀 선생에게로 돌려야 한다."[31] 인간이란 단어를 사용할 수 있는 언어 환경을 구분할 수 없기 때문에, 인간에 대한 말만 나오면 안색이 변하는 철학적 혼란을 일으키곤 한다.

　일상생활에서 사람 '인(人)' 자는 가장 자주 사용하는 글자이다. 싸울 때는 "넌 사람도 아니야, 인간 같지 않아!"라고들 욕한다. 이런 욕

---

31) 마르크스, 엥겔스. 『마르크스·엥겔스선집』 제4권. 베이징, 인민출판사, 1958: 255-256.

을 먹으면 참을 수 없을 것이다. 그런데 "어떤 걸 두고 인간 같지 않다는 건지? 다른 사람을 두고 인간 같지 않다고 비난한 그 사람의 마음속에는 어떤 것이 인간다운 건지에 대한 기준이 있는 걸까? 진정한 사람이란 어떤 모습이어야 하는가?" 라고 묻는다면 확실하게 대답할 수 있는 것도 아니다. 왜냐하면 여기서는 철학문제에 대해 논의하고 있는 것이 아니기 때문이다. 여기서 인간 같지 않다고 말하는 것은 비난받는 대상이 된 사람이 사회적으로 공인 받는, 통용되는 도덕기준에서 벗어났거나 또는 인간으로서의 최소한의 윤리를 어겼음을 비판하는 것이라는 것을 모두가 알고 있다. 그러므로 여기서 비판하는 사람은 통용되는 도덕적 관습을 인간과 비인간을 평가하는 표준으로 삼은 것이다.

'사람'을 시에 등장시키는 것은 흔히 있는 일이다. "이전에는 이만한 성인(聖人)이 없었고, 장래에는 이만한 현자(賢者)가 없을 것이다.(前不見古人, 後不見來者)" "텅 빈 산에 사람은 보이지 않는데 사람의 말소리만 도란도란 들리네"(空山不見人, 但聞人語響) "해질 녘에 내린 비에 봄물은 더욱 세차게 불어나고 들녘 나루터에는 행인도 없이 배만 홀로 비껴있네(春潮帶雨晚來急,野渡無人舟自橫)" 이와 비슷한 예가 아주 많다. 여기서도 '사람'은 철학용어가 아니다. 여기서 사람은 심미적 경계의 가설이며 '감정과 경물이 서로 융합된 접착제'이다. 문학평론에서 사람들은 여기서 말하는 사람이 무엇을 의미하는지, 구체적인 사람인지 아니면 추상적인 인간인지에 대해 철학적인 원칙에 따라 탐구하지는 않는다. 그것은 상기의 문구는 문학이고 시이기 때문이다.

그러나 철학은 다르다. "인민을 중심으로 하는 것"은 철학적 명제로서 인간에 대한 서로 다른 이해를 통해 완전히 다른, 심지어 대립되는 철학적 노선을 표현할 수도 있다. 역사적 유물론의 이론에서 인민을 중심으로 하는 것과 형형색색의 추상적인 인본주의 학설에서 제창하는 "인간을 중심으로 하는 역사관"은 역사관을 포함한 세계관 면에서 근본적으로 다르다.

인간을 풀 수 없는 미스터리로 보고, 인간을 궁극적인 연구대상으로 삼은 것은 철학적 사고에서 비롯된 것이고, 인간의 본성에 대한 형이상학적 탐구에서 비롯된 것이다. 철학분야에서는 옛날부터 지금까지 얼마나 많은 철학자가 인간을 위한 고민을 하였을지 알 수 없다. 그 고민은 철학적 사고방식 자체에서 비롯된 것이며, 현실적으로 존재하는 인간 밖에서 이른바 ,'인간'을 찾으려는 것이다. 고대 그리스의 한 철학자가 낮에 초롱불을 켜들고 거리를 돌아다니는 것을 본 사람들이 그에게 왜 낮에 초롱불을 켜느냐고 물었더니 그는 "사람을 찾고 있다"라고 대답하였다. 여기서 말하는 "사람을 찾고 있다"라는 것은 바로 그런 '인간'을 찾는다는 것이다. 지금도 사람들은 '인간'을 찾고 있다. 미국의 철학자 롤로 메이(Rollo May)는 사람에 관한 자기 저서를 아예 『인간의 자아 탐색』이라고 제목을 달았다. 그는 우리 모두 불안한 시대를 살아가고 있으며, 우리에게 유일한 행복 중의 하나가 바로 자신을 알아가야만 하는 것이며, 우리는 이미 다시 자아 탐구 속에 던져졌다고 주장하였다.

현시대에 자연에 대한 우리 인식과 자신에 대한 인간의 인식 사이의 차이는 점점 더 커져가고 있는 것 같다. 의학 분야에서는 인간을 복제할 수 있기에 이르렀지만, 철학 분야에서는 아직도 인간이 무엇인지에 대한 논쟁을 벌이고 있다. 존 듀이(John Dewey)의 견해에 따르면 오늘날 철학이 요구할 수 있는 최고의 업무는 소크라테스가 2500년 전에 철학의 산파에게 지정해준 업무, 즉 "너 자신을 알라"라는 것이었다. "인간이란 무엇인가?" 하는 것은 철학이 탐구해야 할 영원한 과제인 것 같다.

사실 인간의 본성을 인식하는 견지에서 볼 때, 자연과학이 철학보다 인간을 더 똑똑히 인식하고 있는 것은 아니다. 비록 과학기술이 인간을 복제할 수 있을 만큼 발전하였지만, 그들은 인간을 진정으로 알지 못한다. 그들은 인간을 해부할 수 있고, 해부대 위에서 인간의 생리구조를 명확하게 낱낱이 파헤쳐 알 수 있으며, 심지어 인간의 유전자 지도까지 그려낼 수 있다. 그러나 그들이 알고 있는 것은 생물학적인 인간이고 인간의 육체이지, 인간의 본질과 인간성이 아니다. 우리는 인간에 대한 과학기술의 연구 성과에 지나치게 도취되어서는 안된다. 만약 인간에 대한 자연과학의 인식에 만족하고, 인간의 본성과 욕구를 철학적으로 파악하지 못하다가는 그로 인해 큰 낭패를 볼 수 있다. 이 부분은 20세기 하반기 이후 생태환경의 급격한 악화를 통해 이미 증명되었다.

철학적 분야에서 인간을 이해하는 것은 참으로 어렵다. 이는 실체가 없고, 직관할 수 없는 영역이며, 그 어떤 기기와 첨단 공구도 아무 쓸모가 없다. 1만년 후에도 마찬가지일 것이다. 그것은 인간의 철학적 사유능력에 의지해야 하며, 따라서 각기 다른 철학이 "인간이란 무엇인가?"에 대한 대답도 각기 다르기 때문이다.

"인간이란 무엇인가?" 하는 문제에 있어서의 또 하나의 어려움은 철학자들 모두가 인간에 관한 자기 이론을 바탕으로 자기 철학체계를 세우려고 애쓰는데 있다는데 있다. 철학에서 인간 문제가 가장 중요하다는 것은 의심할 여지가 없다. 그러므로 그 어떤 근본적인 철학문제도 인간문제에 대한 정확한 해결을 떠날 수는 없다고 말할 수 있다. 세계의 본질에 대한 이해, 인식의 본질과 인식기준에 대한 파악, 역사

법칙과 의미에 대한 해석, 가치와 과학의 관계에 대한 처리, 이 모든 것은 '인간'이라는 단어를 피할 수 없다. 세계는 인간의 세계이다. 만약 인간이 우주의 창과 세계의 해석자로 설정된다면 쇼펜하우어가 말한 "투명한 세계의 눈"과 같이 세계는 인간의 의지와 표상에 불과할 뿐이며, 세계의 본질과 의미는 모두 오로지 인간을 통해서만, 그리고 인간에 의해 해석되고 밝혀질 것이다. 그러면 그것이 대표하는 것이 바로 일종의 유심론적 철학 노선이다. 각기 다른 모든 시대의 유심론은 기껏해야 이 동일한 노선상의 서로 다른 역참이다. 인간을 주체로 한다는 객관적 사실로 인해 많은 철학자들이 주체 자신의 딜레마라는 성안에 갇히게 된다.

전체적으로 서구의 철학사를 보면, 문예부흥 시기의 자산계급 추상적 인도주의, 포이어바흐의 유물론적 인본주의에서부터 현대 서구의 유심론적 또는 무신론적 실존주의에 이르기까지 낡은 유물론의 틀 속에서이든 유심론의 틀 속에서이든 어느 것이나를 막론하고 "인간을 중심으로 한다는 것"은 모두 그릇된 명제임을 표명한다. 그것들이 그릇된 명제라고 하는 것은 그 명제 자체 때문이 아니라 인간에 대한 잘못된 이해 때문이다. 그들은 혹자는 인간을 역사적 조건이나 사회관계로부터 분리된 생물학적 개체로 이해하거나, 혹자는 하나의 '유(類)'의 개념으로 이해하여 현실의 인간을 현실세계와 현실사회를 벗어난 "인간의 일반"으로 변화시킨다. 유물론자 포이어바흐의 관점에 따르면 인간은 아직 자연의 제약을 받고 자연의 일부라고 한다면, 유심론적 인본주의 관점에 따라 자연은 이미 인간의 일부가 되었고, 인간의 의존계통이 되었다고 할 수 있다. 그래서 세계관적으로나 역사관적으로나 모두 인간은 구속받지 않는 절대적으로 자유로운 주체가 된다. "인간 중심"의 관점은 인간에게 자연과 사회 및 그 법칙 위에 군림하는 지고지상의 지위를 부여한다. 이러한 이른바 인간이란 사실상 엥겔스가 일찍 비판한 바 있는, 만화의 형태로 재현한 그리스도 창세기의 사변적 표현이다.

인간의 인식 딜레마에 직면한 어떤 철학자들은 "인간이란 무엇인가 하는 것은 말로 표현할 수 없다"라고 주장하였다. 이 말은 절반은 맞는 말이다. 만약 한 사람으로서의 인간을, 이른바 소외되지 않은 본연의 인간을, 이른바 진정한 의미에서의 인간을 찾고자 한다면, 인간이란 무엇인가 하는 것은 당연히 말로 표현할 수 없다. 그런 인간은 아무도 본 적이 없으며 또 존재한 적도 없다. 만약 현실에서 출발한다면 인간은 모두 현실적이며 일정한 역사시기와 특정 사회에서 살고 있는 인간이라는 것을 발견할 수 있다. 현실 속의 인간을 제외한 다른 인간은 없다. 마르크스는 영국의 경제학자 제러미 벤담(Jeremy Bentham)이 현대의 모리배, 특히 영국의 모리배 즉 영국의 자산가를 '표준인간'으로 묘사하고 있다며, 그런 척도로 과거와 현재 그리고 미래를 평가한다고 그를 비판한 적이 있다. 사실상 자산가는 그저 자본주의사회의 한 인간에 불과하며 자본주의사회관계를 인격화한 것이다. 물론 이는 자산가가 개성이 있는 인간이라는 사실을 배척하지 않는다. 그러나 그런 개성은 추상적인 인간의 개성이 아니라 구체적인 자산가의 개성, 즉 자산가 중의 "이 한 사람"이다. 인간은 절대적 개체가 될 수 없다. 왜냐하면 개인은 집단 속에서 생활하기 때문이다. 인간은 또 추상적인 '유(類)'도 아니다. 왜냐하면 현실적 개체 밖에는 '유'가 없기 때문이다. 인간이 일단 독립적으로 존재하는 개체나 또는 '유'로 변한다면 이해할 수 없는 괴물로 된다. 마르크스는 유명한 논단으로 이 문제에 대해 설명하였다. "인간은 곧 인간의 세계로서 바로 국가이고 사회이다."32) 엥겔스는 포이어바흐의 추상적 인간이라는 관점을 비판하면서 "포이어바흐의 추상적 인간으로부터 현실적이고 살아 숨쉬는 인간으로 전환시키려면 반드시 이들 인간을 역사 속에서 행동하는 인간으로 간주하여 고찰해야 한다."라고 명확히 지적하였다.[33]

추상적 인본주의는 "인간은 인간의 눈으로 세계를 보는 것이기 때문에 '인간의 눈에 비친 세계만 볼 뿐'"이라고 주장한다. 틀린 말은 아니다. 그러나 그보다 더 중요한 다른 한 측면도 있다. "당신의 눈에 비친 세계가 진실한 세계인지, 아니면 거꾸로 된 왜곡된 세계인지?" 이것이 바로 세계의 객관성과 진실성의 문제이다. 세계의 진실성을 떠나서 세계의 가치와 의의를 논하게 되면 유심론으로 기울 수밖에 없다. 하물며 눈으로 세계를 보는 인간은 추상적인 인간이 아니며 바로 자신이 관찰하는 세계 속에 있다. 그가 자기 눈으로 세계를 관찰하기 전에 세계(특히 사회)는 또 자체 힘으로 여러 가지 방식을 통해 그의 관찰을 결정한다. 인간은 사회 속의 인간으로서 유심론자들이 주장하는 것처럼 세계가 인간의 일부인 것이 아니라, 결국은 인간이 세계의 일부이다. 인간과 인간의 본성은 인간이 몸담고 있는 자연과 사회에서 분리되고 인간의 역사에서 분리되어서는 이해할 수 없다. "인민을 중심으로 하는" 명제의 과학성은 그것의 출발점과 이론적 지탱점으로서의 세계관과 역사관에 의해 결정된다. 새로운 시대에 "인민을 중심으로 하는" 명제의 과학성은 인간에 대한 이해가 변증법적 유물론과 역사적 유물론에 근거하고 있다는 데 있다.' 인간 중심'이라는 명제가 예전에 추상적 인본주의가 창도하였던 것이라고 하여 그 명제를 거부하는 사람은 마치 구더기가 무서워 장 못 담그는 것과 같으며, 이론적으로나 실천적으로나 모두 그릇된 것이다.

---

32) 마르크스, 엥겔스, 『마르크스・엥겔스선집』 제1권. 3판. 베이징, 인민출판사, 2012, 1쪽.
33) 위의 책, 제4권. 247쪽.

2. 인민을 중심으로 하는 원칙을 견지하고, 추상적 인본주의의 오독을 방지하다

"인민을 중심으로 하는 것"의 과학성은 인간과 인간의 본성에 대한 우리의 역사적 유물론적 이해에 달려 있을 뿐만 아니라, 인간의 주체 지위와 객관법칙의 관계를 정확하게 처리하는데 달려 있다. "인민을 중심으로 하는 것"은 고립된 명제가 아니라 중국 특색의 사회주의 건설 및 법칙과 서로 연결되어 있다.

자연계는 발전하고 있다. 인간은 자연계의 발전과정에 참여하지 않을 수도 있고, 또 참여할 수도 있다. 참여하지 않는 것은 자연계 자체의 발전과정이고, 참여하는 것은 인간이 자연을 개조하는 과정이다. 사회는 본질적으로는 실천적인 것으로서 인간의 활동에 의하여 형성되지만, 인간의 의지에 의하여 자유로 결정되는 과정은 아니다. 사회에 있어서 인간은 극작가이자 또한 극중의 인간이다. 그러므로 인간의 활동 범위 내에서 발전은 객관적 과정인 동시에 또 주체라는 낙인이 찍혀 있다. 이른바 발전관이란 바로 발전의 본질·목적·내용·요구에 대한 총체적인 관점과 근본적인 관점을 말한다. 발전관의 변화는 흔히 낡은 발전과정에 대한 비판적 반성과 낡은 발전관의 지양을 동반한다. 발전관은 주체의 각도에서 발전을 대하는 것이며, 주체가 객관적인 발전방식과 목표 및 가치를 부여하는 것이므로 서로 다른 사회의 발전관은 발전의 길, 발전모델 및 발전전략에 대해, 객관적인 실제 발전과정에 대해 근본적, 전반적으로 영향을 준다.

그 어떤 발전이든지 모두 인간을 중심으로 하는 것이라고 추상적으로 말할 수는 없다. 왜냐하면 그 어떤 발전이든지 모두 인간을 떠날 수 없으며, 모두 인간이 자신의 수요를 위해 발전에 참여하기 때문이다. 이는 추상적인 인간을 활동의 주체로 한다는 표현의 일종이다. 사실상 계급사회에서는 발전의 목적과 발전에 대한 기대치가 모두 주도적 지위에 있는 통치자 의지의 영향을 받는다. 자본주의 이전 사회에서 통치자가 발전에 부여하는 목적은 자기 통치를 공고히 하여 영원히 지배적 지위에 앉을 수 있도록 하는 것이었다. 발전의 목적이 인간을 위한 것이 아니고 인간을 중심으로 하는 것이 아니라 일부 사람들, 즉 지배계급 자신을 위한 것이다. 만약 누가 통치자도 인간이므로 인간을 중심으로 한다고 말한다면, 그것은 논변이 아니라 궤변이다.

자본주의사회에서 발전은 부를 늘리고 생산성을 높여 경쟁자를 물리치고 최고의 이윤을 얻는 것을 목적으로 한다. 따라서 자본주의사회에서 자본가는 이윤을 취득하는 것을 목적으로 하고, 국가는 GDP를 늘리는 것을 목적으로 한다. 이 양자가 서로 통일되려면 필연적으로 생산력을 발전시키고 생산성을 높이는 것을 우선 자리에 놓아야 한다. 마르크스는 『1844년 경제학·철학 수고』에서 데이비드 리카도(David Ricardo)의 말을 인용하여 "여러 나라들은 그저 생산 공장이고, 인간은 소비와 생산을 위한 기계이며, 인간의 생명은 곧 자본이고, 경제법칙이 맹목적으로 세계를 지배한다. 인간은 보잘것없는 존재이며 생산품이 전부라고 리카도는 생각한다."[34]고 말하였다. 후에 마르크스는 『자본론』에서 자본가의 생산목적에 대해 논하면서 자본가들이 "가치의 증식을 추구하는데 열광하면서 인류에게 생산을 위한 생산을 하도록 제멋대로 강요함으로써 사회 생산력을 발전시키고 생산의 물질조건을 창조한다."[35]라고 말하였다. 생산목적에 관한 문제에서 자본주의사회는 생산을 위한 생산 즉 부의 증대를 위한 생산이다.

---

34) 마르크스, 엥겔스. 『마르크스·엥겔스선집』 제42권. 베이징, 인민출판사, 1979: 72.
35) 위의 책, 제23권. 1972, 649쪽.

생산을 목적으로 하는 자본주의사회는 사회의 발전과 생산력의 진보에 대한 기여로 볼 때, 큰 공을 세웠음은 의심할 여지가 없다. 그러나 인간 중심의 관점으로 말하면, 인간은 자본주의 생산목적의 시야 안에 있지 않다.

서구의 어떤 학자들은 인간성은 모든 과학의 토대이며, 또 한 사회의 합리성 여부를 판단하는 토대라고 생각한다. 그들은 인간의 본성과 휴머니즘을 바탕으로 하여 인성화한 사회가 형성되기를 바란다. 그러한 소망을 나쁘다고 할 수는 없지만, 계급 대립과 빈부 양극화가 존재하는 사회에서는 그저 아름다운 꿈일 뿐이다. 오랜 세월 동안 적잖은 학자들이 그러한 꿈을 꾸었지만 사상가의 약속과 목사의 설교를 제외하고 그 인간 중심의 사회는 나타난 적이 없다. 과거에 인간 중심은 혹자는 인도주의에 대한 소구(訴求)[36]가 되기도 하고, 혹자는 불공평한 현실에 대한 항의가 되기도 하고, 혹자는 괴로운 처지를 호소할 곳이 없는 가난한 사람들의 상처를 보듬어주는 진통제가 되기도 하였지만, 진정으로 실현되었던 적은 없다. 계급사회에서 인간에 대한 인간의 직접적인 의존관계 또는 물질을 매개로 하는 간접적인 의존관계를 무시한 채 인간 중심에 대해 추상적으로 논하는 것은 확실히 인도주의 "본분을 뛰어넘는 짓"이다. 프랑수아 페로(Francois Perroux)는 "현대 역사에서 이미 제도적 폭력이 초래한 피비린내 나는 폭행을 대가로 그 졸렬한 사기극(경제성장이 필연적으로 발전을 가져다준다는 관점)을 백일하에 까발린 이상 모든 사람과 완성된 사람의 발전을 위한다는 것은 마땅히 정치가·경제학자 및 연구인원이 모두 받아들일 수 있는 목표여야만 한다."[37]라고 말하였다. 그 염원은 좋으나 이론

---

36) 소구 : 어떤 사건이나 운동의 취지를 대중에게 알리고 호소하거나 동감을 얻으려고 하는 것

37) 페로, 『신(新)발전관』, 장닝(張寧), 豊子義 역, 베이징, 華夏出版社, 1987, 4쪽.

상으로는 여전히 "모든 것은 인간을 위하여" "모든 인간을 위하여"를 사회제도의 성격과 무관한 결론으로 간주한 것으로서 발전의 '희망 사항'과 '실제 상황'의 상호 모순에 관한 추상적인 결론이다.

　마르크스주의 발언 속에서 인간 중심의 본질은 바로 인민을 중심으로 하는 것이지 인민을 떠난 이른바 '인간'을 중심으로 하는 것이 아니다. 인간 중심에 대한 오독을 방지해야 한다. 역사적 유물론의 시야 속에서 인간 중심 이론의 정확성과 거대한 지도력은 추상적 인본주의와는 완전히 다른 과학적 내용과 가치적 내용을 갖고 있는데서 비롯된다. 인간 중심 이론은 "인간은 최고의 가치이고 세계의 해석자이며, 인간은 수단이 아닌 목적이 되어야 한다"라는 따위의 이론을 근거로 하지 않는다. 인간중심 이론에서 말하는 인간은 현재 '샤오캉(小康) 사회(국민 생활수준이 중등 정도가 되는 사회)'를 전면적으로 건설하고 중국 특색의 사회주의를 개척하는 위업에 종사하는 건설자들을 가리키며, 사회주의사회의 전체 구성원을 가리킨다. 여기서 말하는 인간은 그 현실성에 있어서는 사회주의 생산관계의 합계이다. 인간 중심 이론(以人爲本) 중의 '인(인간)'은 인민이며 '본(本)'은 '본위(本位)'이다. 인간중심이란 통속적으로 말하면 바로 인민 중심주의, 혹은 인민의 이익은 우리가 모든 문제를 고려함에 있어서의 출발점과 귀착점이라고 할 수 있다. 모든 것은 인민을 위하고, 모든 것은 인민에 의지하며, 꾸준히 늘어나는 인민들의 다방면의 욕구를 충족시키고, 인간의 전면적 발전을 촉진하는 것을 우리가 발전전략과 계획을 제정하는 의거로 삼고, 사회발전과 사회진보를 가늠하는 척도로 삼는다는 말이다.

　우리가 인간 중심주의 속의 인간이 추상적인 인간이 아니라고 강조한다고 하여 우리가 다른 일부 인간들을 "비인간적" 수단으로 대하는 것을 허용한다는 의미가 아니다. 인간 중심주의는 사회주의 인도주의 원칙을 포함하고 있으며, 역사상 인도주의의 우수한 전통을 계승한 것임은 의심할 나위가 없다. 우리는 국제사회에서 통용되는 인권과 인도주의에 관련한 일부 원칙들에 찬성한다. 중국은 광범위한 인민의 인권을 중시하고, 인민의 생명건강과 기본 인권을 우선 자리에 놓아야 할 뿐만 아니라, 여러 부류의 범죄자를 대할 때에도 법률에 따라 그들이 어떤 형벌을 받든지 간에 일반인과 마찬가지로 그들의 인격을 존중하고 그들이 누려야 할 여러 가지 권리를 보호해야 한다. 그러나 그렇다고 우리가 추상적인 '인간'을 신봉하며 모든 사람이 예외 없이 중심이 되는 대열에 들어있음을 의미하는 것은 아니다. 왜냐하면 인민이 누리는 인권에는 정치·경제·문화에 대한 권리와 여러 반사회적 인물, 여러 유형의 범죄자에 대한 인성화 관리와 개조 및 교양을 결합시키는 방침 속에 구현된 인도주의의 원칙이 포함되는데 이를 혼동해서는 안 되기 때문이다.

인간을 중심으로 하는 인민 중심주의도 중국 전통 정치문화 중의 민본주의와 단순하게 달라서는 안 된다. 민본주의 사상은 물론 절대 군권주의를 제한하는 진보적인 정치학설이다. 이른바 "백성은 나라의 근본이다. 근본이 견고해야 나라가 평안할 수 있다.(民惟邦本, 本固邦寧)"라는 것, 이른바 "백성이 가장 중요하고 나라가 그 다음이며 군주는 가장 가볍다(民爲重, 君爲輕, 社稷次之)"라는 것은 모두 참고할 만한 사상을 많이 담고 있다. 그러나 민본주의의 입각점은 백성이 아니라 군주이며, 군권의 안정과 봉건사회의 장구한 안정을 위하는 데 있다. 민본주의가 주장하는 백성에 대한 사랑은 목축민이 자기가 기르는 가축들에 대한 사랑과 비슷하다. 그것은 공산주의자들이 추구하는 목표가 아니며, 각성한 인민들의 기대도 아니다. 한유(韓愈)는

『원도(原道)』에서 다음과 같이 말하였다. "그래서 군주는 명령을 내리는 자이고, 신하는 군주의 명령을 실행하여 그것이 백성에게 이르도록 하는 자이며, 백성은 식량과 삼실(삼의 섬유질을 풀어서 꼰 실)을 생산하고, 그릇을 만들며, 상품을 교환하여 자기 위에 있는 자를 섬기는 자이다. 군주가 명령을 내리지 않으면, 군주로서의 권력을 잃은 것이고, 신하가 군주의 명령을 실행하지 않아 그 명령이 백성에게 이르지 못하면, 신하로서의 본분을 잃은 것이며, 백성이 식량과 삼실을 생산하지 않고 그릇을 만들지 않으며 상품을 교환하여 상급 통치자에게 공급하지 않으면, 마땅히 벌을 받아야 한다." 이런 말들이 비록 귀에 거슬리기는 하지만 이는 진실한 말이며, 확실히 봉건사회의 현실을 말해준다. 2천년이 넘는 중국 봉건사회에서 소수의 이른바 개명한 "유도명군(有道明君 : 자연법칙을 잘 알고 나라 발전의 방향을 말하는 왕도[王道]를 잘 알며, 백성을 굽어 살필 줄 아는 인도(人道)의 도리를 지키는 군주도 있었지만, 민본주의는 영원히 소수 사상가의 사회 이상의 일종이었을 뿐이다. 사실상 중국 봉건사회는 군권 지상주의였고, 백성들은 영원히 "식량과 삼실을 생산하고, 그릇을 만들며, 상품을 교환하여 자기 위에 있는 자를 섬기는 서민"이었으며, 봉건사회의 주인이 된 적이 없으며 또 주인이 될 수도 없었다.

이로부터 알 수 있다시피 역사적 유물론에서 인간을 중심으로 하는 것은 근본적으로 바뀐 사회, 근본적으로 바뀐 인간과 사회의 관계에 근거를 둔 사회발전 이론이다. 그 입각점은 추상적인 인간성에 대한 소구가 아니라, 사회주의 혁명이 과거 그 어떤 혁명과도 다르고, 사회주의제도가 과거 그 어떤 사회제도와도 다르다는 이론과 실제 정책상의 필연적인 구현이다. 인간 중심 이론에서 인간은 가장 근본적인 것이 바로 광범위한 인민이다. 그 이론은 우리 당이 제창하는 인민의 이익을 위하여 봉사한다는 것과 전적으로 일치한다.

3. 인간의 전면적인 발전을 중시하고
순수 논리적 추론을 초월하다

인간의 전면적 발전에 관한 마르크스주의 이론은 중국 전통문화 중 누구나 다 요순(堯舜. 요임금과 순임금)이 될 수 있다는 도덕적 인간 모델과 근본적으로 다르며, 공상적 사회주의자들이 구상한 인성화 모델과도 다르다. 마르크스주의 철학에서 인간의 전면적 발전문제는 단순한 도덕의 완성이 아니며, 이른바 인간성의 실현도 아니다. 이는 주관적으로 설정한 인간의 이상에 관한 완벽한 모델이 아니라, 사회발전법칙을 의거로 한 인간의 발전과정에 관한 과학적 이론이다. 인간의 전면적 발전은 인간 중심주의 명제의 순수 논리적인 사변 연역이 아니다. 양자 통일의 기반은 사회주의 제도. 자체에 있다. 인간 중심주의 이론은 사회주의제도의 본질을 구현하며 인간의 전면적 발전은 사회주의사회의 발전수준을 반영한다. 인류사회의 발전과 사회주의 본질에 대한 역사적 유물론적 분석을 떠나서는 인간의 전면적 발전에 대하여 정확하게 해석할 수 없다.

인류사회의 발전과정에서 사회의 발전, 사회의 진보는 인간의 전면적인 발전과 서로 연결되어 있으면서도 서로 구별된다. 사회 기본 모순의 작용으로 말미암아 사회는 발전하고 있다. 사회가 영원히 원래의 상태에 머물러 있을 수는 없다. 사회의 진보는 바로 사회의 발전 속에 존재한다. 사회발전의 전반적인 방향은 상승적, 발전적이며, 생산방식에 토대한 사회형태의 교체과정으로 나타난다. 인류역사상 여러 가지 사회형태의 교체는 사회적 진보로 표현된다. 그러나 사회의 발전과 사회의 진보를 간단하게 동일시해서는 안 된다. 사회 모순과 계급의 대립으로 말미암아 사회발전의 성과를 사회 전체 구성원이 공동으로 누릴 수는 없다. 그러므로 사회의 진보는 사회적 적대관계의 토대 위에 수립된다. 즉, 일부 사람들에 대해서는 진보적인 것이다. 그들은 사회발전의 물질적 성과와 문화적 성과를 점유하고 누린다. 그러나 다른 일부 사람들은 물질적 빈곤상태에 처해 있다. 설령 생산력 발전수준이 매우 높은 자본주의사회라 하더라도, 사회보장과 사회복지제도가 크게 개선되었어도 여전히 마천루와 빈민가가 공존하고, 억만장자와 대량의 가난한 실업자가 공존하며, 발달한 대도시와 낙후한 농촌이 공존하고, 고학력자와 대량의 문맹이 공존한다. 이런 의미에서 사회경제 발전이 사회의 진보를 의미하는 것은 아니다. 반대로 사회의 진보 속에는 퇴보와 순환 비슷한 현상이 여전히 존재한다. 마르크스와 엥겔스가 『신성한 가족』에서 지적하였다시피 "'진보'의 욕심과는 반대로 퇴보와 순환이 종종 나타난다."[38]

인간의 발전이라는 차원에서 말하자면, 사회의 진보와 인간의 발전 역시 불균형적이다. 총체적으로 말하면, 인류가 자연을 개조하는 능력, 인류의 사회활동 능력, 인류가 과학기술을 활용하는 능력은 사회발전의 수준과 정비례한다. 물질을 매개로 하는 자본주의사회에서는 인간 대 인간의 직접적인 인신 의존과 속박이 존재하지 않기 때문에, 인간의 재능이 새롭게 방출될 수 있다. 자본주의사회 과학기술의 진보, 생산력의 급성장은 동시에 인간 자체 능력의 발전을 가져왔다. 그럼에도 불구하고 자본주의사회에서 인간의 발전은 여전히 전면적일 수 없으며 일방적이고 기형적이다. 정신노동과 육체노동 간의 대립, 낡은 분업이 인간을 종신토록 어느 한 가지 직업에 속박시켜 인간의

---

38) 마르크스·엥겔스, 『마르크스·엥겔스선집』 제2권. 베이징, 인민출판사, 1957, 106쪽.

잠재적 재능의 발휘를 크게 억제하고, 인간이 단순하게 물질적 향락만 추구함으로 인해 정신적 빈곤에 빠지며, 인간의 노동이 창조적인 힘을 발휘하는 것이 아니라, 고통과 자학이 되는 것 등 이런 것이 바로 마르크스가 노동의 소외를 통해 묘사한 인간의 소외이다. 소외의 왜곡 속에 인간 능력의 발전이 존재하지만 인간의 소외 현상과 인간의 전면적 발전은 대립되는 것이다.

마르크스는 1840년대에 자본주의사회의 공업화가 비공업화 국가의 미래를 예시하고 있다고 말한 바 있다. 자본주의사회의 공업화 행정은 자본주의 시장화와 교제의 확대화, 생산과정에 대한 과학기술의 응용을 표명하며, 현대화 행정에서는 피할 수 없는 현상이다. 그러나 자본주의 현대화 행정에 나타난 여러 가지 폐단이 표명하다시피 후발 공업화 국가가 자본주의 현대화 행정과 그 폐단을 반드시 반복하는 것은 아니다. 자본주의의 공업화는 발전의 유일한 길이 아니다. 그러나 사회주의사회는 현대화 행정에 사회의 발전과 사회의 진보, 사회의 진보와 인간의 전면적 발전이 서로 분리되어 있던 상태를 바꿀 수 있다. 사회주의사회는 인간의 전면적 발전을 실현하는데 가능성과 필요성을 제공해 줄 수 있는 것이다.

즉 인간의 전면적 발전을 인간은 무엇이든지 할 수 있다는 뜻으로 단순하게 이해해서는 안 된다는 말이다. 인간의 능력과 기능을 갖고 말한다면, 인간의 발전은 영원히 절대적으로 전면적일 수는 없는 것이다. 다시 말해서 사회적 분업은 없앨 수 없는 것이며, 인간의 능력과 흥취의 차이도 사라지게 할 수 없다는 말이다. 인간은 영원히 개성화된 인간이다. 개체의 생명은 유한하고, 개체는 모두 일정한 영역 안에서만 활동할 수 있다. 인간의 전면적 발전의 본질은 인간의 잠재된 재능의 발전, 인간 개성의 발휘, 인간의 전반 자질의 최적화, 인간의 전공의 변환에 대해 사회가 가장 유리한 조건을 제공할 수 있다는 것을 가리킨다. 인간이 생계를 위해 자기훼손적인 낡은 분업에만 종신토록 얽매여 있을 수는 없다. 그러므로 인간의 전면적 발전에 관한 마르크스주의 이론과 사회발전 이론은 갈라놓을 수 없는 것이다.

마르크스는 사회의 변혁과 사회의 발전을 떠나서 인간의 전면적 발전문제에 대해서는 추상적으로 논하지 않았다. 그는 "개인의 전면적 발전은 개인 재능의 실제적 발전에 대한 외부세계의 추동작용이 개인 자신에 의해 좌우될 수 있을 때에 가서야 비로소 자신의 갖고 있는 이상이나 본분 등에만 머므르지 않게 된다. 또한 이것이야말로 바로 공산주의자들이 지향하는 바이다."39)라고 말하였다. 공산주의사회는 "매개인의 전면적이고 자유로운 발전을 기본 원칙으로 하는 사회형태40)이다. 따라서 우리는 인간의 전면적 발전을 인간성으로 전환시켜야 하는 공산주의사회형태의 요구를 벗어날 수 없는 것이다. 사회형태의 변혁이 없다면 인간의 전면적 발전은 그저 유토피아에 불과할 뿐이며 영원히 실현할 수 없는 천년왕국에 불과할 뿐이다. 이처럼 인간의 전면적 발전은 확실히 공산주의 사회를 위해 인간의 발전수준을 목표로 하는 가치척도를 마련해 주었음은 의심할 나위가 없는 것이다. 그러므로 공산주의는 바로 사회형태의 변화와 인간의 자체발전에 관한 가치 이상이 서로 통일되는 과정이하고 할 수 있다. 인류는 공산주의 사회를 위해 분투하는 동시에 또 자신의 발전을 위해, 인류의 자체 완성을 위해 분투한다.

인간의 전면적 발전이 유토피아가 아닌 것은 바로 그것이 인간 중심의 논리적 추론이 아니라 사회발전 법칙의 구현이기 때문이다. 그

---

39) 위의 책, 제3권. 1960, 330쪽.
40) 위의 책, 마르크스, 엥겔스. 『마르크스 · 엥겔스선집』 제23권. 베이징, 인민출판사, 1972: 649.

가장 깊은 근원은 사회발전 자체에 있다. 과거 인류의 모든 역사가 객관적으로 인간의 전면적 발전을 위한 조건을 마련하였다면, 우리가 현재 진행하고 있는 샤오캉사회의 전면 건설, 중국 특색의 사회주의 건설 위업의 개척은 바로 그 위대한 이상을 실현하는 역사적 행정의 시작점에 선 것으로 우리가 사회주의 초급단계에서 실행한 모든 것은 그 방향을 향해 나아가고 있는 것이다.

사회의 진보를 추진한다는 견지에서 볼 때, 사회발전 과정에서 생산력이 최종 결정적 역할을 한다는 마르크스주의 관점을 견지해야만 선진적 생산력을 대표해야 한다는 요구에 사회주의사회 진보의 기반을 둘 수 있다. 우리는 발전을 GDP의 성장에 귀결시키는 것에 반대하지만 경제발전이 사회의 발전에서 중요한 기반이 되는 역할을 한다는 것을 알고 있다. 경제발전이 없이는 발전에 관한 모든 이론이 공담에 그치고 말 것이다. 마찬가지로 인간의 발전에 대해서도 역시 그러하다. 고도로 발전한 생산력이 없고 고도로 풍부한 물질적 생산물이 없다면, 사람들이 여전히 빈곤상태에 처하여 생존을 위해 몸부림치는 상태라면, 모든 낡고 썩은 것들이 다시 머리를 쳐들게 되며 인간의 전면적 발전은 애초에 운운할 수조차 없게 된다. 그러므로 우리는 인간의 전면적 발전을 촉진시키는 과정에서 경제건설을 중심으로 하는 원칙을 확고히 파악해야 한다. 마르크스는 "사람들은 항상 인간에 대한 그들의 이상에 의해 결정되고 허용되는 범위 내에서가 아니라, 기존의 생산력에 의해 결정되고 허용되는 범위 내에서 자유를 얻는다."[41] 라고 말하였다. 생산력의 고도의 발전이 없이는 자유의 시간이 없고 따라서 발전의 자유 공간도 없으며, 인간의 전면적 발전은 영원히 실현될 수 없는 공상에 지나지 않는다. 마찬가지로 중요한 것은 인간의

---

41) 위의 책, 제3권, 1972, 507쪽.

전면적 발전과 사회관계의 충실화는 직접적으로 연관된다는 것이다. 인간발전의 전면성은 관념 속의 전면성이 아니라, 현실 즉 교제의 전면성이다. 좁은 생산관계에 얽매여있는 사람은 그 발전이 전면적일 수 없다. 마르크스는 "사회관계는 한 사람이 어느 정도까지 발전할 수 있는지를 실제로 결정한다."[42]라고 말하였다. 현 시기 세계적 교류의 강화와 중국이 실시하고 있는 대외개방 정책은 분명 인간의 전면적 발전을 촉진시키는데 유리한 것이다.

생산력과 생산관계는 사회구조의 토대일 뿐이며, 사회는 경제·정치·문화의 유기적인 통일체이다. 오직 마르크스주의 철학의 사회구조 이론을 이해해야만 경제·정치·문화 및 3대 문명의 조화로운 발전이 사회주의사회의 진보에 미치는 중요성을 이해할 수 있고, 경제와 사회발전의 관련성을 이해할 수 있으며, 오직 인간과 자연의 관계에 관한 마르크스주의 철학의 관점을 이해해야만 인간과 자연의 조화로운 발전과 지속가능한 발전문제를 제기할 수 있다. 현대중국사회가 올바른 방향으로 나아가도록 추진하는 "인민을 중심으로 하는" 새로운 발전 이념은 바로 마르크스주의 철학의 현시대의 활용과 발전이라는 것을 분명히 볼 수 있다.

인간의 전면적 발전에서 상부구조의 역할은 매우 중요하다. 정신문명의 건설은 인간 자질의 전면적 향상과 갈라놓을 수 없다. 인간 자질의 향상이 없으면 인간의 전면적 발전이 있을 수 없다. 인간의 자질은 다방면으로서 사상도덕 자질, 정치 자질, 문화 자질, 전문 자질, 심신 자질 등이 포함된다. 현 시기에는 도덕교육의 절박성이 특히 두드러진다. 우리는 마르크스가 말한 바 있는 "공산주의자는 애초에 그 어떤 도덕적인 설교도 진행하지 않는다" "사람들에게 도덕적인 요구를 제

---

42) 위의 책, 295쪽.

기하지 않는다"라는 이유를 들어 도덕교육을 폄하할 수는 없다. 만약 그렇다면 그것은 완전한 오독이다. 마르크스의 이 말은 슈티르너 (Stirner)를 대표로 하는 "진정한 사회주의자"들이 추상적인 휴머니즘을 선양하면서 공산주의운동을 "대대적 도덕적 설교"로 바꾸는 것에 겨냥한 말이다. 마르크스는 "공산주의는 단순한 도덕적 설교로 실현할 수 없다"고 보고 있으며, "공산주의는 현실을 바꾸고 대립의 물질적 근원을 근본적으로 소멸하는 실천적 운동"으로 보고 있다.

  사회주의사회에서 정권은 이미 인민의 수중에 장악되어 있으므로 사회 전체 구성원들에게 사상도덕교육을 진행하여 전 민족의 사상도덕 자질과 과학문화 자질을 힘써 향상시키는 것은 사상과 정신생활면에서 인간의 전면적 발전을 촉진케 하는 중요한 내용이다. 우리 사회의 가정을 포함한 많은 부문이 이에 대한 중요한 책임을 지고 있지만, 가장 직접적이고 관건적인 부문은 소학교(한국의 초등학교)에서 대학교에 이르기까지의 모든 단계의 교육부문이다. 우리는 교육개혁 과정에서 장기간에 걸친 중국 응시교육의 전통을 바꾸고 자질교육에 중시를 돌려야 한다. 그렇지 않으면 전면적 발전을 이루려는 전체적인 목표에 도달하는 것이 매우 어려울 것이다.

  물론 인간의 전면적 발전은 교육문제에만 있는 것은 아니다. 더욱 중요한 것은 실천문제이다. 그것은 인간 재능의 다방면적인 발휘와 형성이 인간의 실천활동을 떠나서 교실 안에서만 실현될 수 있는 것이 아니기 때문이다. 더군다나 우리가 말하는 것은 사회 구성원들의 전면적인 발전이지 어느 한사람의 전면적인 발전을 말하는 것이 아니다. 사회 구성원의 전면적인 발전은 오직 사회를 개조하는 실천활동을 통해서만 실현할 수 있다. 마르크스는 일찍이 "환경이 변해야만 그들은 비로소 더 이상 '옛 사람'이 아닐 수 있다. 그래서 그들은 기회만 있으면 그런 환경을 단호히 변화시키곤 한다. 혁명활동 과정에서 환경을 개조함과 동시에 자신을 변화시킨다."[43]라고 명확히 지적하였다. 마르크스의 이 논리에 근거하면, 우리는 반드시 현재의 사회주의 건설에서 인간의 전면적 발전을 경제·문화 발전의 추진과 인민의 물질생활 개선의 실제 활동과 결합시키고, 또 양성적 상호작용 관계를 형성하도록 해야 한다. 인간의 발전이 전면적일수록 사회의 물질문화의 부가 더 많이 창조되고, 인간 생활이 더욱 개선되며, 물질문화의 조건이 충분할수록 인간의 전면적 발전을 더욱 추진할 수 있다. 이두 역사과정은 반드시 서로 결합하고 서로 촉진해야 한다. 이리하여 인간 중심으로부터 인간의 전면적 발전으로의 순수 논리적 추리를 뛰어넘어 인간중심과 인간의 전면적 발전을 견지하는 것을 진정으로 샤오캉사회 전면 건설 실천의 토대 위에 올려놓을 수 있게 된다.

"인민중심"의 신 발전관을 견지하는 것이 중국 특색 사회주의 건설의 이론과 실천에 대한 의의는 말할 필요도 없다. 그러나 우리는 여러 가지 소유제 경제가 공존하고 공동으로 발전하며, 시장 조절이 경제 운행에서 주도적 지위에 있는 경제모델에서(사회와 집체 대표로서의) 국가가 개체와 모순이 생길 수 있다는 점을 충분히 인식해야 한다. 인민은 추상적인 '유(類)'가 아니라 사회주의 체제하의 모든 현실적인 개인을 포함한다. '인민' 중의 개인이익과 집단이익 간의 관계를 정확하게 처리하여 인민중심을 진정으로 실행에 옮기도록 해야 할 것이다.

---

43) 위의 책, 제3권, 1960, 234쪽.

제7장 사회주의의 새로운 부의 관념

부와 관련된 문제를 어떻게 대하는가 하는 것은 이론적인 문제일 뿐만 아니라 더욱이 현실적인 문제이기도 하다. 한 민족의 문화전통은 부의 관념에 심원한 영향을 미치지만 최종적으로 결정적 역할을 하는 것은 생산방식이다. 부의 관념의 비밀은 생산방식 속에 있다. 역사적으로 부의 관념의 변환과 생산방식의 교체는 내재적인 관련성이 존재한다. 소국과민(小國寡民)과 안빈낙도(安貧樂道)는 오로지 농업 생산방식에서 유래할 수밖에 없다. '경제인' 가설과 신교윤리는 자본주의 생산방식의 산물이다. 사회주의 생산방식은 그 자체의 새로운 부의 관념을 가지고 있다. 역사적 유물론은 부의 관념 변화의 잠금을 푸는 키워드이다.

1. 소국과민과 안빈낙도

소국과민과 안빈낙도는 일찍이 중국 고대 '부'의 관념의 중요한 내용이었다. 『도덕경』 중의 최고 이상은 바로 "소국과민, 즉 작은 나라

적은 백성이다. 효율이 높은 기기들이 많아도 쓰지 않도록 하고, 백성들이 목숨을 중히 여기면서도 고향을 떠나 멀리 이주하지 않도록 하는 것이다. 배와 수레가 있어도 그것을 타고 갈 곳이 없도록 하고, 갑옷과 무기가 있어도 그것을 진열해두지 않도록 한다. 백성들에게 새끼에 매듭을 지어 중대한 사건을 기록하던 시대로 돌아가도록 한다. 나라가 부강하고 국민이 강성해지는 전성시대에 이르도록 한다. 백성들에게 맛있는 음식을 먹이고 아름다운 옷을 입게 하여 편안하게 살고 있다고 여기게 하며, 자신들의 풍속에 만족할 수 있게 한다. 나라와 나라 사이는 서로 바라보이고, 닭과 개 울음소리도 들릴 수 있을 정도로 가까이 살지만, 백성들 간에는 태어나서 죽을 때까지 서로 왕래하지 않는"(제80장) 그런 세상에 사는 것이다. 상품 교환과 교제 관계가 극히 발달하지 못한, 자급자족의 소농생산방식에 대한 세밀한 분석이 없이는 오랫동안 살아온 곳을 쉽사리 떠나려 하지 않고, 태어나서 죽을 때까지 서로 왕래하지 않는 사회의 이상에 대해 이해할 수 없는 건 당연한 일이다. 이러한 동양식 소농경제 이상국은 도시국가에 처한, 수공업과 분업이 발전한, 노예제 번영시기에 처한 플라톤의 이상국과는 크게 다르다.

　마찬가지로 농업생산방식을 토대로 하여 창설된 유가학설은 또 그 자체의 특징이 있다. 그것은 생산방식의 토대 위에서 상부구조 중의 정치제도가 관념에 대하여 중요한 역할을 하기 때문이다. 노장(老庄)은 재야파라고 할 수 있고, 유가(儒家)의 창시자인 공자는 치국평천하(治國平天下. 나라를 잘 다스리고 온 세상을 편안하게 함)의 정치적 포부를 갖고 있었다. 유가의 이상은 소국과민이 아니라 왕도인정(王道仁政. 인덕을 근본으로 다스리는 임금이 마땅히 지켜야 할 도리와 어진 정치를 뜻함)을 실행하는 것이다. 공자는 부국부민(富國富民.

나라를 부강하게 하고 백성을 부유하게 함)을 반대하지 않았다. 나라에 있어서 인구가 많아야 하고(庶之) 물자가 풍부해야 하며(富之) 인민이 윤리교육을 받을 수 있어야 한다(敎之). '서(庶, 많을 서)'는 인구를 늘려야 함을 가리킨다. 인구는 농업노동력으로서 인구가 많은 것은 농업발전의 가장 중요한 조건이다. 넉넉할 '부(富)'는 백성들이 넉넉한 삶을 살도록 해야 함을 가리킨다. 가르칠 '교(敎)'는 삶이 넉넉해진 뒤에 교화해야 함을 가리킨다. 교육을 강화하여 매우 부유해져도 교만하지 않고 방종하지 않으며 무례하지 않도록 한다. 개인에 대해서도 부자가 되는 것을 무턱대고 반대하지는 않는다. 그는 "부를 합리적으로 추구할 수 있다면, 비록 채찍을 휘두르는 하찮은 일일지라도 나는 기꺼이 하겠다."라고 말하였다.(『논어 · 술이[論語 · 述而]』)

유가는 부민정책을 어진 정치에 기탁하였으며 분배방식은 평균주의이다. 공자는 "적은 것을 근심할 것이 아니라 고르지 못한 것을 걱정해야 한다.(不患寡, 而患不均)"라고 주장하였다. 맹자는 "다섯 무(畝) 되는 주택 농지 옆에 뽕나무를 심으면 50세가 넘은 이가 비단옷을 입을 수 있다. 닭, 오리, 돼지, 개를 사육함에 있어서 번식시기를 놓치지 않으면, 70세가 넘은 이가 고기를 먹을 수 있다. 100무가 되는 전답은 농사철을 놓치지 않으면 식구가 여럿인 가구도 굶지 않을 수 있다. (五畝之宅, 樹之以桑, 五十者可以衣帛矣. 雞豚狗彘之畜, 無失其時, 七十者可以食肉矣. 百畝之田, 勿奪其時, 數口之家可以無饑矣.)"(『맹자 · 양혜왕상[孟子 · 梁惠王上]』) 이른바 어진 정치 이상이 추구하는 것은 "작은 부, 균등한 부, 50세에 비단옷을 입는 것, 70세에 고기를 먹는 것"을 실현하는 것이다. 이는 생산력이 그다지 발전하지 못하고 부를 많이 축적하지 못한 소농경제시대에는 사회안정과 어진 정치를 펼칠 수 있는 최고의 이상이었다.

소농생산방식은 규모가 작고 보편적인 교제가 없어 생산력 수준이 낮고, 부는 자급자족과 인간의 일상생활을 만족시키면 되는 사용가치로 나타난다. 그런 부는 자연적인 형태의 부의 일종으로서 부의 등가물로서 저장되는 금·은·화폐로 전환할 수도 없고, 더구나 자본으로 전환할 수도 없으며, 물질적 부로 삼아 무제한으로 장기적으로 대량으로 저장할 수도 없다. 이런 상태는 필연적으로 개인의 '부'의 관념에 영향을 주게 된다. 유가는 '부' 보다는 '덕'을 중시하고 '이익' 보다는 '의리'를 중시하며, '가난' 보다는 '도리'를 걱정한다. "대나무 바구니 하나에 밥을, 그리고 물 한 바가지, 누추한 뒷골목에 사는 그런 가난과 고생을 남들은 모두 견디기 어려워하였지만, 안회는 배우기 좋아하는 취미를 버리지 않았다(一簞食, 一瓢飮, 在陋巷, 人不堪其憂, 回也不改其樂)"(『논어·옹야(論語·雍也』)라고 공자가 칭찬한 안회(顔回)는 "잡곡을 먹고 냉수를 마시며 팔을 베고 자는 즐거움도 그 속에 있다. 부정한 방법으로 얻는 부귀가 나에게는 뜬구름과 같다(飯疏食飮水, 曲肱而枕之, 樂亦在其中矣. 不義而富且貴, 于我如浮云)"(『논어·술이[論語·述而]) 라는 처세 태도를 제창하였다. 장자는 담담한 처세 태도를 가지고 굶주림과 추위를 막을 수 있기만을 추구하며 축적은 필요가 없다고 하였다. 그는 "굴뚝새는 깊은 수림에 둥지를 트는데 필요한 나뭇가지 하나만 있으면 되고, 두더지는 강물을 마셔 배만 부르면 된다.(鷦鷯巢于深, 不過一枝；偃鼠飮河, 不過滿腹)"(『장자·소요유[庄子·逍遙遊]』)라고 말하였다. 이것이 바로 개체 생명의 존재를 유지함에 있어서 가장 간단한 생리욕구를 '부'에 대해 평가하는 척도로 삼은 것이다. 소농생산방식은 지족상락(知足常樂. 만족을 알면 항상 즐겁다)과 안빈낙도를 제창하므로 이러한 평균주의 특색을 띠는 '부'의 관념은 이런 추세에 따른 것이라고 할 수 있다.

물론 봉건사회의 생산과 생산력도 마찬가지로 발전하였다. 봉건사회 생산방식은 초기단계를 겪은 후 날로 발전하고 성숙하였다. 완전한 통일을 이룬 중국에서 소국과민 또는 50세가 넘어서도 비단옷을 입을 수 있고, 70세가 넘어서도 고기를 먹을 수 있는 부의 관념은 존재할 수 있는 경제적·정치적 토대를 점차 잃어버렸다. 그러나 유가와 도가의 부의 관념, 특히 유가의 부의 관념은 주요한 전통으로서 여전히 중요한 역할을 하고 있다. 국가에 있어서 "대국을 다스리는 것은 마치 작은 생선을 요리하는 것과 같다", "순리를 따르다"라는 도가의 무위이치(無爲而治)의 이념이 역대 창업군주들이 노역을 줄이고 조세를 낮추며 국민의 부담을 줄이고 생활을 안정시켜 원기를 회복하며 나라를 다스리고 재정을 관리하는 지도원칙이 되었다. 유가 관념 중 어진 정치를 펼치고, 백성을 사랑하는(仁政愛民) 내용은 50세가 넘어서도 비단옷을 입을 수 있고, 70세가 넘어서도 고기를 먹을 수 있도록 하는 초기의 관념과는 다르지만, 왕도와 어진 정치(王道仁政), 백성을 중심으로 하는 사상은 여전히 작용하고 있다. 왕도와 어진 정치가 봉건사회에서는 물론 일종의 이념에 불과할 뿐으로서 역사적 사실은 아니지만, 황권전제체제 그리고 무거운 조세와 가혹한 정치에 대해서는 일정한 제약역할을 하였다. 특히 개인의 도덕과 품격을 양성하는데 있어서 관직을 썩은 쥐 보듯 하고, 권력자를 멸시하는 장자의 품격이든, 아니면 "배우고 남은 힘이 있으면 벼슬을 한다"는 유가의 주장이든 모두 '부'에 대한 개인의 분에 넘치는 것을 바라는 주장을 하지 않았다. 특히 이익 앞에서 도의를 잊을 것이 아니라 정당한 방법으로 이익을 취해야 한다는 유가의 관념은 '부'를 바르게 대해야 한다는 보귀한 관념이다. "공안낙처(孔顏樂處. 공자와 그의 제자 안연이 추구하였던 안빈낙도, 달관한 자신의 처세 태도와 인생 경지를 표현한 말)"는 역대로 중국 지식인들이 칭송해온 인생의 경지로서 중국 지식인들이 부를 대하는 최고의 경지이며, 우리가 오늘날에 이르러서도 그 속에서 개인의 품격과 수양에 관한 계발을 받을 수 있는 사상문화 전통이기도 하다.

2. '경제인'에 대한 가설과 '부'의 소외

가난은 사회의 고난이다. 부를 추구하는 것은 사회에 있어서 일종의 진보이다. 사회적 부의 증가는 사회의 진보, 생산력의 발전, 인간의 주체능력의 향상을 의미한다. 만약 사람마다 안빈낙도하며 부를 추구하지 않는다면, 사회의 전반적인 '부'가 어떻게 늘어날 수 있을 것이며 사회가 어떻게 진보할 수 있겠는가? 이와 반대로 개인이 사회적 부의 증가를 공유할 수 없어 부유한 생활을 실현하지 못한다면 부에 대한 사람들의 욕망과 부를 갈구하는 열정이 사라질 것이며, 개인에게는 부를 늘리려는 동력이 생기지 않을 것이다. 소농 생산방식을 토대로 하는 부에 대한 태도가 자본주의 생산방식 하에서 행해질 수 없는 것은 당연한 일이다. 그런 태도가 흥기하고 있는 시민사회의 수요에 부합되지 않기 때문이다.

애덤 스미스(Adam Smith)는 산업혁명시기 신흥 자산계급 이론가로서 부의 생산에 관심을 기울였다. 그의 저작 『국부론』은 대대로 전해져 내려오는 경제학의 고전 작품이다. 그 저작은 신흥 자산가가 어떻게 부에 대한 개인의 추구를 만족시키는 동시에 국가의 사회적 부의 총량을 늘릴 수 있을 것인가에 대해 논한 경제학 이론이다. 그는 정치경제학의 목적에 대해 거론하면서 다음과 같이 분명히 말한 바 있다. "첫째, 인민들에게 충족한 수입과 생활수단을 제공하는 것, 혹은 더 정확히 말해 인민들이 자신을 위해 그러한 수입과 생활수단을 제공할 수 있도록 하는 것이다. 둘째, 모든 공공지출을 충당하기에 충분한 수입을 국가와 연방정부에 제공한다. 그 목적은 인민과 군주 양자 모두 부유해지도록 하려는 것이다."[44] '경제인' 가설과 "보이지 않는 손"은 모두 이를 위해 제기된 이론이다. 전자는 부를 추구하는 주체로서의 인간의 본성에 주안점을 두었고, 후자는 매 개인이 부를 추구하면서 힘을 합쳐 형성한 "보이지 않는 손"의 역할을 한다. 양자는 모두 자본주의사회에서 개인적 부와 사회적 부의 증대에 반드시 필요한 것이다. 안빈낙도하며 도의를 중시하고, 이득을 가볍게 여기며 개인적 부를 좇는 욕망과 열정이 없는 "도덕적 인간"은 흥기하고 있는 자본주의 경제의 요구에 부합하지 않는다.

막스 베버(Max Weber)가 『프로테스탄티즘의 윤리와 자본주의의 정신』에서 논한 프로테스탄티즘의 윤리와 '경제인'이라는 가설은 본질적으로 일치한다. 다른 점이라면 후자는 경제학의 범주에 속하고, 전자는 윤리학의 범주에 속한다는 것이다. 자본주의가 발전하려면 이익을 좇는 '경제인'의 본성도 필요하고, 프로테스탄티즘의 윤리가 고양하는 도덕적 품격도 필요하다. 절약과 검소함, 근면함, 재물의 보유와 축적은 자본주의 부의 축적의 가장 귀중한 도덕적 수단이다. 베버는 하느님의 이름으로 이를 신성화하여 부를 늘리는 것을 하느님에 대한 의무를 이행하는 것으로 간주하였다. 자본주의가 생겨나고 발전한 것은 물론 종교적 도덕의 공로가 아니다. 자본주의는 필연적으로 자체 생산방식 속에서 그런 윤리 관념과 '경제인'이라는 가설을 낳게 된다.

금전적 이익을 추구하는 것이 자본주의 특유의 것이 아님은 의심할 여지가 없다. 사유재산제도가 생겨난 후 화폐가 보편적 등가물이 되

---

44) 아담 스미스, 『국부론』 상권, 베이징, 신세계출판사, 2007, 397쪽.

었을 때, 금전과 부에 대한 추구는 다양한 직업과 인물 속에서 발견되었는데, 마치 인간의 본성으로 주조된 것 같다. 단 다른 점이라면 자본주의사회에서 이윤에 대한 추구와 부의 축적은 개별적인 사람들의 품성이 아니라 자본의 천직과 본성이라는 것이다. 이른바 프로테스탄티즘의 윤리의 정신이란 자본주의 정신이다. 사람들이 부를 추구하고자 하는 욕망은 자본주의가 생기기 이전 사회에도 존재하였지만, 자본주의정신은 자본주의사회만의 정신이고 자본 본성의 이념화이다. 바로 그렇기 때문에 프로테스탄티즘의 윤리는 '도덕적 자산계급 국민경제학'이라고 번역되며 반대로 '자산계급 국민경제학'은 경제학의 '프로테스탄티즘의 윤리'라고 번역되는 것이다. 마르크스의 『1844년 경제학 · 철학 수고(經濟學 · 哲學手稿)』는 바로 양자의 도덕관을 일체로 간주하고 있다. 그는 자본주의 경제학은 "부에 관한 과학"이자 또한 "놀라운 근면에 관한 과학인 동시에 금욕주의에 관한 과학이며, 그 진정한 이상은 금욕적이지만 고리로 착취하는 구두쇠와 금욕적이지만 생산적인 노예"라고 말하였다. 그는 또 다음과 같이 말하였다. "국민경제학은 세속적이고 무절제한 겉모습을 하고 있지만 진정으로 도덕적인 과학이며 가장 도덕적인 과학이다. 국민경제학의 기본 교조는 '자아절제로서 삶과 사람에 대한 모든 것을 절제하는 것'이다. 덜 먹고 덜 마시고, 책을 덜 사며, 극장과 무도회와 식당에 덜 가며, 덜 생각하고, 덜 사랑하며, 이론에 대해 덜 논하며, 노래를 덜 하고, 그림을 덜 그리며, 펜싱을 덜 하는 등…… 그러면 더 많이 축적할 수 있을 것이다. 그러면 그대가 수장하고 있는, 좀먹을 리도 없고 도둑맞을 리도 없는 보물들, 즉 그대의 자본은 더 많이 축적될 것이다."[45] 마르크스의 『1844년 경제학 · 철학 수고』는 베버의 『프로테스

---

45) 마르크스 · 엥겔스, 『마르크스 · 엥겔스선집』 제42권, 베이징, 인민출판사, 1979, 135쪽.

탄티즘의 윤리와 자본주의의 정신』보다 60여년이나 앞서 나온 저서로서 국민경제의 도덕이 자본주의를 낳았다는 신화에 반대하였으며, 그것을 자본주의 경제 요구의 필연적인 반영으로 보았다. 프로테스탄티즘 윤리의 본질도 마찬가지다. 자본주의 부의 관념과 자본주의 경제발전은 앞뒤가 전도되어서는 안 된다. 이는 사회의 존재가 사회의 의식을 결정한다는 역사적 유물론의 난공불락의 진리이다.

부는 노동이 창조하는 것이다. 그러나 노동이 단독으로 부의 원천을 이룰 수는 없다. 노동은 언제나 일정한 소유제 형태 하에서의 노동으로서 오직 소유제에 의해서만 노동과 노동의 대상을 결합시킬 수 있다. 농업생산방식 하에서 개인의 노동은 토지 및 그 생산물과 긴밀히 연결되어 있다. 자본주의제도 하에서 부에는 소외가 존재한다. 이는 자본주의 사유재산제도 하에서 소외노동의 필연적 표현이다.

소외노동은 부를 창조하는 과정에서 노동자의 주체적 힘을 합리적으로 발전시키지 못하고 그것을 편파적이고 기형적으로 만든다. 부의 소외는 부를 창조하는 노동 주체의 소외로 반영될 뿐만 아니라 분배의 소외로도 반영된다. 자본주의 부가 증가하는 뚜렷한 현상의 하나가 바로 사회적 부의 증대와 부를 창조하는 노동자의 빈곤이 정비례한다는 것이다. 사회적으로 보면 생산력의 발전, 경제의 발전, 사회의 전체적 부의 증대는 동시에 점점 더 많은 사람들을 빈곤에 빠지게 한다. 노동은 재부를 창조하지만, 노동자는 노동으로 인해 부유해지는 것이 아니라, 오히려 노동을 하지 않는 자들이 부유해지게 되며, 소수의 사람들이 사회의 대량의 부를 점유하게 된다.

자본주의사회가 탄생된 후 생산력이 발전할수록 사회의 전체적 부가 증대할수록 상대적 빈곤인구와 절대적 빈곤인구가 늘어나는 행정이 시작되었다. 노동자의 개인적 부의 점유는 사회적 부의 증대와 분리되어 있다. 마르크스는 자본주의 조건하에서 부를 창조하는 노동의 소외에 대해 생생하게 묘사한 바 있다. "노동자가 생산한 부가 많을수록, 그의 생산물의 힘과 수량이 많을수록 그는 점점 더 가난해진다. 노동자가 창조한 상품이 많을수록 그는 더 저렴한 상품이 되어 간다. 물질세계의 가치증대는 인간세계의 가치 하락에 정비례한다. 노동은 상품을 생산할 뿐만 아니라 상품으로서의 노동 자체와 노동자까지 생산해내며, 또 일반적 생산 상품의 비례에 따라 생산한다."[46]

농업생산방식에서는 농민이 자그마한 자기 경작지를 한 뙈기 가질 수 있고, 자기 노동으로 그럭저럭 한 해를 보낼 수 있다. "벼꽃 향기 속에서 풍년을 이야기하고, 귓가에는 이따금씩 개구리 울음소리 들려온다는 것"은 기후가 알맞아 당분간 먹을 걱정과 입을 걱정이 없는 농가의 삶에 대한 행복한 묘사이다. 그러나 자본주의 공업사회는 이와 다르다. 노동과 노동대상의 분리로 말미암아 노동의 대상을 잃게 된 노동자는 실업으로 인해 비참한 처지에 빠지게 된다. 과거 소농가정은 아무리 가난하여도 부칠 수 있는 땅 몇 무에 누추하나 거처할 수 있는 오막살이라도 한 채 있었지만, 자본주의사회에서 노동에서 배제된 '노동자'는 빈민굴을 제외하고는 거지가 되거나 머물 곳이 없는 거리의 방랑자로 전락하곤 하였다.

주택문제는 공업화 과정에 나타난 심각한 사회문제이다. 마르크스는 『1844년 경제학·철학 수고』에서 사회적 부가 늘어남에 따라 부를 창조하는 노동자가 살 집이 없어 동굴로 다시 되돌아가야 하는 황당한 상황에 대해 생동적으로 묘사하였다. 마르크스는 이렇게 말하였다. "사람이 동굴로 다시 되돌아가지만 그 동굴은 이미 숨 막히는 문명의 독가스에 오염되었다. 그러니 사람이 동굴 속에서 마음 붙이고

---

46) 위의 책, 제42권, 1979, 90쪽.

편히 살 수가 없다. 마치 동굴이 매일 그 사람의 곁을 떠날 수 있는 소외의 힘인 것처럼 집세를 내지 못하면 매일 동굴에서 쫓겨날 수도 있다. 노동자들은 반드시 그 시체 보관소에 임대료를 지불해야 한다. 환한 거실은 아이스킬로스의(고대 그리스의 비극 시인 - 역자 주) 붓 끝에서 프로메테우스(그리스 로마 신화에서 동생인 에피메테우스와 같이 최초로 인간을 창조한 신 - 역자 주)에 의해 미개인을 인간으로 변화시킨 하늘이 내린 선물로 불리지만, 이제 노동자들에게는 더 이상 없는 존재이다. 빛 · 공기 등은 심지어 청결을 좋아하는 동물의 가장 단순한 습성까지도 더 이상은 인간에게 필요한 것이 아닌 게 된다. 불결함, 인간의 타락, 문명의 웅덩(이 단어의 본래의 의미로 표현함)은 노동자들의 생활요소로 되었다."[47] 이는 사유제 하에서 고도의 공업화 · 도시화로 인해 곪고 썩은 것이다.

물론 현대 자본주의는 한 세기 반 이전의 자본주의와는 상황이 다르다. 마르크스는 1840년대에 이미 자산계급이 모든 사회관계에 대하여 꾸준한 혁명을 진행해야만 생존할 수 있다고 말했었다. 다시 말하면 자본주의는 일정한 자아조절능력을 가지고 있으며, 발전과정에 자본주의제도 중의 여러 가지 관계에 대해 조정을 진행할 수 있다는 것이다. 실업자와 노숙자의 처지는 자본주의 초기에 비해 개선되었지만, 부의 분배에서 소외는 사라지지 않았다. 반대로 국제 독점 성격을 띤 다국적 회사가 세계 다른 나라와 지역 중에서 차지하는 경제적 강세 지위로 인해 부에 대한 자산계급의 수탈이 이미 국경을 넘어 세계로 나아가고 있으며, 부의 분배에서 소외는 국내 유산자와 무산자의 빈부 대립에서 동시에 세계적으로 부유한 나라와 가난한 나라의 대립으로 변화하고 있다.

---

47) 위의 책, 133-134쪽.

비록 발달한 자본주의 국가의 고액소득이 국내 분배에서의 소외를 완화시키는데 도움이 되기는 하지만, 국내 빈곤문제는 이로 인해 근본적으로 해결되지는 못한다. 일부 개발도상국도 역시 마찬가지이다. 현대 신흥공업화국가의 발전은 마치 발달한 자본주의사회의 발전과정을 반복하고 있는 듯하다. 주택문제에서 특히 두드러진다. 주택난은 신흥경제국의 공통된 과제가 되었다. 인도 뭄바이에서는 1억 명이 넘는 인구가 임시로 지은 오두막에 살고 있다. 이것이 바로 마르크스가 폭로한 부의 분배에 존재하는 소외현상의 한 측면이다. 선진국들도 모순을 완화하기 위한 복지와 보장정책을 펴고 있지만 소외노동의 고질병은 여전히 근본적으로 치유되지 않고 있다.

자본주의 부의 소외현상은 또 물질적 부와 정신적 부 사이 모순의 첨예화로 표현된다. 물질적 부의 증대는 도덕과 가치 관념의 위기를 동반한다. 이는 부의 형태의 전환과 갈라놓을 수 없는 관계가 있다. 물질적 부는 사용가치로 구성되어 있으며 실물적인 존재이다. 화폐는 일반등가물이 되기 때문에 화폐는 부가 된다. 특히 자본주의 시장경제에서 화폐는 사람과 사람 사이를 연결시키는 매개이며, 모든 수요와 수요를 만족시키는 중개인이다. 화폐의 이동은 곧 부의 이동이다. 화폐를 보유한 자가 부를 소유하고 있으며, 화폐를 많이 보유하고 있을수록 더 많은 부를 소유하고 있다. 화폐는 일반등가물로서 인간세상에서 살 수 있는 거의 모든 물건을 살 수 있다. 화폐는 부의 전환형태일 뿐만 아니라 일종의 소외형태이기도 하다. 세상의 모든 사물은 양적 규정성이 있지만 오직 화폐만은 양적 규정이 없으며 화폐의 양은 무한한 것이다. 배금주의와 이기주의의 가장 근본적인 공통점은 바로 수단을 가리지 않고 화폐를 무한정 좇는다는 것이다. 마르크스의 주장에 따르면 화폐의 그러한 소외된 부의 힘은 "현존하고 기능하는 가치의 개념으로서" 시비를 혼동하고 흑백을 전도하는 힘을 가지고 있다. 그 힘은 "굳은 지조를 배신으로 변화시키며, 사랑을 미움으로 바꾸고, 미움을 사랑으로 바꾸며, 덕행을 악행으로 바꾸고, 악행을 덕행으로 바꾸며, 노예를 주인으로 바꾸고, 주인을 노예로 바꾸며, 어리석음을 지혜로움으로 바꾸고, 지혜로움을 어리석음으로 바꾼다." [48] 화폐 배물교(拜物敎) 앞에서 사물은 마치 카메라 속에 비친 사람의 모습처럼 모든 것이 거꾸로 되어 있다. 현대 자본주의사회의 이른바 인문 위기, 이른바 도덕 위기와 가치 관념의 위기는 모두 화폐가 부의 형태가 되어 사람에게 미치는 매혹적인 마력을 보여주고 있다. 화폐 소외의 사회는 필연적으로 배금주의사회가 되며, 또 필연적으로 가치관이 전도되고 도덕의 잣대가 균형을 잃은 사회가 될 수밖에 없다.

자본주의사회에서 부의 문제를 연구할 때 소외와 소외노동에 관한 마르크스의 사상은 우리가 사회적 부의 증대와 빈곤의 증가가 동반하는 현상을 이해하는데 지도적 의의가 있다. 자본주의사회에서 부의 증대와 분배의 불평등 간의 모순, 물질적 부와 정신적 부의 불균형 모순은 자본주의사회의 생산력과 생산관계 간 모순의 표현이다. 그러나 마르크스주의는 자본주의에 부의 소외현상이 존재한다고 하여 생산력의 발전을 반대하거나, 기술의 진보를 저해하거나, 사회 진보과정에서 자본과 화폐의 작용을 반대하거나 하지 않았다. 도덕은 사회의 진보를 평가하는 기준이 아니다.

자본주의사회의 진보는 실로 피눈물로 얼룩져 있다고 할 수 있다. 그 진보는 농민들이 토지와 집을 빼앗기고 대도시 빈민굴의 거주자로, 유랑자로 전락하는 것을 대가로 한다. 마르크스는 일찍이 이 때문에 자본주의의 불합리성을 비난한 바 있다. 그러나 그는 앞을 내다보

---

48) 위의 책, 155쪽.

았다. 그는 자본주의의 소외로 인해 역사를 거슬러서 공업 생산방식에서 농업 생산방식으로 바뀌거나 자본주의 고층빌딩이 즐비하게 늘어선 현대 도시에서 이른바 전원풍경과 시적 정취가 다분한 농가 오두막으로 되돌아갈 것을 요구하지 않았다. 도시는 문명과 개방을 의미하고 농촌은 낙후와 폐쇄를 의미한다. 농민들은 도시와 도시생활을 꿈꾸며 농촌과 토지를 벗어나 도시로 가기를 원한다. 도시가 철강 시멘트로 쌓아올린 고층빌딩이 줄지어선 보루로 변하여 사람들이 숨조차 쉴 수 없게 될 때에야 사람들은 비로소 다시 농촌의 자연풍경을 부러워하게 된다. 게다가 낙후할수록, 현대문명의 '침입'이 없는 이른바 '원시생태' 지역일수록 사람들이 꿈꾸는 샹그릴라가 된다. 이는 사회의 병폐이다. 결코 농촌의 진정한 진보가 아니고 현대화가 빚어낸 자아 곤경이다. 현대 서구의 포스트모더니즘이 나타날 수 있는 원인이 바로 여기에 있다. 사실 도시는, 특히 '초대형 도시'는 여전히 현대문명의 방사점이며, 경제·정치·문화의 중심이다. 우리에게 필요한 것은 도시생활이 더 아름다워지는 것이지, 환상 속의 '목가적인 농촌'으로 되돌아가는 것이 아니다.

현대화는 인류사회의 진보이다. 부의 소외 및 소외현상은 더 높은 사회형태로 이행하기 위한 시련이다. 역사의 흐름을 저애하려는 시도는 모두 헛된 것이다. 마르크스는 일찍이 봉건사회주의와 소자산계급 사회주의에 대해 비판한 바 있으며, 시스몽디·칼라일 등의 역사관에 대해 비판한 바 있다. 부·화폐·자본이 사회 전체의 부를 늘릴 수 있는 활력을 갖추었다면 그로부터 나타나는 여러 가지 불합리성은 평균주의보다 사회 전체의 발전에 더 유리하다. 바로 그렇기 때문에 마르크스와 엥겔스는 『공산당선언』에서 토지귀족들의 게으름과 부를 대하는 귀족적 태도를 호되게 질책하였으며 자본주의사회 생산력의 발전과 사회적 부를 늘리기 위해 자본을 확장하는 자산계급의 힘에 대해 찬양하였다. 자본주의사회 생산력의 발전과 사회적 부의 대량 창출, 그 합리적인 생산조직방식과 관리방식·경영능력은 모두 자본주의사회가 이전의 어떤 사회보다도 더 진보적인 사회임을 보여준다. 부에는 여러 가지 소외현상이 존재하지만 사회적 부의 총량의 증대는 사회 전체에 유리하고 사회의 발전에 유리하다. 사회적 부는 인류의 노동시간을 단축시키고 여가시간을 늘려 인간의 자유로운 전면적 발달을 위한 조건을 마련하고 있다.

자본주의사회에서 부의 점유자의 삶은 물론 무산자들이 비교할 수도, 또 상상할 수도 없는 것이다. 그러나 부의 소외상태에서 자본의 점유자도 일종의 소외상태에 처하지 않을 수 없다. 마르크스는 "무릇 노동자에게서 모두 표면화되고 소외된 활동으로 나타나는 것이 노동자가 아닌 사람에게서도 모두 표면화되고 소외된 상태로 나타난다."라고 말한 바 있다.[49] 자본주의 시장경제 하에서의 악성 경쟁 속에서는 서로 속이고 암투를 벌이며 파산과 타락, 심지어는 자살까지 발생할 수 있다. 금전은 주인이 없다. 부의 이전은 소외상태에서 부의 소유자의 피할 수 없는 운명이다. "그 옛날 왕도(王導)·사안(謝安) 등 대귀족 집안의 지붕 아래 날아들던 제비가 이제는 평범한 백성의 지붕 아래 날아드네."(舊時王謝堂前燕, 飛入尋常百姓家) 이 시구에서 표현한 것은 봉건사회 왕조의 정권이 교체되고 권세 있는 가문이 몰락할 때의 모습이다. 그런데 자본주의 시장에서는 이런 파산의 '비극'이 시시각각 일어나고 있다. 자본주의 시장에서 일어나는 연기 없는 상업전쟁과 화폐전쟁은 봉건사회의 왕조 전쟁 못지않다.

사회의 물질적 부의 증가, 도덕적 타락과 가치 관념의 위기의 공존

---

49) 위의 책, 103쪽.

에 시달리는 현대 서구자본주의사회는 중국 전통문화 특히 유가문화에 시선을 돌리고 있다. 그들은 동양철학에 관한 강좌와 세미나를 여러 차례 열고 간행물을 출판하였으며, 일부 대학들은 동양철학수업을 개설하는 등을 통해 물질적 부와 과학기술의 비약을 토대로 정신적인 안식처와 공간을 찾으려고 애쓰고 있다. 문화교류는 문화진보의 원동력이다. 중국철학에는 현대 서양인들이 진지하게 연구하고 소개할 가치가 있는 많은 철학적 지혜가 들어있다. 중국철학, 특히 유가의 도덕관념이 지나치게 물욕을 추구하고 금전을 탐하는 서구의 사회 상태에 처한 일부 사람들에게 심리적 치유 효과가 있을 수 있지만, 그것이 전체 사회에 대한 작용에는 한계가 있음이 분명하다. 동양의 처방으로 서양의 병을 고치기는 어렵다. 동양문화가 서구 사회제도의 병폐를 고칠 수 있는 마지막 '해독제'가 될 수는 없다.

서구의 부의 소외현상은 자본주의제도의 본질 속에 존재한다. 그것은 단순한 문화관념의 문제가 아니라 사회발전법칙의 문제이다. 마르크스는 하인젠(Heinzen)의 추상적 인도주의 부의 관념에 대해 비판하면서 "재산문제는 예로부터 산업발전의 각기 다른 단계에 따라 이 계급 또는 저 계급의 실제 문제가 되어왔다"[50]며 "이와 비슷한 단순한 양심의 문제와 공정성에 관한 문구에 귀착시킬 수는 없다."[51]라고 말하였다. 자본주의제도만 필요로 하고 그 제도에 따른 소외 결과를 포기할 수는 없다. 자본주의사회 형태는 나쁜 부분은 잘라내고 좋은 부분만 남길 수 있는 사과와 같은 과일이 아니다. 그 어떤 외래문화도 서구사회를 곤경에서 벗어나게 해줄 수는 없다. 문제해결의 열쇠와 수단은 당연히 서구사회 자체에 있는 것이다.

---

50) 위의 책, 제4권, 1958, 335쪽.
51) 위의 책, 334쪽.

3. 생산력의 해방과 공동 부유

생산력을 해방시키고 발전시키며 착취와 양극분화를 소멸하고 공동 부유의 길을 걷는 것은 사회주의 새로운 부의 관념의 핵심이며 사회주의 생산방식의 본질적 요구이다. "가난은 사회주의가 아니다"라는 말의 요지는 사회주의국가의 종합 국력과 전체 사회 구성원의 부유한 삶을 한데 결합시키는 것이다. 나라가 강대해지고 국민이 부유해지는 것은 백 여 년 간 대대로 내려온 중국인의 꿈이다.

자본과 부는 같은 개념이 아니다. 부는 자본이 아니지만 자본으로 전환될 수 있다. 물질적 부가 물질을 수단으로 타인의 노동을 지배할 때 부는 자본의 형태로 된다. 자본의 소유는 유산자와 무산자의 경계선이며 부의 다소는 부유와 빈곤의 경계선이다. 부와 자본의 구별을 혼동해서는 안 된다. 자본주의사회에는 더 이상 무산자가 없으며 모두가 유산자라고 여기는 것이다. 왜냐하면 노동자는 자동차도 가지고 있고 집도 있고 냉장고도 있으며 한마디로 모두가 아무 것도 없는 무산자가 아니라 유산자이다. 이는 자본과 부의 경계를 혼동하는 것이다. 전통적인 의미에서 무산자는 노동자계급에 대한 다른 칭호이다. 왜냐하면 그들은 자본에 의지하는 것이 아니라 부를 직접 창조하는 노동자이기 때문이다. 무산자가 없는, 즉 노동자가 없는 자본주의사회라는 것은 당연히 황당한 이야기이다. 자본의 가치 증대를 위해 노동하는 사람은 누구인가? 유산자가 유산자 자신을 위하여 생산하는가? 자본은 자아 증식의 마법을 가지고 있는가? 자본주의사회에서 자본의 본질은 자본과 노동의 관계이다. 그 본질은 빈곤선이 상하로 오르내림에 따라 바뀌지 않는다.

사회주의사회에서 우리는 모든 사람이 부유하고 갈수록 더 많은 부를 소유할 수 있기를 바란다. 그러나 모든 사람이 자산가가 되기를 바라지 않으며 또 그렇게 될 수도 없다. 사회주의사회에서 두려워할 것은 부유함이 아니라 가난함이다. 과거에 유행하였던 "사회주의 풀을 원할지언정 자본주의 싹은 원하지 않는다" 또는 "사물이 극에 이르면 변화해야 하고 변화하면 통하게 되며, 통하면 부유해지고 부유해지면 수정주의로 변하게 된다"라는 부를 두려워하는 비정상적인 사상 모두 부와 자본주의를 혼동하는 것이다. 부유함은 사회주의를 공고히 할 수 있을 뿐이다. 가난이야말로 사회주의 위험을 초래한다. 그러나 우리는 또 변증법적으로 사고해야 한다. 발전하지 않으면 발전하지 않는 문제가 생기지만 발전하면 또 발전과정에서 새로운 문제가 나타나게 된다. 부의 경우도 마찬가지다. "부유해지면 수정주의로 변하게 된다는 것"은 잘못된 것이다. 그러나 "부유해졌는데 교육을 받아들이지 않으면" 새로운 문제를 낳는다.

현시대 중국에서 민영경제는 사회주의 기본 경제구조의 중요한 구성부분이다. 민영자본은 현시대 중국 사회적 부를 창조함에 있어서 중대한 추진역할을 발휘하고 있다. 사회주의사회에서 노동자의 주인공적 지위가 고용으로 인해 바뀌어서는 안 된다. 공유제를 주체로 하고 다양한 소유제 경제를 공동으로 발전시키는 것은 우리 나라의 기본 경제제도이다. 사회주의국가는 노동자들이 존엄 있게 노동에 종사할 수 있도록 보장해주어야 하며, 노동자들의 복지와 나름대로의 권리를 갖는 삶을 보장해주어야 한다. 이는 사회주의 노동이 소외노동과 구별되는 근본적인 부분이다. 만약 자본이 권력과 서로 결합된다면 특히 사유 자본이 사회 자본구성의 주도적인 것으로 변한다면 당연히 극도로 큰 위험이 숨어 있게 된다. 이런 위험을 무시한다면 마르크스주의자가 아니다. 그러나 그렇다고 하여 부를 두려워하는 것도 마르크스주의자가 아니다.

역사 발전과정에는 늘 매우 비슷한 현상이 존재하게 된다. 중국은 후발국가로서 중국의 현대화는 극히 복잡하고 다양성을 띤 과정을 포함하고 있다. 중국의 현대화는 동시에 프리모더니즘(낙후된 소농 생산방식), 모더니즘(공업화와 도시화), 포스트모더니즘(현대화 폐단의 나타남과 생태문명에 대한 갈구) 다양한 발전의 모순이 서로 이어지고 뒤엉켜 있는 상황에 직면하고 있다. 계획경제 체제에서 시장경제 체제로 전환하고, 공업화와 도시화를 빠르게 추진하는 과정에서 서구의 현대화와 비슷한 현상도 나타나게 된다. 산업구조의 조정으로 인해 대량의 구조적 정리해고로 인한 실직자와 농촌인구가 도시로 빠르게 모여들면서 급속히 발전하는 과정에서 무주택 · '개미집' · '달팽이집' 현상이 새로운 사회문제로 불거지게 되었으며, 부의 증대 과정에서 새로운 빈곤으로 대두되었다.

개혁개방 40여 년간, 중국경제가 지속적이고도 고속적인 발전을 이루었고, 사회적 부의 총량이 크게 증가하여 중국은 세계 2위 경제체로 부상하였다. 부는 비록 사용가치이지만 그 생산과 분배는 모두 물질을 매개체로 하여 인간과 인간 사이의 관계를 지탱해주고 있다. 부의 분배의 핵심은 이익관계를 조정하는 것이다. 현재 중국에는 억만장자, 백 억만장자가 적지 않으며 세계 부호 순위에 오르는 사람도 날로 늘어나고 있다. 이는 좋은 일이며 사회적 부가 급증하였다는 표현이다. 재물을 정당한 방식으로 모으면서 교묘한 수단으로 갈취하지 않는다면, 부자가 늘어나는 것은 사회적 활력을 증가시키는데 유리하고, 사람들 창업의 능동성을 향상시킬 수 있다. 물론 부의 급격한 집중을 위한 부당한 수단 및 그로 인한 지니계수의 상승효과에 대해서는 반드시 진지하게 다뤄야 할 것이다.

역사발전에는 비슷한 현상이 있기는 하지만 각기 다른 사회에서 비슷한 현상에 대한 처리방식과 결과가 서로 다르다. 사회주의 초급단계에 있는 중국에는 여전히 빈곤인구가 존재하고 있다. 그러나 다른 개발도상국과는 달리 중국의 사회적 부의 증가는 빈곤인구의 증가와 반비례한다. 개혁개방이래 빈곤퇴치가 우리의 중요한 정책 중의 하나가 되었다. 부가 소수의 사람들에게 집중되고 있다는 사실은 부인할 수 없지만, 빈곤에서 벗어나는 인구는 갈수록 많아지고 있다. 중국은 여러 가지 조치를 취하여 양극분화를 억제하고 조화로운 사회주의 건설에 불리한 현상을 제거하고 있으며, 사회보장제도를 꾸준히 보완하고 '사회 최저 생계보장 수준'을 꾸준히 향상시키고 있으며 실업자와 정리해고 실직자의 생계를 보장하는 한편, 주택가격이 비합리적으로 지나치게 높은 문제와 저소득층 주택문제의 해결에 착수하고 있다.

　　분배는 영원히 경제와 문화의 제약에서 벗어날 수 없다. 현대중국에서 부의 분배과정에 나타나는 분화현상은 완전히 피하기 어렵다. 경제문제는 단순히 도덕에만 의거해서는 해결할 수 없다. 도덕적으로 분개하거나 비난하는 것으로는 분배의 불공평문제를 해결할 수 없다. 서로 다른 지위에 처한 사람과 서로 다른 이익 당사자가 공평성에 대한 이해는 완전히 다르게 나타날 수 있다. 공평은 사회적, 역사적, 변화적 개념으로서 영원하고 보편적인 공평성이란 존재하지 않는다.

　　사회주의는 당연히 공평성을 요구한다. 공평성은 사회주의사회에서 조화로운 사회를 구축하는 중요한 도덕적 기둥이자 사회주의제도에 내재된 본질적 요구이기도 하다. 그러나 사회주의사회의 공평성은 추상적인 도덕의 개념이 아니라 사회주의 경제제도와 정치제도에 의하여 보장되는 실제상태이다. 분배의 공평성은 결과로서 생산력의 발전수준과 소유제 성격에 의해 결정되는 것이다. 사회주의 중국에서 존엄이 있고 품위 있는 생활은 단순히 구제나 자선사업 또는 사회복지만으로는 보장할 수 없다. 일부 사람들이 흥미진진하게 이야기하는 서구 복지 국가의 학자들과는 달리 마르크스주의자들은 중국 특색의 사회주의 건설과정에 사회보장과 사회복지제도의 보완에 착수함과 동시에 여러 가지 경제요소의 관계를 합리적으로 계획해야 하며, 또 사회주의 공유제의 주체적 지위를 공고히 하는데 힘써 사회주의국가의 공공재산을 늘려야 한다는 것을 명백하게 의식하게 되었다. 중국의 노동자와 농민은 사회주의 건설을 위하여 거대한 기여를 하였다. 이는 과거에도 현재에도 지워질 수 없는 공적이다. 중국 사회주의의 경제적 성과와 사회적 부의 급증이 전체 사회 구성원, 특히 취약계층 개인의 삶을 개선시키지 못한다면 '인민중심'과 '공동부유'의 이념을 점차 관철하기가 어렵다. 오로지 공유제를 주체로 하고 다양한 소유제 경제의 공동 발전을 견지하면서 경제 · 법률 · 도덕적 수단과 실제 정책 조치로 양극 분화를 억제해야만 사회적 부와 개인적 부의 분배 사이에서 모종의 합리적이고 적절한 균형을 이룰 수 있다. 우리가 요구하는 공평은 사회주의 공평으로서 공평이란 무엇인가에 대한 각기 다른 이익집단의 주관적 확정과는 달리 최대다수 인민의 이익과 사회의 발전에 유리한 것을 척도로 하는 현실적인 공평인 것이다.

사회주의국가는 물론 야경꾼의 역할을 할 수 없다. 만약 여러 가지 소유제, 여러 이익집단이 시장게임 속에서 공평을 이루게 하고 균등한 기회를 마련하는 것을 공평이라고 생각한다면 노동자는 이른바 균등한 기회 속에서의 약자일 수밖에 없다. 시장에서 균등한 기회는 시장에 진입한 자본의 소유자와 투자자에게 적용되는 것이며 자본과 노동 사이에서 진정한 균등한 기회는 없다. 이는 그들 각자의 지위에 의해 결정된 것이다. 물론 사회계층은 어느 정도 유동성이 있다. 이는 계층 자체가 아니라 그 계층의 구성원을 두고 하는 말이다. 계층 전체의 유동은 있을 수 없다. 계층의 유동은 다만 생산방식의 변화에 따라 변화할 수밖에 없다. 고용관계에서 자본과 노동의 구분이 존재하는 한 경제적인 면에서 자본은 노동보다 더 강하다. 노동은 자본을 떠나면 실업하게 된다. 특히 토지를 떠나서 도시로 진출한 노동자가 자본을 떠나면 생존할 수 없다. 이는 자본주의의 시장법칙이다. 사회주의 시장경제는 자체의 특성을 갖추고 있다. 조화로운 사회를 구축하고 노사관계를 조정하는 것이 우리의 기본 정책이다. 마땅히 자본의 역할을 충분히 살려 노동자의 합법적 권익과 적극성을 보호해야 한다.

중국은 사회주의 시장경제를 실시하고 있다. 시장경제의 적극적인 역할로 사회주의를 발전시키고 사회주의로 시장경제를 인도한다. 사회주의라는 이 네 글자는 중국 특색의 사회주의 시장경제의 생명선이라고 말할 수 있을 만큼 지극히 중요하다. 양극 분화와 지나치게 벌어진 격차를 없애는 것을 단순히 공평에 대한 도덕적 요구에만 의지해서는 안 된다. 반드시 생산력의 발전과 생산력의 해방을 통해 최종적으로 착취를 궤멸시키고 양극 분화를 없애 공동 부유를 이루어야 한다.

가난은 사회주의가 아니다. 정신적 가난도 마찬가지로 사회주의가 아니다. 사회주의 새로운 부의 관념은 단순히 물질적 부와만 관련되는 것이 아니라 정신적 부와도 관련된다. 정신적 생산물도 마찬가지로 인류의 수요를 충족시키는 부이다. 물질적 부와 정신적 부의 소비방식과 결과는 서로 다르다. 물질적 부의 소비는 생리적인 제한을 받는다. 비록 사회가 발전함에 따라 생리적 수요는 더 이상 소비의 제한을 받지 않고 향락과 사치성 소비가 물질적 부의 소비의 주요 내용으로 되었지만, 종국적으로는 한계가 있다. 인간의 사회적 · 생리적 ·

심리적으로 합리적인 물질적 수요를 넘어서게 되는 것을 흔히 불합리한 소비로서 표현된다. 정신적 부의 소비는 무한하다. 물질적 부의 비합리적이고 과도한 소비는 부의 소유자 주체 자체에 불리하다. 그러나 정신적 부의 소비는 소비자의 자질을 점점 향상시켜 소비자가 갈수록 교양이 있고 문화수준이 높아지게 한다. 물질적 소비는 생산을 견인할 수 있지만, 사회 물질의 과소비는 생태환경을 파괴하고 자원을 파괴하여 지속가능한 발전을 방해하게 된다. 정신적 부는 일종의 가치증식성 소비로서 소비가 새로운 정신적 생산물을 만들어낼수록 지혜의 충돌에 따른 새로운 지혜가 생기게 된다. 한 나라의 물질적 부의 증가는 노동시간의 단축과 여가시간의 증가에 유리해야 하며, 인간 자질의 양성과 향상에 유리하도록 되어야 한다. 물질 생산은 그 어느 때나 항상 사회가 존재하고 발전할 수 있는 기반이다. 그러나 이는 물질생산에 투입하는 사회노동 총량이 많을수록 좋다는 것은 아니다. 사실은 이와 정반대로 과학기술혁명은 물질적 생산과 정신적 생산의 시간비례에 중대한 변화를 가져왔다. 정신적 생산은 사회총생산에서 갈수록 중요한 위치를 차지하고 있다. 사회주의사회가 이 방향을 따라 발전하는 것은 마르크스가 구상한 필연의 왕국으로부터 자유의 왕국으로의 비약을 향해 나아가고 있다는 것을 말하는 것이다.

선진문화의 건설은 중국 특색의 사회주의 건설의 중요한 과업으로 사회주의의 전도와 운명과 관련된다. 현시대 중국에서 경제발전과 부의 증가에 따라 발마사지·마사지·미용·사우나 등의 향락성과 사치성 소비가 작은 현(縣, 중국의 행정구역단위로서 한국의 군에 해당함)의 작은 진(鎭, 중국의 행정구역단위로서 한국의 읍에 해당)에까지 확산되어 있다. 이에 비해 문화건설과 전 국민의 독서 풍조는 그 향락성·사치성 소비를 따라잡지 못하고 있다. 가난은 사회주의가 아니며 정신적 가난도 사회주의가 아니다. 부강한 사회주의국가는 반드시 문화의 정신적 지주가 있어야 한다. 물질적 부의 성장만 있다면 국제적 격변의 시기를 만나 그 틈을 타 흥기한 '벼락부자'에 불과할 뿐, 고도로 발달한 사회주의 문명국은 될 수 없다. 역사상 일부 대국의 흥망성쇠는 교훈으로 삼기에 충분하다.

부는 사회적 부이다. 부는 임의의 한 사람이 창조할 수 있는 것이 아니다. 부는 사회집단의 힘을 응집시킨다. 비록 사유제 사회에서 부의 소유방식은 가족식이지만 본질적으로는 사회적 부이다. 봉건사회에도 의창(義倉)이나 학전(學田)을 세우는 이가 있었지만, 종족(宗族)의 범위를 벗어나지 않았으며, 부는 가족 내에서 저장되고 상속되었다. 1천 무(畝)의 비옥한 토지에 8백 명의 주인이 있고, 부는 부의 주체의 의사에 따라 소유권이 이전되는 것이 아니라, 가족의 흥망성쇠를 통해 발생한다. 자본주의사회는 봉건사회보다 진보하여 일부 부의 소유자들은 자발적으로 부를 양도하고 기금회를 설립하는 방식으로 여러 가지 사회 공익사업에 종사하면서 가족 범위 안에서의 빈곤구제가 아니라 전 사회로 회귀하였다. 이는 사회문명의 진보이다.

사회주의 새로운 부의 관념은 사회적 부를 증가시킬 것을 주장할 뿐만 아니라, 개인의 부를 증가시킬 것도 주장한다. 그러나 개인에게 있어서 우리는 부를 추구하는 것을 인생의 목표로 삼을 것을 주장하지는 않는다. "모든 것을 돈만 보아야" "오직 돈을 모아야만 앞을 볼 수 있다"라는 따위의 구호는 대중을 오도하는 주장으로서 사회주의 새로운 부의 관념이 아니다. 우리는 사회주의 초급단계에 처하여 있기 때문에, 사회주의에 자본주의 요소가 여전히 일정한 비중을 차지하고 있으며, 자본주의 부의 관념은 소실되지 않았다. 현실생활 속에서 일부 만족스럽지 못한 현상들은 사회주의 부의 관념에 대한 교육을 진행하는 것이 매우 필요하다는 것을 설명해주고 있다. 부와 관련된 문제에 있어서 우리는 개인의 이익과 집단의 이익을 결합시켜 개인의 부를 획득함에 있어서 국가와 집단의 이익에 손해를 끼쳐서는 안 된다고 주장한다. 이 점에서 중국 유가가 제창하는 정당한 방법으로 이득을 취해야 하고, 이익에 눈이 멀어 의리를 저버려서는 안 된다는 주장은 사회주의 핵심가치와 내적인 호환성을 갖추고 있다.

중국은 개발도상국이지만 최근 몇 년간 부자들도 적잖게 생겨났다. 어떤 사람들은 기부의 방식으로 사회에 보답하여 현대중국의 자선가가 되었다. 이는 새로운 부의 관념으로서 중국에서 먼저 부유해진 자들의 본보기이다. 이는 부가 사회로부터 와서 사회로 되돌아가는 부의 이동방향을 예시하고 있다. 이러한 부의 관념 속에서 개인의 부의 증가와 사회적 부의 증가는 새로운 부의 관념 속에서 통일된다.

가난은 개인에게 있어서 일종의 불행이다. 그러나 부를 소유한다고 해서 행복을 소유하는 것은 아니다. 억만 가산을 소유하고 호의호식하는 "고뇌에 빠진 자"들도 적지 않다. 행복은 전체적으로 내용이 풍부한 개념으로 물질적 부는 그중의 한 측면일 뿐이다. 행복에는 아름답고 원만한 가정, 조화로운 인간관계, 성공한 사업, 풍부한 지식과 학문과 수양, 건강한 심신 등등이 포함될 수 있다. 한 철학자는 "건강하고 튼튼한 거지가 병으로 시달리는 국왕보다 더 행복하다."라고 말한 바 있다. 재담으로 말하는 것처럼 "너무 가난한 나머지 돈밖에 남지 않은 상황"이 된다면 개인으로서는 불행한 일이다.

사회주의국가에서는 개인의 부를 중시해야 하지만 사회적 부를 더욱 중시해야 하고, 물질적 부를 중시해야 하지만 정신적 부를 더욱 중시해야 한다고 선전하고 있으며, 부는 사회에서 와서 사회로 환원해야 한다는 새로운 부의 관념을 선전해야 한다. 물신숭배에서 배금주의와 이기주의를 제거하여 부가 진정으로 인간의 노동을 대상화하고 인간 주체 본질의 힘을 발전시키는 창조물이 되도록 하며, 전체 사회 구성원이 공동으로 누리는 물질적 · 정신적 향연이 되도록 해야 할 것이다.

제8장 역사적 유물론의 가치관

가치관문제는 현대 세계 정치투쟁의 현실적 문제이자 중요한 이론문제이기도 하다. 역사적 유물론은 반드시 가치관의 불일치에서 나타나는 역사관의 본질에 주목해야 한다.

1. 서구의 '보편적 가치'를 배척하다

모든 사회형태는 다 자체 핵심가치관을 수립하는데, 그 핵심가치관은 사회형태를 보호하고 공고히 하는 가치의 정체성이다. 중국 특색의 사회주의는 자체 핵심가치관을 갖고 있다. 우리는 서구의 이른바 '보편적 가치'를 배척하지만 '공동 가치'를 인정하며 중국 전통문화와 서양 문화의 우수한 성과를 받아들여 사회주의 핵심가치관을 구축하고 그것으로 사회주의 이데올로기를 인도하며, 전국 인민의 공동

이상의 가치 정체성을 튼튼히 구축해야 한다.

'보편적 가치'는 가치의 공감과 혼동하기가 가장 쉽다. 가치의 공감은 어느 정도의 보편성을 띨 수 있지만, '보편적 가치'는 모든 사람이 공감해야 하는 일종의 가치의 공감이다. '보편적 가치'는 일종의 추상적인 인성론을 근거로 하고 절대적인 보편성을 방법으로 하는 유심론적 가치관이다. 현시대에는 서구와 국내의 소수 사람들이 막강한 발언 패권을 이용하여 서구 자본주의의 핵심가치를 '보편적 가치'라고 부르며 '서구화'와 '분화'라는 그들의 정치목적을 달성한다. 우리는 서구의 '보편적 가치론'의 실질을 발로하되 인류문명 진보의 성과는 충분히 인정해야 하고, 또 국제협력과 문화교류를 통해 일정한 범위 내에서와 일정한 문제에서 가치의 공감을 이룰 수 있는 가능성은 충분히 인정해야 한다. 인류가 가질 수 있는 가치의 공감 때문에 '보편적 가치'라는 정치적 함정에 빠져서는 안 된다. 물론 서구의 '보편적 가치론'에 반대한다고 해서 인류문명 진보의 긍정적인 성과를 거부하고, 인류의 일정한 수준과 범위의 가치의 공감을 부정해서도 안 된다.

'보편적 가치'를 대하는 문제에 있어서 두 가지 서로 다른 관점이 존재한다. 한 가지는 '서구 중심론'의 '보편적 가치론'이다. 즉 서구 사회에서 자본주의 사유제를 토대로 하고 개인주의를 핵심으로 하는 가치관을 절대적인 '보편적 가치'로 떠받드는 것이다. 다른 한 가지는 역사적 유물론을 지침으로 하는 관점으로서 인류문명의 진보와 문화교류의 적극적인 성과를 인정해야 한다. 두 번째 관점은 인류의 기본 가치에 대한 인정으로서 일종의 가치의 공감이론이며, 역사 진보의 추세를 대표하기 때문에 인민들의 광범위한 인정을 받는다. 이러한 가치의 공감은 일정한 정도의 보편성을 띤다. 게다가 그 관점은 인류문명 성과의 누적이기에 선도성을 띠고 있다. 그러나 가치 공감의 보편성과 선도성은 역사성·시대성·민족성을 띤다.

오늘날 서구의 추상적인 '보편적 가치론' 의 흥기는 갑자기 일어난 것이 아니다. 그 이론은 종교의 '보편주의' 에서 시작하여 신학자와 종교 윤리학자가 제창하는 '보편적 윤리' 에 이르고, 또 현재 서구의 지배적인 발언이 된 이른바 '보편적 가치' 에 이르기까지 매우 긴 역사과정을 거쳤다. 그러나 현대 지배적인 발언으로서 서구의 '보편적 가치' 는 종교의 '보편주의' 나 신학자·종교윤리학자들이 제창하는 '보편적 윤리' 와는 다르다. 왜냐하면 서구의 추상적인 '보편적 가치론' 은 세계화 과정에서 서구 자본주의의 지배적 지위의 확장과 연관된 특수한 정치적 의도를 가지고 있기 때문이다.

추상적이고 절대적인 '보편적 가치' 는 존재하지 않는다. 왜냐하면 그 '보편적 가치' 는 해결할 수 없는 모순, 즉 가치의 주체와 가치의 본질 간의 모순을 포함하고 있기 때문이다. 가치는 절대적인 보편성을 띨 수 없다. 온 세상 어디에나 다 보편적으로 적용되는 보편적 진리는 있지만, 온 세상 어디에나 다 보편적으로 적용되는 절대적인 '보편적 가치' 는 없다. 이는 진리와 가치 사이의 가장 중요한 구별점이다. 왜냐하면 진리는 주·객체의 인식관계로서 내용의 객관성에 대한 인식 문제와 관련된다. 그리고 가치는 주·객체의 수요와 수요충족의 관계로서 이익 특히 핵심 이익 관계 문제와 관련된다. 설령 온 세상 어디에나 다 적용되는 보편적 진리라고 하더라도 각 나라의 실제와 결부시켜야 한다. 그렇지 않으면 추상적 진리가 된다. 그리고 추상적 진리는 구체성의 결여로 말미암아 오류로 전환된다. 진리가 이러할진대 하물며 가치야 더 말할 필요가 있겠는가?

가치의 절대적 보편성과 가치관계의 구체성 이 양자는 호환할 수가 없다. 가치 관념은 주체의 판단이다. 그리고 가치관계는 주체의 의지에 의해 바뀌지 않는 객관적 관계이다. 『홍루몽(紅樓夢)』에서 가(賈)씨 집안의 도련님 보옥(寶玉)의 고급 계집종이 자기 지위에 대해 만족하는 가치 공감은 할 수 있지만, 그녀들과 상전 사이의 실제적인 가치 관계는 바꿀 수 없는 것이다. 즉 상전과 노비의 관계에 대한 가치 공감과 실제 가치관계가 서로 엇갈리는 상황이 계급사회에서는 결코 드문 일이 아니다. 자본주의를 칭송하면서 자본주의제도에 만족하는 무산자들이 이미 현대 서구 노동자운동의 큰 걸림돌이 되었다. 만약 사회주의 국가가 서구의 이른바 '보편적 가치'를 자신들의 가치 추구로 삼는다면, 이는 자체 제도의 본질과 이익의 실제 가치관계에 위배되는 것이다.

'보편적 가치'는 절대적일 수 없으며, 현 세계에서 동일한 가치관이 실행될 수 없다. 그것은 그런 가치관의 공동의, 통일된 주체가 존재하지 않기 때문이다. 현실 속에는 개체도 있고 특정 관계에 의해 결합된 집단도 있다. 예를 들면 계급·사회·민족·국가가 그런 집단이다. 따라서 개인적 가치, 계급적 가치, 사회적 가치, 민족적 가치, 국가적 가치가 있다. 그러나 현 세계에는 전 세계 모든 국가를 동일한 주체로 하는 '보편적 가치'는 없다. 국가와 민족은 다르지만 모두 인간으로 이루어졌으니 인간이 곧 보편적 주체라고 말하는 사람도 있을 것이다. 왜냐하면 인간은 '유(類)'이며 '유'는 세계의 주체가 될 수 있기 때문이다. 우리 모두가 인간이라는 것을 인정만 한다면, 여러 국가·민족·계급을 뛰어넘어 그보다 높은 절대적인 '보편적 가치'가 반드시 있게 마련이다. 사실 이는 추상적 휴머니즘이라는 케케묵은 개념의 새로운 표현에 불과할 뿐이며 마르크스주의의 '현실적 인간'으로부터 다시 '추상적 인간'으로 복귀하는 것이다. 마르크스는 "인간의 본질은 한 개인에게 고유한 추상물이 아니다. 그 현실성에 있어서 그것은 모든 사회관계의 총합(總合)이다."52)라고 말하였다. 그는 포이어바흐가 인간의 본질을 "'유'로 이해하고 내적·무언의 수많은 개인들을 순수하게 자연적으로 연결시키는 보편성으로 이해하였다."53)라고 비판하였다. 이는 수천 수백 번 인용된 적이 있는 명언이지만 '보편적 가치'를 분석하는 문제에도 마찬가지로 알맞은 말이다.

지금까지 현실적인 인간은 세계를 통일적 주체로 하는 하나의 전체 구조 속에 살고 있는 것이 아니라, 모두 일정한 국가와 민족의 구조 속에 살고 있다는 것은 누구나 다 알고 있는 사실이다. 세계화는 결코 전 세계인을 하나의 주체로 만들어 국가와 민족의 차별을 소멸시키는 것이 아니라 오히려 강대국과 약소국의 대립을 더욱 첨예하게 만든다. 유엔은 여러 주권국가들의 국제기구이지 국경이 없는 이른바 '인간'의 조직이나 '유'의 조직이 아니다. 오늘날 세계 인류에게 있어서 국가는 여전히 존재하는 경계이다. 그래서 무릇 절대적인 '보편적 가치'를 주장하는 이론가는 모두 하나의 추상적인 유사 주체(quasi-subject)가 있다는 것을 인정하고, 또한 인간성의 보편성을 긍정하며, 인간성의 보편성으로부터 절대적인 '보편적 가치'를 추리해낸다.

도둑질하지 말고, 간음하지 말며, 불륜을 불허한다는 것이 바로 인간성에 부합하는 절대적 '보편적 가치'라고 말하는 사람도 있다. 사실 사유제가 없었던 시대에는 "도둑질하지 말라"는 규정이 없었고, 군혼(群婚)시대에는 "간음하지 말라"는 규정이 없었으며, 잡혼(雜婚)시대에는 "불륜을 불허한다"는 규정이 없었다. 심지어 '도둑질' '간음' '불륜'의 동기나 관념조차 애초에 생겨날 리가 없었다. 이러한 것

---

52) 위의 책, 제1권, 3판, 2012, 139쪽.
53) 위의 책.

들은 인류 기본가치의 공감으로서 모두 사회발전과 문명진보의 성과이다. 그래서 우리는 절대적인 '보편적 가치'를 부정하는 것이다. 역사를 떠나 시대를 초월할 수 있는 가치는 그 어디에도 없다. 인류의 진보를 나타내는 가치의 공감도 역시 역사적 조건과 시대의 제약을 받는 것이다.

이로부터 알 수 있다시피 '보편적 가치이론'의 철학적 토대는 두 가지이다. 하나는 추상적 인간성 이론으로서 그것은 인간성의 공통성에서 가치의 보편성을 추리해낸다. 다른 하나는 형이상학적 가치 불변 이론으로서 그것은 인간성의 영구불변성으로부터 영구불변의 가치가 존재한다고 단정한다. 이는 "하늘은 변하지 않는 것이다. 진리도 변하지 않는 것이다."라는 관념의 서구버전이라고 할 수 있다.

2. 인류의 '가치 공감'을 중시하다

우리는 '보편적 가치'에 동의하지 않지만, 그러나 일정한 범위 내에서와 일정한 문제에서 인류에게 어떤 가치의 공감, 즉 공동의 가치가 존재한다는 것을 인정한다. 가치의 공감은 여러 민족의 가치와 분리되어 독립적으로 존재하는 추상적인 공통의 모습이 아니라 인류문명의 진보과정에서, 여러 민족의 문화교류 과정에서 점차적으로 형성된 일부 기본가치에 대한 공감이다. 그것은 조건적이고, 역사적이며, 변화적인 것이다. 예를 들어 1948년 12월 10일 유엔총회에서 채택된 「세계 인권 선언」이 바로 인권문제에 대한 일종의 가치의 공감으로서 선언 서명국들이 일부 기본인권을 인정하고 있음을 의미한다. 그러나 그렇다고 선언에 열거한 것이 역사나 국가를 넘어선 '보편적 가치'라는 의미는 아니다. 왜냐하면 그것은 시대성을 띠고 있고 제2차 세계

대전 이후에 생겨난 것이기 때문에 '그것은 전쟁에 대한 사람들의 반성이 인류사회의 발전에 따라, 인간의 사회적 지위 및 정치적 지위의 향상에 따라 발생한 변화를 보여준다. 「세계 인권 선언」을 인류역사의 진보에 대한 일종의 기록으로 볼 수 있다. 그중에 열거한 인간의 권리는 역사의 산물로서 그 산생과 보완은 하나의 역사과정을 겪었다. 설령 서구의 선진국에서도 이른바 자유·민주·인권은 현재까지도 여전히 부족하고 완전하지 않은 것으로서 모든 사람이 누리는 보편적 가치가 되지 못한다.

20세기 후반기에 생태위기로 인하여 불거진 인간과 자연의 조화라는 관념도 이른바 추상적인 '보편적 가치'가 될 수 없다. 그것은 농업을 생산방식으로 하는 봉건사회에서 심지어 자본주의 공업화 초기에도 인간과 자연의 조화라는 가치관념에 대한 수요의 보편성과 절박성이 없었기 때문이다. 인간과 자연의 조화, 인류가 함께 살아가는 지구를 살려야 한다는 관념은 오로지 현대에 생태위기가 발생할 때에야 비로소 기본가치로 될 수 있었으며, 인류 가치의 공감이 될 수 있었다. 이로부터 인간과 자연의 조화는 하나의 가치 공감으로서 우리 시대의 특징을 띤다는 것을 알 수 있다. 따라서 중국 전통문화의 '천인합일'에 담긴 인간과 자연의 조화라는 관점은 중요한 의미가 있다.

대다수 사람들이 인정하는 모든 가치의 공감이 시대성을 띠고 있으며, 시대의 요구에 부합해야 한다. 이는 시대와 사회 자체의 실천성과가 이론적으로 반영된 것으로서 소수의 지혜로운 자가 발견한 절대적 진리나 자비로운 자들이 구세주식으로 세상 사람들에게 선고한 약속이 아니다. 종교가는 자신의 교리가 보편성을 띤다고 굳게 믿을 수 있다. 그것이 모든 세상 사람들을 망라하며 세상을 구원하고 중생을 제도하는 것이다. 그러나 종교 간 혹은 종파 간의 분쟁 심지어 전쟁은 어떠한 종교도 보편성을 띨 수 없음을 증명한다. 종교의 보편주의는 인정을 받을 수 없다. 종교의 교리는 보편성을 띠지 않으며 서로 대립하고 충돌하므로 여러 종교가 공동으로 인정하는 것을 '보편적 윤리'로 확정해야 하는 필요가 생겼으며, '보편적 윤리'가 시대의 필요에 따라 생겨난 것이다. 사실 이런 이른바 '보편적 윤리'는 단지 최저한계 윤리일 뿐이며, 인류사회의 규범 또는 인류진보의 실제 성과에 대한 일종의 긍정이다. 만약 이들 규범이 현실적 토대를 갖고 있다면 선전과 경고의 역할을 할 수 있다. 그러나 그 규범들을 전 세계적으로 지켜야 할 도덕규범으로 삼고자 하는 것은 양호한 바람일 뿐 현실적 가능성은 없는 것이다. 도덕적 약속이나 규범의 제정 또는 선언의 발표로 전 인류의 행동이 통일될 수는 없다. 인류의 도덕적 자각, 특히 세계적 범위에서 인정받는 도덕규범은 일종의 도덕가치의 공감이기 때문이다. 이러한 공감의 가능성과 현실적 가능성은 인류사회의 진보, 여러 나라와 민족의 발전수준 및 사회상황과 갈라놓을 수 없다. 도덕가와 사상가들이 추상적 사변의 위력을 과시하여 모든 사람이 마땅히 찬성하고 지켜야 할 것 같은 일부 가치를 찾아내 그것을 '보편적 가치' 또는 '보편적 윤리'라고 부를 수 있지만, 현실 속에서 그것들은 보편성을 띠지 않으며 기껏해야 일종의 이상이고 기대일 뿐이다.

우리는 '보편적 가치'를 부정하고, 또 이른바 '보편적 윤리'에도 찬성하지 않지만, 인류의 기본 가치와 그 기본 가치가 도달할 수 있는 어떤 공감대를 부정할 수는 없다. 인간은 추상적인 유를 전 세계의 통일된 주체로 삼지 않으며, 또 추상적인 보편적 인간성에서 '보편적 가치'를 도출해낼 수도 없다. 그러나 사회의 주체로서의 인간은 어느 종족, 어느 민족, 어느 나라에 속하든 모두 일부 공동의 자연 속성을 띠고 있을 뿐만 아니라 인간과 자연, 인간과 인간의 관계 문제를 해결해야 하는데 일부 똑같거나 비슷한 문제에 직면하게 되기 때문에 점차 일부 비슷한 인식과 경험 및 체험을 쌓게 되며, 인류의 생존과 발전에 중요한 의의가 있는 일부 기본 가치를 형성하게 된다. 그것들은 물질문명 속에 존재할 수도 있고, 정신문명 속에 존재할 수도 있다. 가치의 공감이 바로 서로 다른 민족이 창조한 물질문명과 정신문명 가운데서 적극적이고 합리적인 요소에 대한 일종의 공감이다. 예를 들어 현대에는 민주·법치·자유·인권·평등·박애·조화 등 관념이 바로 일부 가치의 공감으로 받아들여진다. 가치의 공감은 '보편적 가치와는 다르다.' 보편적 가치'는 보편성과 무차별성을 강조한다. 그러나 가치의 공감은 범위가 클 수도 있고 작을 수도 있고, 공감의 정도는 높을 수도 있고 낮을 수도 있다. 그리고 가치의 공감은 일종의 이론적 약속으로서 실제상황과 완전히 맞물리지는 않는다. 예를 들면 법치는 일종의 정치제도로서 그 우월성에 대해서 절대다수 사람들이 인정하지만, 인류사회에 대해 말하면 보편성을 띠지 않으며 법치이론과 제도화는 다만 근대사회의 산물일 뿐이다. 인권에 대한 약속도 마찬가지다. 인권은 타고나는 것이 아니다. 인권 공약에 참가한 것은 중국이 인권 수호 면에서 다른 조약국과 가치의 공감을 갖고 있음을 표명하지만 완전한 인권 개념은 무엇인지, 인권을 어떻게 보장할 것인지, 그리고 인권 상황은 어떠한지에 대한 견해에서 서로 간에 여전히 차이가 존재할 수 있다. 즉 가치의 공감대 안에서 공감과 비공감 간의 모순, 이론과 사실 간의 모순이 존재할 수 있다. 자유·민주·평등 그리고 다른 기본 가치들이 모두 그렇다. 그것들은 일정한 보편성을 띨 뿐만 아니라 특수성도 띤다. 중국 헌법도 인민의 자유·민주·인권을 똑같이 보장한다는 점을 가지고 서구의 자유·민주·인권 가치의 보편성을 증명하는 것은 옳지 않다. 자유·민주·인권이 사회주의 중국의 헌법에 기입된 것은 자유·민주·인권이' 보편적 가치 '라는 게 근원이 아니라, 사회주의제도의 본질과 인류사회의 진보성과에 대한 일종의 가치의 공감이 바탕이 된 것이다. 그렇기 때문에 그런 공감 속에는 서구의 자유·민주·인권 관념과는 다른 것이 존재할 수밖에 없다. 가치의 공감을 근거로 추상적' 보편적 가치 '의 존재를 증명하는 것은 옳지 않다. 그러나 가치의 불일치를 근거로 현대 인류문명의 공동 진보에 대한 기본 가치로서의 자유·민주·인권을 부정하는 일종의 공감 역시 옳지 않다. 기본 가치를 근거로 하는 가치 공감과 추상적이고 절대적인' 보편적 가치 '는 서로 다른 성격의 가치관임을 우리는 마땅히 인식해야 한다.

가치의 공감은 약정된 것도 아니고 소수의 천재 사상가의 발견도 아니라, 인류 역사와 사회진보를 통해 점차적으로 형성된 것으로서 객관적인 역사적 필연성을 띤다. 이는 논리나 이성적 필연성의 산물이 아니며, 또 윤리학 속의 희망 사항이거나 '절대적 명령' 도 아니다. 가치의 공감은 여러 민족이 실제로 창조한 다양한 문화 중의 적극적인 요소를 바탕으로 하며, 민족적 특성을 띤 여러 문화 속에 존재한다. 예를 들면 서구인은 동양인, 특히 중국 전통문화 중에서 합리적인 사상을 흡수할 수 있다. 마치 중국인이 서양문화사상 중에서 합리적인 사상을 흡수할 수 있는 것과 마찬가지이다. "자기가 싫은 것은 남에게 강요하지 마라"(己所不欲,　勿施于人)라는 공자의 말은 2천년이 넘게 존재해 오다가 20세기 말에야 종교학자와 윤리학자들에 의해 황금법칙으로 채택되었다. 이는 현대 도덕의 위기와 가치의 상실로 인한 동양문화의 필요성에서 비롯된 것이다. 천재적인 인물이 갑자기 그 가치를 발견해서가 아니다. 중국이 반식민지·반봉건사회에 처하여 있었을 때, 억압당하고 영토가 분할된 상태에 처하여 있었을 때, 중국 전통문화 중의 훌륭한 요소들은 세계에서 인정과 찬양을 받지 못하였다. "자기가 싫은 것은 남에게 강요하지 말라"라는 공자의 말이 현대에는 일종의 가치의 공감으로 받아들여졌지만, 실제로 사람들의 행위가 그 원칙을 지키고 있는지는 매우 불확실하다. 특히 패권 성향을 가진 강대국은 개발도상국을 대할 때 흔히 정글의 법칙을 적용하는데, 이는 "자기가 싫은 것은 남에게 강요하지 말라"가 세계를 이끄는 공동의 도덕이 되는데 방해가 되지 않는다.

중국이 서구로부터 진리를 모색하고자 할 때 '서구화'가 중국을 멸망에서 구하고 생존을 도모하며, 중화민족의 빛나는 역사를 다시 세울 수 있는 유일한 출로로 여겨졌었다. 서구의 "문화 중심이론"은 주류 가치관이 되었다. 특히 자유·민주·인권이라는 구호에 중국인 특히 중국 지식인들은 매우 큰 매력을 느꼈다. 그러나 요즘 중국인들은 서구 문화에서 설교하는 '보편적 가치'에 대해 비교적 이성적인 시각을 갖고 있다. 그렇기 때문에 이른바 '보편적 가치'란 기껏해야 일종의 가치의 공감일 뿐 '보편적 가치'는 절대로 아닌 것이다.

가치의 공감은 일시적으로 형성되는 것이 아니라, 여러 민족문화의 장기적 교류와 전파 그리고 서로 배우는 과정에서 점차 형성되는 것이다. 보편성을 띤 기본가치의 형성과정이 아무리 길어도, 특히 이론적 공감을 현실로 변화시키는 것이 아무리 어려워도 인류문명 진보과정에서 형성되는 기본 가치는 언제나 인류문명 발전의 보귀한 정신적 부이자 인류가 추구하는 역사적 목표이다. 인류의 역사는 바로 야만에서 문명으로, 자본주의 문명에서 점차 다양한 방식과 길을 통해 미래의 공산주의 문명으로 나아가는 역사이다. 매 역사단계마다 시대성을 띤 기본가치가 형성되고, 그것들은 그 시대의 선진가치가 되며 나아가 인류의 진보 속에서 가치의 공감을 형성한다. 마르크스주의가 구상한 인류사회 발전의 목표는 더욱이 길고도 모순으로 가득 찬 굴곡적인 과정이다. 세계대동이 실현되면 인류는 영원히 더 이상 발전하지 않는 것일까? 물론 아니다. 그렇기 때문에 '보편적 가치'에 대해 호언장담할 것이 아니라 역사발전 과정에서 인류의 가치 창조를 중시해야 하며 각기 다른 역사 시기 가치의 공감을 중시해야 한다. 흙이 쌓여 산을 이루듯이 인류는 바로 그렇게 한 걸음 한 걸음 문명을 창조해나가는 과정에서 가치를 쌓아온 것이다. 그 과정은 영원히 끝나지 않을 것이다.

　세계에는 각기 다른 유형의 문명과 각기 다른 민족의 문화가 존재한다. 그 문학·예술·철학·윤리 등의 가치형태에는 모두 공감할 수 있는 일부 요소가 포함되어 있다. 때문에 서로 다른 민족 간, 서로 다른 문화 간의 교류가 가능한 것이다. 그러나 그 어떠한 단독적인 문화형태도 보편적 지위를 차지할 수 있다. 그 문화형태는 다른 민족이 공감할 수 있는 요소만 포함할 뿐이다. 그렇기 때문에 공감의 특성을 갖춘 가치는 인류 여러 민족이 공동으로 창조해낸 긍정적인 성과라는 것이다. 그러나 여러 민족의 문화는 가치의 공감으로 인해 자체 민족의 특성을 잃는 것은 아니다. "해납백천(海納百川)" 즉 바다는 수많은 강물을 모두 받아들인다고 하였다. 우리는 그중 여러 강의 물을 가려낼 수는 없다. 그 강물들이 이미 바다에 완전히 녹아들어버렸으니까 말이다. 그러나 인류의 문화는 이와는 다르다. 인류문화의 교류는 여러 민족들로부터 독립된 '보편적 가치'를 가진 문화를 형성하는 것이 아니라, 여러 민족이 자체 문화에 입각하여 외래문화를 받아들여 자기 민족의 문화를 풍부히 하고 발전시키는 것이기 때문이다. 문화의 융합과 흡수를 통해 너 안에 내가 있고 나 안에 네가 있으나 모두 자기 문화의 민족 특색을 잃지는 않는 것이다. 중국은 풍부한 문화전통을 가진 나라이다. 중국은 현대중국문화의 우수한 성과를 포함하여 자체가 갖는 전통문화를 세계에 보여줄 수 있다. 중국문화는 동양적 가치의 특수한 내용과 함의 및 매력을 가지고 있다. 그러나 중국문화는 다른 민족의 문화로부터 인정을 받고 받아들여지며 전환되어야만 그 안에 포함된 세계적 가치 또는 인류의 가치를 구현할 수 있다. 모든 민족문화에 포함된 인류 관련 내용은 모두 잠재적인 것이다. 민족적 가치 속의 인류성은 반드시 문화의 전파와 교류 및 융합을 거쳐야만 세계에 녹아들 수 있다.

우리는 '보편적 가치'에 대한 서구의 패권적 발언은 거부하지만, 자산계급의 자유·민주·인권 관념의 역사적 진보성과 참고 가치가 있는 요소에 대해서는 인정한다. 인류역사에서 볼 때, 자산계급혁명과 자본주의제도의 수립은 인류역사상 혁명적 의의를 가지는 중대한 변화였다. 비록 여러 가지 문화가 모두 자유·민주·인권 관념의 일부 맹아와 요소를 포함할 수 있기는 하지만, 이러한 관념은 비교적 완전한 이론의 일종으로서, 법률이 규정한 제도적 장치의 일종으로서 자본주의사회의 발생과 떼어놓을 수는 없는 것이다. 우리는 그 관념들을 '보편적 가치'로 떠받들어서는 안 된다. 왜냐하면 자유·평등·박애에 관한 자산계급 계몽학자들의 이상은 자본주의적 계급성과 협애성을 가지고 있기 때문이다. 설령 그것이 보편성의 형태로 나타날지라도…… 하물며 자본주의 지배 하의 현실은 자유·평등·박애의 사회이상이 완벽하게 실현된 것도 아니다. 엥겔스는 일찍이 『반뒤링론』에서 '이성의 승리'에 의해 수립된 사회제도와 정치제도를 비판하였다. 이는 거의 한 세기 반 이전에 한 말이다. 만약 현대 서구국가들이 이른바 '가치관 외교', 이른바 '인권 외교'를 실시하면서 자유·민주·인권·평등·박애를 대외확장의 소프트 파워로 삼아 저들의 정치적 음모를 실현하고, 그것을 '보편적 가치'라고 하는 것을 엥겔스가 목격하였다면, 그는 또 그 위대한 창조물을 어떻게 풍자하였을까 궁금하지 않을 수 없다! 확실히 "'보편적 가치'의 전파"는 자본주의 초기 대외 확장 당시의 이른바 '문명의 전파'보다 더욱 창의적"이라 할 수 있다.

정용녠(鄭永年) 영국 노팅엄대학교 중국정책연구센터 주임은 압력을 딛고 굴기한 중국에 관한 글에서, 서구가 군사동맹을 이용하여 중국을 억제하는 동시에 또 가치 외교를 이용한다면서 "만약 군사동맹이 하드 파워를 구현하였다면 가치 외교는 소프트 파워를 더 많이 구현하였으며, 이것은 바로 서구의 민주와 인권 가치관을 중국에 대한 정책의 모든 방면에, 특히 경제무역에 융합시킬 수 있기를 희망하는 것이다."라고 하였다. 러시아 리아노보스티통신은 "인권 무기는 시의 적절하지 않다"라는 제목의 기사에서 인권을 무기로 하는 서구의 실질적 얼굴에 대해 논증하면서 "'미국과 유럽연합 국가'들은 민주나 인권의 기준을 다른 나라에 강요하려 하고 있다"며 "이는 유럽이 과거에 문명과 기독교를 전파한다는 기치 하에 수많은 생명이나 문명을 해쳤던 것과 똑같다."라고 하였다. 또 "미국에서 외국의 인권을 위하는 것은 수억 달러 규모의 방대한 산업이며, 돈·열정·이데올로기 및 전복(顛覆)이 뒤섞여 있다. 그 방법은 널리 알려져 있다. 많은 국가의 친미 반대파에 의지하거나 또는 직접 나서서 반대당을 만들어 권리와 자유의 유일한 수호자로 부각시켜서는 그들을 공개적으로 원조하는 것이다. 다시 말하면 미국은 세계 최대의 전복(顛覆) 기기를 키우고 있다는 것"이다.

이로부터 알 수 있다시피 서구가 실시하는 것은 '보편적 가치'가 아니라 자신들이 생각하는 '보편적 가치'인 것이다. 즉 서구의 가치 외교에 이로운 특수 가치인 것이다. 국내의 소수자들이 떠들어대는 '보편적 가치'는 중국 특색의 사회주의를 희화화한 토대 위에 세워진 것이다. 그런 '보편적 가치론'이 띠는 정치적 색채는 자명한 것이다.

민주 · 자유 · 인권이 절대적인 '보편적 가치'인 것처럼 보이는 것은, 그것이 영원하고 인간성에 부합되는 것이기 때문이라는 견해도 있다. 예를 들어 민주는 일종의 '유'의 개념이다. 고대 그리스 폴리스 민주제, 자본주의 민주제, 사회주의 민주제는 모두 그로부터 생겨난 서로 다른 방식이며 개념의 일종이다. 이는 플라톤과 헤겔의 사고방식이다. 실제로 구체적인 민주제도 이외에 '유'로서의 민주는 존재하지 않는다. 고대 그리스의 노예제 민주로부터 자본주의민주제에 이르고, 다시 사회주의 민주제에 이르기까지는 모두 역사진보의 과정으로서 그 과정은 2천 년이 넘게 이어져왔다. 민주에 대한 사람들의 관념은 현실의 민주제도에 대한 어떤 일반성의 이론적 개괄이다. '유'의 개념으로서의 민주개념으로부터 종개념으로서의 여러 가지 구체적인 민주제도가 생겨나는 논리적 과정은 아니다. 다시 말하면 절대적인 '보편적 가치'로서의 민주가 먼저 생겨난 다음에 다양한 현실적 민주제도가 나온 것이 아니라, 다양한 민주제도가 있기 때문에 비로소 민주는 인류사회 진보의 기본가치라는 공감대가 형성되는 것이다.

민주는 정치개념만이 아니라 국가제도의 일종이기도 하다. 각기 다른 민주제는 각기 다른 국가의 성격을 띠게 된다. 그렇기 때문에 자유 · 인권 · 평등 · 박애는 민주와 나란히 있는 등가개념이 아니라, 민주제 즉 국가제도의 제약을 받는다. 예를 들면 서구 민주제의 틀 안에서의 자유는 필연적으로 자본주의제도를 공고히 하는데 유리한 자유일 수밖에 없다. 그렇기 때문에 무산계급의 정치혁명과 인류의 해방을 통해 얻은 자유는 절대 자본주의 자유의 개념 속에 포함되지 않는 것이다. 마찬가지로 그 평등은 등가교환 속에서 구현되는 평등이요, 자본주의 법률 앞에서의 평등일 뿐이며 계급 소멸의 의미를 절대 포함하지 않은 평등일 수밖에 없다. 그 박애의 최고 표현은 자본주의제도 하에서의 자선사업일 뿐이며 "뭇사람을 널리 사랑하는 범애(汎愛)"란 있을 수 없는 것이다. 사회주의 민주와 관련된 자유·평등·인도주의는 모두 민주제의 본질적 구별로 인해 서로 다른 내용을 포함하고 있다. 서구 자본주의 나라들이 떠벌이는 민주는 본질적으로 말하면 중국 인민에게 필요한 민주가 아니다. 우리가 강조하는 인민이 나라의 주인이 되어 권리를 행사하는 민주 또한 서구나라들에는 받아들여질 수 없는 것이다. 민주·자유·인권 및 기타 일부 제도적 배치는 인류 역사발전의 특정단계가 인류에 대한 기여로서 보통선거제·다수결·비종신제·등급 특권의 폐지·법치 존중 및 국민의 광범위한 정치 참여 등을 포함하여 모두 적극적이면서 받아들일 수 있고 참고할 수 있는 요소를 포함하고 있다는 것은 의심할 여지가 없다. 그러나 사회주의사회에서는 국가제도로서의 민주제도의 본질과 내용 및 그와 관련된 자유·평등의 내용은 사회제도의 성격과 문화전통에 부응하는 변화가 반드시 발생하게 되어 있다. 그래서 인류문명의 긍정적인 성과로서의 자유·민주·인권·평등·법치 등에 대해 일정한 범위와 정도의 공감을 형성할 수 있다. 그러나 그 구체적 내용을 추상화해 그것들이 역사와 시대를 초월하는 추상적이고 절대적인 '보편적 가치'로 바뀌게 되는데 그러면 그것들은 합리성을 잃고 자본주의가 외부로 확장하는 소프트 파워로 바뀌게 된다.

'보편적 가치'는 과학적 개념이 아니다. 왜냐하면 '보편적 가치'는 추상적 공통점이라는 이론적 환각을 만들어내기 쉽기 때문이다. 서구에서 떠벌이는 영구불변의 절대적인 '보편적 가치'는 가치에 관한 유심론적 이론의 일종이다. 그리고 가치의 공감은 실천적 의의와 이론적 의의를 가지고 있으며, 그것은 인류문명의 성과 및 문화교류 또는 문화융합의 긍정적인 요소에 대한 긍정이다. '보편적 가치'는 추상적인 인간성에 근거한 가치에 대한 허구이고 가치의 공감은 여러 민족 문화의 실제 기여 중에서 긍정적인 의미가 있는 기본가치에 대한 인정이다. '보편적 가치'는 역사를 초월하고 시공간을 초월하는 것이며, 가치의 공감은 역사적이고 시대성을 띠는 것이다. 추상적인 '보편적 가치'는 무조건적이고 보편적인 것이며, 가치의 공감은 조건적이고 범위가 정해져 있는 것이다. 추상적인 '보편적 가치'는 관념에 입각하여 인간의 이성에 도움을 청하고 응당한 사항을 '절대적 명령'으로 간주하는 것이고, 가치의 공감은 실천에 입각하여 여러 민족의 실제 문화의 축적과 사회진보에 도움을 청하는 것이다. 추상적인 '보편적 가치'는 다른 민족의 문화 밖에 외재하거나 또는 다른 민족의 문화 위에 군림하며, 가치 공감의 요소는 여러 민족의 문화 속에 존재하고 문화의 교류와 전파 속에서 점차적으로 이루어지는 것이다. '보편적 가치'는 일종의 실행이 불가능한 속 빈 약속이지만, 가치의 공감은 인류사회의 실천 경험의 축적과 이론의 승화이다. '보편적 가치론'자는 인류가 서구의 '보편적 가치'로 통일될 수 있다는 환상에 심취해 있지만, 가치공감론자는 "화이부동(和而不同)"을 원칙으로 하며 가치의 공감을 통해 인류의 합리적이고 일정한 공통성을 띤 가치추구를 형성하는 동시에 또 그 차이성과 다양성을 인정한다.

'보편적 가치'는 추상적인 보편성으로 말미암아 내용이 없는 추상적 공통점을 이룬다. 추상적인 '보편적 가치'의 내용을 이루는 용어는 구체적인 개념이 아니라 하나의 단어, 텅 빈 개념일 뿐이다. 예를 들어 자유·인권·평등과 같은 용어는 단어로서 여러 언어 속에 존재할 수 있지만, 구체적 개념으로서는 사용 국가나 민족의 실제상황을 벗어날 수가 없다. 레닌은 『철학 노트』 중에서 포이어바흐의 『종교의 본질에 대하여』 중 다음의 글을 인용하였다. "나는 지혜로움·착함·아름다움을…… 결코 부정하지 않는다. 나는 다만 그것들이 이러한 유개념으로서는 존재물이라는 것을 인정하지 않을 뿐이다. 그것들이 신이나 또는 신의 특성으로 구현되든, 아니면 플라톤의 이념이나 또는 헤겔의 자아 설정의 개념으로 구현되든지를 막론하고……"54) 이에 대해 레닌은 높이 평가하면서 주(註)에 "신학과 유심론에 반대한다."55)라고 적어 넣었다. '보편적 가치론'자는 바로 개념의 구체적인 내용을 추상화해버려 그 개념을 여러 가지 언어 속에서 모두 사용할 수 있는 하나의 단어로 만들어 그 개념의 보편성을 증명한다. 가치의 공감은 인류의 진보와 자국의 상황에 입각한 것으로서 구체성과 갈라놓을 수 없는 구체적인 공통성이다. 서구 정치인들의 수중에서 민주·자유·인권에 이중 잣대가 적용될 수 있는 것은 그것이 인류 기본 가치에 대한 공감에 진정으로 근거하지 않음으로 인해 주관성과 임의성을 띠기 때문이다. 우리는 추상적인 '보편적 가치론'은 찬성하지 않는다. 그러나 여러 민족의 가치관념 속에 포함되어 있는 교류 가능하고 참고 가능하며 융합할 수 있는 공통 요소에 대해서는 충분히 인식하고 있으며, 인류사회의 진보와 문명 성과의 기본 가치로서의 보편적 의의를 인정한다. 우리는 서구의 '보편적 가치'의 패권적 발언에 대해서는 거부하지만, 개혁개방을 견지하고 서양문명을 포함한 인류 문명의 긍정적인 성과는 참고하는 자세를 견지할 것이다.

---

54) 레닌, 『레닌전집』 제55권. 2판. 베이징, 인민출판사, 1990, 45-46쪽.
55) 위의 책, 45쪽.

3. "사회주의 핵심가치"를 견지하다

'보편적 가치'는 국가와 민족을 뛰어넘고 현실을 뛰어넘어 지상으로부터 천국으로 올라감으로써 '구체개념'과 분리된 '보편개념'이 된다. 한 사회의 핵심가치는 이와 달리 현실사회에 입각하고 그 사회의 경제제도와 정치제도에 뿌리를 박고 있다. 어떠한 사회가 있으면 그 사회와 분리될 수 없는 어떠한 핵심가치가 점차 형성된다. 매 사회 제도마다 그 사회 자체의 핵심가치가 있는데, 그것은 그 사회가 존재할 수 있는 정신적 기둥이며, 그 사회가 생성되어서부터 공고해지는 상징이다.

각기 다른 핵심가치는 각기 다른 사회형태와 사회적 성격을 집중적으로 구현한다. 핵심가치는 추상적인 인간을 주체로 하는 것이 아니라, 특정 사회의 경제제도와 정치제도의 토대 위에 수립되며, 자체 제도를 안정시키고 공고히 하며, 발전시키는 소프트파워 역할을 한다. 어느 나라에서나 지배적 지위를 차지하는 것은 이른바 '보편적 가치'가 아니라 핵심가치이다. 한 사회의 가치는 다원적일 수 있지만 핵심가치는 일원적이다. 즉 핵심가치는 그 사회제도의 주도적 가치이고, 그 사회 지배계급의 가치관이다. 핵심가치가 반드시 전 사회의 공통 가치인 것은 아니지만 그 가치가 지배적 지위에 있는 가치이므로 필연적으로 다양한 경로와 방법을 통해 각기 다른 정도로 전체 사회 구성원에게 받아들여질 수 있다. 계급사회에서 피지배계급이 지배계급의 가치관을 받아들이고, 각기 다른 정도로 그 사회의 핵심가치를 인정하는 것은 그 사회가 안정 시기에 처하여 있고, 사회 모순이 격화되지 않았다는 표징이다. 한 사회의 핵심가치가 점차적으로 붕괴되는 것은 사회적 모순이 격화되고 사회가 곧 붕괴될 전조이다. 중국 봉건사회의 핵심가치는 바로 유가의 충·효·인·애·예·의·염·치(忠孝仁愛禮義廉恥)을 주요 내용으로 하는 가치관이다. 그러나 자본주의사회의 핵심가치는 사유재산제의 신성불가침 관념과 그것을 기반으로 한 자본주의 성격의 자유·평등·박애·인권의 관념이다.

사회형태의 변화는 동시에 가치관 특히 핵심가치관의 변화이기도 하다. 중국 특색의 사회주의 역시 자체 핵심가치를 가지고 있다. 사회주의 핵심가치는 자본주의와 봉건주의의 핵심가치와는 다르다. 사회주의 핵심가치는 마르크스주의를 지침으로 하고, 시대성과 민족성의 특징을 띠고 있으며, 중국 특색의 사회주의를 이상으로 하는 일종의 새로운 사회주의 가치관이다. 사회주의 핵심가치는 중국 전통문화의 정수를 받아들였을 뿐만 아니라 세계문명의 성과도 받아들였기에 민족성을 띠고 있을 뿐만 아니라 시대성도 띠고 있다. 그러나 그 가치는 사회주의 핵심가치로서 사회주의 경제제도와 정치제도의 성격과 일치하는 주도적 가치이다. 그 가치는 중국 내에서 '보편적 가치'의 구현도 아니거니와 현대판 중국 전통 가치관도 아니다. 사회주의 핵심가치 속에서 우리는 인류 공유의 일부 개념을 발견할 수 있다. 그러나 그렇다고 그 사회주의 가치의 본질은 바뀌지 않는다. 사회주의 핵심가치는 사회주의 특성을 띠고 있기 때문이다. 공평·정의·자유·평등·조화·애국·영욕·성실은 모두 시대와 사회제도를 초월한 추상적인 개념이 아니라 구체적인 개념이다. 그 모든 개념 속에 마르크스주의를 지침으로 하고 사회주의제도를 본질과 내용으로 하는 전개되지 않은 판단이 포함되어 있다. 그 사회주의 내용은 매 개념이 아직 전개되지 않은 특유한 판단 속에 응집되어 있다.

중국 특색의 사회주의 건설에서 우리 지도사상은 마르크스주의이며, 마르크스주의를 중국의 실제와 결부시키는 것이다. 중국 개혁개방 40여 년의 위대한 성과는 이른바 '보편적 가치'의 승리가 아니라 마르크스주의와 중국 실제의 결합의 승리이다. 미래 중국이 나아갈 방향은 '보편적 가치'에 따라 각기 다른 제도의 일치화로 나가는 것이 아니라, 중국 특색의 사회주의를 통해 공산주의로 나아가는 것이다. 역사는 서구의 '보편적 가치', 즉 자유·민주제도로 인해 끝나지 않으며 세계 또한 경제의 글로벌화로 인해 균질화 되지 않는다.

'보편적 가치' 문제에 대해 토론하는 가장 중요한 의의는 이를 통해 중국 특색의 사회주의의 방향과 지도원칙을 명확히 하는 데 있다. 우리는 사회주의 핵심가치를 견지해야 하며 서구의 '보편적 가치'라는 잘못된 이론에 오도되어서는 안 된다. 대외교류와 이론 연구에서 특히 사회주의 이데올로기의 건설과정에서 '보편적 가치'와 '가치 공감', '핵심가치'를 구분해야 한다고 필자는 생각한다. 우리는 계속하여 사회주의 핵심가치를 견지하면서 인류문명의 진보와 문화교류 과정에서 형성된 보편적 형태로 나타나는 가치의 공감, 즉 공동 가치를 중시하지만 '서구 중심론'의 '보편적 가치관'은 거부한다. 특히 그 '보편적 가치관'의 '서구화'와 '분화'의 정치적 음모를 밝혀야 하고 자본주의제도 및 그 가치 관념을 '보편적 가치'로 내세워 개발도상국가에 정치적 압박과 여론 공세를 가하는 것을 이겨내야 한다.

'보편적 가치'를 거부하고 인류문명과 사회 진보과정에서의 일부 기본가치에 대해 어느 정도와 범위의 '공감대'가 존재할 수 있으며, 사회주의 핵심가치를 견지하는 것은 우리가 중국 특색의 사회주의 길을 견지하는 기본원칙인 것이다.

중편 _ 역사적 유물론과
중국문화

중편 : 역사적 유물론과 중국문화

제9장 마르크스주의와 전통문화

현재 중국의 대지에서는 전통문화에 대한 연구와 홍보의 열기가 고조되면서 유학이 다시 현학(顯學)으로 거듭나고 있다. 옛날 공자가 열국들을 주유하였지만, 사실 공자가 주유하였던 제나라(齊)·노나라(魯)·정나라(鄭)·위나라(衛)·진나라(陳)·채나라(蔡) 등 여러 나라는 오늘날 산동(山東)·허난(河南)의 몇 개 현(縣)에 불과하다. 그러나 오늘날 공자학원은 전 세계에 널리 분포되어 있다. 국외에는 한학자(漢學者)들이 날로 많아지고 있고, 중국 전통문화의 성망이 날로 높아지고 있다. 이는 좋은 일이 아닐 수 없다. 중화민족의 부흥이 문화적 측면으로 구현되고 있기 때문이다. 그런데 일부 이론 분야 종사자들은 이데올로기 영역에서 마르크스주의를 지침으로 하는 방침에 변화가 발생한 것은 아닌지 하는 혼란에 빠졌다. 일부 극단적 유학 보수주의자들은 사태에 대해 잘못 판단하고, 의도적으로 과장하고 치켜세우곤 한다. 각기 다른 견해들이 난무하여 혼란에 빠졌으며, 이데올로기 영역에서 딜레마에 빠졌다. 마치 마르크스주의의 사상적 지침을 견지해야 한다고 강조하는 것이 유학을 주도로 하는 중국의 전통문화를 폄하하는 것으로 간주하고, 그 반대의 경우는 마르크스주의를 '성스러운' 지도적 지위에서 끌어내려 역사상 "공자를 존경하고 경서를 읽으며 유학으로 나라를 다스리는" 옛길을 다시 걸어야 한다고 주장하는 것으로 간주하고 있다. 이처럼 이것이 아니면 곧 저것이고, 얼음과 숯을 한데 담을 수 없다고 여기는 견해는 이론적으로는 잘못된 것이고, 실천적으로는 해로운 것이다.

1. 사회형태 교체의 차원에서 마르크스주의와 중국 전통문화의 관계를 살피다

마르크스주의와 유학 주도의 중국 전통문화 간의 관계를 이해할 때 필자는 "주나라(周)는 비록 옛 나라지만 혁신을 사명으로 삼았다."는 사실에 대해 상기하였다. 펑유란(馮友蘭)은 중국 현대사에서 걸출한 사상가이자 철학자와 철학사가이다. 그를 현대 신유학자(新儒家)로 받드는 학자들도 있다. 그는 다년간에 거쳐 편찬한 『중국 철학사 신편』 서문에다 이렇게 썼다. "시경에는 '주나라는 비록 옛 나라지만, 혁신을 사명으로 삼았다.' 라는 구절이 있다. 오래된 나라 그리고 새로운 사명은 현대중국의 특징이다. 나는 그 특징을 발양시킬 것이다. 내가 바라는 것은 마르크스주의 입장·관점·방법으로 『중국철학사』를 다시 쓰는 것이다." 펑유란 선생은 전문적인 집필의 필요에 의해 마르크스주의 관점으로 『중국철학사』를 다시 쓰는 것에 그쳤다. 필자는 펑유란 선생의 말에서 계발을 받아 "오래된 나라 새로운 사명"을 마르크스주의와 중국 전통문화의 관계를 둘러싼 논쟁에 대한 의혹을 푸는 열쇠로 삼았다.

사회주의 중국은 5천년 역사를 가진 오랜 중국의 현대적 존재이다. 중국은 옛 나라이고 오래된 국가이지만 현대의 중국은 전통 중국과는 다른 사회주의 형태 아래의 새로운 중국이다. 중국공산당은 새로운 역사적 사명을 짊어지고 있는데, 그 사명은 바로 중화민족의 위대한 부흥이다. 중화민족의 위대한 부흥에는 사회주의 새 중국을 창립하는 민족부흥이라는 목표가 포함되어 있을 뿐만 아니라, 또 중화민족의 문화부흥도 포함되어 있다. 이는 마르크스주의 사상의 이론적 지도를 견지하는 길일뿐만 아니라, 또 마르크스주의와 중국 전통문화 간의 관계를 정확하게 처리하는 길이기도 하다. 이 길은 약 100년에 가까운 모색과정을 거쳤으며 우여곡절 속에서 힘겹게 걸어온 길이다. 그 과정에는 경험도 있고 교훈도 있다. 오직 사회형태 변혁의 높이에 서서 자세히 고찰해야만 중국공산당과 사회주의사회가 무엇을 지도사상으로 삼아야 하며, 마르크스주의와 중국 전통문화 간의 관계를 어떻게 처리할 것인지 하는 중대한 문제를 확고하게 확정할 수 있다. 이 문제는 문화의 범위 내에만 국한되어서는 명확하게 밝힐 수 없다.

중국 사회주의제도의 수립은 사회형태의 근본적인 변화로서 중국 역사상 수천 년 동안 있었던 적이 없는 큰 변화였다. 진시황이 중국을 통일한 후 2천여 년 동안의 중국역사의 변화는 본질적으로 동일한 사회형태 내부의 변화였다. 왕조가 바뀌어도 중국 사회형태의 본질은 변하지 않았다. 경제구조 · 정치구조 · 문화구조에는 물론 변화가 있었지만, 동일한 사회형태의 역사적 계승성과 연속성이 있다. 중국의 봉건사회는 치세와 난세가 번갈아 나타나고 왕조가 바뀌는 과정에서 발전과 성숙의 길을 거듭하였다. "중화민족의 개화사에는 잘 알려진 농업과 수공업이 있고, 많은 위대한 사상가 · 과학자 · 발명가 · 정치가 · 군사가 · 문학가와 예술가 있으며 풍부한 문화고전이 있다." 역사적으로 유교 · 불교 · 도교가 서로 받아들이는 현상이 나타났으며, 또 신(新)유교도 나타났었지만 유학의 도덕 전통은 변하지 않았다. 2천여 년 동안 공자는 제왕의 스승이었다. 그 지고지상한 성인의 지위는 왕조가 바뀌어도 근본적으로 바뀌지 않았다. 새 왕조는 여전히 "공자를 존경하고 경서를 읽었으며" 여전히 사회의 정상적인 질서와 통치의 합리성을 유지하는데 가장 중요한 유교학설의 사상 기능을 중히 여겼다.

조금이라도 역사지식이 있는 사람이라면 다 알다시피 "물은 배를 띄울 수도 있고, 뒤엎을 수도 있다"는 이치를 믿는 황제가 많았다. 이는 역사의 경험이기 때문이다. 그러나 "민귀군경(民貴君輕. 백성이 존귀하고 사직은 그 다음이며 임금은 가벼운 존재라는 뜻)"이라는 말을 진정으로 믿고 실천하며, 왕도와 어진 정치를 행하는 자는 극히 드물었다. 이는 황제 개인의 죄악이 아니었다. 역사상에서 나쁜 황제만 있었던 것은 아니었기 때문이다. 중국역사에 기여한 황제도 적지 않다. 이는 유가사상이 고의로 백성을 기만하거나 어리석게 만든 것도 아니다. 봉건사회의 정치적 현실은 유가학설 중의 정수라 할 수 있는 사상이 가지는 가치를 부정할 수는 없었다. 이는 봉건사회의 경제관계와 계급관계에서 비롯된 것이다. 이상은 영원히 현실보다 높다. 현실은 이상에 완전히 부합되었던 적이 없다. 이는 역사상의 모든 위대한 사상가들의 공동적인 숙명이다. 그것은 공자도 마찬가지였다.

2. 오로지 마르크스주의를 지침으로 해야만 중국사회 변혁을 이룰 수 있다

청조(淸) 말기, 중국사회는 붕괴되기 직전 상태에 처해 있었다. 근대 역사상 나라를 위해 몸을 바치고 피를 흘리며 희생된 유지인사들이 적지 않게 나타났지만, 중화민족의 운명은 바뀌지 않았다. 서구 자본주의 열강의 침략을 받아 바람에 흔들리는 촛불과 같이 몰락의 위기에 처한 중화민족은 대대로 전해져 내려온 고전과 보감이 장서각에 넘쳐나고, 전통문화 중에 세상 사람들에게 쓸모가 많은 무궁무진한 지혜가 넘쳐나며, 유학 중에 정심성의(正心誠意, 마음을 바르게 가다 듬고 뜻을 정성스럽게 한다) · 수신제가치국평천하(修身齊家治國平天下, 몸과 마음을 닦아 수양하고 집안을 안정시킨 후 나라를 다스리며 천하를 평정한다)의 도덕수양과 국정운영 관념이 아무리 빛났어도 영토가 사분오열되는 운명을 피해 갈 수는 없었다. 실패를 거듭한 뒤 최종적으로 중화민족의 부흥을 실현하는 위대한 과업은 중국공산당의 어깨에 떨어지게 되었다. 중국이라는 오랜 나라가 부흥을 이루고 중화민족의 운명을 바꾸며 인민을 도탄 속에서 구해내려면 역대로 조대를 교체하는 길을 따르거나 "존공독경"(尊孔讀經. 공자를 존경하고 경전을 읽는 것)의 길을 따르는 것으로는 더 이상 안 된다.

중국공산당 창건 후의 첫 번째 과업은 혁명이었다. 중국인민을 짓누르는 제국주의 · 봉건주의 · 관료자본주의 세 개의 큰 산을 전복시키고 전 중국을 해방시켜 역대 왕조와는 다른 사회주의 신 중국을 창립하는 것이었다. 이는 더 이상 역대 봉건왕조의 연속과 교체가 아니라 사회형태의 변화였다. 이 과업을 실현함에 있어서 사상이론적 지도의 견지에서 말하면 오직 마르크스주의만이 그 역할을 할 수 있는 것이다. 왜냐하면 마르크스주의가 바로 사회형태혁명에 관한 학설이기 때문이다. 마르크스주의 변증법적 유물론과 역사적 유물론 철학, 노동가치론과 잉여가치학설, 그리고 계급투쟁과 무산계급(프롤레타리아) 독재를 핵심으로 하는 과학적 사회주의학설은 하나의 완전하고 과학적인 사상이론 체계이다. 오직 마르크스주의만이 중국공산당을 위해 중국의 문제를 해결할 수 있었고, 멸망의 위기에 처한 중국을 밝혀줄 수 있었으며, 반식민지 반봉건사회로 전락한 중국을 위해 중화민족 부흥의 길을 찾아줄 수 있었다. 중국 민주혁명의 승리는 곧 마르크스주의 중국화의 승리이며, 마르크스주의를 중국의 실제와 결부시킨 승리였다. 그 길은 계급투쟁과 무장투쟁을 통해 피와 불의 투쟁, 생과 사의 결전을 통해, 수천수만을 헤아리는 사람들의 피와 희생으로 쟁취한 것이다. 그 길은 기존의 사회질서·등급·법통·도덕전통을 무너뜨리는 "현 정권에 대항하고 반란을 꾀하며" 혁명과 반역의 길이자 유가와 신유가가 제창하는 "수신제가치국평천하", 내성외왕(內聖外王, 대내적으로는 성인의 재덕을 갖추고 대외로는 왕도를 행한다), 반본개신(返本開新, 근본으로 돌아가 새롭게 낸다)과는 판이한 길이기도 하다.

혁명이 승리한 후, 중국공산당은 중국 사회주의 건설과 개혁의 길을 힘써 모색하였다. 마찬가지로 오직 마르크스주의 기본 이론과 방법을 운용하여 중국의 실제와 결부시켜야만 사회주의 초급단계에서 생산력과 생산관계, 경제적 토대와 상부구조의 관계를 점차 이해하고, "사회주의란 무엇이며, 사회주의를 어떻게 건설할 것인지"에 대해 답할 수 있으며, 중국 특색의 사회주의를 건설하는 길을 찾을 수 있다. 중국 특색의 사회주의 이론·길·제도의 건설은 그 지도사상과 이론으로 말한다면, 모두 마르크스주의이며, 마르크스주의와 중국 실제를 결합시키는 것이다.

마르크스주의와 유학이 주도하는 중국 전통문화의 관계에 대해 논함에 있어서 사회형태 변혁이라는 중대한 역사와 현실을 절대 잊어서는 안 되며 "오래된 나라 새로운 사명"을 절대 잊어서는 안 된다. 마르크스주의는 무산계급의 계급주의이며, 무산계급과 인류의 해방을 위하여 투쟁하는 주의이다. 마르크스주의의 입각점은 계급·계급관계·계급투쟁이고, 유학은 종법제도를 토대로 하고, 혈연(血緣)을 유대로 하며, 가정을 세포로 하는 사람과 사람 사이의 관계를 다루는 것이다. 유교학설에는 계급이 없고, 군자와 소인의 구별만 있다. 이는 도덕을 기준으로 한 구별이지, 계급의 구별이 아니다. 봉건사회에도 가난한 사람과 부유한 사람이 있었는데 유가의 관점에 따르면, 이런 구별은 빈과 부의 구별일 뿐 계급의 구별이 아니었다. 유가가 등급관계를 처리하는 방법은 명분을 분명히 하는 것이고, 빈부관계를 처리하는 방법은 "가난해도 원망하지 않고 부유하여도 교만하지 않는 것"이었다. 마르크스주의는 계급관계를 다루지만 유학은 동일 사회 내부의 군신, 부자, 부부, 형제, 친구 등의 관계, 즉 이른바 오륜관계를 다뤘다. 오륜관계는 계급 간의 적대관계가 아니다. 그렇기 때문에 마르크스주의는 계급투쟁과 정권탈취를 강조하지만, 유가는 '인(仁, 어짊)'과 '화(和, 화목)'를 강조하며, 기존의 사회관계를 안정시킨다. 만약 이 근본적인 출발점을 모른다면 중국 정치무대에 등장한 중국공산당이 왜 계속 유가가 닦아놓은 길을 따라 중화민족의 부흥을 실현하지 못하고, 마르크스주의의 기치를 들어야 하는지에 대해 이해할 수 없는 것이다.

"우리 사업을 이끄는 핵심세력은 중국공산당이다. 우리 사상을 이끄는 이론적 토대는 마르크스·레닌주의이다."[56] 우리는 마오쩌둥 동지가 그때 당시 하였던 이 두 마디 말을 다시 되새겨야 한다. 이 두 마디는 왜 마르크스주의를 지침으로 삼아야 하는지 그리고 마르크스주의와 중국 전통문화의 관계를 어떻게 처리할 것인지에 대한 대답이 포함하고 있는 것이다.

---

56) 마오쩌둥, 『毛澤東文集』 제6권. 베이징, 인민출판사, 1999, 350쪽.

3. 중국의 우수한 전통문화를 계승해야만
   마르크스주의가 중국에서 승리를 거둘 수 있다

　중국이 혁명을 진행하고 변혁을 이루며 민족 생사존망의 궁지에서
벗어나려면 반드시 마르크스주의를 사상이론의 지침으로 삼아야 한
다. 그러나 마르크스주의는 중국의 전통문화를 대체할 수 없다. 중국
공산주의자들은 치열한 혁명시기에도 중앙 소비에트구역에서나 그
후 옌안(延安)에서나 모두 문화건설을 중시하고, 중국 전통문화 교육
을 중시하여 왔다. 마오쩌둥은 『중국 혁명과 중국공산당』 『신민주주
의론』 『우리를 개조시키는 학습』 등 저작에서 "중국의 전통문화를 어
떻게 대할 것인가?" 하는 문제에 대해 논하였다. 특히 「민족전쟁 중에
서 중국공산당의 지위」라는 글에서 공부에 대해 언급하면서 마오쩌
둥은 "우리 역사 유산을 학습하고 마르크스주의 방법으로 비판적 결
론을 내리는 것은 우리 학습에서의 또 다른 임무이다. 수천 년의 역사
를 가지고 있는 우리 민족은 자체의 특성을 가지고 있으며, 자체의 많
은 진귀한 것들을 가지고 있다. 이 방면에서 우리는 아직 소학생(초등
학생)이다. 오늘의 중국은 역사적 중국의 발전이다. 우리는 마르크스
주의 역사주의자로서 역사를 단절시켜서는 안 된다. 우리는 공자로부
터 쑨중산(孫中山)에 이르기까지를 총화하여 그 진귀한 유산을 계승
해야 한다. 이는 현 단계의 위대한 운동을 지도하는 데 중요한 도움이
될 것이다."[57]라고 말하였다. 솔직히 말해서 공자로부터 쑨중산에 이
르기까지 총화하여 그 진귀한 유산을 계승하는 과업은 여전히 막중하
고 갈 길이 멀다.

　마르크스주의의 강대한 힘은 바로 마르크스주의가 중국의 실제와

---

57) 마오쩌둥, 『毛澤東選集』 제2권, 2판, 베이징, 인민출판사, 1991, 533~534쪽

결합하였다는데 있다. 그중에는 중국역사와 전통문화와의 결합이 포함된다. 중국공산당은 다른 어떤 나라의 공산당이 아닌 중국의 공산당이며, 다른 어떤 나라에서 사회주의를 건설하는 것이 아니라 중국에서 사회주의를 건설하는 것이다. 공산당이나 사회주의사회나 모두 깊은 역사전통과 문화전통을 가지고 있고, 14억이 넘는 인구를 보유한 중국에 뿌리를 내렸으므로 당연히 중국의 역사와 문화유산을 중시해야 하고, 중국의 전통문화 특히 장기간 주도적 지위에 있었던 유가학설이 중국의 사회구조, 중국인의 민족성격, 중국인의 사상과 가치관념에 미치는 심각한 영향에 관심을 가져야 한다. 마르크스주의가 사상과 감정면에서 중국의 선진적인 지식인과 노동자 그리고 농민을 위주로 하는 중국인민에게 받아들여지려면, 반드시 중국의 역사와 문화에 뿌리를 내려야 한다. 중국혁명은 마르크스주의를 필요로 하며, 중국의 문화와 역사전통은 마르크스주의를 받아들일 수 있는 것이다.

무력에 의지하여 정권을 탈취할 수는 있지만, 무력에만 의지해서는 새로운 사회를 건설할 수 없다. 그때 당시 마오쩌둥의 말에 의하면 혁명의 승리는 단지 만리장정의 길에서 첫걸음을 뗀 것에 불과하다. 신중국이 창건된 후 해결해야 할 문제들이 더 많았다. 이러한 문제는 사회생활의 제반 분야와 관련되며, 특히 정신적 분야, 소프트파워의 건설분야와 관련된다. 마르크스주의에만 의지하여 사상이론을 지도하면서 중화민족의 풍부한 문화자원을 충분히 발굴하고 받아들여 운용하여 사회관리, 인문자질의 양성, 도덕적 교화를 진행하지 않으면 안된다. 군사적 투쟁을 중심으로 하는, 무력으로 정권을 탈취하는 시기에 마르크스주의와 중국 전통문화의 관계 문제를 처리하는 것이 그렇게 절박한 것이 아니었다면, 혁명이 승리한 후 사회주의 건설의 발전에 따라, 특히 개혁개방 이후 사회 전환기에 도덕 · 신념 · 이상 · 가치면에서 나타난 어느 정도의 흐트러짐에 대한 바로 올바른 처리가 시급한 문제가 되었다.

"공수 역전"과 "무력으로 천하를 얻을 수는 있어도 무력으로 천하를 다스릴 수는 없다"는 말은 중국역사상의 두 가지 중요한 경험이다. 혁명시기에 중국공산당은 공세에 처하여 있었는데 주로는 낡은 중국을 뒤엎고 낡은 질서를 바꾸며 정권을 탈취하는 것이다. 한마디로 말하면 공격이었다. 혁명이 승리한 후 중국공산당은 전국의 정권을 장악하였으므로 부수기만 할 것이 아니라 반드시 세우기도 해야 한다. 현 단계는 우리가 원래 집권자를 공격해야 하는 시대가 아니다. 우리 자신이 바로 집권자이며 언제든지 "공격을 당할 수 있는" 지위에 처하여 있다. 국가 관리가 어떠한지, 사회상황과 사회질서가 어떠한지, 인민의 생활수준이 어떠한지, 생태환경이 어떠한지, 전국 인민의 눈이 모두 중국공산당을 바라보고 있으며, 모든 것을 집권자가 스스로 책임져야 한다. 이러한 견지에서 볼 때 혁명의 승리는 곧 전국 정권 취득의 시작인 동시에 공격과 수비의 정세전환의 시작인 것이다.

"무력으로 천하를 얻을 수는 있어도 무력으로 천하를 다스릴 수는 없다." 혁명투쟁으로 천하를 얻을 수는 있어도 국정운영, 내부 모순의 조정시기에서도 혁명적 방법, 무장투쟁의 방법을 계속하여 쓸 수는 없다. "정심성의"(正心誠意, 마음을 올바르게 가지고 성심을 다하는 것) "수신제가치국평천하"는 중국혁명의 승리를 거두는 길이 아니라, 정권을 잡은 후 집권자가 수양을 쌓고 정치를 하는 길이다. 유가학설을 주도로 하는 전통문화는 풍부한 국정운영, 입덕화민(立德化民, 숭고한 도덕의 본보기를 세워 백성을 교화시킴)의 지혜를 담고 있다. 따라서 반드시 중국역사상 국정운영의 경험과 중국 전통문화, 특히 유가학설 중 사회의 조화와 민본을 중시하는 국정운영의 지혜를 연구해야 하며, 어떻게 입덕흥국(立德興國, 숭고한 도덕의 본보기를 세우고 나라를 진흥시킴), 교민화민(敎民化民, 백성을 교화함)할 것인지를 연구해야 한다. 지난 30년 동안에 얻은 교훈이 있다면 이 방면에서 부족하였다는 것이다. '반(反)우경주의' 투쟁에서부터 '문화대혁명'에 걸쳐 전국에서 대중적 투쟁을 일으키는 과정에서 여전히 "무력으로 천하를 얻고, 또 무력으로 천하를 다스리는" 방식을 사용하였다는 사실을 발견할 수 있다. 당 내외에서 여전히 긴장된 투쟁 속에 처해 있었으며, 일부 사람들에게 피해를 주었다. 바로 그 교훈을 얻어 우리는 의법치국의 중요성을 이해하게 되었고, 중국 전통문화 중의 우수한 국정운영 지혜의 중요성을 이해하게 되었으며, 사회주의 핵심가치관의 수립과 실천을 대대적으로 제창하게 되었고, 사회주의 조화사회를 구축하여 "무력으로 정권을 장악"한 데서부터 "무력을 쓰지 않고" 나라를 다스리는 방법으로의 화려한 변신을 실현하였다. 한(漢) 민족을 두고 말한다면 자기 과오로부터 배우는 것이 가장 효과적인 배움이다. 중국 특색의 사회주의 건설은 바로 경험을 끊임없이 총화하는 가운데서 발전하고 전진할 수 있는 것이다.

4. 중화민족문화에서 유교의 지위를 정확하게 평가하다

중국의 전통문화는 폭넓고도 심오하다. 중국 전통문화는 중화민족의 생활양식 속에 그리고 전통적인 풍속과 민정 속에 존재하며, 유가·묵가·도가·법가 제자백가(諸子百家)의 경·사·자·집(經史子集)을 포함한 고전에 응집되어 있다. 유가는 중국 전통문화의 전부는 아니지만, 주도적 지위를 차지한다. 중화민족의 문화부흥은 매우 풍부한 내용을 포함하고 있으며 여러 방면의 과업을 포함하고 있다. 단순히 유학의 부흥으로만 이해해서는 안 된다.

유가철학은 주로 인생 윤리철학이다. 양계초(梁啓超)는 유가철학을 "수기안인, 내성외왕"(修为安人, 內城外王. 자신의 수양을 쌓아 다른 사람을 편안하게 하고, 안으로는 성인의 덕을 쌓고 밖으로는 왕의 도리를 행한다)이라는 8자로 귀납하였다. "수기안인"은 유가 철학의 기능이다. '수기(자신의 수양을 쌓는 것)'가 극치에 달하면 '내성(안으로 성인의 덕을 쌓는 것)'이 되고, '안인'이 극치에 달하면 '외왕(밖으로 왕의 도리를 행하는 것)'이 된다. 즉 치국평천하가 되는 것이다. 유가철학이 바로 인생윤리학이기 때문에 유학의 명제는 모두 인생문제를 떠날 수 없는 것이다. 맹자(孟子)와 순자(荀子)가 토론하였던 성선(性善)·성악(性惡) 문제, 고자(告子)와 맹자가 토론하였던 인(仁)과 의(義)의 내외 문제, 송(宋)나라 유가들이 토론하였던 천리인욕(天理人慾, 천지자연의 이치와 인간의 욕망) 문제, 명(明)조 유가들이 토론하였던 지행(知行, 지식과 행동을 아울러 이르는 말) 문제는 모두 인간과 관련된 문제를 떠날 수 없다. 수신제가치국평천하는 모두 도덕수양의 결과이며 내성외왕의 표현이다.

평유란의 『중국철학사』에 대한 천인커(陳寅恪)의 심사보고서에서는 다음과 같이 서술하였다.

"그러므로 2천년 동안 중화민족은 유교학설의 영향을 가장 깊이 가장 크게 받았다. 그 영향은 제도와 법률, 공공 생활, 사적인 삶 등의 면에 집중되었다. 반면에 학설과 사상면에 대한 영향은 불교와 도교보다 못한 부분이 있다. 예를 들면 육조의 사대부들은 마음이 활달하여 구애 받지 않는 것으로 널리 알려져 있지만, 사실 여부를 고찰해보면 흔히 효심과 의로움을 독실하게 행하였고, 사회의 금기를 엄히 지키고 있었다. 이 모든 것이 유가의 교훈으로서 당연히 불가와 노장(老莊, 노자와 장자)의 현풍(玄風)이 간섭할 수 없는 것이다."

중국 봉건사회에서 유교학설이 그 정치적 역할로 인해 장기간 중국 전통문화의 주도적 지위에 있었음은 의심할 여지가 없다. 유가학설을 주도로 하는 중국 전통문화의 중요성은 의심할 여지가 없다. 유가학설은 중화민족의 혈맥이고 문화의 뿌리이다. 우리는 중화민족 문화의 탯줄을 끊어버릴 수 없으며, 또 끊어버려서도 안 되며, 중국의 전통문화를 부정할 수 없으며, 또 그렇게 해서도 안 된다.

중국 전통문화 속의 철학적 지혜는 바다처럼 깊고, 높은 산처럼 높다. 특히 그 속에 깃든 변증법적 지혜와 풍부한 생태관념이 돋보인다. 유가학설은 비록 중국의 전통문화와 동일시할 수는 없지만 중국 전통문화의 기본정신과 일치하며 변증법적 성격을 띠고 있다. 모든 편면성이 곡해를 초래할 수 있다. 유가는 화목을 강조하여 화목을 귀중히 여길 뿐만 아니라 또 예(禮)도 강조한다. "화목을 위한 화목만 강조하면서 예로 화목을 절제하지 않는다면 그 또한 안 되는 일이다". 예는 곧 원칙이다. 따라서 '화목(和)'에도 원칙이 있다. 조건이 없는 '화목'은 없다. "덕으로 은혜를 갚을 것"을 강조하나 또 "덕으로 원한을 갚는 것"은 안 된다고도 강조한다. "어진 자는 타인을 사랑한다"고 강조하면서 또 "어진 자만이 타인을 사랑할 수도 있고 혐오할 수도 있다"고 강조한다. 사랑도 있고 증오도 있는 것이지 사랑만 있고 증오가 없는 것이 아니다. "뜻을 이루지 못하고 역경에 처하였을 때 개인의 덕성을 수련하고 능력을 연마해야 한다"며 안빈낙도할 것을 제창하며, 또 "뜻을 이루고 입신출세한 뒤에는 천하백성에게 복을 가져다줄 것"을 제창한다. 상명하복하고 상급에 반항하지 말 것을 제창하며, 또 "필부라도 그 지조를 빼앗을 수 없는" 독립적인 인격임을 제창하며,

"부귀에도 미혹되지 않고, 빈천해도 지조가 꺾이지 않으며, 강권에도 굴복하지 않는" 대장부정신을 제창한다. 백성을 부유하게 할 것을 강조하면서 또 백성을 교화할 것도 강조한다. 군왕을 존경할 것을 강조하면서 또 백성을 근본으로 할 것을 강조한다. 즉 조정의 높은 벼슬자리에 있을 때는 백성을 걱정하고 벼슬에서 내려와 편벽한 강호(江湖, 위험하고 불안정한 공간 - 역자 주)에 있을 때도 나라 임금을 대신하여 나라의 안위를 근심한다는 것이다. 선한 것을 지향할 것을 강조하면서 발전도 지향할 것을 강조한다. 백성을 부유하게 하는 것과 나라를 부강하게 하는 것을 강조한다. 후덕재물(厚德載物, 덕을 두텁게 쌓아 만물을 포용한다)도 강조하면서 또 자강불식(自强不息)도 강조한다. 선한 것을 지향할 것을 강조하면서 또 진실을 추구할 것을 강조한다. 유가는 "살신성인"(殺身成仁, 정의를 위해 목숨을 바친다) "사생취의"(捨生取義, 목숨을 버릴지언정 의를 좇는다)를 제창한다. '인'과 '의'는 자신을 맹목적인 살인기계로 만드는 것이 아니라, 목숨을 거는 것을 대가로 하는 원칙을 따르는 것이다. 이는 이른바 '무사도' 정신과는 전혀 다른 중화민족의 정신이다.

중화민족의 전통문화는 중화민족의 정신적 삶의 터전이다. 반식민지 반봉건사회의 성격을 띤 구 중국을 뒤엎고 사회주의 형태의 신 중국을 창립하려면, 반드시 마르크스주의 사상이론의 지도를 견지해야 하고 과학적인 세계관과 방법론이 있어야 한다. 그런데 마르크스주의가 중국에서 발전할 수 있는 사상문화 토양을 마련하고 중국인의 중화민족 특성을 유지하며, 중국인에게 중국 심장을 가질 수 있게 하려면, 반드시 중국의 우수한 전통문화와 우수한 도덕전통을 계승해야 한다. 만약 중화민족의 우수한 전통문화와 우수한 도덕전통으로 중국인의 문화자질과 도덕자질을 연마하지 않고, 중국 전통문화와 우수한 도덕전통을 계승하지 않는다면 높은 문화자질과 도덕자질을 갖춘 교양 있는 중국인을 양성해낼 수 없다. 정권을 얻었다고 하여 반드시 고도로 발달한 문명과 문화를 갖춘 신 중국을 건설할 수 있는 것은 아니다.

중국은 다민족국가이다. 우리는 민족문화의 다양성을 중시하지만 중화민족 문화의 일원성에 대한 공감에 더욱 중시해야 한다. 이는 민족 단결, 국가 통일을 수호하는 사상문화의 접착제이다. 시진핑 총서기는 "한 국가, 한 민족의 강성은 언제나 문화의 번성을 버팀목으로 삼는다. 중화민족의 위대한 부흥은 중화문화의 발전과 번영을 조건으로 삼아야 한다." 이러한 진리는 역사가 증명해주고 있다. 로마제국·몽골제국·오스만제국·페르시아제국과 같이 무릇 군사력으로 수립된 대제국은 모두 단순히 군사력에만 의존해서는 유지될 수 없음을 알게 해준다. 일단 해체되면 각기 자기 민족문화를 보유한 수많은 국가로 분열된다. 한 나라에 주도적 지위를 차지하는 통일된 문화가 없고, 서로 교류할 수 있는 통일된 언어가 없다면, 구심력과 응집력이 있을 수 없다. 소련이 해체된 후의 상황이 바로 그러하다. 여러 민족은 원래 서로 한 집안이었으나 지금은 이웃 국가 간에 서로 소 닭 보듯 하고 있다.

5. 중국 전통문화의 창조적 전환과 발전

민족은 문화의 주체이고 문화는 민족의 혈맥이다. 청조말기 중화민족 전통문화의 위기는 중화민족의 곤경과 동반되어 왔다. 그리고 중화민족의 부흥은 중화민족 문화부흥의 전제이다. 민족문화의 운명과 민족 자체의 운명은 갈라놓을 수 없다. 마오쩌동은 "위대한 승리를 거둔 중국인민해방전쟁과 인민대혁명은 위대한 중국인민의 문화를 부흥시켰고 또 부흥시키고 있다."라고 말하였다.

세계문화사를 보고 오늘날 전쟁의 불길에 휩싸여서 백성이 도탄 속에서 허덕이는 이라크·시리아·리비아를 보며, 또 내란이 끊이지 않는 이집트를 보면서, 또 과거에 찬란하였던 고대 바빌로니아 문명, 메소포타미아 문명, 고대 이집트 문명을 떠올려보면 그 이치를 알 수 있다. 한 민족 자체의 흥망성쇠가 그 민족의 문화적 운명을 결정한다. 나라가 분열되고 민족이 멸망의 위기에 처하게 되면, 그 어떤 문화라도 나 홀로 빛날 수 없다. 바로 중화민족이 궐기하였기 때문에 공자가 세계를 '주유'할 수 있었고, 중국의 전통문화를 핵심으로 하는 국학이 홍기할 수 있었으며, 유학이 다시 이채(異彩, 특별히 눈에 띄다)를 발할 수 있었다.

민족의 부흥이 문화부흥의 전제라는 관점에서 보아야만, 우리는 '5.4운동' 시기의 선진 지식인들이 천년 동안 있어본 적이 없는 변고 앞에서 민족의 생존을 위해 중국의 전통문화를 구(舊) 문화라고 부르고, 자신이 추구하는 과학과 민주를 신(新)문화라고 부르는 합리성과 필연성을 이해할 수 있다. 전통문화의 매개체로 가장 주요한 것은 유가의 경전이다. '존공독경'에 반대하는 것은 '5.4운동' 시기 선진 지식인들의 보편적인 관념이었다. 사실상 그들은 모두 가장 풍부한 구학문의 소양을 갖추고 중국 고서를 잘 아는 사람들이다. 1915년에 발단하여 점차 준비되어 폭발한 '5.4신문화운동'이 그때 당시의 역사적 조건을 떠나 오로지 문화 자체로만 신구계선을 구분한다면, 필연적으로 문화허무주의를 초래하게 된다. 신문화운동의 신(新)은 중국 전통문화 전체를 겨냥한 것이 아니라, 민족이 존망의 위기에 처하였을 때 봉건제도를 위해 봉사하는 낡은 도덕, 낡은 사상전통에 칼끝을 겨누었던 운동이다. '5.4신문화운동'은 과학과 민주를 창도하는 한차례의 계몽운동으로서 문화운동의 배후에는 민족의 부흥을 추구하는 기대가 있었다. 물론 '5.4운동'은 한 가지 부정적인 영향을 남겼다. 그것은 바로 전통문화를 통틀어 낡은 문화라고 부르고 '민주와 과학을' 신문화'라고 부른 것이며' 그러한 신구문화의 이원대립 관념은 중화민족문화가 전통문화에서 현대 선진문화로 전환하는 길을 가로막았다는 점이었다.

중화민족문화는 황허(黃河)와 창장(長江)과도 같아 칼로 물을 베듯이 단순히 새로운 것과 낡은 것으로 구분할 수 없으며, 민족정신 속의 근원과 흐름이다. 중국 전통문화는 중국 사회주의문화의 원천이고 문화의 모체이다. 수원이 없으면 강물은 마르기 마련이고 물길이 끊기기 마련이다. 중국문화의 특징은 유구한 역사와 지구성·연속성·누적성을 갖추고 있다는 점이다. 위징(魏徵)은 「간태종십사소(諫太宗十四疏. 태종에게 열 가지 생각을 간하는 상주문)」에서 근원(源)과 흐름(流)의 관계에 대해 언급하면서 "물이 멀리까지 흘러가기를 바라는 자는 그 수원이 있는 곳에 도랑을 쳐주라(欲流之遠者, 必浚其泉源)"라고 하였다. "수원이 깊지 않은데 물이 멀리까지 흘러가기를 바라는 것"과 "수원을 막고 영원히 흐를 수 있기를 바라는 것"은 도저히 불가능한 일이다. 현대중국문화도 마찬가지로 "수원이 있는 곳에 도랑을 쳐주는 것(浚源)"과 "수원을 막는(塞源)" 문제가 존재한다. 우리는 물론 "수원을 막을 것"이 아니라 "수원이 있는 곳에 도랑을 쳐줘야" 한다. 이는 물론 우리가 중국의 전통문화를 그대로 보존해야 한다는 말이 아니다. 근원은 문화의 모체이고, 흐름은 문화의 연장이다. 문화는 흐르는 물과 같아서 멈추지 않는다. 그런데 그 물이 어디로 흐를지는 정치적 길의 선택과 밀접하게 연관되어 있다.

근대중국 전통문화 흐름의 방향에 대해서는 서로 다른 주장이 있었다. 각각 거꾸로, 동양으로, 서양으로, 앞으로 흘러야 한다는 주장이다. 거꾸로 흘러야 한다는 주장은 신해혁명 후의 복벽파 및 현대중국의 개별적인 신(新) 유교학자들이 주장하는 "사회주의의 유교화" "공산당의 유교화" 사조이다. 동양으로 흘러야 한다는 주장은 갑오중일전쟁(청일전쟁) 후, 중국이 일본에 패하면서 일어난 동양 유학의 붐을 말한다. 그러나 동양으로 흘러야 한다는 주장은 바로 서양으로 흘러야 한다는 주장에 의해 대체되었다. 서양으로 흘러야 한다는 것은 "전반적인 서구화"를 주장하는 것이다. 이런 사조는 중국문화 우월론을 주장하는 보수적인 낡은 사상에 반대하는 것이며, 그중에는 서구를 본받아야 한다는 일부 합리적인 주장도 포함되어 있다. 그러나 "전반적인 서구화"의 정치적 노선은 통할 수 없는 길이다. 현대 사회주의 중국에서 "전반적인 서구화"는 바로 중국 특색 사회주의 길과 역행하는 사조로서 그 속에는 '서구화'와 '분화'의 미끼도 적지 않으며, 중국에서 '색깔 혁명'을 추진할 수 있도록 사상적으로 길을 닦기 위한 것이다. 거꾸로 흐르건, 동양으로 흐르건, 서양으로 흐르건 모두 중국 전통문화의 단절이라고 할 수 있다. 오로지 중국의 우수한 전통문화를 계승하고 발양하며, 서양의 우수한 선진문화를 받아들여 사회주의 선진문화를 수립해야만 중화민족문화가 거센 기세로 앞으로 발전해 나아갈 수 있다. 중국 전통문화의 거센 발전의 메커니즘을 유지하는 것이 바로 시진핑 총서기가 제기한 마르크스주의를 지침으로 하는 창조적 전환과 혁신적 발전이다.

6. "공자를 존경하고 경전을 읽어도" 되는가?

중국 전통문화의 창조적 전환에서 하나의 중요한 문제가 바로 문화의 부흥과 문화의 복고 간 경계문제이다. 이중에서 가장 첨예하고 논쟁성이 가장 강한 문제가 바로 "존공독경(공자를 존경하고 경전을 읽는 것)"이 필요한지 필요하지 않은지, "존공독경"을 하여도 되는지 하는 것이다. 역사적 유물론의 관점에 따르면 추상적인 진리는 없으며, 진리는 구체적인 것이다. 봉건제도의 유지 또는 봉건군주제의 복위를 위해 "존공독경"에 대해서는 청조 말기의 "중체서용"이나 또는 위안스카이(袁世凱)가 제창한 "존공독경"에 대해서는 우리 모두가 반드시 반대해야 한다. 일부 문화보수주의자들이 제창하는, 마르크스주의에 대항하는 것을 목적으로 하고 서구문명의 우수한 성과를 배척하는 것을 취지로 하는 "존공독경"도 우리는 찬성할 수 없다.

사회주의 조건 하에서 "존공독경"은 또 다른 성격의 문제다. 경전을 읽어야 하는가? 이에 대해서는 의심할 나위가 없다. '경전'은 중국 전통문화의 문서 매개로서 전통문화에 대해 깊이 연구하고 이해하려면 경전을 읽는 것이 반드시 거쳐야 하는 길이다. '공자'를 존경해야 하는가? 공자는 중국의 위대한 사상가이자 교육가이며 '중국 전통문화의 정리자이자 계승자, 창조자로서 마땅히 존경을 받아야 한다. 관건은 "공자를 존경하고 경전을 읽을 것"인지의 여부가 아니라, 경전을 왜 읽어야 하는지, 어떻게 읽어야 하는지에 달렸으며, 공자를 왜 존경하는지 어떻게 떠받드는지에 달려 있다. 창조적 전환은 문화부흥과 문화 복고의 경계이다. 문화부흥의 입각점은 현재로서 옛 것을 오늘의 현실에 맞게 받아들여 이용하는 것이고, 문화복고의 입각점은 옛날로서 현재가 예전만 못하다는 것이다.

오직 창조적인 전환만이 마르크스주의와 중국 전통문화의 관계를 올바로 처리할 수 있는 중추이다. 창조적 전환의 이론과 방법론의 원칙은 바로 마르크스주의 기본 이론과 방법론으로 지도하는 원칙을 견지하는 것이다. 우리는 예전 봉건통치자들의 태도대로 공자와 유가학설을 대할 수는 없다. 중국의 변혁은 기존의 왕조 교체의 방식에 따라 발전하는 것이 아니라, 사회형태의 변화이다. 이러한 변화는 봉건사회에서의 공자와 유학의 원래 지위와 기능을 개변시키지 않을 수 없었다. 중국공산주의자들은 역대 제왕들이 공자에게 봉해준 "어마어마한 칭호"를 통해 중화민족에게 있어서 공자가 차지하는 지위를 보았을 뿐 아니라, 동시에 역대 통치자들이 공자를 존경하는 정치적 의도를 읽어냈다. 중국공산주의자들도 마찬가지로 공자를 존중하지만 공자를 기정된 사회질서를 유지하는 사상적 수단으로 삼지는 않는다. 중국공산주의자들은 혁명가이고 개혁가이며, 모든 기득 이익과 계급 제도의 반대자이다. 우리는 중국문화의 위대한 정리자이자 창조자 및 위대한 사상가·교육가로서의 공자의 지위를 진정으로 회복시켜 중화민족 문화의 창조에서 지고지상의 지위에 있었던 진실한 공자를 복원시켜야 한다. 유가 학설에 대해서도 우리는 역대 봉건왕조가 그랬던 것처럼 등급신분제도의 합리성과 기존의 사회질서를 수호하는 정치적 기능을 논증하는 것을 중시할 것이 아니라 그 학설이 포함하고 있는 국정운영과 도덕적 교화의 철학적 지혜와 인생 윤리의 지혜를 받아들이고 그 학설이 중국 전통문화에서 주도적 지위를 차지하게 된 짙은 정치적 요소를 씻어내며, 중화민족 특성의 부각에 대한 그 학설의 문화적 기능을 중시하는 동시에, 중국 전통문화의 풍부하고 심오한 여러 가지 지혜를 서로 결합시켜야 한다.

우리가 중화민족의 문화, 부흥을 제창하며 공자에게 제사를 지내고,

경전을 읽을 것을 제창하는 것은 단순히 유학을 되돌리고 전통을 되돌릴 것을 부르짖는 것이 아니며, 유가사상만을 존숭해야 한다는 것은 더더욱 아니다. 공자의 제를 지내는 것은 국가 대제전으로서 중국에서 중화민족의 위대한 성인인 공자를 존경하고 있음을 표하는 것이지, 모든 지역·모든 학교에서 전 국민적으로 공자에게 제를 지내는 운동을 보편적으로 전개하려는 것은 아니다. 경전을 읽고 경전에 대해 깊이 연구하는 것은 국학자들의 전공이므로 학교에서 전 국민적으로 경전을 읽는 활동을 보편적으로 전개할 필요는 없다. 중국 전통문화 교육에 있어서 우리는 물론 경전에 대해 공부하는 것을 중시해야 한다. 그러나 모든 학생이 국학자이거나 국학자가 되려고 하는 것은 아니다. 현대에 우리는 학생들에게 세계에 관심을 갖고 세계정세와 과학기술의 새로운 발전에 관심을 갖도록 하며, 현실에 관심을 갖고 중국 특색의 사회주의 건설에 관심을 갖도록 이끌어야 한다. 학생들의 모든 주의력과 흥미가 오로지 '고서'에만 쏠리게 해서는 안 된다. 전문적으로 연구하는 것과 전통문화교육은 별개의 문제이기 때문이다.

더욱이 전통문화교육으로 마르크스주의 교육을 대체할 수는 없다. 마르크스주의 교육은 얼마든지 중국 전통문화 교육과 서로 결합될 수 있으며, 서로 모순되지 않고 서로 보완할 수 있다. 만약 사회주의국가의 청년학생들이 마르크스주의에 대해 공부하지 않고, 변증법적 유물론이란 무엇이고, 역사적 유물론이란 무엇이며, 자본주의는 무엇이고, 사회주의는 무엇이며, 마르크스주의 기본 원리 즉 예를 들면 생산력과 생산관계, 경제 토대와 상부구조 등에 대해 전혀 인식하지 못한다면, 그들은 무엇으로 현대세계를 관찰하고 현대사회를 통찰하며, 우리 나라를 관찰하겠는가? 그리고 마르크스주의 기본 이론과 방법을 이해하지 않고서는 중국 전통문화의 정수에 대해서도 파악하기 매우 어렵다고 단언할 수 있다.

중국 전통문화 교육에서는 학생들의 문화수준과 수용수준을 구분하여 그들에게 선택성 있게 '경전'을 읽도록 해야 한다. 그 경전에는 일부 훌륭한 변려문(駢麗文)과 산문, 빼어난 시와 사(詞)가 있다. 그 가작들은 그들의 문화적 소양과 도덕수준을 양성하는데 유리하다. 그러나 분별력이 없는 청소년들에 대해서는 지도를 강화해야 한다. 필자는 무차별적으로 『여아경(女兒經)』을 통해 현대의 숙녀와 규수를 양성하고, 『이십사효(二十四孝)』 중의 "아들을 매장하여 황금을 얻은 이야기" "얼음 위에 엎드려 잉어를 구한 이야기"를 효도의 본보기로 삼으며, 『제자규(弟子規)』를 통해 우리 아이들을 "조금의 오차도 없이 규격에 딱 맞추고" "머리를 숙여 순종하는" 창조성이 없는 애늙은이로 키울 것을 선양하는 것에 찬성하지 않으며, 더욱이 옳고 그름을 따지지 않고, 무차별적으로 온화하고 선량하며, 공경하고 검소하며, 겸양하는 것만을 추구하는 온순한 양과 같은 성격을 강조하는 것에 반대한다.

중국 전통문화는 음과 양이 하나로 합쳐지고, 강하고 부드러운 두 가지 수단을 서로 보충하여 사용하면서 조화를 이루는 문화이다. 현대세계는 고요하지 않고 거센 파도가 일고 있는 세계이다. 그렇기 때문에 우리는 우환의식을 가져야 한다. 우리는 청소년들의 애국주의 전통을 양성하는 일을 중시하여 그들이 강건하고 장래성 있으며, 혈기 있고 굳세며, 끈기가 있는 사람이 되도록 교육해야 한다. 이는 중화민족의 부흥이라는 위대한 사업이 대대로 이어지고 중단되지 않도록 하는 보장이다. "애국주의·집단주의·사회주의 교육을 강화하고, 우리 나라 국민들이 올바른 역사관·민족관·국가관·문화관을

수립하고 견지하도록 이끌어 중국인의 기개와 저력을 증강시켜야 한
다."라는 시진핑 총서기의 이 말은 우리가 중국 전통문화교육을 중요
시하는 근본 목적이라고 할 수 있다.

제10장 문화적 자신감 속의 전통과 현대

문화적 자신감은 단순한 문화적 구호만이 아니다. 중국역사 특히 근 백년간의 분투사에 대해 알지 못하고 중국공산당의 혁명과 건설의 역사에 대해 알지 못하면 문화적 자신감이 풍부한 역사적 내용을 이해하기 어려우며 마르크스주의가 중국에 전파되어 들어온 중요한 의의에 대해 이해하지 못하고, 중국 전통문화의 창조적 전환과 창조적 발전에 대해 이해하지 못하며, 홍색문화(중국공산당이 혁명, 건설, 개혁의 과정을 거치면서 형성한 중국식 사회주의를 의미하는 특별한 문화)와 사회주의 선진문화의 창립이 현대중국문화의 발전이라는 것에 대해 이해하지 못하면, 문화 속의 전통과 현대의 변증법적 관계에 대해 이해할 수 없다. 전통을 고수하는 것과 전통을 포기하는 것은 모두 중화민족문화의 맥을 끊는 것이다. 문화적 자신감은 중화민족의 고난과 분투사에 바탕을 둔 문화에 대한 자각과 자부심이자 중화민족이 자체의 위대한 부흥의 길을 찾아가는 문화사의 역사적 전개이다. 이는 자기 민족문화를 사랑하면서도 바다가 모든 강물을 받아들이는 것과 같은 포용정신이며, 적극적으로 분발 진취하면서도 비굴하지 않고 거만하지 않은 문화정신이다. 우리는 문화적 자신감의 토대 위에서 문화대국·문화

강국을 건설해야 한다.

1. 문화적 자신감과 민족해방

한 민족의 문화는 민족의 독립과 갈라놓을 수 없다. 민족은 문화의 주체이고 문화는 민족의 영혼이다. 민족의 흥망성쇠를 동반하는 것은 민족문화의 번영 또는 쇠퇴, 심지어는 중단이다.

중국이 비교적 완전한 중화민족의 발전사를 가지고 있고 5천년 넘게 이어져온 문명을 보유하고 있으며 잘 보존된 문화경전을 보유하고 있는 주요 원인은, 우리 선조들이 이 땅에서 대대로 힘겹게 개척하고 발전하였으며, 융합하는 과정을 거치면서 점차 통일된 중국으로 발전한 데 있다. 장장 수천 년에 달하는 역사과정에서 중국은 여러 가지 정권이 병존하는 시기를 거쳤고, 서로 다른 민족이 지배하는 지위를 차지하였던 시기도 거쳤다. 그러면서도 중국은 줄곧 독립적인 국가로서 존재하여 왔다. 민족은 문화의 주체이다. 국가가 멸망하지 않고 민족이 분열되지 않아야만 문화는 의지할 곳이 없는 유혼이 되지 않을 것이다. 중국은 근대에 와서 민족존망의 위기를 맞았을 때에야 비로소 이른바 진정한 문화의 위기가 나타났다. 문화 위기의 중요한 표현은 민족 자신감의 상실이고 문화적 열등감과 전통문화에 대한 자포자기이다. 이는 문화의 슬픔이며 더욱이는 민족의 슬픔이다.

명나라 중기 이전에 중국은 세계에서 경제와 문화가 가장 발달한 국가였다. 상주(商周)시대의 서적들, 전국(戰國)시기의 제자백가(諸子百家), 한조(漢) 때의 위풍, 성당(盛唐) 시기의 기상, 양송(兩宋) 시대의 고도의 문화발전은 세계문화사에서 빛나는 역사의 한 장으로 기록되어 있다. 마오쩌둥은 "중화민족의 개화사에는 발달한 것으로 잘 알려져 있는 농업과 수공업이 있고 수많은 위대한 사상가, 과학자, 발명가, 정치가, 군사가, 문학가와 예술가가 있으며, 풍부한 문화 서적이 있다."[58] 중국의 문화는 막강한 영향력을 갖추고 있어 주변 국가에 영향을 끼쳐 동아시아에서 유가 문화권을 형성하였다.

현대중국에서 문화적 자신감은 시대성을 띤 명제로서 일종의 문화에 대한 자각과 자부심이다. 문화적 자신감은 서구의 "문화 중심론"에 반대하고, 청조 중엽 이후 열강의 침입으로 인해 그리고 중국이 서구에 뒤처짐으로 인해 생긴 민족의 열등감과 문화의 열등감에 반대하며, 중화민족의 부흥을 추진하는 우렁찬 정신적 나팔소리이다. 중국 역사상에서 문화적 열등감 문제는 한 번도 존재했던 적이 없다. 이 점에 대해서는 가장 일찍이 중국에 왔던 예수회 선교사 마테오리치도 인정하였다. 그는 "국가의 위대함, 정치제도와 학계의 명성 등을 볼 때, 그들은 다른 모든 민족을 야만인으로 보았을 뿐만 아니라, 이성이 없는 동물로 보았다. 그들이 보기에는 세계 어느 곳의 국왕이나 왕조 또는 문화도 자랑할 만한 것이 못되었다." 라고 인정하였다. 물론 그런 문화적 자신감 속에는 모종의 천조(天朝. 천자의 조정을 제후국들이 일컫던 말. 옛날 외국에 대해 쓴 중국 조정의 자칭)대국의 맹목성이 존재하고 있지만, 적어도 문화적 자신감은 강력한 국가의 표현이며, 자신감의 상실은 민족 위기라고 느끼는 마음에 부착되어 있는 문화의 독소이다.

서구 자본주의가 흥기할 때 중국은 여전히 농업생산방식 주도의 사회였으며 중국은 서구에 뒤처지기 시작하였다. 그리고 서구 제국주의 열강들이 군함외교로 중국의 대문을 두드리고 중국에 대한 싹쓸이식의 침략과 약탈을 감행하였으며 일련의 불평등조약을 체결할 것을 중

---

58) 마오쩌둥, 『毛澤東選集』 제2권. 2판. 베이징, 인민출판사, 1991, 622~623쪽.

국에 강요함에 따라 중화민족은 민족 존망의 위기에 직면하게 되었다. 어떤 사람들은 환멸을 느꼈지만 중국문화의 정신적 양성을 깊게 받은 중국인민은 민족적 자신감을 잃지 않았다. 루쉰(魯迅) 선생은 그의「중국인은 자신감을 잃었는가?」라는 유명한 글에서 비수와 표창과 같이 예리한 문자로 민족적 자존심을 상실한 일부 사람들의 소극적인 언론을 호되게 질책하였다. 그는 열정과 자신감 넘치게 지적하였다.

> "자고로 열심히 일에 몰두하는 사람이 있는가 하면 필사적으로 억지로 강행하는 사람도 있었고, 백성을 위해 목숨을 거는 사람도 있었으며, 진리를 위해 목숨을 바치는 사람도 있었다. …… 비록 왕후장상들을 위한 계보를 만드는 이른바 '정사(正史)'와 같은 것이라고는 하지만 그들의 영광을 숨길 수는 없는 것이다. 이것이 바로 중국의 대들보이다."

일부 논자들은 근 100년의 중국역사에서 중국공산당과 마르크스주의의 전파가 중국 전통문화의 혈맥을 끊어버려 중국 전통문화의 위기를 초래하였다고 단언한다. 이런 견해는 물론 사실을 무시한 견해이다. 사실은 정반대이다. 중국공산당의 등장은 중국역사상 천지개벽의 대사였고, 마르크스주의의 전파는 중국문화의 기존 구조를 변화시켰고, 많은 새로운 과학적 원소를 첨가시켰다. 마르크스주의를 지침으로 하는 중국공산당의 영도 아래 중국혁명은 승리를 이루었으며, 이때부터 중화민족은 일어설 수 있었다. 중국인민혁명의 위대한 승리와 중국인민의 해방은 중화민족의 발랄한 민족의 생명력과 문화적 자신감을 다시 회복시켜 주었다.

객관적이고 공정한 관찰자라면 그 누구든 이런 사실을 부정할 수 없을 것이다. 즉 청조 말기의 끊임없는 영토 할양과 배상, 서양인을 호랑이 보듯 하던 것과 비교해보고, 북양시기 군벌들 간의 혼전, 각자 서양인에 의탁해 든든한 배후를 얻고 싶어 하던 것과 비교해보며, 국민당 통치시기 민생의 쇠퇴, 경제의 뒤처짐, 정치의 부패와 비교해보면, 바로 중국공산당이 이끄는 혁명의 승리와 중국의 굴기가 장기간 주도적 지위에 있던 '서구중심론'을 타파하고, 일부 사람들의 머릿속에 자리 잡고 있던 민족적 열등감과 식민지 심리를 깨끗이 씻어내고, 중화민족의 위대한 부흥의 발걸음을 내디뎠으며, 중화민족의 문화부흥을 위한 광활한 공간을 개척했던 것이다. 바로 중국공산당의 영도 하에 중국전통문화가 성큼성큼 국외로 진출하여 문묘(文廟, 공자를 모신 사당)를 외롭게 지키고 있던 공자가 세계를 누비게 되어, 많은 나라에서 공자학원이 자리를 잡게 된 것이다. 바로 현대에 한학은 서구에서 하나의 인기 학문이 되었고, 중국어와 중국 전통문화에 대해 배우는 것이 세계 문화교류에서 하나의 새로운 풍경이 된 것이다. 바로 현대에 해외 중국문화센터가 우후죽순처럼 생겨났다. 시진핑 총서기는 2016년 '7.1' 중국공산당 창당 기념연설에서 이렇게 말하였다. "오늘날 세계에서 어느 정당, 어느 국가, 어느 민족이 자신감을 가질 수 있다고 할 수 있는가? 그것은 곧 중국공산당 · 중화인민공화국 · 중화민족이다. 우리는 그런 자신감을 가질 수 있는 큰 이유가 있다." 시진핑 총서기의 힘 있는 말은 하나의 진리를 말해주고 있다. 즉 오직 중국공산당의 영도 하에서만 민족의 독립과 해방을 얻을 수 있는 자신감을 가질 수 있고, 자체 발전의 길과 제도를 자주적으로 선택할 수 있으며, 제국주의와 식민지 문화의 영향을 청산하고 열강들에게 짓밟히고 멸시 당하던 중국의 전통문화를 부흥시킬 수 있다는 말이다. 중국공산당은 중국 전통문화의 계승자이며 발양자이다. 그것은 바로 중국혁명의 승리에 힘입어 비로소 쇠락하고 있던 중국의 전통문화를 부흥시킬 수 있었기 때문이다.

　문화적 자신감은 절대 문화에 대한 자화자찬이 아니며, 문화적 쇄국정책을 펴면서 문화교류를 거부하는 것은 더더욱 아니다. 그것은 문화적 자신감을 갖춘 것이 아니라 오히려 문화적 자신감이 없는 표현이다. 중화민족은 자고로 화이부동(和而不同)의 원칙을 신봉해왔으며, 외래문화를 가장 잘 받아들여 왔다. 한당(漢唐)시기에 그러하였고, 근대에 와서는 더욱 그러하였다. 근대에 와서 우리는 서양의 것을 배우기에 힘써왔으며, 서양문자로 된 명작을 번역해 냈다. 중국공산당이 외진 산뻬이(陝北)의 작은 도시인 옌안(延安)에 있을 때, 마오쩌둥은 세계적인 안목으로 "중국은 외국의 진보적인 문화를 대량으로 받아들여 자체 문화 식량의 원료로 삼아야 한다. 그런데 이 부분의 업무가 과거에는 매우 부족하였다." 59) "여러 자본주의국가 계몽시대 문화의 경우, 오늘날 우리에게 필요한 것이라면 모두 받아들여야 한다." 60)라고 지적하였다. 개혁개방 이후 우리는 문화교류에 더욱 중점을 기울였으며, 문화교류를 진행할 수 있는 조건도 충분히 갖추었다. 우리는 중국문화를 세계에 소개하는 한편, 외국의 것을 배우려고 노력하였다. 최근 몇 년간 중국은 다양한 유형의 유학생을 전례 없이 많이 외국에 파견하였다. 중국이 제창한 "일대일로(一帶一路)" 제안은 일종의 경제교류일 뿐만 아니라, 문화교류이기도 하다. 수천 수백 년 동안 실크로드는 민족문화교류과정에서 수많은 찬란한 역사의 장을 기록하였다. 그런 점에서 "일대일로"의 건설은 경제적 가치 외에 문화교류에서도 마찬가지로 중대한 가치를 지니고 있는 것이다.

---

59) 마오쩌둥, 『毛澤東選集』 제2권, 2판, 베이징, 인민출판사, 1991, 706쪽.
60) 위의 책, 707쪽.

세계역사와 중국역사가 증명하다시피 민족의 재난은 민족문화의 재난이기도 하다. 오직 민족의 부흥만이 민족문화의 부흥을 위한 길을 개척할 수 있고, 또 오직 민족문화 정신을 견지해야만 나라의 분열과 노예화의 비극에 빠지지 않을 수 있다. 중국 우수문화의 기본정신은 중화민족이 역경과 위기에 처하였을 때, 혁명가들에게 앞사람이 쓰러지면 뒷사람이 이어나가며 용감하게 분투하는 정신적 지주가 되어주었다. 중화문화를 진정으로 사랑하는 사람이라면 마땅히 어렵게 이룩한 민족의 독립과 해방을 소중히 여겨야 하며, 진정한 애국주의자라면 필연적으로 마음속으로부터 자기의 민족문화를 아끼고 떠받들어야 한다.

서구 자본주의의 흥기와 팽창의 문화적 표현 중 가장 두드러진 것이 "서구중심론"을 고취하는 것이었다. 그리고 민족문화의 위기를 수반하는 것은 일부 사람들이 중국의 문화적 자신감을 잃고 식민지문화의 심리상태를 갖게 되는 것이다. 현대중국은 이미 중화민족의 위대한 부흥을 실현하는 길을 걷고 있는 것이며, 중국 특색의 사회주의를 건설하고 있고, 또 이미 뛰어난 성과를 거두고 있다. 우리는 문화적 자신감을 새롭게 수립하고 서양문화를 정시해야 한다. 서구 일부 나라의 정객들과 그들을 따르는 학자들은 여전히 구(舊)식민주의자의 문화적 자만심을 품고 있으며, 서구의 가치 관념과 자본주의 제도 모델을 세계 모든 나라에 다 맞는 '보편적 모델'로 보고 있다. '보편적 가치론'의 본질은 바로 '서구문화 우월론'이자 서구 민주제도의 '보편적 이론'과 자본주의제도의 '역사적 종말론'이 뒤섞인 잡탕이다. 이는 '서구문화 우월론'을 바탕으로 한 자본주의제도의 우월성과 넘어설 수 없는 패권주의적 발언인 것이다.

국내 일부 학자들도 서구의 '보편적 가치론'을 전파하고 설교하는 것에 열을 올리고 있다. 이 문제가 가치의 보편성에 대한 번잡하고 성가신 논쟁으로 끌어갈 때 '서구의' 보편적 가치론'의 정치적 본질을 덮어 감추기가 가장 쉽다. 일부 논자들은 서구의' 보편적 가치관'을 반대하는 것은 곧 세계문명에 반대하는 것이며, 곧 인류 공동발전의 문명의 길을 벗어나는 것이라고 주장한다. 이러한 주장은 본질적으로 여전히 수백 년간 세계를 지배해왔던 식민주의' 서구 중심론'의 복제판으로서 그 옛날' 서구 문화 우월론'을' 서구 보편적 가치 우월론'으로 둔갑시켜 그것을 각국이 반드시 지켜야 하는 준칙으로 삼은 것에 불과하다. 현대에 서구국가들이 '보편적 가치'를 수출하는 것은 그 옛날 식민주의자들이 문명을 수출하던 것과 판에 박은 듯 교묘하게 일치하며 '서구제도와 길을 유일한 패턴으로 삼아 세계를 변화시키려는 것이 그 목적이다.

우리는 자유·민주·평등·인권·법치 등 인류가 인정하는 공통의 가치에 반대하는 것이 아니라 '서구의 정치적 계략을 품은' 보편적 가치론'에 반대하는 것이다. 일찍이 민주혁명 시대에 중국공산당은 "독립·자유·민주·통일 및 부강을 실현하는 신 중국을 건설한다"는 목표를 내세웠다. 중국이 민족의 독립을 이루고 신 중국이 창건된 후, 중국공산당은 자신의 강령과 약속을 어기지 않았고, 자유·민주·부강을 실현하는 신 중국을 건설하는 발걸음을 내디뎠다. 물론 그 길은 평탄하지 않았다. 좌절과 실수도 있었지만 우리는 끊임없이 경험과 교훈을 총화하면서 앞으로 걸어왔다. 70년간 특히 개혁개방이래 우리는 자유·민주·평등·인권제도의 건설방면에서 꾸준히 보완하고 진보를 이루었다. 우리는 민주도 있고' 중앙집권도 있으며 ' 자유도 있고' 규율도 있는 사회주의 민주제도를 건설할 수 있는 능력과 자신감을 충분히 갖추었다.

중국 특색의 사회주의 발언체계에서 문화에 대한 자신감은 길에 대한 자신감, 이론에 대한 자신감, 제도에 대한 자신감과 갈라놓을 수 없다. 문화적 자신감은 더욱 기초적이고 '더욱 광범위하며' 더욱 두터운 자신감이다. 그것은 중국 특색의 사회주의 길, 이론 및 제도 속에는 모두 중국문화의 자강불식하고, 실사구시하며, 드넓은 포용력, 시대와 더불어 발전하는 기본정신으로 일관되어 있으며, 모두 가장 적합한 중국의 역사와 문화전통을 찾아볼 수 있으며, 모두 세계의 상황, 국내의 상황, 국민의 상황에 가장 적합한 길과 국민의 여러 가지 기본권리를 보장하는데 가장 적합한 사회주의 민주제도가 있기 때문이다.

2. 문화는 유기적인 전일체이다

문화적 자신감에는 중국 전통문화와 홍색문화 그리고 사회주의 선진 문화에 대한 자신감이 포함된다. 이러한 자신감은 인류문명을 위해 불멸의 공헌을 한, 중국 역사상 넓고 심오한 문화에 대한 경의(敬意)이자 중화 민족문화를 창조한 우리 선조들에 대한 예의와 경의이기도 하다. 마찬가지로 홍색문화와 사회주의 문화에 대한 자신감에는 영원히 굴복하지 않고 앞사람이 쓰러지면 뒷사람이 이어나가는 혁명 선열들에 대한 숭배와 존경이 포함되며, 사회주의 건설시기의 무수한 선진 인물과 그 문화성과에 대한 경의가 포함된다. 전통문화에 대한 자신감만 있고 홍색문화와 사회주의 문화에 대한 자신감이 없다면, 그러한 자신감은 완전하지 않으며, 또한 불가능한 것이다. 한 민족의 문화는 하나의 유기적인 전일체로서 전통문화와 현대문화를 모두 갖고 있다. 가장 생명력이 있는 문화는 전통과 현대의 최적의 결합으로서 전통을 계승하는 한편 낡은 것을 버리고 새것을 창조하며, 각자 특색을 갖추고 있다. 한 민족의 전통문화가 어느 정도 존중을 받는지는 그 문화가 현실에 미치는 막대한 영향력과 관련된다. 우수한 전통문화의 역할은 그 문화가 한 민족의 성격과 민족의 정신을 부각하는 데서 위대한 역할을 하는 것으로 구현되며, 그 기본정신과 지혜가 후세 자손들에게 어려움을 극복하고 자강불식할 수 있는 정신적 원동력과 원천을 제공하는 것으로 구현된다.

문화는 조각상도 아니고, 고인 물도 아니며, 살아 있는 유기체이다. 문화는 반드시 사회의 변화에 맞춰 변화해야 한다. 전통문화가 존재하고 발전하려면 반드시 끊이지 않고, 이어지는 전통으로 표현되어야 한다. 전통이 없는 전통문화는 허명에 불과할 뿐 실제적인 존재가 아니다. 더 이상 전승되지 않는 전통문화는 문화의 소실을 의미한다. 그러한 소실된 전통문화는 이미 흔적을 찾을 수 없으며, 그 존재는 알 수 없다. 그것은 이미 전통문화가 아니라 이미 죽은 소실된 문화이다. 전통문화가 없으면 당연히 문화적 전통을 운운할 수 없으며, 문화적 전통이 없다는 것은 그 전통문화의 중단과 소실을 의미한다. 전통문화는 문화적 전통에 의지하여 이어지는 것이다. 현존하는 문화에 전통문화의 요소가 포함되지 않은 경우는 없다고 할 수 있다. 전통과 현대를 절대적으로 대립시키는 이분화적 사유는 일종의 형이상학적인 사유이다.

경제가 모든 것을 재창조할 수 있는 것은 아니다. 문화를 창조하는 것은 인간이며, 인간은 언제나 기존의 사상자료 속에서 구축 가능한, 새로운 사회제도와 어울리는 문화형태를 찾아내곤 한다. 이는 그 어떠한 사회의 문화도 전통을 벗어날 수 없음을 결정짓는다. 중국의 우수한 전통문화가 전승되고 발전될 수 있는가 없는가 하는 것은 현 시대 그 문화의 생존상황에 달려있다. 바로 중국의 홍색문화와 사회주의 선진문화 속에서 중국의 우수한 전통문화는 그 과학성과 민족성 그리고 대중성으로 우수한 전통문화의 생명력과 중국문화의 정신적 유전자를 분명히 보여준다.

'5.4신문화운동'과 '문화대혁명'을 중국 전통문화의 두 차례의 재앙으로 보는 학자도 있다. 이는 과장이고 오도이다. '5.4신문화운동'은 낡은 도덕과 낡은 이교(理敎)에 반대하고 '과학과 민주를 제창한 중국 현대사에서의 진보운동이다.' 5.4신문화운동'은 애국적 · 진보적 · 민주적 · 과학적인 ' 5.4정신 '을 형성케 하였고, 중국 신민주주의혁명의 서막을 열었으며, 중국에서 마르크스주의 전파를 촉진시켰다. ' 5.4신문화운동 '의 부족한 부분은 그 역사적 가치와 의의에 비하면 부차적인 것이다. 중화민족의 문화를 파괴하였다는 죄명을 ' 5.4신문화운동 '에 덮어씌우는 것은 그릇된 문화보수주의 역사관이다. '문화대혁명' 중에 이른바 "네 가지 낡은 것을 타파해야 한다는 것"과 유학에 대한 일방적인 비판은 확실히 중국 전통문화에 대한 한 차례의 손상이었다. 그런 극좌의 사조는 중국 전통문화와 중국문화에 뛰어난 기여를 하고' 뛰어난 성과를 이룬 일부 문화명인들에게 해를 끼쳤다. 이는 우리의 심각한 역사적 교훈이며 지워지지 않는 기억이다. 그러나 전통문화를 대하는 그런 극좌의 사조는 또 중국공산당과 마오쩌둥 자신이 중국 전통문화를 대하는 일관적인 주장에 어긋나는 것이기도 하다. 그 극좌의 사조는 중국공산당의 일관된 문화정책과 주장을 대표할 수 없으며, 중대한 실수였다. '문화대혁명' 중의 "네 가지 낡은 것을 타파하는 것"과 "공자를 비판하는 운동"을 '5.4신문화운동'과 한데 묶는 것은 사실상 근 백년간 중국이 '전면적 서구화'와 '문화보수주의'에 반대하는 사조 가운데서 이룩한 성과와 진보를 완전히 말살하는 것이며' 역사에 의해 이미 도태된 낡은 문화사상을 부활시키는 시도이며' 이른바 "혁명과 결별하고 새로운 계몽운동을 시작하기"

위한 사상 이론적 토대를 마련하기 위한 것이다.

마르크스는 문화허무주의가 아니다. 문화전통을 어떻게 대할 것인가 하는 문제에서 마르크스주의 관점은 명확하다. 어떤 사람들은 늘 『공산당선언』 중 "두 가지 결렬"에 대한 논술을 잘못 이해하는 경우가 있다. 사실상 마르크스와 엥겔스가 말한 전통관념과의 철저한 결렬이란 전통문화와의 결렬이 아니라, 전통 소유제(사유제)와 일치하는 관념, 즉 사유관념과의 결렬을 가리킨다. 마르크스와 엥겔스는 마르크스주의를 창설하는 과정에서 독일의 고전철학, 영국의 고전정치경제학, 프랑스의 공상적 사회주의의 긍정적인 성과를 충분히 받아들였다. 레닌은 『우리는 대체 어떤 유산을 거부하는가?』 『청년단의 임무』 『무산계급 문화에 대하여』에서, 마오쩌둥은 『신민주주의론』에서 모두 전통문화를 대하는 올바른 태도에 대해 지적하였다.

문화적 자신감에 있어서 우리는 전통문화도 중시해야 할 뿐만 아니라 홍색문화와 사회주의 선진문화도 중시해야 한다. 문화전통을 계승하는 문제에 있어서 우리는 두 가지 전통을 절대 잊어서는 안 된다. 하나는 중국의 우수한 문화전통을 잊어서는 안 되며, 다른 하나는 중국인민이 혁명투쟁에서 피와 목숨으로 창조한 혁명적 전통을 절대 잊어서는 안 된다. 혁명적 전통은 바로 홍색문화의 전통이다. 중국의 혁명적 전통에는 중화민족의 훌륭한 전통이 깃들어 있으며, 그 전통은 중국 전통문화의 긍정적 성과가 새로운 형태 속에서의 연장과 재창조이다. 우리는 무수히 많은 혁명 선열들에게서 "부귀에 현혹되지 않고, 가난이나 비천함으로 인해 기개가 꺾이지 않으며, 무력이나 권세의 위협 앞에도 굴복하지 않는(富貴不能淫, 貧賤不能移, 威武不能屈)" 정신과 "국가의 이익을 위해서라면 목숨도 기꺼이 바칠진대 어찌 화복을 피해 달아나겠는가(苟利國家生死以, 豈因禍福避趨之)"라는 정신을 볼 수 있다. 그 정신이 바로 중화민족의 우수한 전통문화의 기본 정신이다. 바로 새로운 혁명전통에 대한 계승이 있었기에 중국의 전통문화는 기타 몇 개의 문명고국처럼 중단되거나 몰락하지 않을 수 있었던 것이다.

우리는 바로 상기의 두 가지 전통을 계승하고 발양하는 토대 위에서 사회주의 선진 문화 건설에 종사하고 있다. 두 가지 전통을 버리고 그 근원을 잊거나, 또는 붉은배(紅船)정신, 징강산(井岡山)정신, 25000리 장정(長征)정신, 시바이퍼(西柏坡)정신 등을 잊어버린다면, 사회주의 시기의 선진 인물의 등장을 이해할 수 없고, 개혁개방시기에 나타난 왕성한 생기를 이해할 수 없을 것이다. 사회주의 선진문화 및 사회주의 건설을 위해, 개혁개방을 위해 뛰어난 기여를 한 선진인물이 바로 중화민족의 우수한 전통과 중국혁명의 전통정신이 서로 결합된 현대의 표현이라고 말할 수 있다. 문화에 대한 우리의 자신감은 바로 상기의 두 가지 전통을 토대로 계속 앞으로 밀고 나가는 것이라고 말할 수 있다. 우리는 계속하여 두 가지 전통을 계승하는 토대 위에서 문화대국·문화강국을 건설해야 한다.

3. 문화적 자신감과 지식인의 사회적 책임

전통문화에 대한 우리의 자신감은 역사상의 문화 고전과 문화 명인에 대한 우리의 숭배와 존경과 갈라놓을 수 없다. 문화는 창조하는 것이다. 문화를 창조하고 뛰어난 기여를 한 사람은 우리가 가장 우러러보는 문화 명인이다. 그리고 문화의 매체는 작품이다. 특히 세상 사람들에게 널리 전송되면서 쇠하지 않는 불후의 명작이다. 중국사상사, 문학사 등 여러 가지 사서를 펼쳐보면, 전국(戰國)시기 제자백가(諸子百家), 위진(魏晋)의 현학(玄学), 송명(宋明) 명리학(理學)이든 아니면 초사(楚辭), 한부(漢賦), 당시(唐詩), 송사(宋詞), 원곡(元曲), 명청(明淸) 소설이든 그 어느 시기에나 모두 영원히 잊히지 않을 문화 명인과 눈부시게 빛나는 명작 대작들이 있었다. 불멸의 기여를 한 문화 명인들은 마치 중국문화 발전의 절정에 우뚝 서있는 조각상들과 같으며, 매 한 권의 대작들은 마치 반짝반짝 빛나는 눈부신 진주와도 같았다. 현대에도 우리는 마찬가지로 문화 명인을 양성해야 하고, 명작과 거작을 써내어 자손만대에 귀중한 정신적 부를 남겨주어야 한다. 이는 신시대 중국 지식인들의 역사적 사명이자 사회적 책임이다. 시진핑 총서기는 문화예술사업 좌담회 연설과 철학사회과학사업 좌담회에서의 중요한 연설에서 모두 현 시대에 부끄럽지 않은 명작 거작을 창작할 것을 호소하였다.

일부 학자들은 선비(士)정신에 대해 논하기를 좋아한다. 중국의 전통적 선비는 주로 유가에서 말하는 군자를 가리키는데, 마땅히 도덕적으로 기준이 되고 문화적으로 공헌이 있으며, 후세에 길이 본보기가 될 숭고한 도덕을 쌓고(立德), 나라와 백성을 위해 공적을 쌓았으며(立功), 정확하고 투철한 견해가 담긴 언론을 제기한(立言) 사람을 가리킨다. 『논어(論語)』에서 증자(曾子)가 말한 "선비(군자)라면 반드시 큰 뜻을 품어야 하고, 강인한 품격을 갖춰야 하며, 책임이 막중하고 갈 길이 멀다(士不可以不弘毅, 任重而道遠)"라는 말이나, 『여씨춘추(呂氏春秋)』에서 "선비(군자)의 사람됨은 정의를 지키고, 어려움을 회피하지 않으며, 재앙에 맞닥뜨렸을 때 자기 이익을 내려놓을 수 있으며, 의로움을 위해서 목숨도 걸 수 있으며, 죽음도 두려워하지 않는 것(士之爲人, 當理不避其難, 臨患忘利, 遺生行義, 視死如歸)"이라는 말은 모두 선비거 갖춰야 할 요구이다. 이런 요구는 범중엄(范仲淹)의 "조정의 높은 벼슬자리에 있을 때는 백성을 근심하고, 벼슬자리에서 내려와 외지고 편벽한 곳에 있을 때도 나라 일을 걱정한다(居廟堂之高則憂其民, 處江湖之遠則憂其君)"라는 명언에서도 표현된다. 장재(張載)의 "세상을 위해 정신적 가치를 세우고, 백성을 위해 삶의 의미를 가리켜주며, 과거 성현의 학문을 계승하고 천하가 대대로 태평할 수 있는 기반을 마련한다'라는 말은 선비(군자) 즉 지식인의 책임을 더할 나위 없는 경지로 끌(为天地立心, 为生民立命, 为往圣继绝学, 为万世开太平) 어올렸다. 우리가 계승해야 할 것은 바로 이러한 인격정신과 문화정신이다. 현대인의 이른바 독립적인 인격, 자유로운 정신이 귀중한 것은 바로 그 인격과 정신이 인민을 중심으로 하는 원칙을 견지할 수 있고, 자본과 권세에 빌붙지 않으며, 세상 사람들의 환심을 사고자 학문을 왜곡하는 짓은 하지 않고, 학술적 자유와 독립적 사고를 통해 우리 시대의 요구에 부합하는 작품을 창조할 수 있기 때문이다. 절대 이른바 독립적인 인격과 사상적 자유를 표방하면서 인민을 내려다보고 역사의 흐름을 거스르는 것이 아니기 때문이다. "양심을 저버리고 뭇 사람의 손가락질을 받는 자에게는 차가운 시선을 보내고, 기꺼이 정성을 다해 대중을 위해 봉사하리라(横眉冷對千夫指, 俯首甘爲孺子牛)"라는 루쉰(魯迅)의 정신은 우리가 마땅히 본받을 정신이다. 우리는 문화 명인을 두려워하지 말아야 한다. 우리에게는 명인이 너무 많은 것이 아니라 명인이 너무 적다. 사회주의는 독립적인 인격과 자유로운 사상이 있고, 창조성이 있는 문화 명인을 필요로 한다.

전통문화를 어떻게 대할 것인가 하는 문제에서 18차 당 대회 이래 시진핑 총서기는 중국전통문화에 대해 많은 중요한 논술을 하였다. 그 논술들은 우리가 중국 전통문화를 정확하게 대하고 문화적 소프트파워를 증강하며, 사회주의 핵심가치관을 육성하고 실천하는 지도원칙이다. 그중에서 가장 중요한 관점은 바로 시진핑 총서기가 제시한 창조적 전환과 혁신적 발전의 문제이다. 그 관점은 우리가 중국 전통문화를 정확하게 대하는 총체적인 키워드이며, 마오쩌동이 민주혁명 시대에 제기한 전통문화를 대하는 데서 "정수를 취하고 찌꺼기를 버리는 사상"에 대한 새로운 시대의 발전이다.

창조성은 인류활동의 본질적 특징이지만, 각기 다른 영역별로 각기 다른 특징이 있다. 기술영역에서 창조성은 발명으로 구현되는데, 새로운 수단이 낡은 수단을 대체하고, 새로운 기술이 낡은 기술을 대체하는 것으로써 구현된다. 과학영역에서 창조성은 발견으로 구현되는데, 새로운 법칙을 발견하고 새로운 원리를 제기하는 것으로써 구현된다. 그 창조성의 발전방식은 대체가 아니라 새로운 영역에 대한 확장과 새로운 원리, 새로운 법칙의 발견이다. 인문문화의 창조성은 대체도 아니고, 새로운 법칙의 발견도 아니며, 기존의 전통문화의 꾸준한 축적과 창조적인 전환이다. 엥겔스는 이러한 문화 전승의 특성을 명확히 이해하였다. 그는 고대 그리스 철학의 다양한 형태 중에서 후세의 거의 모든 관점이 배태되거나 맹아 되었다는 것을 발견할 수 있다고 말한 바 있다. 물론 배태 · 맹아는 어디까지나 배태 · 맹아일 뿐이므로 반드시 새로운 사상을 꾸준히 축적하고 창조적인 전환을 해나가야 한다. 현대세계에서 완전히 배태 · 맹아 단계에 머물러 고대 그리스 철학의 명제와 사상을 되풀이한다는 것은 상상도 할 수 없는 일이다. 현대중국에서 완전히 선인들의 지혜 속에 들어있는 배태 · 맹아의 단계에 머물러 있으면서 '베껴쓰기'만 하는 것 역시 마찬가지로 상상할 수 없는 일이다.

어떤 학자들은 중국 전통문화를 연구함에 있어서 '고유의 맛'을 그대로 전승할 것을 제창하는데, 이는 매우 일리가 있다고 본다. 경전을 임의로 주관적으로 풀이하는 현상을 치료하는 좋은 처방전이 될 수 있기 때문이다. 그러나 '고유의 맛'을 절대화해서는 안 된다. 절대화하면 창조적 전환이 있을 수 없기 때문이다. 완벽한 '고유의 맛'을 전승하는 것은 매우 어렵다. 경전에도 여러 판본이 존재할 수 있기 때문에, 어떤 것이 절대적 '고유의 맛'인지는 말하기 어렵다. 고대에는 저작권도 없었고, 지식보호법도 없어서 여러 경전에 차이성이 존재할 수 있다. 그렇기 때문에 '고유의 맛'을 유지한다는 것은 더욱 어려웠다. 시대마다, 학자마다 동일한 논단에 대한 해석이 각기 다르기 때문이었다. 『논어(論語)』『맹자(孟子)』『대학(大學)』『중용(中庸)』과 같은 유가경전에 주해를 단 학자들이 많았던 만큼 각이한 견해도 적지 않다. 중국의 저명한 경전 중의 적지 않은 논단에 대해 각기 다른 해석이 있다고 할 수 있다. 중국문화 고전의 간결한 언어와 간단한 문장구조가 각이한 해석이 나올 수 있는 공간을 마련하였다. 모두가 '고유의 맛'만 추구하다 보면 논쟁이 끊이지 않을 것이다. 어떤 말, 어떤 명제의 '고유의 맛' 문제에 대한 연구는 학자들의 몫으로 돌리자! 중국 사회주의 선진 문화건설에 있어서 가장 중요한 것은 그 시대에 부응하고 현실에 입각하여 창조적인 전환과 혁신적인 발전을 이루는 것이다. 다시 말하면 음식을 섭취하듯이 자기 입안에 넣고 씹으면서 음미하고, 위장의 소화를 거쳐 영양을 흡수한 뒤 남은 찌꺼기는 배출하는 것이다. 이런 연구방법의 중점은 경전을 읽으면서 멋진 구절만을 골라 깊은 이해 없이 베껴내 그 뜻을 판단하거나 해석하거나 하는 것이 아니라, 경전을 참스럽게 학습하여 그 속의 심오한 지혜를 터득하고 받아들여야 한다는 것이다. 이는 중국의 전통문화에서 그 합리적인 사상을 받아들여 사회주의 핵심가치관과 새로운 도덕규범을 수립하는데 유리한 것이다.

　"정수를 취하고 찌꺼기를 버리는 것"은 기본원칙이다. 전통문화는 모두 정수이고 찌꺼기가 존재하지 않는다고 여기거나, 무릇 전해져 내려올 수 있는 것은 모두 정수이고 찌꺼기는 모두 역사에 의해 도태되었다고 여겨서는 안 된다. 이런 견해는 절반만 맞는 말이다. 정수도 남지만 찌꺼기도 남기 마련이다. 전통문화의 유전과 계승은 문화 자체에 의해 결정되는 것이 아니라 인간의 선택에 의해서도 존재하기 때문이다. 특히 지배적 지위에 있는 통치자들은 자기 표준에 따라 문화를 전승하고 선택하곤 한다. 따라서 문화전통의 변화와 발전은 사회와 무관한 문화 자체의 변화발전이 아니며, 필연적으로 여과하거나 선별하는 과정이 동반되기 마련이다. 사과가 썩으면 한눈에 보이기 때문에 썩은 부분만 도려내고 멀쩡한 부분은 남길 수 있다. 그러나 전통문화는 하나의 복잡한 유기체로서 정수와 찌꺼기가 마치 물에 흙이 섞인 것처럼 한데 뒤섞여 있다. 그래서 전통문화를 계승한다는 것은 단순하게 "베껴올 수 있는 것"이 아니다. 반드시 직접 씹으면서 음미하고 위장에서 소화를 거쳐야 한다. 그 과정이 바로 열독(熱讀)과 이해이다. 사회주의 선진 문화를 건설하는데 대한 요구에 따라 정수와 찌꺼기는 구분할 수 있다. 전통문화 중에서 민족성·과학성·인민성 요소를 갖춘 것은 모두 정수에 속하고, 봉건적·미신적·낙후한 모든 것은 모두 찌꺼기인 것이다.

창조적인 전환과 혁신적인 발전을 거친 전통문화를 여전히 중국 전통문화라고 할 수 있는지 의구심을 갖는 사람들도 있다. 만약 중국의 전통문화가 실천 속에서의 활성화를 필요로 하지 않고 전환을 필요로 하지 않으며, 발전을 필요로 하지 않는다면, 겉으로는 전통문화를 존중하는 것 같지만 실제로는 전통문화를 폄하하는 것이다. 전환할 수도 없고, 현시대적 가치도 갖추지 못한 전통문화는 죽은 문화로서 생명의 활력이 없는 문화이다. 그런 전통문화는 현시대의 현실과는 영원히 무관하며, 그 문화를 낳은 원래의 사회와만 관계가 있을 뿐, 그 문화는 이미 역사 속에서 사멸해버린 것이다. 사실 중국 전통문화의 가치는 바로 그 문화가 고여 있는 썩은 물이 아니라, 수원지에서 끊임없이 흘러나오는 물이라는데 있다. 물론 전통문화의 창조적인 전환과 혁신적인 발전을 실현하는 것은 엄숙한 과학연구사업으로서 모조리 싸잡아 무절제하게 비판하는 것도 아니고, 발을 깎아서 신에 맞추는 것도 아니라, 경전 원전(原典)을 존중하고 원전을 이해한 토대 위에서 진정으로 그 속에서 지혜를 얻는 것이다. 여기에서 관건은 마르크스주의 기본 관점과 방법을 견지하면서 중국 전통문화의 전환과 발전을 마르크스주의와 중국 전통문화와 결합시켜 손잡고 함께 나아가는 것이다. 이렇게 하면 중국의 전통문화를 왜곡하지 않을 수 있고, 현대인의 요소를 옛사람들의 머리에 달아놓지 않을 수 있을 뿐만 아니라 또 전통문화에 내재된 지혜 속에서 시대에 부응하는 새로운 해석을 얻어낼 수 있다.

사회주의 핵심가치관의 형성은 전통문화의 혁신과 전환의 범례로 볼 수 있다. 우리는 중국 전통문화의 범주와 일일이 간단하게 대조하는 방식으로 사회주의 핵심가치관을 형성하는 것이 아니다. 우리는 사회주의 제도의 본질과 실천에 입각하여 전통문화 사상과 도덕관념의 기본정신과 가국일체(家國一體)의 원칙을 이해함으로써 국가·사회·개인 삼자가 통일된 사회주의 핵심가치관을 형성한다. 시진핑 총서기가 말하였다시피 "사회주의 핵심가치관을 양성하고 널리 알리려면 반드시 중화의 우수한 전통문화에 입각해야 한다. 확고한 핵심가치관은 모두 그 고유의 근본을 갖추고 있다. 전통을 포기하고 근본을 버리는 것은 자신의 정신적 명맥을 끊는 것과 같다. 넓고도 심오한 중화의 우수한 전통문화는 우리가 휘몰아치는 세계문화의 격랑 속에서

입지를 굳힐 수 있는 토대이다."

현대중국의 현실 생활 속에서는 부패문제, 사회도덕문제를 포함한 여러 가지 혼란한 현상들이 나타나고 있으며, 아직도 적지 않은 사람들이 부동산·유산·철거이주보상 등 건으로 법정소송을 하거나 부자간에 반목하고 형제간이 원수지간이 되기도 하며, 또 도덕의 경계를 넘어선 여러 가지 인간과 사건들이 나타나고 있다. 이 모두가 전통과 현대의 문제가 직면한 어려움이다. 이러한 어려움은 사실 서구 나라들에서도 마찬가지로 겪었던 것이며, 게다가 지금도 여전히 겪고 있는 것이다. 그렇지 않으면 포스트모더니즘이 나타나지도 않았을 것이며, 아시아 가치관으로 서구 현대화의 병을 치료해야 한다는 목소리도 나오지 않았을 것이다.

개혁개방 이후 우리는 거대한 사회변화를 겪었는데 그중에서 중요한 변화의 하나가 바로 계획경제로부터 시장경제로의 전환이다. 이와 함께 생겨난 것이 바로 시장경제에 직면하여 전통문화·도덕규범과 현대의 관계를 어떻게 효과적으로 조율할 것인가 하는 문제이다. 시장경제는 그 무엇으로도 대체할 수 없는 긍정적인 역할을 한다. 현대 중국이 생산력을 해방시키고 발전시키려면 반드시 시장경제를 실시해야 한다. 중국이 개혁개방이래 세계의 주목을 받는 성과를 거두게 된 것은 시장경제의 개혁을 실시한 것과 관련된다. 그러나 시장경제도 자체의 부정적인 일면이 있다. 시장경제는 화폐를 매개로 하는 경제이다. 시장경제는 필연적으로 돈을 중시하게 된다. 모든 교환은 돈을 통해야 하고 모든 것에 돈이 필요하다. 마르크스가 『1844년 경제학 철학 초고』에서 말한 바와 같이 보편적 등가물로서의 화폐는 필연적으로 모든 가치관계를 뒤집게 될 것이다. 현대 서구 경제학자 윌리엄 아서 루이스(William Arthur Lewis)도 「경제성장론」에서 전통으로부터 현대로의 전환에서 도덕적 딜레마에 직면하게 된다고 논술하였다. "왜냐하면 그들은 더 이상 신분을 토대로 하는 것을 의무화한 사회에 살지 않고 계약을 토대로 하는 것을 의무화한, 그리고 일반적으로 가족관계가 없는 사람과의 시장관계를 토대로 하는 사회에 들어섰기 때문이다. 그래서 과거에는 언제나 성실하였던 사회가 매우 성실하지 않게 바뀔 수 있다." 그렇기 때문에 우리가 구축하는 시장경제는 사회주의 시장경제임을 강조한다. 사회주의라는 규정어는 겉포장이 아니라 반드시 실질이어야 하며, 사회주의 제도와 원칙적으로 전통과 현대 사이의 여러 가지 모순을 조율시켜야 한다.

물론 사회주의 시장경제도 부정적인 면을 완전히 피할 수는 없다. 그러나 그렇다고 하여 시장경제개혁을 부정하고 원래의 계획경제로 돌아가서는 안 된다. 여기서는 제도와 관리의 문제와 관련된다. 제도는 기본제도이고 관리는 관리능력과 관리방식이다. 사회주의 시장경제는 사회주의 초급단계에서 자원배치가 비교적 잘된 제도이지만, 그렇다고 하여 우리에게 법에 의해 시장경제를 관리하는 방법과 능력이 있는 것은 아니다. 제도와 나라의 다스림은 다르다. 예전에 유종원(柳宗元)은 『봉건론』에서 진시황이 확립한 중앙집권적 군현제(郡縣制)를 부정하고, 분봉제(分封制)의 회복을 주장하는 일부 사람들의 주장에 반박하면서 "백성들의 원한을 산 탓이지, 군현제의 결함이 아니다.(咎在人怨, 非郡邑之制失也)"라고 하였다. 진나라(秦) 2세가 멸망한 것은 제도의 결함 때문이 아니라 다스림이 잘못된 탓이다. 다시 말하면 진이세(秦二世)의 멸망을 초래한 원인은 나라를 다스리는데 있었다. 즉, 2세가 무도하고 폭정을 실시한 탓이지 중앙집권과 군현제 때문이 아닌 것이다. 그렇다고 중앙집권과 군현제가 필연적으로 폭정을 초래하는 것은 아니다. 같은 이치로 현재 시장경제 조건 하에서 나타나는 혼란스러운 현상은 사회주의 시장경제제도를 실시하기 때문에 나타난 것이 아니라 관리를 잘못하고 있기 때문이다. 다시 말하면 시장경제를 관리하는 일련의 법률과 도덕규범이 반드시 있어야 한다. 시장이 초래한 양극분화, 시장의 신뢰 상실 및 여러 가지 시장의 혼란한 현상에 대해 반드시 효과적인 관리를 실행해야 한다. 시장은 반드시 관리하고 다스려야 한다. 방임하는 시장경제는 필연적으로 양극분화를 부르게 되고, 사회 신용의 결여와 부도덕을 초래하게 된다. 시장경제에 대한 관리와 자원배치에서 시장의 결정적 역할은 모순되지 않는다. 정부는 마땅히 정부의 관리기능과 관리규칙이 있어야 한다. 그 중에는 현대적 입법과 사회주의 도덕교화가 포함된다. 현대사회의 큰 변화에 직면한 우리는 반드시 새로운 역사조건에 부응하여 전통문화와 도덕규범의 창조적 전환을 거쳐 전통과 현대의 모순을 효과적으로 해소하고 사회 발전을 추동(推動)해야 한다. 혈연관계와 소농경제의 토대 위에 수립된 전통적인 도덕규범에 감상적 낭만주의의 미련을 두어서는 안 된다. 이는 현실적이지도 않고 가능하지도 않은 것이다.

제11장 문화적 자신감의 본질

문화적 자신감이란 무엇인가? 문화적 자신감의 주체는 누구인가? 그들은 무엇을 믿는가? 고궁을 참관할 때 눈에 들어오는 수많은 아름답고 진귀한 국보들은 모두 전시품일 뿐이고, 만리장성을 참관할 때 눈앞에 펼쳐지는 웅장하고 기백이 넘치는 만리장성의 경관은 관광명소일 뿐이며, 국가도서관을 참관할 때 볼 수 있는 각종 도서는 모두 장서일 뿐이다. 그 도서들을 서점에 가져다놓으면 문화상품이 되고 수업시간에 가져다놓으면 곧 교과서가 된다. 이 모든 것이 문화적 자신감과 무슨 관계가 있단 말인가? 곤혹스러워하는 사람들도 있다.

문화에 대한 자신감은 중화문화의 역사적 기원과 발전, 정신적 특질과 정수에 대한 전체적인 판단이며, 중화문화에 대한 과학적 · 예우와 존중 · 계승 · 창조적 추진의 기본 입장과 태도를 고수하는 것이다. 오직 역사적 유물론의 문화관을 견지하고 국가와 민족의 전도와 운명의 차원에 입각해야만 문화적 자신감 문제를 이해할 수 있다. 그렇지 않으면 우리가 보는 것은 문화의 물질적 매개물이나 여러 가지 문화의 구체적인 물질화된 형태일 뿐으로서 중국문화의 내적인 전체적 정신과 문화적 자신감 문제의 현대적 가치에 대해서는 파악할 수 없다.

1. 문화적 자신감은 새 시대의 큰 문제이다

문화문제에 대한 연구는 시대성을 띤다. 문화문제는 시대의 반영이다. 문화문제에 대한 연구에 있어서 사회가 처한 시대가 다름에 따라 제기되는 문제도 각기 다르며, 각기 다른 문제는 각기 다른 시대적 특성을 나타내게 된다.

오스왈드 스펭글러(Oswald Spengler)의 『서구의 몰락』이 서구 자본주의사회 발전 전망에 대한 실망을 반영하였다면, 새뮤얼 헌팅턴(Samuel Huntington)의 『문명충돌론』은 서구의 대외팽창에 따른 모순을 문명의 충돌로 정당화하려는 정치적 욕구를 반영한 것이다. 서구 마르크스주의와 서구 '신좌파'가 문화문제에 대해 진행한 연구는, 자본주의 문제를 해결할 출로를 찾을 능력이 없어서 서구 자본주의 선진 산업사회에 대한 문화적 비판에 초점을 맞춘 것이다. 현대문화가 세계의 초점문제가 된 것은 자본주의 산업화와 도시화에 따른 정신적 불균형과 관련되어 있고, 도덕규범의 상실, 심미적 가치의 상실, 신앙의 결핍과도 관련되어 있다. 종합해보면 인간의 정신이 일종의 갈증상태에 처해 있어 인문정신에 대한 추구가 문화연구를 크게 촉진케 한 것이다. 세계적 범위에서 문화문제에 대한 연구는 문화학의 범위에 속하며 문화학자들의 임무이다.

서구에서는 문화적 자신감 문제가 특별히 불거지지 않았다. 수백 년 동안 서구의 일부 발달한 자본주의국가들은 강세적 지위에 있으면서 이른바 서구문명을 대외로 수출해 왔다. 그들 국가에는 주로 문화적 자만과 문화적 패권문제가 존재하였다. "서구문화 우월론"과 구세주의 자세로 서구문명과 문화 식민을 대외에 수출하는 것은 수백 년 동안 서구 자본주의세계에서 주도적 지위를 차지하고 있던 문화관이었다. 최근 몇 년간 서구문화의 쇠퇴에 관한 저작을 써낸 일부 학자도 물론 있었다. 예를 들면 미국 학자 아서 헤르만(Arthur Herman)의 『문명 쇠퇴론: 서구문화 비관주의의 형성과 변화』가 있다. 그러나 단지 역사상의 몇몇 철학자들의 서구문화 쇠퇴에 대한 서술에 불과할 뿐, 문화적 자신감 문제와는 특별히 직접적인 관련이 없다.

문화적 자신감 문제는 현대중국에서 근대 선진적인 중국인이 민족의 고난과 분투 속에서 민족의 자강과 문화적 자각을 보여줘야 하는 데서 비롯된 것일 뿐만 아니라, 현대중국인이 직면한 문화적 자신감과 문화적 자각에 대한 절박한 수요이기도 하며, 전체 중국인의 문화적 자강과 자신감 수립에 대한 고무격려일 뿐만 아니라, 현대 중화민족문화를 부정하는 모든 이들에 대한 반격이기도 하다. 여기에는 백여 년간 받아온 침략과 억압으로 인해 아직도 일부 중국인들 속에 남아 있는 민족적 열등감과 콤플렉스를 해소하는 것도 포함된다. 현재 국내와 국외, 인터넷, 현실 속에는 모두 중화문화를 폄하하고, 중화민족의 역사적 공헌을 부정하며, 근대 이후 중국 인민의 분투역사를 부정하고, 중국공산당의 역사와 중화인민공화국의 역사를 왜곡하며, 개혁개방의 역사를 왜곡하는 일부 언론들이 존재하고 있다. 이에 따라 중국인민과 중화민족의 우수한 문화와 영광스러운 역사에 대한 긍정적인 선전을 강화해 중국인으로서의 기개를 증강시켜야 한다. 시진핑 총서기는 "문화적 자신감을 확고히 수립하는 것은 국가 운명의 흥망성쇠와 관련되고, 문화안전과 관련되며, 민족정신의 독립성과 관련되는 큰 문제"라고 강조하였다. '큰 문제'라는 표현은 문화적 자신감 문제가 중국 특색의 사회주의 건설에서 차지하는 중요한 지위에 대한 중대한 판단이다.

"4가지 자신감"은 시진핑 신 시대 중국 특색 사회주의사상의 중요한 구성 부분으로서 시진핑 동지를 핵심으로 하는 당 중앙이 미래를 계획하고 청사진을 그리며, 중국이 사회주의 현대화 강국을 실현하고, 중화민족의 위대한 부흥을 실현하기 위해 분투하는 이론적, 정신적 기둥이다. 그중에서도 특히 문화적 자신감은 문화의 특수한 본질과 기능으로 인해 더욱 기초적이고 더욱 광범위하며 더욱 큰 역할을 하기 때문에, 나아가야 하는 길에 대한 자신감, 이론에 대한 자신감, 제도에 대한 자신감에 대한 문화적 정신적 버팀목 역할을 하며, 중국 특색의 사회주의 길·이론·제도를 견지하는 것과 갈라놓을 수 없는 내재적 연계가 있어 시진핑 신 시대 중국 특색 사회주의사상의 중요한 구성부분을 이루고 있다. 시진핑 총서기가 지적하였다시피 "문화에 대한 자각과 문화적 자신감을 증강시키는 것은 길에 대한 자신감, 이론에 대한 자신감, 제도에 대한 자신감을 확고히 다지는 데 있어서 빠져서는 안 될 내용이다."

문화적 자신감을 확고히 하는 것은 곧 민족의 자존과 자강을 확고히 하는 것이다. 중국은 이제 세계 정치무대에 설 자리가 없었던 구중국이 아니다. 현재 중국은 중국 특색의 사회주의 건설의 위대한 성과와 인류운명공동체 구축의 주장을 가지고, 세계가 직면한 문제를 해결할 수 있는 중국의 방안과 제안 및 발언권을 가지고 세계 정치무대의 중심으로 자신 있게 나아가고 있다. 19차 당 대회에서 제기한 주제를 떠난다면, 시진핑 신 시대 중국 특색 사회주의사상의 전체적 구상을 떠난다면, 현시대 중국이 직면한 이데올로기 영역에서의 투쟁을 떠난다면 우리는 왜 문화적 자신감을 큰 문제라고 하는지에 대한 중대한 판단을 이해할 수 없다.

2. 문화적 자신감은 중국공산당과 중화민족의 자신감이다

문화적 자신감은 물론 문화의 자체 자신감이 아니다. 문화는 주체가 아니다. 주체는 사람이다. 현대중국에서 문화적 자신감의 주체는 중국공산당과 중화민족이다. 중국공산당은 중국혁명, 사회주의 건설, 개혁개방의 지도자이며, 중화의 우수한 전통문화의 계승자와 혁신자이며, 홍색문화와 사회주의 선진문화의 창시자이다. 현대중국에서 중국공산당은 중국 선진문화의 발전방향을 대표한다. 중국공산당이 이끄는 혁명의 승리를 떠나서는 문화적 자신감이 있을 수 없다.

중국공산당은 중국 노동자계급의 선봉대이며, 동시에 중국인민과 중화민족의 선봉대이다. 중국공산당의 자신감은 우리 민족문화의 혈맥 속에 깊이 뿌리박고 있으며, 인민의 옹호와 애대(愛待)·지지 속에서 힘을 받고 있다. 문화에 대한 중국공산당의 자신감은 동시에 중화민족의 자신감과 중국인민의 자신감이다. 문화적 자신감의 주체는 중국공산당과 중국인민 및 중화민족의 통일이다. 그중 마르크스주의를 지침으로 하는 중국공산당의 창립은 중국의 천지개벽의 대사로서 중국공산당은 중화민족의 우수한 아들딸들을 집결시킨 이론·조직·규율을 갖춘 시대의 앞장에 서서 시대의 흐름을 선도하는 정치집단이기 때문에, 중화민족과 중국인민의 지도 핵심이 되었으며, 문화적 자신감의 주체이다. 문화적 자신감은 누구의 자신감인가 묻는다면 그것은 우선 중국공산주의자들의 자신감이다.

물론 중국공산당의 문화적 자신감의 주체 지위와 중화민족의 문화적 자신감의 주체 지위는 일치한다. 중국공산주의자들은 중화민족의 우수한 아들딸들이다. 중화민족의 문화적 자신감이 없다면 중국공산주의자들의 문화적 자신감을 배태하고 육성할 수가 없다. 문화는 지역성을 띠고 있어 각기 다른 지역은 각기 다른 지역문화가 있다. 민족마다 민족문화가 있다. 중국의 여러 민족마다 자체 민족문화를 보유하고 있다. 지역문화는 지역성을 띠고 있으며, 그 범위를 확정할 수 있다. 여러 민족문화는 뚜렷한 민족성을 띠고 있시 때문에 식별할 수가 있다. 그러나 중화의 여러 민족은 또 공동의 주체적 문화를 가지고 있다. 중화민족의 문화는 여러 민족 문화의 겹침과 총합이 아니라 여러 민족문화가 장기간에 걸쳐 점차 융합되어 형성된 주도적 지위를 차지하는 문화이며, 지역과 민족의 경계를 벗어났으면서 또 지역문화와 민족문화 속에 구현된 중화 여러 민족의 공동문화이다. 그러므로 중화민족의 공동문화가 곧 중화문화인 것이다. 시진핑 총서기는 "중화민족은 강대한 문화적 창조력을 갖추었다"며 "중대한 역사 고비마다 문화는 국운의 변화를 감지하고, 시대의 흐름을 파악하고, 시대의 선구자가 되어 억만 인민과 위대한 조국을 위해 울리는 북소리가 되고 부르짖는 소리가 되었다"고 지적하였다. 중국공산당의 품격이 바로 중화민족의 불요불굴과 자강불식의 민족 품격을 대표하고 있다. 중국공산주의자들의 문화적 자신감은 중화민족의 문화적 자신감을 응집시키고 대표한다.

문화적 자신감은 나라를 벗어날 수 없다. 올바른 문화관은 올바른 국가관을 떠날 수 없다. 국가는 공통의 문화를 형성하고 공감하는데 있어서 매우 중요한 역할을 한다. 통일된 중화민족 문화를 형성하고 수호하려면 반드시 분열되지 않고 통일된 국가가 있어야 한다. 민족은 문화의 주체이고, 문화는 민족의 영혼이다. 중국 여러 민족의 생존과 발전은 통일되고 강대한 국가의 보장을 떠날 수는 없다. 한 나라가 소멸되거나 분열되면 그 나라의 문화발전도 단절된다. 세계 4대 고대 문명국가 중에서 오직 중국만이 문화가 단절되지 않았다. 중국은 분열되었던 시기도 있었지만 통일이 주도적 지위를 차지하였다. 과거에 각기 다른 민족정권이 존재하였지만 그것은 여전히 중국이라는 큰 영토 범위 내에 존재하였기 때문에 통일되기도 매우 쉬웠다. 중화민족의 문화는 보존과 계승이 상대적으로 잘 되어 있다. 역사가 증명하다시피 나라가 분열되면 문화발전의 혈맥이 끊기게 되며, 그러면 어찌 문화적 자신감을 운운할 수 있겠는가!

현대중국의 문화적 자신감은 동시에 중국인민의 문화적 자신감이다. 어쩌면 이를 공허한 말이라고 할지도 모른다. 최근 100년의 역사를 살펴보면, 중국인은 마치 흩어진 모래알과도 같았다. 혁명열사의 피를 찐빵에 묻혀 먹으면 병을 치료할 수 있다고 믿던 어리석은 백성들이었으며, 목을 베는 사형 집행현장을 둘러서서 구경하던 구경꾼들이었다. 이러한 국민의 저열한 근성에 대해 루쉰 선생은 신랄하게 비판한 바 있다. 그러나 그는 비판의 칼끝을 인민에게 겨눈 것이 아니라 낡은 사회와 낡은 제도를 겨누어 비판하였다. 루쉰 선생은 중국인과 중화민족에 대한 자신감을 잃지 않았다. 그는 이렇게 말하였다. "우리에게는 자고로 열심히 일에 몰두하는 사람이 있는가 하면 필사적으로 억지로 강행하는 사람도 있었고, 백성을 위해 목숨을 거는 사람도 있었으며, 진리를 위해 목숨을 바치는 사람도 있었다. …… 이것이 바로 중국의 대들보이다." 루쉰 선생은 "중국은 민족적 자신감을 잃지 않았다"라고 강조하였다. 근대 중국인이 흩어진 모래알 같았던 것은 통치자의 '치적' 때문이다. 근대중국에서 나타난 국민의 저열한 근성은 중국인의 본질적 특성이 아니라 조정의 부패와 사회의 부패가 낳은 악과였다.

중국공산당은 역사적 유물론을 견지하고, 시종일관 마르크스주의 인민대중 관점을 견지해야 한다. "우리 중국인은 기개가 있다."[61] 마오쩌둥은 "마르크스 · 레닌주의를 습득한 후 중국인은 정신적으로 피동에서 주동으로 바뀌었다. 그때부터 근대 세계역사에서 중국인을 경멸하고 중국문화를 무시하던 시대가 끝났던 것이다. 위대한 중국인민 해방전쟁과 인민 대혁명의 승리는 위대한 중국인민의 문화를 부흥시켰으며 또 부흥시키고 있다. 이러한 중국인민의 문화는 그 정신적 측면에서 전체 자본주의 세계를 이미 추월한 것이다."[62] 인민에 의지하지 않고 인민을 중심으로 하지 않는 이른바 중국공산주의자들의 문화적 자신감은 공담에 지나지 않을 것이다.

문화적 자신감에는 물론 인민과 생사고락을 같이하는 수많은 지식인과 문화인들의 자신감이 포함되어 있다. 여러 문화 분야의 전문가 · 학자 · 무형문화의 창조자와 전승자는 모두 자신의 전문 분야에서 문화적 자신감의 역사적 근원과 문화전통을 발견할 수 있고, 또 모두 자신의 창조적 기여로 인민의 문화적 자신감을 강화시킬 수 있다. 개혁개방 이후, 특히 18차 당 대회 이후, 중국의 학자와 전문가들이 풍부한 문화전통과 현대문화를 보유한 문화적 자신감을 갖춘 대국 학자의 신분으로 세계의 문화교류에 참여하는 것은 매우 예사로운 일이 되었다. 이로부터 세계 문화학술포럼과 문화교류에 참여하는 중국학자들이 날로 늘어날 것임을 예견할 수 있다. 일방적으로 수입하고 수용하던 시대는 이미 끝났다. 중국학자들이 세계문화의 교류에 광범위하게 참여하는 것이 바로 문화적 자신감의 표현의 일종이다.

물론 문화적 자신감 문제를 문화인의 자신감에만 귀결시켜서는 안 된다. 우리 일부 학자들은 민국시기의 학자들에 대해 흥미진진하게 이야기하곤 한다. 마치 그때가 중국문화의 전성기였던 것처럼 말이다. 또한 그때가 중국이 문화적 자신감으로 넘쳤던 것처럼 말이다. 그

---

61) 마오쩌둥, 『毛澤東選集』 제4권. 2판. 베이징, 인민출판사, 1991: 1495.
62) 위의 책, 1516쪽.

러나 그것은 잘못된 역사관과 문화관이었다. 민국시기에 기여를 한 일부 저명한 학자들이 있었음은 의심할 여지는 없다. 중국인들은 그들의 문화적 공적과 학술적 공헌을 잊지 않을 것이다. 그러나 그때 당시 중국은 국력이 취약하고 문맹이 많아 세계에서 발언권이 없었던 중국이었다. 그러한 중국에서 중국인의 문화적 자신감, 중화민족의 문화적 자신감은 어디서 오겠는가? 소수의 문화 명인에만 의지해서는 민족적 자신감의 빌딩을 떠받칠 수는 없는 것이다.

문화적 자신감 문제는 문화에만 속하는 것이 아니라, 국가의 강대함, 민족의 독립과도 갈라놓을 수 없다. 1930년대에 중국문화의 출로는 어디에 있었는가 하는 논쟁이 발생하였었다. 참가자들은 주로 문화학자들이었다. "전면적 서구화"를 주장하는 논자들이나 중국문화 본위주의자들이나 모두 진정으로 중국의 문화적 자신감을 확립시킬 수 없었다. "전면적 서구화" 논자들은 말할 것도 없고, 문화 본토파마저도 중화 전통문화의 정수가 무엇인지 제대로 이해하지 못하고 있었다. 문화의 범위 안에서 중국문화의 출로와 자신감에 관한 문제를 논쟁하다가는 답을 찾을 수는 없었던 것이다. 마오쩌동이 1940년에 쓴 「신민주주의론」은 마르크스주의 문화관의 높이에 서서 문화문제를 "중국은 어디로 가야 하는가" 하는 문제와 중국의 출로문제와 연결시켜 함께 토론하였다. 「신민주주의론」 제1절 첫 머리에서 "중국은 어디로 가야 하는가"라는 문제를 제기하고 이어 제2절에 "우리는 새로운 중국을 건설하려고 한다"라고 제목을 달았다. 또 "이런 문화는 오직 무산계급의 문화사상, 즉 공산주의사상으로만 이끌 수 있을 뿐, 다른 어떠한 계급의 문화사상으로는 이끌 수 없는 것"이라며, 중국문화의 지도권과 지도사상을 명확히 제시하였다. "중국은 어디로 가야 하는가?"하는 문제가 해결되지 않고, 중국이 해방되지 않았으며, 사회주의제도가 수립되지 않았다면, 중화민족 문화의 위대한 부흥을 실현할 수 없는 것이며, 민족의 문화적 자신감을 새롭게 수립할 수는 없는 것이다.

3. 문화적 자신감은 중국문화 특유의 정신적 표식에 대한 자신감이다

화적 자신감을 확고히 함에 있어서 사물이나 문화의 매개체만 볼 것이 아니라 중화문화의 심층적 내용에 대해서도 이해해야 한다. 문물이든 전적이든 모두 문화의 매개체일 뿐이며 문화의 주체는 사람이다. 그리고 영혼은 매개체 중의 내적 정신이다. 우리가 고궁에 소장되어 있는 수많은 국보들 속에서, 헤아릴 수 없이 많은 중화의 우수한 전통 고전들 속에서, 만리장성과 중국 역대왕조의 각양각색의 정교한 문물과 건축들 속에서 그 속에 숨겨진 중화민족의 창조력을 보지 못하고 그 속에 깃든 중국의 정신 · 중국의 지혜 · 중국의 이념을 보지 못한다면, 우리가 왜 그 속에서 문화적 자신감을 수립할 수 있다는 자신감을 얻을 수 있는지에 대해서도 이해하지 못할 것이다. 왜냐하면 문화적 자신감은 중국역사와 헤아릴 수 없이 많은 경전에 깃들어 있는 풍부한 철학적 지혜와 정치적 지혜, 풍부한 역사 경험과 국정운영 이념에 대한 자신감이고, 이처럼 많은 정교한 문물들 속에서 경전에 깃든 독특한 표식으로서의 중국의 정신 · 중국의 지혜 · 중국의 이념에 대해 체득하였다는 자신감이며, 물질문화의 창조물 속에서 중화민족의 창조력과 생명력을 발견하였다는 자신감이다.

중화문화의 풍부한 내용과 정수는 말 타고 꽃구경식의 참관과 유람이 아니며, 무심하게 읽어서 파악할 수 있는 것이 아니다. 여기서는 올바른 문화관과 이해수준이 필요하다. 예술품 경매시장에서 예술품 경매과정에 그림 한 점, 청동기 한 점, 진귀한 자기 한 점이 엄청난 가격에 달하는 것을 보면서 우리는 그 예술품의 상업적 가치에 놀라움을 금치 못하곤 한다. 그러나 그렇다고 우리가 그 예술품들의 문화적 가치를 알고 있음을 의미하는 것은 아니며, 경매된 그 예술품들을 문화적 자신감과 연결 지을 수 있는 능력이 우리에게 있는지의 여부에 대해서는 더더욱 언급할 처지가 아니다. 마르크스는 "광석을 파는 상인은 그 광석의 상업적 가치만 볼 수 있을 뿐, 그 광석의 아름다움과 특성은 보지 못한다"[63], "음악적 느낌을 느낄 수 없는 귀에는 아무리 아름다운 음악도 아무 의미가 없다"[64]라고 말한 적이 있다. 문화의 본질과 문화적 자신감은 중국문화라는 매개체 속에 내재된 중국의 정신과 중국의 지혜 및 중국의 이념에 대한 전체적인 이해가 바탕이 되어 수립된 것이다. 이는 중국의 물질문화와 무형문화 속에서 구현되며, 중화의 우수한 전통문화, 홍색문화와 사회주의 선진문화 속에 관철되어 있는 것이다.

마오쩌동은 왜 중국혁명과 중국공산당에 대해 논술한 『중국혁명과 중국공산당』이라는 저서에서 중국의 역사로부터 시작해야 한다면서 "중화민족의 개화사에는 자고로 발달하였다고 할 수 있는 농업과 수공업이 있었고, 수많은 위대한 사상가·과학자·발명가·정치가·군사가·문학가·예술가가 있었으며, 풍부한 문화 고전이 있었다. 아주 오래 전에 중국에서 지남침이 발명되었다. 1800년 전에는 이미 제지법이 발명되었다. 1300년 전에 이미 각판 인쇄술이 발명되었다. 800년 전에는 더욱이 활자 인쇄술이 발명되었다. 화약의 응용도 유럽인들보다 앞섰다. 그러므로 중국은 세계문명이 가장 일찍 발달한 나

---

63) 마르크스, 엥겔스. 『마르크스·엥겔스선집』 제42권. 베이징, 인민출판사, 1979, 126쪽.
64) 위의 책

라 중의 하나이다. 중국은 이미 문자로 기록되어 있어 고증이 가능한 근 4천 년의 역사를 가지고 있다."[65]라고 말하였다. 마오쩌둥이 이처럼 자신감에 넘쳐서 중국의 역사, 중국의 문명발전사 및 문화발전사에 대해 다시 이야기하면서 중화민족을 위해 탁월한 공헌을 한 인물들을 자랑스러워한 것은 바로 중국의 역사, 중국의 문명사·문화사·발명 창조사 및 걸출한 역사인물들이 중화민족의 자강불식하는 분투정신, 거대한 창조력과 풍부한 지혜를 보여주고 있기 때문이다. 우리 선조들이 해낼 수 있는 것은 우리 중국공산주의자들도 반드시 해낼 수 있으며, 반드시 선조들을 욕되게 하지 않고 그 정신을 이어받아 중국혁명의 위업을 완성하고, 아름다운 새 중국을 계속 건설할 수 있을 것이다.

전통은 너무나도 중요하다. 한 개인의 경우 태어나서부터 죽기까지 일정한 시간적 구간이 주어진다. 이는 모든 사람이 다 그러하다. 오직 전통과 그 전통에 내재된 위대한 정신과 지혜 및 이념만이 시간적 구간이 없으며 시간을 초월한다. 공자·맹자·노자·장자는 세상을 떠난 지 이미 2천년이 넘었고, 이백·두보·왕·백거이 등 유명한 시인과 사인(詞人)들도 모두 세상을 떠난 지가 1천년이 넘는다. 그리고 수많은 국보들도 그 연대를 확정하기 어려우며 모두가 골동품들이다. 그러나 문화는 오랜 세월이 흘렀다고 하여 그 가치가 사라지는 것이 아니다. 문화 속에 깃든 사상은 여전히 대를 이어오면서 중국인을 키워내고 있다. 후세 사람들은 독서와 해석을 통해 그 속에 깃든 정신과 지혜 그리고 이념에 대해 이해하고 있다. 오늘날까지 전해지고 있는 고대 문화유물 속에는 여전히 문화정보가 남아있고, 그 유물에 깃든 더할 나위 없이 정교한 기예와 예술정신은 여전히 현대인에게 조상들

---

65) 마오쩌둥, 『毛澤東選集』 제2권. 2판. 베이징, 인민출판사, 1991, 622-623쪽.

의 지혜와 창조력을 물려주고 있다. 요즘에 들어 장인정신을 부르짖고 있지 않은가? 우리 조상들이 만든 청동기며 유명한 4대 자기며, 징타이란(景泰藍, 명나라 경태제[景泰帝] 때 만든, 에나멜 종류의 푸른 물감)을 보라. 또 사람들의 감탄을 자아내는 눈이 부시게 아름다운 공예품들을 보라. 그 공예품들에 깃든 것이야말로 진정한 장인정신이 아니겠는가! 필자는 『장자·지북유(庄子·知北遊)』 중의 "대사마의 띠 갈고리를 벼리다"라는 이야기를 떠올리게 된다. "대사마(大司馬)의 띠 갈고리를 벼리는 대장장이가 있었는데 그가 팔순이 되어서도 벼리는 띠 갈고리는 흠 잡을 데가 없었다." 평생 "다른 것은 쳐다보지도 않고, 띠 갈고리 이외에는 아무 것도 보지 않았다."라는 이야기이다. 물론 여기서 장자가 전하고자 하는 뜻은 다른 것이지만 띠 갈고리를 벼리는 기술만운 "하나에 정통한 장인정신"을 엿볼 수 있는 것이다. 농업시대의 공예라서 시대에 뒤떨어졌을 수도 있지만 빈틈이 없고 꾸준히 갈고 닦는 정신은 공업화 또는 탈공업화 시대를 살아가고 있는 우리에게 본보기가 되고 있다.

어떤 사람들은 마르크스주의 철학을 두고 정신과 사상 그리고 이념의 역할을 인정하지 않는 기계적 유물론이라고 지적하는데, 이는 오해가 아니면 의도적인 곡해이다. 마르크스주의 유물론은 변증법적 유물론으로서 사회의 존재가 사회의식을 결정한다고 주장하지만 사회의식의 능동적 작용을 크게 중시한다. 마르크스는 "철학은 무산계급을 자신의 물질적 무기로 간주하며, 마찬가지로 무산계급도 철학을 자신의 정신적 무기로 간주한다."라고 지적하였다. 이로 볼 때 마르크스는 정신이 무기의 일종임을 인정하였던 것이며, 사상은 천둥번개처럼 힘이 있다고 인정하였음을 알 수 있다. 정신 또는 사상이 일단 사람들의 마음속에 스며들기만 하면 더할 나위 없는 막강한 위력을 발휘할 수 있다. 마르크스주의 철학보다 더 인간의 주관적 능동성을 중시하는 철학은 그 어디에도 없다고 필자는 생각한다. 정신적 역할을 인정하지 않는 "마르크스주의"는 마르크스주의에 대한 조롱이다. 고대 중국인들은 모두 "형체는 생명의 집이고 원기는 생명의 기둥이며, 정신은 생명을 주재한다. 그중 한쪽이 응분의 지위와 역할을 잃게 되면 세 가지 모두 손상을 입게 된다." "이 세 가지 중 어느 것도 소홀히 해서는 안 된다."라는 이치를 잘 알고 있었다.

어떤 사람들은 "지금 우리는 이미 '전면적 서구화'를 실현하지 않았는가? 그런데 무슨 중국의 문화적 자신감에 대해 말한단 말인가? 우리가 양복을 입고 양식을 먹으며 비행기, 고속철을 타고 핸드폰, 전화를 사용하는 것 등은 모두 서양에서 온 것이 아닌가?"라고 말한다. 여러 민족의 문화는 서로 영향을 준다. 우리는 "호화((胡化, 한족이나 한족정권이 장기간 이민족의 영향을 받아 성씨와 호칭, 사고방식, 행위특징, 생산방식, 풍속문화 등 여러 방면에서 이민족에 동화되는 현상이 나타난 것, 곧 오랑캐화를 말함)현상이 나타났다고 말할 수 있다. 우리가 먹는 많은 야채와 과일은 그때 당시 서역에서 온 것이니까. 우리는 또 일본 · 한국 · 베트남이 한화(漢化. 한족화) · 당화(唐化. 당나라화)되었다고 말할 수도 있다. 또한 현재 서구 국가들이 중국화 되고 있다고 말할 수도 있다. 왜냐하면 중국의 일용제품, 기술 함량이 높은 고급 제품을 포함한 중국 제품들이 서구 국가들에 꾸준히 수출되고 있기 때문이다. 일부 서구 국가들에서는 '중국 제조' 심지어는 '중국 창조'라고 명시한 제품을 곳곳에서 볼 수 있다. 문명의 전파와 서로 도입하고 서로 참고로 삼는 것을 "전면적 서구화"와 혼동하는 것은 물론 잘못된 것이다. "전면적 서구화"의 본뜻은 문명과 문화의 교류가 아니라 '자기 민족의 문화전통과 역사전통을 버리고 다른 나라의 복제판을 만들고자 하는 것이다. 그것은 불가능한 일이다. 중국 개혁개방으로 중국은 세계적 교류에 참여하게 되었지만' 중국은 여전히 중국이고 중국문화는 여전히 중국문화이다.

어느 민족도 자기 문화전통을 완전히 포기할 수는 없다. 왜냐하면 문화는 혈맥 속에 녹아들어 민족의 영혼이 되었기 때문이다. 우리의 생활양식, 우리의 그림, 우리의 문학예술 ― 무릇 중국인이라면 영혼 깊은 곳에 중국문화의 흔적이 남아 있기 마련이다. 중국인의 창작은 중국 전통의 영향에서 완전히 벗어날 수 없으며, 모두 우리 문화의 민족적 특색을 어느 정도 보유하고 있는 것이다. 물론 우리는 서양문화를 배척하지 않는다. 오히려 서양의 우수한 문화를 받아들여야 한다. 그러나 서양문화는 중국문화의 민족적 특색을 바꿀 수는 없다. 마오쩌둥은 음악 분야의 종사자들과 담화를 나누는 자리에서 모자를 짜는 것에 비유하면서 "외국의 모자 짜는 방법을 배워서 중국의 모자를 짜야 한다"고 말하였다. 그는 "외국의 유용한 것은 다 배워서 중국의 것을 개선하고 발양하며 중국의 독특하고 새로운 것을 창조해야 한다"고 말하였다. 그는 또 "갈수록 서구화 할 것이 아니라, 갈수록 중국화 해야 한다"고 말하였다. "외국의 선진적인 것을 받아들여 중국에 이용해야 한다는 것"은 마오쩌둥의 일관된 주장이었다.

문화적 자신감에는 물론 중국 혁명투쟁 속에서 창조한 홍색문화에 대한 자신감도 포함된다. 홍색문화는 우리들의 실제생활·실제투쟁과 긴밀히 결합되어 있다. 우리는 고대중국에 살고 있는 것이 아니라 현대중국에 살고 있다. 홍색문화는 시대의 장벽이 없기 때문에 해석·해독·논쟁·식별·고증이 필요 없고, 혹은 각자 자신의 학설을 세울 필요가 없으며, 국민에게 더 쉽게 이해되고 받아들여질 수 있다. 『홍색가신(紅色家書)』과 『혁명열사시초(革命烈士詩抄)』에 수록된 가족애와 애국심으로 가득 찬 가족들 간의 편지와 뜨거운 혁명의 열정으로 가득 찬 절명시들이 담고 있는 살신성인(殺身成仁)·사생취의(捨生取義)·시사여귀(視死如歸) 등의 정신은 중국 전통문화 중 부모에게 효도하는 마음이고 나라에 충성을 다하는 애국주의 정신을 계승한 것으로서 더욱 현실적인 교육적 의의가 있다. 시진핑 총서기는 "중국혁명의 역사는 최고의 영양제"이고 "역사는 최고의 교과서"라고 거듭 지적하였으며 "홍색자원을 잘 활용하고, 홍색 전통을 잘 발양하며, 홍색 유전자를 잘 이어나가야 한다"고 강조하였다. 시진핑 총서기는 "'붉은 배' 정신은 중국혁명 정신의 원천"이라면서 "중국공산당의 역사상에서 형성된 우량한 혁명정신은 '붉은 배' 정신과 직접적인 근원적 관계가 없는 것이 없다"고 찬양하였다. 징강산(井岡山)정신이든, 25000리 장정 정신이든, 또는 옌안(延安)정신이든, 시바이퍼(西柏坡)정신이든 모두 '붉은 배(紅船)' 정신에 대한 지속적인 발양이다. '붉은 배' 정신의 핵심은 바로 혁명정신이고 공산주의 이상과 신앙이다.

　문화적 자신감은 끊겨서는 안 된다. 사회주의 조건에서 문화적 자신감은 물론 사회주의 선진 문화에 대한 자신감에 더 큰 관심을 기울여야 한다. 그 자신감은 우수한 전통문화에 뿌리를 내리고 '붉은 배' 정신을 직접 계승하고 개척한 혁명 문화이며, 또한 중국의 사회주의 건설 실천에 기반을 둔 새로운 문화이다. 사회주의사회는 인류사회 발전의 새로운 형태이며, 인류 역사상에서 나타났던 적이 없는 사회 형태이다. 만약 사회주의사회가 인류사회의 발전법칙이고 인류발전의 총체적 방향을 예시한다고 한다면, 사회주의문화는 더욱 선진적인 문화이며, 인류문화발전의 방향을 선도하는 문화이다. 사회주의 선진 문화는 현재 건설 중이다. 사회주의 선진 문화의 정신과 사회주의 핵심가치관을 구현하는 모범적인 인물·도덕적 본보기는 바로 우리들의 생활 속에 있는 것이다.

만일 "문화적 자신감은 도대체 어떤 믿음에서 오는 것인가?" 하고 묻는다면 "그 믿음은 중화의 우수한 전통문화에 깃든 중국의 정신·중국의 지혜·중국의 이념에서 오는 것이고, 홍색문화 중의 혁명정신, 공산주의 이상과 신념에서 오는 것이며, 국가·사회·개인을 사회주의 핵심가치관이 주도하는 사회주의 문화의 선진성의 차원으로 끌어올릴 수 있다는 데서 오는 것"이라고 자신 있게 대답할 수 있어야 한다.

4. 문화적 자신감의 사명은 사회주의 문화강국을 건설하는 것이다

중국은 역사적으로 원래부터 문화고국·문화대국·문화강국이었다. 근 백 년 간의 고난, 그리고 열강의 침략과 약탈로 인해 중국은 나라가 약하고 백성이 가난하며, 과학기술이 낙후하고, 문맹자이 사처에 널려 있었으며, 고대 문명국이던 데에서 문화 약소국으로 전락하였었다. 중국인민해방전쟁의 승리에 힘입어 중국인민은 일어설 수 있었다. 70년간의 사회주의 건설과 개혁을 거쳐 중국은 부유해지고 강대해지는 새로운 시대를 맞이하게 되었다.

시진핑 총서기는 19차 당 대회 보고에서 "초심을 잃지 말고 사명을 마음속에 새길 것"을 강조하였다. 시진핑 총서기의 힘찬 선서는 중화민족의 위대한 부흥을 위해 분투하리라는 중국공산당의 결심을 대표한 것이었으며, 또 근 백 년의 중국역사상 중화민족 문화의 부흥을 위해 앞사람이 쓰러지면 뒷사람이 이어서 나아가며, 용감하게 싸우다가 희생된 열사들의 초심을 대표한 것이었다. 중국공산당은 단 한 번도 자신의 초심을 잃은 적이 없으며, 일찍이 중화민족의 부흥을 위해 그리고 자유적이고 민주적이며 독립적이고 강대한 중국을 건설하기 위해 희생된 무수한 열사들을 잊은 적이 없다. 톈안문(天安門)광장의 중심에 우뚝 솟아 있는 인민영웅기념비에 새겨진 비문은 혁명을 위해 희생된 선열들의 초심을 기억하도록 시시각각으로 후손들을 일깨워 주고 있다.

초심을 잃지 않는다는 것은 또한 근 백 년 동안 목이 잘리고 피를 흘리면서도 영원히 동요되지 않고 끝까지 분투하리라는 혁명열사들의 결심이기도 하다. 여기서 필자는 혁명여전사 치우진(秋瑾)의 매화를 읊은 시(咏梅詩)가 떠오른다. "고결한 자태의 매화는 눈서리에도 아랑곳 않고 피어나고, 부귀한 저택의 누각에 의지해 살아가는 것이 부끄러워 오래된 산봉우리 위에 피어난다네. 매화의 풍채는 평범하지 않은 것 (冰姿不怕雪霜侵, 羞傍瓊樓傍古岑。標格原因獨立好, 肯敎富負初心。)을 추구하는 것이라. 어찌 부귀영화를 탐해 초심을 바꿀 수 있겠는가? "치우진은 혁명을 위해 희생된 여중호걸이다. 그녀의 초심은 바로 부패한 청조 정부를 뒤엎고 나라의 자유와 부강을 추구하는 것이었다. 치우진은 고향인 저장(浙江)성 사오싱(紹興)시 쉬안팅커우(軒亭口)에서 정의를 위해 영용하게 싸우다가 희생됨으로써 초심을 잃지 않으리라는 의지를 보여주었으며, 또 민주혁명시기 중국혁명을 위해 희생된 많은 열사들의 초심을 대표하기도 한다.

중국공산당은 초심을 잃지 않고 사명을 아로새기고 중화민족의 위대한 부흥을 실현해나가고 있다. 그중에는 중화민족문화의 부흥을 포함하고 있고, 사회주의문화의 번영과 흥성의 추진, 문화대국·문화강국의 건설을 포함하고 있다. 문화의 부흥이 없으면 현대화의 전면적 실현도 없으며, 중화민족의 부흥은 정신적·문화적 뒷받침이 부족하기 때문에 뒷심이 부족하게 된다.

사회주의 문화의 번영과 흥성을 추진하고 사회주의 문화강국을 건설하는 것은 매우 어렵고도 장기적인 과업이다. 시대가 다르고 조건이 다르며 처한 환경이 다르기 때문에 현대화를 지향하고 세계를 지향하며, 미래를 지향하는 발전을 위한, 민족적이고 과학적이며 대중적인 사회주의문화는 마오쩌둥이 당년에 「신민주주의론」에서 제기하였던 문화건설보다 더욱 막중한 과업이다. 국제교류가 잦으며 다양한 문화가 서로 충돌하고 교류하며 융합하는 중국에서, 다양한 사상과 다양한 이익이 공존하는 현대중국에서 제반 인문사회과학 학과의 설치, 사회주의 문학예술의 번영과 발전, 사회주의 핵심가치관을 활용한 전 국민 양성 특히 젊은 세대의 육성 등에 있어서 모두 장기적이고 꾸준한 노력이 필요하다. 그 과업은 어떤 의미에서 보면 다른 건설보다 더 어려운 것이다. 왜냐하면 그 과업은 인간과 관련되는 것이기 때문에 인간의 이상과 신앙은 여러 가지 각기 다른 가치관의 벽에 부딪칠 수 있기 때문이다. 사상은 가장 미묘하고 파고들기 가장 어려운 영역으로서 어떤 이들에게는 블랙홀과도 같은 것이라고 할 수 있다. 그 것은 그 어떤 압력이나 강박도 다 효력을 발휘할 수 없는 영역이다. 문화영역은 지식인들이 가장 집중되어 있는 영역이다. 문화건설의 지도방법을 강구하고, 당의 지식인정책과 문화정책을 관철하며 지난날의 경험과 교훈을 받아들여 광범위한 지식인과 문화업무 종사자들의 적극성과 애국주의 열정을 충분히 동원함으로써 문화건설을 지식인과 문화업무 종사자들의 자각적인 임무로 만들어야 한다.

문화건설은 이데올로기 건설과 동일시할 수는 없지만 그중에는 확실히 이데올로기 문제가 존재하고 있다. 문화건설은 이데올로기 영역에 속하는 것으로서 탈(脫)이데올로기화, 탈정치화, "탈중국화"할 수는 없다. 문화건설은 이데올로기 영역에서 마르크스주의의 지도적 지위를 공고히 하고, 마르크스주의를 지침으로 하는 원칙을 견지하며, 중화문화의 입장을 고수해야 할 뿐만 아니라, 현대의 현실에 입각하고, 시대적 조건과 결부시켜 시대적 가치를 갖추고, 인민의 염원을 반영하는 고수준의 문화제품도 창조해야 한다.

문화의 발전사는 모든 산이 끝없이 이어져 있는 것과 같아서 골짜기도 있고 평원도 있으며 높은 산봉우리도 있다. 문화명인과 대대로 전해져 내려오고 있는 거작들은 대대로 흔히 볼 수 있는 것이 아니다. 중국 특색의 사회주의 신시대에는 더욱 많은 문화명인과 산업을 양성하고, 더욱 많은 명작과 거작을 창작할 수 있는 조건을 마련해야 한다. 오직 뭇별들이 눈부시게 빛나고 뭇 산이 웅기중기 모여 있어 장관을 이룬 모습이어야만, 이처럼 풍부한 문화유산을 보유한 중국이 마땅히 갖추어야 할 문화대국·문화강국의 모습을 갖추게 되는 것이다. 번영되고 흥성한 문화를 보유한 대국을 건설해야 하는 어려움은 정신의 만리장성을 쌓는 것에 견줄 만한 것이다.

"바람을 타고 파도를 헤쳐 나갈 수 있는 그 날이 언젠가는 꼭 오리니, 돛을 높이 올리고 넓고 푸른 바다를 용감히 헤쳐 나아가리라! (長風破浪會有時, 直挂雲帆濟滄海.)"(이백[李白]의 시 행로난[行路難] 중의 한 구절.) 사회주의 문화의 번영과 흥성을 촉진시키고, 사회주의 문화강국을 건설하는 과정에서 책임감과 사명감을 가진 모든 문화인들은 반드시 우리에게 주어진 시대와 우리 당과 인민의 기대에 부응해야 하며, 자기 작품으로 문화적 자신감을 더 높은 차원으로 끌어올려야 한다.

제12장 문화적 자신감의 저력

　문화적 자신감에는 저력이 필요하다. 문화적 자신감의 저력과 문화적 자신감은 동일체의 양면이다. 문화에 대한 큰 자신감은 우리 문화적 자신감의 막강한 저력을 보여준다. 또 문화적 자신감의 저력이 강할수록 문화적 자신감에 대한 우리 자각성과 확고함이 더욱 강화된다. 저력이 없으면 문화적 자신감은 텅 빈 골짜기에서 메아리처럼 울리는 자신의 부르짖음이며, 문화적 자신감이 없다면 문화적 자신감의 저력은 거울 속의 꽃이요, 물속의 달처럼 유명무실한 허상에 불과할 것이다. 문화적 자신감을 강화하려면, 우리 자신감의 저력이 어디에 있는지를 명확히 알아야 한다.

　문화적 자신감과 연관되는 자신감의 저력문제도 마찬가지로 현대중국이 안고 있는 중대한 이론문제와 현실문제이다. 그것은 근대 100여 년의 재난을 겪은 뒤 중국인이 문화적 자신감을 재수립하는 이론적 근거와 사실적 근거이다. 중화의 문화적 자신감의 저력을 깊이 연구함에 있어서 우수한 전통문화의 풍부한 내용과 특성을 중시해야 하지만, 문화의 시각을 뛰어넘어야 한다. 왜냐하면 문화적 자신감의 저력은 전통문화 속에 존재할 뿐만 아니라, 현실 속에도 존재하며, 현대중국사회를 떠날 수 없기 때문이다. 중국의 전통문화는 문화적 자신감의 저력의 근원이다. 중국공산당과 마르크스주의는 문화적 자신감의 저력의 중추이고,

중국 특색의 사회주의의 위대한 성과는 문화적 자신감의 저력의 기반이며, 정확한 문화정책은 문화적 자신감의 저력을 증강시키는 제도적 보장이고, 민족의 자강은 문화적 자신감의 저력을 유지하는 영원한 힘이다. 오직 문화적 자신감의 저력을 현대중국의 전반적인 환경 속에 두어야, 특히 길(방향)에 대한 자신감, 이론에 대한 자신감, 제도에 대한 자신감과 문화에 대한 자신감 간의 변증법적 관계속에 두어야만 우리는 비로소 새로운 정신 상태로 중국 특색의 사회주의 새로운 발전단계에서, 샤오캉사회를 전면적으로 실현하는 관건적인 시각에 계속 분발하여 나아갈 수 있는 것이다.

1. 문화적 자신감의 저력은 중화 문화의 특성에서 온다

중화의 전통문화는 문화적 자신감의 근원이다. 우리 선조들은 우리에게 풍부한 문화유산을 물려주었다. 그 유산에는 유형문화재와 무형문화재가 포함된다. 중화 전통문화는 발전 초기에 다양한 사상학파가 나타나 중화 지혜의 전면성과 풍부함을 다각도로 구현하였다. 엥겔스는 고대 그리스 철학의 다양한 형태 중에서 이후의 거의 모든 관점의 배태와 맹아를 발견할 수 있다고 말한 바 있다. 그 주장은 중국의 전통문화에도 마찬가지로 적용된다. 중국역사상 수많은 사상학파가 있었는데, 각자 지론을 펴고 각자 빛나는 성과를 거두었다. 차이는 있었지만 서로 고립된 것은 아니었다. 옛 사람들이 이르기를 "성인군자는 천하의 만사와 만물의 변화를 발견하고 관찰을 통해 그 변화의 관건 요소를 발견할 수 있다.(聖人有以見天下之動, 而觀其會通)" "천하의 만사와 만물은 각이한 경로를 통하여 같은 귀착점에 이르게 되며 각이한 사상들도 자연히 일치한 방향으로 나아가게 된다.(天下同歸而殊途, 一致而百慮)"라고 하였다. 또 "화이부동(和而不同, 남과 사이좋게 지내기는 하나 무턱대고 어울리지는 아니함)", "해납백천(海納百川, 바다는 수백 갈래의 강물을 모두 받아들인다)"이라고 하였다. 중화의 전통문화는 여러 학파의 사상이 다양한 각도에서 접근한 우주와 인생, 국정운영, 덕을 쌓고 인재를 키우는 것 등과 관련하여 서로 구별하고 서로 어울리는 큰 지혜로서 무궁무진하며 늘 써도 늘 새로워지는 형상을 연출하였다.

유학을 주도로 하는 중국 전통문화의 본질은 인문문화이다. 그 인문문화가 가장 관심을 두는 것은 내세(來世)가 아닌 현세(現世)이며, 천당(天堂)이 아닌 인간세상이다. 그것은 곧 신이 아닌 인간의 문화이다. 종교의 초월성과 신성성은 흔히 현실과 동 떨어지는 방향으로 사람을 인도한다. 마르크스는 신성화된 문화를 극구 반대하였다. 그는 "인민이 꿈꾸는 행복으로서의 종교를 폐지하는 것은 바로 인민의 현실적인 행복을 실현하라는 것이다. 자신의 처지에 대한 환상을 버리라는 것은 바로 환상이 필요한 처지를 버리라는 것이다."라고 하였다.[66] 중국은 예로부터 정교합일(政敎合一, 정치와 종교의 통합), 왕권과 신권이 공치하는 나라가 아니었다. 중국의 전통적인 국정운영(治國理政), 입덕교민(立德敎民, 숭고한 도덕의 본보기를 세워 인민을 교화하는 것)은 신의 지시나 하늘의 계시가 아니라 사상가의 가르침과 지혜에 근거한 것이었다. 중국에서 전국시기의 제자백가와 역대 사상가들의 학설은 주로 현실의 지혜로서 내세에 관한 것이 아니었다. 범중엄(范仲淹)의 "조정의 높은 벼슬자리에 있을 때 백성을 걱정하고, 벼슬자리에서 내려와 외지고 편벽한 곳에 있을 때도 나라 일을 걱정해야 한다"라는 말과 장재(張載)의 "인류사회를 위해 양호한 정신적 가치관을 구축하며, 민중을 위하여 올바른 운명의 방향을 선택

---

66) 마르크스 · 엥겔스. 『마르크스 · 엥겔스선집』 제1권. 베이징, 인민출판사, 1956, 453쪽.

하고, 생명의 의의를 확립하며, 사라져가는 역대 선현들의 불후의 학설을 계승하고 발양하여 후세의 태평성세를 위한 밑거름을 마련해야 한다"는 말은 모두 상기 세속의 정신과 인간세상의 감정을 구현한다.

중화 전통문화의 현실적인 관심에는 초월성과 신성성이 없지 않다. 중화의 전통문화는 국가와 민족을 위해 용감하게 희생하는 것을 최고의 가치로 삼는다. 그 자체가 바로 초월성과 신성성을 포함하고 있다. 초월성, 즉 개인의 이익을 초월하고 마음속에 "소아(小我, 우주의 절대적인 나와 구별한 자아)가 아닌 "대아(大我, 우주의 유일·절대의 본체)가 있는 것이다. 신성성을 포함하고 있다고 하는 것은 중국 전통문화가 숭고한 이상과 신앙을 가지고 있기 때문이다. 즉 살신성인하고, 사생취의하며, 도의를 위해 목숨을 버리고, 몸을 던져 나라를 구하는 것이다. 곤경에 처하였을 때 일시 모면하는 것만을 꾀하는 것이 아니며, 목숨을 아끼고 죽음을 두려워하는 것이 아니다. 중화민족은 종교전쟁을 치른 적이 없고, 종교 순교자도 없으며, 종교전쟁의 살육자를 찬미하지도 않는다. 오로지 나라를 위해 희생된 자에 대한 칭송만 있을 뿐이다. 굴원의 「구가·국상(九歌·國殤)」이 바로 전쟁에서 전사한 용사들을 칭송한 시이다. 시는 이렇게 적고 있다. "깃발은 하늘을 뒤덮고 적들은 구름처럼 몰려드는데, 빗발치듯 날아드는 화살 속에서 용사들은 용감히 앞으로 돌진하네.(旌蔽日兮敵若云, 矢交墜兮士爭先)" "검을 차고 활을 메고, 목이 베이고 몸이 찢겨도 장수의 굴하지 않는 영웅심은 영원하리.(帶長劍兮挾秦弓, 首身離兮心不懲)." 시진핑 총서기는 "중국인은 세계·사회·인생을 대함에 있어서 자신의 독특한 가치체계를 가지고 있다. 독특하고 유구한 역사를 가진 중국인의 정신세계가 중국인에게 강한 민족적 자신감을 심어주었으며, 또 애국주의를 핵심으로 하는 민족정신을 양성하였다."라고 말한 바 있다.

중화문화는 생명력과 창조성이 강한 문화이며, 한 부의 중화문화사인 동시에 한 부의 중화문화사상의 창조사이기도 하다. 역사적으로 역대의 걸출한 사상가들이 각기 다른 면에서 중화 문화의 축적에 기여해 왔다. 마치 흙이 쌓여 산을 이루고 강이 모여 바다를 이루는 것처럼. 중화 문화사에서 각기 다른 시대마다 각기 다른 특색과 절정을 이루었고, 인재들이 창출하였으며 각기 선두 지위를 차지하였다. 각 시대별로 뛰어난 기여를 한 사상가들과 후세에 전해지고 있는 경전들이 있다. 초사(楚詞), 한부(漢賦), 당시(唐詩), 송사(宋詞), 원곡(元曲), 명청(明淸) 소설은 모두 각자의 시대를 대표하는 문화 진품들이다. 중화문화의 창조성과 시대적 특성, 중화문화의 생명력은 우리 문화적 자신감의 뒷심이다. 우리 문화는 넓고도 심오하며 5천년을 거치면서 발전이 끊겼던 적이 없는데, 그것은 전적으로 그 창조력 덕분이다. 창조력이 없는 문화는 생명력이 없는 몸통과 같다. 특히 급속한 발전, 급변하는 정세, 치열한 경쟁 속의 현대 세계에서 한 나라가 다만 풍부한 문화유산만 보유하고 있고, 창조성이 없어서 시대에 맞는 현대문화를 창조할 수 없다면 자신감을 가질 수 있는 문화적 저력이 있을 수 없다. 문화유산은 역사로서 선인들의 창조와 지혜를 대표한다. 한 민족의 문화는 유래가 깊어야 할 뿐만 아니라 오래오래 전해질 수 있어야 하고, 뿌리가 깊어야 할 뿐만 아니라 잎도 무성해야 하며, 전통성을 갖춰야 할 뿐만 아니라 현대성도 갖춰야 한다. 전통문화유산이 보존되어 후손들이 대대로 그 은혜를 누릴 수 있으려면 선조들의 그늘에만 의지할 것이 아니라, 후손들이 계승과 발전 및 창조에 의지해야 하기 때문이다. 민족문화유산이 아무리 풍부해도 후대들이 가만히 앉아서 누리기만 할 수 없다는 것은 역사가 증명해 주고 있다. 이는 북아프리카, 서아시아의 화려하였던 고대문명국들의 현 시대 운명이 말해주는 진리이다. 문화적 자신감의 저력은 찬란한 전통에서 오는 것이 아니며, 찬란한 현실에 더욱 의지하는 것이다.

중화전통문화의 세속성과 국가정서의 지속적인 발양과 승화 및 그 창조성과 생명력이 현시대에는 홍색문화와 사회주의 선진문화로 구현된다. 홍색문화에는 무수히 많은 공산주의자와 혁명인사들의 심혈이 깃들어 있다. 족쇄를 차고 머리를 쳐들고 거리를 활보한 이들이든, 아니면 암암리에 처형을 당한 이들이든, 또는 전쟁터에서 전사한 이들이든 모두 이상과 신앙을 위해 희생된 이들이다. 이처럼 나라를 위해, 민족을 위해, 국민을 위해 희생하려는 이상과 신앙은 신성한 것이며 자아를 초월한 것이다. 홍색문화는 분투와 피로 써내려온, 문자로 기록되었거나 또는 문자로 기록되지 않은 문화이다. 문자로 기록된 것은 선열들의 저작 그리고 이상과 열정으로 가득 찬 옥중 서신들이다.「혁명열사시초」(革命烈士詩抄)와 팡즈민(方志敏)의「사랑스러운 중국」과 같이 죽음을 앞두고 소리 높여 읊은, 세상을 놀라게 하고 세인을 눈물 흘리게 하는 절명시가 이에 속한다. 문자로 기록되지 않은 문화는 혁명적 인민과 공산주의자들이 앞사람이 쓰러지면 뒷사람이 이어나가면서 전투를 계속하는 과정에 깃들어 있는 분투정신이다. 시진핑 총서기는 홍색문화를 크게 중시하고 있다. 그는 "중국의 혁명역사는 가장 좋은 영양제"이고 "역사는 가장 좋은 교과서"라고 거듭 지적하면서 "홍색 자원을 잘 활용하고 홍색전통을 잘 발양하며, 홍색 유전자를 잘 계승해야 한다"라고 강조하였다. 그리고 사회주의 핵심가치관을 주도로 하는 사회주의 선진문화는 인민의 이익을 중심으로 하는 문화이며, 인민이 가장 아름다운 삶을 누릴 수 있도록 하기 위한 문화이다. 현대중국의 문화적 자신감의 저력은 우리 전통문화의 넓고도 심오한 풍부성 및 화이부동한 포용성과 창조정신에서 오는 것일 뿐만 아니라 자강불식의 민족정신을 구현하는 홍색문화의 혁명성, 사회주의 문화의 선진성과 지향성에서 오는 것이기도 하다고 말할 수 있다. 현시대에 홍색문화와 사회주의 선진문화가 중화문화의 중요한 구성부분이라는 현실을 중시하지 않는다면, 현대 중화문화의 저력이 어디에서 오는지를 전면적으로 이해하기는 어려운 것이다.

2. 중국공산당과 마르크스주의는 문화적 자신감의 저력의 버팀목이다

현대중국에서 문화적 자신감의 저력 문제를 연구함에 있어서 중국혁명과 사회주의건설의 지도핵심으로서의 중국공산당의 지위를 절대 무시할 수 없다. 중국공산당은 중국 노동자계급의 선봉대로서 중국이 세 개의 큰 산에 눌려있을 때 구(舊) 중국을 뒤엎고 신(新) 중국을 수립하는 역사적 사명을 짊어졌다. 이로써 문화의 재건과 부흥을 위한 가능성을 마련하였다. 신 중국이 창건된 후 중국공산당은 또 신중국을 전면 건설해야 하는 역사적 사명을 짊어지게 되었다. 중국공산당은 경제를 발전시키고 강국부민(強國富民)을 실현하여 나라의 발전과 인민의 복지를 책임져야 할 뿐만 아니라 실천적으로 문화적 자신감을 재수립해야 한다. 마오쩌둥 동지는 일찍 "경제건설의 고조가 닥쳐옴에 따라 문화건설의 고조가 나타나는 것이 불가피해졌다. 중국인이 문명하지 못한 민족으로 간주되던 시대는 이미 지나갔다. 우리는 고도의 문화를 가지고 있는 민족의 이미지로 세계에 나타났다."[67] 18차 당 대회 이후, 시진핑 총서기가 중화민족의 위대한 부흥

---

67) 마오쩌둥, 『毛澤東文集』 제5권. 베이징, 인민출판사, 1996, 345쪽.

실현이라는 중국의 꿈을 제시하였으며, ʻ7.26ʼ 중요한 연설을 통해 "새로운 시대적 조건에서 우리는 위대한 투쟁을 진행하고, 위대한 공정을 건설하며, 위대한 사업을 추진하고, 위대한 꿈을 이루어야 한다."라고 강조하였다. 이 "네 가지 위대한"을 실현함에 있어서도 마찬가지로 중화문화의 부흥을 실현해야 한다.

근 100년간 고난의 역사가 증명하다시피 중국공산당이 없었다면 중화민족과 중화문화를 다시 일어세울 조직적인 정치역량이 있을 수 없었을 것이며, 중국공산당이 영도하는 혁명이 없었다면 신 중국이 있을 수 없었을 것이며, 문화적 자신감을 재수립할 수 있는 길도 찾을 수 없었을 것이다. 만약 중국이 여전히 낡은 사회와 낡은 제도를 유지한다면, 중국은 현재의 중국이 될 수 없었을 것이며, 현재의 문화적 자신감과 저력도 있을 수 없었을 것이다. 문화적 자신감의 저력문제를 연구함에 있어서 중국공산당이 중국혁명의 지도자일 뿐만 아니라, 문화건설의 지도자이며, 문화적 자신감의 저력의 버팀목이라는 현실을 절대 무시해서는 안 된다.

일찍 사회적으로 일부 ʻ민국풍(民國風)ʼ이 불었던 적이 있는데, 이것은 민국시기의 문화 명인이 중화민족의 문화적 자신감과 문화의 저력을 대표한다고 주장했던 시대적 흐름이었다. 이는 "나뭇잎 하나에 눈이 가려 태산을 보지 못하는 격"이었다. 신해혁명을 통해 군주제를 전복시킨 후로부터 중화인민공화국이 창립되기까지 약 40년 가까운 동안은 중국이 난세에서 치세에 이르고, 약하던 데서 강대해지는 사회 대변혁의 과도시기였으며, 혼란스러우나 앞으로 나아가는 시기였다. 민국시기에는 전반적으로 경제가 낙후하고, 독재정치가 성행하였으며, 교육이 낙후하였고, 전국에 문맹이 많았지만 사회가 전환기에 처하여 있었기 때문에 문화적으로 일부 명인들이 나타나기도 하였다.

그러나 낙후한 중국에서 극소수의 문화명인 또는 문화엘리트가 나타 났다고 하여 그때 당시 중국이 문화적 자신감과 문화적 저력을 가지 고 있었다고는 할 수 없다. 문화적 자신감의 본질은 민족의 자신감으 로서 전체 민족의 정신 상태이다. 우리는 중화문화에 대한 그중 일부 사람들의 공헌을 존경한다. 그러나 구 사회 극소수의 문화엘리트만 믿고 중국공산당이 영도하는 혁명의 승리와 나라의 재건, 사회의 재 건, 문화의 재건을 무시한다면 현대 중화문화의 자신감의 저력이 도 대체 어디에서 오는 것인지를 알 수 없다. 중국공산당은 중국 혁명의 버팀목이자 중화문화 부흥의 버팀목이기도 하다. 현대중국에서 당 조 직·정부·군대·민중·학술계 등 모든 부처, 모든 분야, 모든 업종, 그리고 중국의 모든 곳에 이르기까지 당은 모든 것을 지도하고 전 국 면을 총괄하며 제반 분야를 조율하는 최고의 정치 역량이다. 중국공 산당의 영도를 약화시키거나 부정한다면 중화민족은 또다시 문화적 자신감의 저력을 잃게 될 것이다. 중국의 사무를 잘 처리하는 관건은 당에 달려 있다. 바로 그러하기 때문에 18차 당 대회 이후 우리 당은 당 건설을 크게 중시하여 당을 엄하게 다스리며 부패를 척결함으로써 당에 대한 전국 인민의 믿음과 기대를 저버리지 않기 위해 노력하고 있는 것이다.

중국공산당과 갈라놓을 수 없는 것이 바로 이데올로기 영역에서 마 르크스주의의 지도적 지위이다. 마르크스주의의 지도적 지위가 도대 체 중화 전통문화의 혁신적 발전에 유리한 것인가 아니면 중화 전통 문화의 발전을 저해하는 것인가? 어떤 사람들은 마르크스주의를 서 구의 학설이요, 이질문화라고 여기고 있다. 중국에서 마르크스주의와 중화 전통문화의 '문화적 충돌'은 불가피하다. 이는 근대 중화문화의 전통이 단절되었던 근본적 원인이다. 사실 문화를 놓고 볼 때, 마르크스주의의 전파는 중국의 전통문화에 대해 살펴보고, 정수와 찌꺼기를 가려내며, 계승과 혁신, 전통과 현대화 간의 관계를 정확하게 처리하는 과학적 태도를 제공하였으며, 문화 허무주의와 "전반적 서구화" 주의 및 복고 수구의 보수주의에 강력하게 저항하였으며, 중화 전통문화의 정신적 특질과 계승 가능성에 대해 이론적으로 논술하였다. 마오쩌동 동지는 "우리는 공자로부터 쑨중산(孫中山)에 이르기까지 마땅히 체계적으로 총화하여 그 부분의 진귀한 유산을 계승해야 한다." "우리는 마르크스주의의 올바른 사상방법을 신봉하고 있지만, 그렇다고 중국의 문화유산을 경시한다는 의미는 아니다."라고 지적한 바 있다. 18차 당 대회 이후 시진핑 총서기는 중화의 전통문화를 어떻게 대할 것인지에 대해 일련의 중요한 논술을 하였다. 사실이 증명하다시피 마르크스주의는 중화 전통문화를 폄하하는 것이 아니라, 세계 문화 속에서 중화 전통문화의 지위를 향상시키자는 것으로서 중화문화가 바른 방향을 따라서 발전할 수 있도록 이끄는 방향계이자 추진기인 것이다.

중국의 문화생태에서 마르크스주의를 배제한다면, 중국 전통문화의 창조적 전환과 혁신적발전이 불가능하다는 것은 정치적 편견이 없는 사람이라면 누구나 다 발견할 수 있다. 만약 역사상의 전통적인 해석 이론과 연구방법을 여전히 그대로 따른다면, 새로운 국면을 열 수 없고, 새로운 도리, 새로운 사상, 새로운 체계를 수립할 수 없으며, 따라서 중화 전통문화 연구에서 새로운 절정을 이룰 수 없다. 만약 이데올로기 영역에서 마르크스주의의 지도적 지위를 배제한다면, 현대중국에는 마르크스주의를 지침으로 하고, 중화의 우수한 전통문화를 뿌리 삼아 서양의 우수한 문화를 충분히 받아들인 중국 특색의 사회주의 선진문화가 아닌, 제국주의문화, 봉건주의문화, 또는 보수적인 국수주의와 '서구화주의'가 결합된 이도저도 아닌 잡탕문화가 여전히 지배적 지위를 차지하는 문화 풍경이 나타났을 것이다. 그렇게 된다면 중국의 문화는 100년은 퇴보하고 말았을 것이다.

특히 중요한 것은 중국에서 마르크스주의의 전파이다. 마르크스주의가 중국에서 마오쩌둥사상, 중국특색사회주의 이론체계로 전환되었을 때, 그것은 더 이상 이른바 '이역문화'가 아니라 현대중국문화의 가장 중요한 내용이 되었다. 중국화한 마르크스주의는 내용이 중국의 실제, 그리고 중국역사 및 문화와 결합되었을 뿐만 아니라, 언어 풍격과 기백에 있어서도 모두 중국문화의 특색을 띠고 있다. 우리가 마오쩌둥 동지의 「실천론」「모순론」「인민 내부의 모순을 정확히 처리하는 데 관한 문제」를 읽어보고, 또 시진핑 총서기의 일련의 중요한 연설 속에 경전 중의 어구나 고사를 인용함으로써 나타나는 중국의 풍격을 읽노라면 그것이 마르크스주의인 동시에 중국의 것임을 알 수 있다. 따라서 마르크스주의의 지도적 역할, 마르크스주의의 중국화는 중국문화 밖에 존재하는 이질문화가 아니라, 중국 현대문화에 내재된 영혼과 지도사상이며, 중국 전통문화가 영원히 젊음과 활력을 유지할 수 있는 사상적 버팀목인 것이다. 마르크스주의와 중화문화의 결합이 없었다면, 근대 서구의 식민문화와 제국주의문화의 강력한 공격 아래서 중화문화는 문화적 자신감의 저력을 갖출 수 없었을 것이다.

중국의 문화적 자신감의 저력에 대해 연구함에 있어서 우리는 중국 특색의 철학사회과학을 구축해야 하는 중요성을 잊어서는 안 되며, 중국 특색의 철학사회과학을 번영 발전시키는 것이 중화의 문화적 자신감의 저력을 증강시키는 데서 대체할 수 없는 역할을 한다는 사실을 충분히 인식해야 한다. 현대 이론의 뒷받침과 중화 전통문화에 대한 논술이 없다면 중국 전통문화의 정수에 대한 이해도 제대로 이루어질 수 없으며 시대성과 과학성을 갖춘 논술을 얻을 수도 없을 것이다. 중국 전통문화 중의 인애(仁愛)를 강조하고, 민본(民本)을 중시하며, 성신(誠信)을 지키고, 정의(正義)를 숭상하며, 화합(和合)을 숭상하고, 대동(大同)을 추구하는 등 많은 가치 관념이 현시대와 어울려 새로운 생명력을 얻을 수 있도록 하려면, 고도로 농축된 격언식의 명제에 머물러 있을 것이 아니라, 반드시 관련 철학사회과학 학과를 설치하여 그 내용을 깊이 논술해야 하며, 도리가 있고 근거가 있으며 논리에 맞는 이론적 논증을 충분히 전개해야 한다.

우리는 중화 전통문화에 대한 철학사회과학의 과학적 논술 역할을 충분히 발휘시켜야 할 뿐만 아니라, 또 중국 특색의 철학사회과학을 구축하는 면에서의 중화 전통문화의 사상적 자원과 계발역할을 충분히 발휘시켜야 한다. 양자는 갈라놓을 수 없다. 중화 전통문화의 인문 특질을 보호하기 위하여 현대중국의 철학사회과학과의 결합을 거부하거나 중국의 전통 인문문화가 과학성을 띤 지혜를 제공할 수 있다는 사실을 인정하는 것을 거부해서는 안 된다. 중화 전통문화는 풍부하고도 심오하며, 그 속에는 자연법칙과 사회법칙에 부합되는 극히 풍부한 내용이 포함되어 있다. 중화 전통문화에 포함된 과학성 문제를 제기하는 것에 대해 중화문화의 인문적 본질을 부정하는 것으로 여겨서는 안 된다. 과학성과 인문성을 절대적으로 대립시키는 이런 견해는 편파적인 것이다. 중화문화의 인문성을 "팔짱을 끼고 도리를 논하거나" "성리학에 대한 공론"의 범위에 가두는 것으로서 중화 전통문화의 정수에 대한 오독이다.

중국 특색의 철학사회과학을 구축함에 있어서는 중국의 실제에 입각하고 현대중국의 문제에 직면해야 할 뿐만 아니라, 중화 전통문화의 사상자원과 역사상의 실천 경험을 충분히 활용해야 한다. 마르크스주의철학 · 마르크스주의 경제학 · 마르크스주의 법학 · 마르크스주의 사학이론 · 마르크스주의 정치학 또는 사회학 · 관리학 · 인구학을 막론하고 모두 중국의 전통문화 속에서 지혜와 계발을 얻을 수 있다. 중국 철학이 포함하고 있는 풍부한 유물론과 변증법적 사상 및 인간과 인간의 본성에 대한 탐구, 중국 경제사와 경제학설 사상사, 중국 법제사와 사법 실천사, 중국 정치제도사와 역대 국정운영학설 및 유명한 사상가의 저작 중 상기 학과와 관련된 논술과 역사상의 실천 경험은 모두 비판적으로 총화하고 받아들이며 개조하여 중국 특색의 철학사회과학을 구축하는 사상 자원이 될 수 있게 해야 한다. 만약 중국 특색의 철학사회과학과 중화 전통문화의 관계를 단절한다면 우리는 영원히 서구 해당 학과의 이론과 발언을 옮기는 짐꾼 역할밖에 할 수 없으며, 중국 특색을 띤 본토화한 철학사회과학을 수립하기란 어려울 것이다.

마르크스주의를 지침으로 하는 것은 중국 철학사회과학이 서구의 철학사회과학과 구별되는 본질적인 특성이다. 마르크스주의를 지침으로 하는 것은 세계관과 방법론으로부터 말하면 바로 변증법적 유물론과 역사적 유물론을 견지하는 것이다. 철학의 기본 문제와 유물론을 유심론과 구분 짓는 것은 아무데나 붙일 수 있는 태그가 아니라, 세계 본체와 인식의 원천 및 표준에 관한 문제이다. 그것을 문화구분의 표준으로 삼고 어느 한 민족의 문화를 유심론적 문화라고 하거나 유물론적 문화라고 구분 지은 마르크스주의 철학자는 단 한 명도 없다.

역사상 철학자의 역사적 지위와 문화에 대한 기여는 단순히 유물론과 관념론의 구분에 의하여 확정되는 것이 아니라 그 이론체계에 들어있는 철학적 지혜에 의하여 결정된다. 레닌은 "총명한 유심론은 어리석은 유물론보다도 총명한 유물론에 더 접근하고 있다."[68]라고 말한 적이 있다. 진주는 진흙 속에 묻혀 있어도 여전히 빛이 난다. 인류 사상에 대한 유심론적 변증법의 대가 헤겔의 공헌은 구유물론, 특히 속류화된 유물론보다 훨씬 더 크다. 구유물론, 특히 속류화된 유물론의 잘못은 그것이 유물론이라는 데 있는 것이 아니라, 유물론이라는 명분 아래 감싸고 있는 철학적 결점과 오류에 있는 것과 같다. '주자학(朱子學)'과 '왕학(王學, 양명학)'은 모두 국제적인 영향력이 있는 학설이다. 현대중국에서 정주이학(程朱理學. 이정[二程] 주희[朱熹]를 대표로 하는 학설로서 주자학 또는 성리학[性理學]이라고도 함)과 육왕심학(陸王心學. 육구연[陸九淵]과 왕수인[王守仁]을 대표로 하는 학설로서 양명학[陽明學]이라고도 함)은 인간으로서의 도덕교화와 심신 수양에 중국 특색의 '수양론(修養論)'과 '공부론(工夫論)'을 제공하였는데, 이는 인간의 주체성의 확립과 도덕자질의 개선에 도움이 된다. 이는 성인지학(成人之學)을 중시하고 이상적인 인격을 양성하는 유가철학의 철학 전통에 대한 계승이며, '치양지(致良知, 인간의 선천적 도덕 지각의 실현)'와 '지행합일(知行合一)'은 또 새로운 발전이다. 그러나 우리는 정주이학이나 육왕심학의 명제를 무한히 밖으로 밀어내어 그것들을 도덕과 인격의 '수양론'과 '공부론'에서 '우주론'과 '인식론'으로 변화시키고, '이일원론(理一元論)'과 '심일원론(心一元論)'을 마르크스주의의 변증법적 유물론보다 더 높은 지위에 두어서는 안 되는 것이다.

---

68) 레닌, 『레닌전집』 제55권. 2판. 베이징, 인민출판사, 1990, 235쪽.

3. 중국 특색의 사회주의 이론과 실천의 성과는 문화적 자신감의 저력이 기반이다

현대중국에서 중국 특색의 사회주의 길에 대한 자신감, 이론에 대한 자신감, 제도에 대한 자신감, 문화에 대한 자신감은 서로 의존하고 서로를 촉진케 하는 관계이다. 우리는 그들 간의 상호관계 속에서 문화에 대한 자신감의 저력을 연구해야 한다. 문화적 자신감은 가장 지속적이고 가장 깊은 자신감으로서 정신적 버팀목의 역할을 하며 길에 대한 자신감, 이론에 대한 자신감, 제도에 대한 자신감 속에 일관되어 있다. 그러나 우리는 또 중국 특색의 사회주의 길과 이론 및 제도 면에서 거대한 성과를 이룩하고, 중화민족이 일어서서 부유해지고 다시 강대해지는 역사적인 비약을 실현함으로써 문화에 대한 자신감의 저력이 크게 증강되었다는 사실도 보아야 한다.

신중국 창건 이후, 특히 개혁개방 이후 우리가 중국 특색의 사회주의 길과 이론 및 제도를 견지하는 과정에서 거둔 성과는 우리 문화적 자신감의 저력을 더할 나위 없이 증강시켰다. 시진핑 총서기는 "현 시대 세계에서 어느 정당, 어느 나라, 어느 민족이 자신감에 넘칠 수 있다면 중국공산당, 중화인민공화국, 중화민족은 자신감에 넘칠 수 있는 가장 큰 이유를 갖고 있다."라고 말하였다. 반식민지 · 반봉건사회에 처하였던 중국과 세계 2위의 경제국, 평화적 발전을 이루고 있는 중국을 비교한다면, 또 경제가 낙후하고 계속 괴롭힘만 당하며 세계의 비주류 지위에 처하였던 중국과 날이 갈수록 세계 정치무대의 중심으로 나아가고 있는 중국을 비교한다면, 어느 쪽의 문화적 자신감의 저력이 더 클지는 말할 필요도 없다. 나라의 강대함과 민족의 부흥은 문화적 자신감의 저력의 경제적 · 정치적 버팀목이다. 샤오캉사회의 건설과 "두 가지 백년" 분투목표의 실현에 따라 중화의 문화적 자신감의 저력이 꾸준히 향상될 것이라고 단언할 수 있다.

독일 학자 오스왈드 슈펭글러는 『서구의 몰락』이라는 저작에서 왜 문화에 대해 비관주의 태도를 보인 것일까? 그것은 서구문화의 몰락은 기실 서구 자본주의제도가 몰락하기 시작하였음을 반영하기 때문이다. 자본주의제도는 수 백 년의 발전사에서 인류에 중대한 기여를 하였지만, 그 빛나는 전성기는 점차 지나가버렸다. 슈펭글러의 문화 비관주의는 사실 서구사회의 자본주의제도가 몰락하기 시작하였다는 예언이었다. 문화의 활력은 사회경제와 정치제도의 뒷받침을 떠날 수 없다. 중화문화에 대한 자신감의 저력은 바로 세계에 공헌하고 있는 중국의 현대화 새 방안, 인민이 주인이 되는 신식 민주제도 그리고 서구의 '보편적 가치론' '역사 종말 론' '문명 충돌론'과 다른 사회 발전이론에서 비롯된다.

물론 중국 특색의 사회주의 길은 앞으로 나아가고 있는 만큼 꾸준히 경험을 총화 해야 하고, 중국 특색의 사회주의 이론체계는 영원히 시대와 더불어 발전하는 품격을 유지해야 하며, 중국 특색의 사회주의제도는 실천과정에서 꾸준히 보완해나가야 하고, 우리에게는 아직도 해결해야 할 사회문제들이 적지 않으므로 꾸준히 개혁을 심화시켜나가야 한다. 중국 특색의 사회주의는 이미 새로운 발전단계에 들어섰으며, 샤오캉사회를 전면적으로 실현하는 결전의 시기에 처하여 있다. 중국 특색의 사회주의 건설에서 끊임없이 새로운 성과를 이룩함에 따라 우리 문화에 대한 자신감도 한층 더 향상될 것이다.

4. 정확한 문화정책은 문화적 자신감의 저력을 증강시키는 제도화한 보장이다

경제건설에서나 정치건설에서나 다 정확한 노선과 정책이 필요하다. 문화건설도 마찬가지이다. 문화건설의 긍정적 경험과 부정적 경험을 통해 우리는 정확한 문화정책을 제정해야 하는 절박성과 중요성을 절실히 느낄 수 있다. 왜냐하면 집권당이 전통문화를 대하는 태도, 그리고 어떤 문화정책을 실시하는지는 문화적 자신감 속의 전통과 현대의 관계를 정확하게 처리할 수 있는지의 여부에 매우 중요한 영향을 끼치기 때문이다.

이론적으로 볼 때, 무산계급은 민족문화의 전통을 대함에 있어서 자산계급에 비해 더 과학적이고, 더 넓은 안목과 흉금을 가지고 있다. 과거 자산계급 혁명의 계몽주의 선구자들은 고대그리스와 고대 로마의 인문주의를 계승하고 받아들이는 면에서 중요한 역할을 발휘하였다. 그러나 자산계급 혁명의 승리와 함께 지배계급으로 올라선 자산계급의 가장 큰 관심은 더 이상 문화전통이 아니라 증권거래소와 이윤이었으며, 직위와 수입에 대한 우려와 극히 비열한 출세주의사상이었다. 엥겔스는 전통문화를 하찮게 여기는 자산계급의 태도에 대해 열거한 뒤 "독일의 노동자운동은 독일 고전철학의 계승이었다."라고 말하였다.

무산계급이 피지배적 지위에 있는 한 민족 문화전통을 계승한다는 것은 이론에 불과할 뿐이며, 현실적인 정책이 될 수 없다. 중국공산당은 자체 경험을 통해 자기 민족의 우수한 전통문화를 전승하고 발전시키려면 이론에만 그쳐서는 안 되고, 반드시 이론성과 제약성을 갖춘 국가정책으로 전환시켜 전 당과 전 사회 제반 관련 기구가 공동으로 실행해야 한다는 사실을 인식하게 되었다. 중공중앙 판공청과 국무원 판공청에서 인쇄 발부한 「중화의 우수한 전통문화 전승 발전 프로젝트를 실시하는 데 대한 의견」(이하 「의견」)에서는 중화의 전통문화에 대한 전승과 발전의 중요성과 절박성에 대한 인식을 새로운 차원으로 끌어올렸다. 「의견」은 중화의 우수한 전통문화의 전승과 발전의 중요한 의의, 기본 원칙, 총체적 목표, 보장 조치 및 우수한 전통문화를 어떻게 전 국민교육체계에 융합시킬 것인지, 문화유산을 어떻게 보호하고 전승할 것인지 등에 대해 명확하고도 지도적 의의가 있는 규정들을 제정하였다. 중국공산당은 중화의 우수한 전통문화를 전승하고 보호하며, 그것을 국민교육의 구성부분으로 삼고 국가문화전략의 수준으로 끌어올렸으며, 또 각급 당 위원회와 정부 및 관련 기구의 책임으로 삼아 전통문화의 전승과 발전에 대한 전 국민의 자각성을 제고시켰다. 그 정책을 확고히 실시하는 것은 문화적 자신감의 저력을 높이는데 도움이 된다.

5. 민족의 자강은 문화적 자신감의 저력을 유지할 수 있는 영원한 뒷심이다

민족은 문화의 주체이고 문화는 민족의 영혼이다. 우수한 전통문화를 보유하고 있는 민족은 강인한 생명력을 갖추고 있어 설령 큰 상처를 입어도 다시 살아날 수 있다. 그러나 문화의 역할을 살림에 있어서 문화의 매개체인 사회 전체를 떠날 수 없다. 문화는 사회의 구성 요소로서 경제를 토대로 하고 정치를 핵심으로 하는 상부구조 속의 관념 형태이다. 한 민족의 흥망성쇠는 단순히 문화에 의해 결정되는 것이 아니라, 한 나라의 종합적 실력에 의해 결정된다.

현대중국에서 문화에 대한 자신감은 반드시 민족의 자강과 국가의 발전으로 실행시켜야 하며, 중국 특색의 사회주의 건설로 실행시켜야 한다. 혁신·조화·녹색·개방·공유의 새로운 발전이념은 경제·정치·문화·사회·생태에 대한 총체적인 사고를 포함한다. 만약 경제건설을 중심으로 하지 않으면 경제가 침체되고 민생이 피폐해지게 되어 문화에 대한 자신감은 빈말이 되고 말 것이다. 그리고 전면적인 발전이 이루어지지 않고 경제만 급속도로 발전하더라도 문화에 대한 자신감은 지속적으로 발전할 수 없다. 그렇기 때문에 문화에 대한 자신감을 길에 대한 자신감, 이론에 대한 자신감, 제도에 대한 자신감과 융합시켜 정신적 버팀목이 되도록 해야 한다. 문화에 대한 자신감은 결국 민족에 대한 자신감과 국가의 자강, 사회발전이다.

세계사나 중국사를 막론하고, 고대사나 근대사를 막론하고 민족문화의 매개체로서의 사회적경제실력, 정치제도, 군사력이 낙후하면, 한때 보유하였던 우수한 전통문화만으로는 국가의 생존과 민족의 독립을 지켜낼 수 없음을 증명하고 있다. 예를 들면 고대 그리스, 고대 로마 시대의 야만인들의 침략으로 인해 찬란한 문화를 자랑하던 서아시아·북아프리카의 방대한 제국이 분열되었고, 고대 문물이 약탈되고 문화유적이 파괴되어 한때 찬란했던 문화가 산산조각이 나 문화의 파편이 되었다. 중국은 4대 고대 문명국가 중 문명의 발전이 중단되지 않은 유일한 나라이다. 이는 단순히 문화가 발달하였기 때문만은 아니다. 이는 중국의 장기적으로 발달한 농업과 수공업, 점차적으로 성숙된 정치구조와 중앙집권의 군현제도와도 밀접한 관계가 있다. 수천 년에 이르는 역사 속에서 중국에는 여러 종류의 정권이 공존하였었고, 또 서로 다른 민족이 지배적 지위를 차지하는 국면도 있었지만, 중국은 시종일관 독립적이고 강대하며 통일된 국가로 존재하여 왔다. 나라가 망하지 않고, 민족이 분열되지 않아야 문화가 비로소 문화 주체와 분리된 '유혼(遊魂)'이 되지 않을 수 있다.

한 나라의 전통문화는 경제 및 정치발전에 비해 상대적으로 항구불변의 힘이며 '나라의 강성함과 사회의 발전은 반드시 사람의 현실적 창조에 의지해야 한다. 문화는 국가의 번영과 발전을 실현하는 중요한 요소이기는 하지만' 결정적인 요소는 아니다. 근대중국의 백년 굴욕사가 바로 이 점을 말해주고 있다. 제1차 아편전쟁 때 중국을 침략한 영국의 군사력은 고작 1만 5천 명이었다. 그때 당시 중국의 경제총량은 여전히 세계에서 앞자리를 차지하고 있었음에도 청조정부의 부패한 정치제도와 해안방어력의 결여로 인해 참패를 당하고 ' 핍박에 의해 「남경조약(南京條約)」의 체결을 강요당하는 결과를 초래하고 말았다. 제2차 아편전쟁 때 영국 프랑스 연합군은 겨우 2만 명도 안 되는 군사력으로 베이징을 육박해 왔는데, 원명원(圓明園)이 불타 버리고 수많은 예술진품들이 잿더미가 되었다. 근 백년간 중국은 얼마나 많은 진귀한 문화보물과 정품이 약탈당하여 해외로 유실되었는지 모른다. 그러므로 한 나라가 우수한 전통문화를 보유하고 있다고 하여 민족의 재난을 면할 수 있는 것은 아니며, 종합 국력이 강대해지는 것이야말로 나라의 장구한 안정을 보장하는 근본이다.

중화민족의 독립과 해방은 전통문화의 자연스러운 발전의 산물이 아니라, 근 백년간 무수히 많은 혁명 선열들이 피를 흘리며 희생되었으며 앞사람이 쓰러지면 뒷사람이 그 뒤를 이어 나가며 분투한 결과이다. 다시 말하면 그 주된 동기는 혁명의 결과이다. 혁명을 통해 낡고 부패한 군주제를 전복시키고, 중국인민을 짓누르던 세 채의 큰 산을 뒤엎은 것이다. 중국공산당의 창립이 중국역사상에서 천지개벽의 대사라고 할 수 있는 것은, 그것이 중화민족의 발전방향과 행정을 크게 바꿔놓았기 때문이고, 중화민족의 전도와 운명을 크게 바꿔놓았기 때문이며, 세계발전의 추세와 구도를 크게 바꿔놓았기 때문이다. 바로 중국혁명의 승리가 중화민족의 위대한 부흥의 길을 개척한 동시에 중화문화의 위대한 부흥의 길도 개척하였다.

문화의 발전은 반드시 중화민족의 전면적 발전을 촉진하는데 도움이 되어야 하며, 문화적 자신감은 반드시 민족의 자강과 발전의 자강으로 전환시켜야 한다. 현재 우리가 중화의 우수한 전통문화를 중시하는 것은 전통문화에 대한 미련이나 스스로 고결하다고 자만해서가 아니라, 그 속에 중화민족의 지혜가 담겨있고, 중국 특색의 사회주의를 건설하는 사상의 보물창고이기 때문이다. 만약 현실에 입각하고 민족의 자강과 발전의 자강에 착안하여 문화적 자신감의 증강과 문화의 번영발전을 이루는 것이 아니라, 일방적으로 전통으로의 회귀와 유학으로의 회귀만을 강조한다면, 우리 당이 창도하는 문화적 자신감 증강의 초심에서 벗어나는 것이다.

　중화문화의 풍부하고도 창조적인 발전은 중화문화 발전에서의 객관적 현실이다. 문화적 자신감의 저력문제는 역사적 유물론의 각도에서 문화적 자신감의 의거에 대한 다차원적인 분석이다. 이러한 분석은 중국의 문화적 자신감문제를 사회의 전체적인 분석 속에 포함시킨 것이다. 이는 단순하게 문화만 가지고 문화적 자신감을 논하는 것에 비해 중국공산당의 영도, 마르크스주의를 지침으로 하는 것, 중국 특색의 사회주의제도의 수립과 개혁, 정확한 문화정책 등에 대해 더욱 잘 인식하고 믿고 따르도록 할 수 있다. 특히 민족의 자강 등은 문화적 자신감의 저력을 증강시키는데 있어서 중대한 가치와 의의를 가지는 것이다.

제13장 문화적 자신감 속의 정치와 학술

　문화적 자신감문제는 정치성뿐만 아니라 학술성도 띠는 문제이다. 그 정치성에 대해 이해하지 못하면 현대중국에서 그것이 갖는 중대한 현실적 의의도 이해할 수 없을 것이며, 또 학리적으로 그 문제를 명확하게 설명하지 못한다면, 그 문제가 왜 현대중국에서 중대한 현실적 의의를 가지는지 알 수 없을 것이다. 문화적 자신감 중의 정치성과 학술성은 갈라놓을 수 없는 것이다.

1. 문화적 자신감은 정치성도 띠고 학술성도 띤다

　문화에 대한 자신감과 길에 대한 자신감, 이론에 대한 자신감, 제도에 대한 자신감의 내적 연관성으로 볼 때, 문화에 대한 자신감문제는 현대중국의 현실에서 가장 중요한 정치성 문제이다. 왜냐하면 그것은 '중국의 길'의 선택, 이론 혁신, 제도 구축의 문화적 버팀목이며, 중화민족의 위대한 부흥을 실현하는 정신적 지주이기 때문이다. 중국의 역사와 문화를 떠나서 '중국의 길'의 역사적 필연성과 필요성을 명확히 설명하기 어렵고, 제도의 우월성과 중국역사상 국정운영의 지혜의 계승성에 대해 명확히 설명하기 어려우며, 중국 특색의 사회주의 이론 속에 포함된 중국의 언론, 중국의 풍격, 중국의 기백에 대해서도 명확히 설명하기 어렵다. 만약 우리가 중국의 역사와 현대중국의 사회현실에서 벗어나 문화적 자신감문제를 '중국의 길'의 선택, 제도의 구축과 무관한 이른바 순수 문화학의 문제로 바꾼다면, 그것은 들끓고 있는 중국 현실생활의 살아 숨 쉬는 시대적 과제를 서재 안의 문제로 바꾸는 것으로서 중국의 현실에서 그 문제가 차지하는 중요한 의의를 은폐하는 것이다.

문화 자체로 말하면 문화는 원래 "자신감이 있고" "자신감이 없는" 문제가 존재하지 않는다. 어떤 민족이든 자기 민족의 문화에 대해서 애착과 애정을 가지고 있기 마련이다. "자기 문화를 가장 아름다운 것으로 여기는 것"은 문화의 민족성의 표현이다. 문화에 대한 자신감이 문제가 될 때 그것은 단순한 학술문제가 아니라, 분명 그 심층적인 사회적 원인이 있다. 문화적 자신감과 대립되는 면은 무엇인가? 바로 문화에 대한 자신감이 없는 것이고 문화에 대한 열등감이다. 오늘날에 이르러서 왜 문화적 자신감 문제를 제기하는 것일까? 근·현대중국 역사의 발전과정과 현대 현실의 여론 환경 속에 놓아야만 문화적 자신감 문제를 이해할 수 있기 때문이다.

과거에 중국은 반식민지·반봉건 국가였다. 신 중국 창립 전 근 백년의 역사과정에서 중국은 여러 차례나 서구 제국주의의 침략을 받으면서 한때는 국민들 사이에는 문화적 열등감 정서가 가득 차 있었다. 기술면에서 남에게 뒤처지고, 제도면에서 남에게 뒤떨어졌으며, 결국 문화가 남에게 뒤처졌다는 결론에 이르게 되었던 것이다. 한마디로 말하여 그때는 중국이 모든 면에서 남에게 뒤처졌다고 생각하였다.

서양의 달마저도 중국의 달보다 둥글다고 여길 정도였다. 중국 인민의 위대한 승리는 중화민족의 문화적 자신감의 위대한 승리이기도 하다. 그러나 문화적 열등감사상이 일부 사람들 속에서는 중국 인민의 승리로 인하여 완전히 사라지지는 않았다. 그 현실적 표현은 바로 길과 제도의 선택문제인데, 중국은 응당 세계문명의 길을 걸어야 한다고 주장하는 것이다. 이른바 세계문명의 길이란 바로 서양의 기독교 문명을 핵심으로 하는 서구 근대화의 길을 말한다. 그들은 그 길이야말로 세계문명의 길이며, 인류발전의 보편적인 길이라고 주장하였다.

왜 서구 자본주의 길은 바로 세계문명의 길이고, 인류공동의 길이라고 하면서 중국이 자국 역사와 깊은 문화전통, 그리고 자국의 국정에 따라 선택한 길은 문명의 길이 아니라고 하는 것인가? 결국은 서양 문화가 중국문화보다 우월하고 서양문명이 중국문명보다 우월하다고 하는 주장인 것이다. 현대중국에서 자기 민족의 문화에 대해 열등감을 가지고 있는 사람은 모두 길에 대한 자신감, 이론에 대한 자신감, 제도에 대한 자신감이 있을 수 없다. 이처럼 자신감에 대한 극도의 결여는 바로 서구의 '보편적 가치'를 중국 현실을 평가하는 척도로 삼는 것이다. 즉 남의 신발 치수를 신발이 자기 발에 맞는지를 가늠하는 잣대로 삼는 것이다. "정나라(鄭國)의 사람이 신발을 사다(鄭人買履, 실제를 믿지 않고 융통성이 매우 없음을 비유할 때 쓰는 말)"[69)는 이 옛이야기처럼 자기문화와 전통을 깔보면서 서양문화의 우월성만 믿

---

69) 정인매리 : 정나라에 융통성 없는 어떤 사람이 살고 있었다. 어느 날 그는 신발을 사러 시장에 가야겠다고 생각하여 길을 나서기 전 자신의 발 크기를 재어 그 치수를 종이에 적어 두었다. 시장에 도착한 그는 자신에게 어울리는 신발을 찾기 위해 한 상점에 들어가 마음에 드는 신발을 찾아 사려는 순간 자신의 발 치수를 적은 종이를 집에 두고 온 것을 깨닫다. 그는 다시 바삐 집으로 돌아가 종이를 가지고 다시 시장에 돌아왔지만, 이미 밤이 되어 가게는 문을 닫은 뒤였다. 낮부터 그를 이상히 여긴 상인이 망연자실하여 멍하게 서 있는 그에게 다가와 물었다. "아까 신발을 사려 했을 때 직접 신어보고 사면 될 것을 어찌 신발을 신어보지 않고 집으로 돌아간 것이오?" 그러자 그는 "내가 직접 발 크기를 재어 적은 이 치수는 믿어도 내 발은 믿을 수가 없기 때문이라오." 이에 상인은 한심하다는 듯이 혀를 차며 돌아갔다는 고사이다.

는 것은 바로 중국에 식민지의 여독이 아직 남아 있기 때문이라고 할 수 있다. 중국 근대 100년의 굴욕적인 역사를 떠나서, 현대중국이 선택한 길을 떠나서, 중국 특색의 사회주의 이론과 제도의 구축에 관한 논단을 떠나서는 왜 지금 문화적 자신감 문제가 제기되었는지에 대해서는 알 수가 없다. '5.4신문화운동'의 "전통문화 중단"이라는 오류에 대해 철저하게 반성하는 배경 하에 문화적 자신감 문제를 방치하는 것은 분명 이론적 오도이다. 이는 문화적 자신감 문제의 현실성에 대해 이해하는데 불리할 뿐만 아니라, 과학과 민주주의를 창도한 '5.4신문화운동' 역사의 진보적 흐름을 부정하고 복고주의 잔재를 불러일으키는 결과를 초래하였다.

　물론 문화적 자신감 문제는 정치적 현실성뿐 아니라 문화 이론도 포함하고 있다. 사실 현실생활 속에서 전반적 국면에 관계되는 그 어떤 중대한 정치적 문제든지 필연적으로 동시에 중대한 이론문제로 나타나게 된다. 현대중국에서 문화적 자신감 문제는 또한 내용이 매우 풍부하고 학리성이 매우 강한 학술문제이기도 하다. 문화의 본질과 기능에 대해 이해하지 못하고, 인류역사에서 문화의 지위와 역할에 대해 이해하지 못한다면, 특히 중국 전통문화와 현대 문화의 풍부한 내용에 대해 이해하지 못한다면, 시진핑 총서기가 문화에 대한 자신감을 논할 때, 길에 대한 자신감, 이론에 대한 자신감, 제도에 대한 자신감을 함께 거론하면서 "문화에 대한 자신감은 더욱 기초적이고 더욱 광범위하며 더욱 깊은 자신감"이라고 중점적으로 지적한 이유에 대해 깊이 이해할 수 없을 것이다. 이는 길에 대한 자신감, 이론에 대한 자신감, 제도에 대한 자신감과 비교할 때 문화에 대한 자신감은 자체의 독특한 이론적 의미를 갖고 있음을 설명하며, 그것은 문화의 능동적 작용 및 문화만이 갖고 있는 대체불가의 특유한 기능과 관련된다는 것을 설명한다.

왜 문화적 자신감이 더 기초적이고 더 광범위하며 더 깊은 것이라고 하는 것일까? 마르크스주의의 전파가 중국현대 문화구조의 변화에 어떤 중요한 영향을 끼쳤을까? 마르크스주의와 중국 전통문화의 관계를 어떻게 처리해야 할까? 중국 전통문화는 창조적인 전환과 혁신적인 발전을 어떻게 실현할 것인가? 시장경제 조건하에서 문화건설은 시장의 수요에만 부응해야 하는가? 아니면 동시에 시장주체를 규범화하고 조절하는 역할까지 구비함으로써 이익을 좇는 자본의 본성이 도덕, 사상, 정치에 부정적인 효과를 일으키는 것을 방지해야 하는가? 문화이론문제에 대한 연구가 깊어질수록 문화적 자신감 문제의 중요성과 현실적 의의에 대한 이해가 더 깊어질 수 있으며, 정치문제로부터 이론문제에까지 들어가 사고할 수 있게 된다. 현실적인 정치문제는 오로지 이론적으로 파악할 수 있고, 이론적으로 신복(信服, 믿고 복종하다)할 수 있는 설명을 할 수 있어야만, 비로소 간부들이 진정으로 이해할 수 있고 대중들이 이해할 수 있게 되는 것이다.

문화에 대한 자신감은 더욱 기초적인 것이다. 문화는 가치관, 이상과 신앙을 포함하고 있으며 한 민족의 정신과 품격이며, 민족 구성원의 자질 제고와 도덕수양의 원천이기도 하다. 정신적 안식처로서의 문화는 마치 거대한 건축물의 지반과 내력을 받치는 벽과도 같다. 지반과 내력벽이 없는 건축물은 자그마한 진동이나 충격에도 견디지 못한다. 문화적 버팀목이 없는 민족은 강적의 침입과 정치적인 세찬 바람과 큰 파도를 이겨낼 수 없다. 현대중국에서 길의 선택이든, 이론의 혁신이든, 아니면 제도의 구축이든 만약 문화건설을 중시하지 않는다면, 정신의 정원에는 잡초가 무성하게 자라게 될 것이다. 이는 마치 고층빌딩을 건설하려고 하면서 지반을 튼튼히 다지지 않은 것과 마찬가지이다.

 문화적 자신감은 더 광범위하다. 문화의 주체는 인간이다. 모든 사람은 일정한 문화환경 속에서 성장한다. 문화적 자신감 문제는 오로지 문화인, 지식인, 문화 종사자에게만 속하는 것이 아니라, 전체 인민에게 속하는 것이고, 제반 분야와 제반직업에 속하는 것이며, 중화민족 전체 구성원에게 속하는 것이다. 사회구성의 제반 요소 중 문화의 영향이 가장 광범위하다. 마치 공기처럼 없는 곳이 없고 그 영향을 받지 않는 사람이 없다. 전 민족의 문화적 자신감을 수립해야만 우리 길의 선택, 이론의 혁신, 제도의 구축이 비로소 문화 심리적으로, 감정적으로 가장 광범위하게 최대한의 동질감을 얻을 수 있다.

 문화적 자신감은 더 단단하다. 문화는 경제나 정치와는 다른 특수한 기능을 가지고 있다. 문화는 물론 경제와 정치에 의해 결정되지만, 그 반작용은 또 경제와 정치의 시공간적 제한을 벗어난다. 사회형태의 변화과정에서 생산방식과 정치제도는 새로운 생산방식과 정치제도에 의해 대체되지만, 인류문화는 계승과 축적의 방식으로 발전한다. 중국 봉건사회의 토지소유제와 군주제도는 더 이상 존재하지 않지만, 중화민족이 대대로 창조한 문화는 여전히 문화전통으로서 역할을 발휘하고 있다. 문화도 물론 변화한다. 그러나 한 민족의 문화는 변화로 인해 전통도, 축적도, 계승도 없는 것이 아니다. 사회구조의 여러 요소 중에서 문화의 작용이 가장 오래간다. 오래갈 뿐만 아니라 작용하는 힘도 세다. 중국문화는 풍부하고 심오하며 유구한 역사를 갖고 있으며 깊고도 두텁다. 중국문화는 수천 년의 장기적인 축적과 발전의 역사를 가지고 있으며, 우리 선조들이 창조한 전통문화를 가지고 있을 뿐만 아니라, 근 백년에 이르는 혁명선열들이 창조한 혁명문화도 가지고 있으며, 또 신 중국이 창립된 후 사회주의 실천과정에서 창조한 사회주의 선진문화도 가지고 있다. 중국문화 속에는 중화민족의 가장 큰 정신적 창조가 축적되어 있고, 중화민족의 독특한 정신적 표식을 대표하고 있으며, 과거와 현재를 대표할 뿐만 아니라 또 미래도 대표하고 있다.

중국공산당은 중국문화의 지속적이고 탄탄한 축적을 토대로 발전의 길을 선택하고, 이론의 혁신과 제도의 구축을 진행하였다. 이는 얕은 흙에 꽃을 꽂는 것과는 달리 문화의 기름진 땅에 깊이 뿌리를 내리는 나무를 심고 마를 줄 모르는 샘물과 같은 중국문화로 끊임없이 자양분과 물을 주는 것과 같다. 오늘날까지도 우리는 여전히 우리의 전통문화 경전, 특히 유교경전을 공부하여 그 속에서 국정운영의 경험을 얻고 바다와도 같은 무궁무진한 철학적 지혜를 받아들이고 있는 것 이다.

2. 문화적 자신감의 관점으로 역사를 조명하다

문화와 역사는 불가분의 관계이다. 역사는 문화의 뿌리이고 문화는 역사의 영혼이다. 역사는 사회의 전체적 존재이며, 문화가 생겨나는 토양과 활동무대이다. 그러므로 한 민족의 문화를 이해하기 위해서는 그 민족의 역사를 이해하지 않으면 안 된다. 중국역사를 이해하지 못하면 중국문화를 이해할 수 없다. 시진핑 총서기는 "역사는 하나의 거울"이라며 "문화적 자신감을 확고히 하려면 중화민족 역사에 대한 인식과 운용을 떠날 수 없다."라고 말하였다.

만약 우리가 문화와 역사의 관계 속에서 문화적 자신감 문제를 고찰한다면, 우리는 중국역사의 긴 흐름 속에서 높은 문화적 자신감 단계, 단기적인 문화적 열등감 단계, 그리고 현대의 문화적 자신감 재건 단계를 거쳤음을 발견할 수 있을 것이다. 이는 말안장 모양의 발전과정이다. 문화적 자신감 문제에서의 말안장 모양은 중국역사 발전의 말안장 모양과 갈라놓을 수 없다. 중국의 봉건사회는 선진(先秦)시기로부터 명(明)조 중기에 이르는 고도의 발전과정을 지나왔다. 그러나 이후부터는 점차 서구나라들에 뒤처졌고, 반식민지 반봉건사회로 전락하면서 중국의 봉건사회는 몰락과 해체의 길로 나아갔다. 중국혁명이 승리한 후 중국은 다시 평화적 굴기를 이루었다. 중국역사를 배경으로 하지 않는다면 문화적 자신감의 말안장 모양과 현대적 의미에 대한 우리의 이해는 추상적이고 비역사적일 수밖에 없다.

첫 번째 단계는 문화적 자신감 단계이다. 중국은 고대 문명국가일 뿐만 아니라 세계적인 고대 문명국가이다. 수천 년의 역사과정을 거치면서 중국은 문화에 대한 자신감이 부족하였던 적이 없었다. 세계의 고대 문명국가인 중국은 찬란한 문화를 가지고 있다. 마오쩌둥은 『중국혁명과 중국공산당』이라는 저작에서 다음과 같이 지적하였다. "중화민족의 개화사상에는 자고로 발달해 온 농업과 수공업이 있고, 수많은 위대한 사상가・과학자・발명가・정치가・군사가・문학가・예술가들이 있으며, 풍부한 문화 고전이 있다."[70] 그런 문화적 자신감을 가지고 있는 것은 왜일까? 진한(秦漢)시기부터 명나라 중기 이전까지 중국은 세계에서 경제가 가장 발달하고 국력이 가장 강대한 나라였기 때문이다. 기원 전후에는 로마제국과 대칭을 이뤘던 동양의 진한(秦漢)왕조를 가졌던 중국은 세계가 로마제국의 분열, 페르시아제국의 흥망성쇠, 오스만제국의 멸망을 겪을 때 당(唐)조・명(明)조・청(淸)조 전반기까지도 여전히 세계에서 경제총량이 가장 컸고, 영토가 넓었으며, 장기간 통일된 국면을 유지한 기백 넘치는 대국이었다. 발달한 농업경제가 받쳐주고, 강대한 국력이 받쳐주었으며, 통

---

70) 마오쩌둥, 『毛澤東選集』 제2권, 2판, 베이징, 인민출판사, 1991, 622쪽.

일된 국가가 보장해주었기 때문에 중국문화가 가장 발달할 수 있었고, 가장 자신감에 넘칠 수 있었던 것이다.

상주(商周)시기의 고전서적, 전국(戰國)시기의 제자백가(諸子百家), 한(漢)조의 위풍, 성당(盛唐)의 기상, 양송(兩宋) 문화의 고도의 발전은 세계문화사에서 빛나는 역사의 한 장을 이루고 있다. 진시황릉에서 발견된 웅장한 기세를 자랑하는 병마용, 한(漢)조 시기의 고분에서 출토한 청동분마(靑銅奔馬)가 보여주는 호기로우며 진취적인 정신, 「청명상하도」(淸明上河圖)가 보여주는 송(宋)대의 발달한 도시문명, 그리고 고대 중국의 사막을 가로지르고 돛을 올려 먼 항해를 떠나는 육상과 해상 실크로드, 이 모든 것이 중국인들의 높은 자신감의 증거가 된다.

두 번째 단계는 문화적 열등감 단계로서 문화적 자신감이 저조기에 처하였던 단계이다. 서구가 자본주의사회에 진입하여 대외로 확장하고 식민통치를 진행하기 시작할 무렵 장기적인 발전기간을 거쳐 성숙기와 절정기에 처하였던 중국의 봉건사회는 쇠퇴와 해체의 길로 나아가기 시작하였다. 과거 찬란하던 동양의 대국이 비바람 앞에서 흔들리는 촛불처럼 위태롭고 흙으로 빚어진 거인 신세가 되어버렸다. 두 차례의 아편전쟁과 중일 갑오(甲午)전쟁을 겪은 뒤 일련의 불평등조약은 중국의 손발을 옭아맨 밧줄과 목에 채워진 칼이 되고 몸에 꽂힌 빨대가 되었으며, 중화민족은 "나라가 망하고 민족이 멸절하며 영토가 갈기갈기 찢기는" 존망의 위기에 처하게 되었다. 그때 당시 중국의 GDP가 강희제(康熙帝)와 건륭제(乾隆帝) 시대까지만 해도 세계 1위였다는 주장도 있다. 그러나 이는 어디까지나 통계학적인 주장일 뿐이다. 사회형태의 발전으로 볼 때, 중국은 명조 말기와 청조 초기에 마치 백족지충(지네)처럼 겉보기에는 방대한 것 같지만 실제로는 이미 서구에 뒤떨어져 있었다. 중국의 GDP는 많은 노동력이 생산한 농업 산물로 구성되어 있었지만, 반면에 서구의 국가들은 인구가 적고 GDP 총량이 중국보다 적었지만, 이미 산업시대에 들어서기 시작하였고, 선진적인 과학기술과 군사력을 갖추고 있었다. 중화민족이 위기에 처하고 나라가 위기에 처하였으니 문화적 자신감에 위기가 찾아오는 것은 필연적인 결과였다. 그 시기는 중국문화의 열등감 단계, 즉 문화적 자신감의 저조기라고 해야 할 것이다.

문화적 자신감의 저조기는 나라의 쇠락과 연관되어 있다. 이 시기에는 중국 봉건사회에 조종을 울린 동시에 더욱 많은 중국인들을 각성시켰다. 마르크스는 「중국혁명과 유럽혁명」이란 글에서 다음과 같이 썼다. "역사는 마치 먼저 이 나라 인민을 마취시킨 다음에야 그들을 대대로 전해져 내려오는 우매한 상태에서 깨운 것 같다." 확실히 근대 들어 중국이 치욕과 고난을 겪으면서 통치자와 일부 사람들의 머릿속에 들어있던 맹목적으로 자부하는 천조대국(天朝大國) 식의 우매함을 부숴버렸으며, 이와 동시에 민족적 정서를 가진 진보적인 중국인들에게 사방으로 뛰어다니며 호소하면서 멸망의 위기에 처한 나라를 구하고 민족의 생존을 도모하는 길을 모색하기 시작하였다.

길은 어디에 있는가? 중화민족의 부흥은 어느 길로 나아가야 하는가? 그때 당시 학계가 생각해낼 수 있었던 길은 두 갈래뿐이었다. 바로 천쉬징(陳序經)이 『중국문화의 출로』라는 저작에서 말한 바와 같이 한 갈래는 서구의 문화를 고스란히 받아들일 것을 주장하는 전면적 '서구화'의 길이고, 다른 한 갈래는 중국 고유문화로 되돌아가 원래의 봉건체제를 유지할 것을 주장하는 길이었다. 이른바 절충주의 '중체서용(中體西用, 중국 청조 말기에, 태평천국 운동 이후에 일어난 양무(洋務)운동의 기본 사상으로서 중국의 유교문화를 바탕으로 하되, 서양의 과학과 기술을 도입하여 부국강병을 꾀하자고 주장했던 이론)은 본질적으로 두 번째 길에 대한 개량과 변형에 속한다. 실제로 중국에는 또 세 번째 길이 있었다. 바로 혁명의 길이었다. 쑨중산(孫中山)이 이끈 신해혁명(辛亥革命)이 그 길을 열어놓았으며, 2천년 넘게 중국을 통치해온 봉건군주제를 전복시켰다. 그러나 쑨중산은 너무 일찍 세상을 떠났다. 그는 "혁명은 아직 성공하지 못하였다. 동지들은 계속 노력해야 한다."라며 한탄하였다. 중국공산주의자들은 마르크스주의사상을 지침으로 중국혁명의 길을 계속 개척해나갔다. 중국공산당이 인민을 인솔하여 걷고 있는 그 길이야말로 진정으로 중화민족의 위대한 부흥의 길이며, 문화적 자신감을 새롭게 수립하는 길이기도 하다.

현재 우리는 세 번째 단계에 처하여 있다. 즉 중화민족의 위대한 부흥을 실현하는 단계이자 문화적 자신감을 재수립하는 단계에 처하여 있는 것이다. 중국역사는 문화적 자신감, 문화적 열등감 및 현대 문화적 자신감 재수립의 단계를 거치는데 마치 말안장 모양이거나 또는 철학 용어로 나선형 모양과 같다. 그러나 헤겔의 삼단법이 아니며 출발점으로 돌아가는 것이 아니며 전통문화로의 복귀가 아니다. 현시대 우리의 문화적 자신감은 중국의 우수한 전통문화를 계승하고 우수한 서양문화를 참조하는 토대 위에 마르크스주의를 지침으로 재수립한 문화적 자신감이다. 이러한 문화적 자신감의 재수립은 새로운 시대, 새로운 사회, 새로운 토대 위에서의 재수립이며, 길에 대한 자신감, 이론에 대한 자신감, 제도에 대한 자신감과 갈라놓을 수 없이 결합된 재수립으로서 서로 결합되어 서로를 촉진시킨다. 바로 되돌아가는 것이 아니라 앞으로 나아가는 것이다.

3. 문화적 자신감을 수립하는 길

　문화와 관련된 문제에서 우리는 문화적 자신감을 강조할 뿐만 아니라 문화적 자각도 강조한다. 일찍 페이샤오통(費孝通) 선생은 문화적 자각이란 일정한 문화 속에 살아가는 사람들이 자체 문화에 대해 "스스로 정확히 파악하는 것"이라고 말한 바 있다. 즉 자체 문화의 유래와 형성과정 그리고 갖추고 있는 특색과 발전추세에 대해 명확히 알고 있으며, 어떠한 "문화 회귀"의 뜻도 없는 것이다. 문화 복귀가 아니며, 동시에 "전반적 서구화" 또는 "전통을 지킬 것"도 주장하지 않는다. "자신에 대해 정확히 파악하는 것"은 문화의 전환에 대한 자주적 능력을 증강하고, 새로운 환경, 새로운 시대에 부응하여 문화를 선택할 때 자주적 지위를 얻기 위해서이다. 페이샤오통 선생의 논술은 매우 정확하고 적절하다. 문화적 자각은 문화에 대한 일종의 철학적 성찰이다. 철학적 성찰을 토대로 하지 않은 문화적 자신감은 흔히 맹목적인 자만에 빠지기 쉽다.

　중국문화는 넓고도 심오하며 유구한 역사를 갖고 있다. 중국은 세계 고대 문명국가가 되기에 손색이 없다. 유가사상을 포함하여 중국 전통문화 요소들 가운데서 우수한 요소는 중화 문명의 수천 년의 연속과 발전에 있어서, 단합되고 통일된 중국의 정치국면의 형성과 수호에 있어서, 여러 민족이 서로 융합하고 함께 살아가는 중국 대가정의 형성과 공고화에 있어서, 중화민족정신의 형성과 풍부화에 있어서, 중화민족 아들딸들이 민족의 독립을 수호하고 외래 침략에 저항하는 것을 격려하는데 있어서, 중국사회의 발전과 진보를 추진하는데 있어서 모두 매우 중요한 역할을 하였다. 중국 전통문화 가운데는 많은 학파가 포함되어 있으며, 각 학파는 각기 자기적 기여를 하고 있다. 중국은 철학사상이 특히 발달하였는데, 중화민족은 발육이 양호한 조숙한 철학 민족이라고 할 수 있다. 『주역(周易)』·『도덕경(道德經)』·『장자(庄子)』를 읽거나 중국 송명리학(宋明理學), 육왕심학(陸王心學) 및 그 계승자들의 저서를 읽다보면 우리 조상들이 우리에게 얼마나 풍부하고 다채로운 철학사상 보물을 물려주었는지를 발견할 수 있다.

그러나 중국의 전통문화는 유가학설을 주체로 하는 문화이기 때문에 유가학설과 도덕론의 바탕이 비교적 짙다는 것을 우리는 인정해야 한다. 중국 전통문화는 주로 윤리학, 도덕학, 성인학으로서 도덕이 있는 사람을 양성하며, 성인·현인·군자를 양성한다. 국정운영에 있어서든 군주를 위하고 백성을 위함에 있어서든 모두 각자의 도덕규범이 있다. 그것이 중국 전통문화의 공로로서 오늘날까지도 여전히 우리가 도덕과 가치관을 재수립하는 중요한 사상자원으로 되고 있다. 그러나 유학에도 부족한 부분이 있다. 왜냐하면 세계는 자연과 사회 및 인간을 포괄하는 변증법적 통일체이기 때문이다. 인간은 세계의 주체이지만, 세계의 유일한 존재는 아니다. 인간에 관한 학설 중에서 도덕이 가장 중요한 문제이기는 하지만 유일한 문제는 아니다. 도덕수양은 인간의 가장 중요한 수양이기는 하지만 인간은 도덕의 존재물만이 아니다. 자연의 본질에 대한 인식, 사회의 본질에 대한 인식을 떠나면 인간에 대한 인식은 흔히 추상적인 것에 빠져들게 된다. 도덕적 교화는 세계를 인간의 훌륭한 도덕의 형성에 적합한 사회로 개조하는 것을 중시하지 않고, 인간의 심성 수양만을 중시한다. 역사가 증명하다시피 만약 사회의 개조와 합리적인 사회의 구축을 중시하지 않는다면, 단순한 도덕적 교화의 역할은 한계가 있으며 흔히 공담과 설교에 그치게 된다.

중국 전통문화 중의 '천인합일(天人合一)' 사상은 최고의 지혜를 갖추고 있다. 그러나 유학의 범위 내에서 '천인합일'의 본뜻은 자연의 객관법칙에 대해 연구하는 것이 아니라 일종의 최고의 도덕적 경지를 말한다. 그중 발효 가능한 지혜는 천인 경지의 도덕적 추구에 싸여 과학성을 띤 논술이 이루어지지 못하고 있다. 현대에 전통적인 '천인합일'에 대한 확장식의 해석은 인간과 자연, 인간과 사회, 인간과 인간 사이의 관계에 대한 마르크스주의 재해석이며 ' 그중에는 현대서양의 생태학이론을 받아들인 후의 재해석도 포함된다. 결코 유학에서 말하는 ' 천인합일 '의 도덕적 경지의 원뜻도 본뜻도 아니다. 이러한 재해석은 허용되는 것이며 필요한 것으로서 전통문화가 현대에 부응한 표현이며' 또한 마르크스주의가 중화의 전통문화에 새로운 과학적 요소를 추가한 범례이기도 하다.

문화적 자각이란 바로 유학을 주도로 하는 전통문화의 정수가 되는 부분에 대해 인식하고 그 장점을 충분히 살리는 것이지만, 또한 유가문화도 부족한 부분이 있다는 것을 인식해야 한다. 유가문화에서 가장 높은 지위에 있는 사람은 도덕성을 갖춘 사람이고, 가장 유명한 학자는 경학자이며, 가장 중요한 학술성과는 경전에 대한 주해(經注)이고, 가장 명망이 높은 대유(大儒)는 과학자나 발명가가 아니라 유교 도덕 전통의 계승자이다. 기예 방면의 장인은 더욱이 설 자리가 없었다. 유종원(柳宗元)의 「재인전」(梓人傳)과 「종수곽탁타전」(種樹郭橐駝傳)과 같이 장인을 노래한 작품이 유가사상 중에서는 극히 드물다.

서구에서는 문예부흥 이후 현대 자연과학기술이 크게 발전하였고, 현대 사회이론과 계몽사상가들이 군기하였다. 생산력의 발전을 요하는 자본주의 생산은 필연적으로 과학의 발전과 기술의 발명을 추진하게 된다. 봉건제도에 반대하고 신흥 자산계급의 혁명을 위한 이론적 준비를 하는 과정에서 필연적으로 루소·몽테스키외·볼테르와 같은 사상가들이 나타나게 되고, 백과전서학파가 나타나게 되며, 아담 스미스·리카도와 같은 경제학자가 나타나게 된다. 그들은 현대 자본주의의 수요에 부응하여 나타난 것이다. 역사적으로 중국 고대 과학기술은 세계의 선두에 섰었다. 이는 발달한 농업과 발달한 수공업이 추진한 것이다. 그러나 혈연관계를 바탕으로 하고, 종법제도를 유대로 하는 유학은, 봉건사회의 수요에 부응한 것으로서 사회형태의 급격한 변화에 적응할 수 없었다.

유학은 중국역사상에서 장기간 주도적인 지위에 있었으며, 경서를 읽고 과거에 급제하여 출세하는 것이 선비들이 평생토록 추구하는 바가 되었다. 중국 봉건사회에서 유학의 장점은 두드러진 반면에 단점은 크게 드러나지 않았다. 당시에는 그런 요구가 없었기 때문에 부족한 부분이 크게 드러나지 않았던 것이다. 그러나 서구 자본주의가 흥기하여 200년이 넘는 세월이 흐르고 대외적으로 식민지 확장을 진행하고 있었지만, 중국은 신해혁명 전인 1910년까지도 여전히 봉건사회였으며, 여전히 유학이 주도적 지위를 차지하고 있었다. 비록 서양학문이 도입되었지만, 서양학문은 기껏해야 이른바 '응용'하는 지위에 있었다. 이처럼 도덕을 중시하고 현대 자연과학, 사회과학과의 결합이 결여된 유가문화를 주도로 하였기 때문에, 당연히 사상 이론적으로는 외래의 침략에 대응할 수는 없었던 것이다. 유학을 주도로 하는 중국 전통문화의 변혁과 발전은 중국사회의 필연적인 요구이다. 만약 우리에게 이러한 문화적 자각이 없었다면, 여전히 유학의 부흥을 중화민족의 위대한 부흥의 핵심으로 삼으면서 현대 문화구성 속에서 마르크스주의의 지도적 지위의 수립과 현대 과학기술의 혁신 및 현대 철학사회과학의 발전을 중시하지 않았다면, 중국사회의 새로운 변화에 부응할 수 없었을 것이다. '5.4신문화운동'이 과학과 민주를 창도한 것은 일종의 진보이며, 유학이 사회적 곤경에서 벗어나고 전환을 이룰 수 있도록 추진한 것이다. 우리는 '5.4신문화운동'의 일부 단편적인 과오를 시정한다는 이유로 뒤돌아서면 절대 안 된다.

시진핑 총서기는 "역사는 하나의 거울과 같다. 역사를 통해 우리는 세계를 더욱 명확히 볼 수 있고, 생활 속에 더욱 깊이 들어갈 수 있으며, 자신을 더 잘 알 수 있다. 역사는 또 지혜로운 사람과 같다. 역사와의 대화를 통해 우리는 과거를 더 잘 이해하고, 현재를 더 잘 파악하며, 미래를 지향할 수 있다."라고 말하였다. 필자는 중국의 역사와 문화적 자신감의 말안장 모양의 발전과정에 대해 총화하는 것을 통해 우리의 문화적 자각과 문화적 자신감을 향상시킬 수 있다고 생각한다.

중국의 역사는 우리에게 하나의 진리를 알려주고 있다. 즉 문화적 자신감과 국가의 종합 국력의 강대함은 나라의 통일, 민족의 단합과 운명을 같이한다는 것이다. 중국문화가 전통에서부터 현대에 이르기까지 발전해오면서 중단된 적이 없이 일맥상통하였고, 또 곡절을 겪긴 하였지만 다른 고대 문명국가들처럼 제국의 멸망, 나라의 분열, 문화 파편화의 운명을 겪지 않을 수 있었던 이유는, 중국이 민족문화의 융합을 통해 장기적으로 통일되고 독립된, 게다가 강대한 국가로서 존재해왔기 때문이다. 근 100년 동안 중국이 열강으로부터 능욕을 당한 것은 정치제도와 과학기술의 낙후함, 군벌의 혼전, 나라의 분열, 국력의 쇠약이 초래한 결과였다. 그렇기 때문에 현대중국에서 중화민족의 위대한 부흥과 문화적 자신감의 재수립은 중국공산당의 영도를 떠날 수 없고, 마르크스주의 지침을 떠날 수 없으며, 국가의 통일과 민족의 단합을 떠날 수 없고, 중국 특색의 사회주의 길과 이론 및 제도를 견지하는 것을 떠날 수 없다. 만약 중국인민의 머리를 짓누르고 있는 세 채의 큰 산을 무너뜨리지 않았다면, 민족의 독립과 해방을 이룩하지 못하였다면, 사회주의의 수립과 개혁개방 이후 세인이 주목할 만한 성과가 없었다면, 중화민족의 부흥과 문화적 자신감의 재수립은 불가능하였을 것이다.

루쉰(鲁迅) 선생은 「등하만필(燈下漫筆)」에서 "외국인들이 중국에서 둥근 도화심목 식탁 앞에 앉아 은은한 중국풍의 전등갓 불빛 아래서 중국의 골동품과 서화에 대해 담론하면서 중국문명이 그들을 위해 마련한 모든 것을 누리고 있는 모습을 보았다"면서 "이른바 중국의 문명이란 사실은 부자들을 위해 마련된 인육의 잔치에 불과할 뿐이다. 이른바 중국이란 사실은 그 인육의 잔치를 차리는 주방에 불과할 뿐이다. 그런 사실을 모르고 찬송하는 자들은 용서 받을 수 있으나 그렇지 않은 자들은 영원히 저주 받아 마땅하다!"라고 비통에 젖어 말하였다. 루쉰 선생이 이토록 격분하였던 것은 그때 당시 중국은 국력이 쇠약하여 중국의 물질문명과 진귀한 예술품들이 외국인들이 탐식하는 성찬에 불과할 뿐, 진정으로 중화민족의 귀중한 재부가 될 수 없었기 때문이었다.

페이샤오퉁 선생이 매우 맞는 말을 하였다. "문화 특색의 발양은 강성한 국력을 떠날 수 없다. 새 세기에 중화민족이 또 다시 강성시기에 들어설 것이라고 생각할 수 있다면, 우리는 새 세기를 살아가고 있는 중국인들이 중화문화의 특색을 충분히 살릴 수 있는 역사적 기회를 맞이하고 있음을 인식해야 한다." 그 중요한 기회가 바로 세계경제 글로벌화와 반 글로벌화의 물결 속에서 '중국의 길'이 갈수록 세계의 인정을 받고, 중국의 제도건설이 보여주는 우월성이 서구 민주제도의 '역사 종말'의 신화를 깨뜨린 것이다. 경제력과 국력이 없으면 문화적 자신감은 공담으로 전락하고 말 것이다.

중국의 역사적 경험이 증명하다시피 문화적 자신감을 수립하려면 문화와 관련된 고금중외의 관계를 정확히 처리해야 한다. 고금의 관계는 전통문화와 현대문화의 선형적 관계뿐만이 아니다. 중화민족의 우수한 전통문화의 계승과 창조적 전환 및 혁신적 발전을 고도로 중시해야 할 뿐만 아니라, 현대중국의 문화적 자신감을 재수립하는 것과 관련된 풍부한 내용도 충분히 이해해야 한다. 우리는 중국의 전통경전에 대한 학습을 고도로 중시해야 하며, 중국 유가 경전을 학습할 것을 제창해야 한다. 그러나 국가의 문화정책에 있어서 우리는 유학의 도덕 전통을 계승한 현대의 새로운 유생을 양성하려는 것이 아니라, 중국 전통문화의 정수를 받아들이는 토대 위에서 중국문화를 혁신하고 발전시켜 마르크스주의 혁신과 발전에 유리하도록 하는 한편, 중국경전에 대한 연구와 논술과정에 마르크스주의 새로운 요소를 주입할 수 있어야 한다. 현대중국은 고대중국과는 다르며, 현대중국사회 또한 고대중국사회와는 다르다. 우리는 중국 여러 방면의 전통문화에 정통한 학자와 전문가를 양성해야 할 뿐만 아니라, 더욱이 현대 철학사회과학학설을 발전시켜야 하며 중국 현대의 마르크스주의 철학자, 현대 경제학자, 현대 사회학자, 현대 법학자 그리고 제반 업종의 자질 높은 현대적 인재를 양성해야 한다. 오로지 유학만 존숭하던 시대는 이미 역사가 되었다. 그 시대는 반복되어서도 안 되며 또 반복될 수도 없다.

중국의 역사적 경험이 증명하다시피 우리는 또 중외관계, 즉 중화민족 본토 문화와 외래문화 간의 관계를 정확하게 처리해야 한다. 중화민족은 자고로 외래문화를 받아들이는 데 능하다. 장건(張騫)이 사신으로 서역에 파견된 것도, 한조와 당조 때 불교가 전파되어 들어온 것도 모두 중화민족문화의 발전에 중요한 역할을 하였다. 쇄국은 국가와 문화의 발전에 불리하다. 마르크스는 외부세계와 단절된 그때 당시 청 왕조를 "밀폐된 관 속에 조심스럽게 보관된 미라"로 형용하면서 "신선한 공기를 만나면 반드시 바로 해체될 것"이라 표현하였다.

사회주의 중국은 서양으로부터 배우는 것을 거부한 적이 없다. 특히 개혁개방이후 출국 유학길에 오르는 중국인 유학생 수가 세계 최대 수준인 것으로 집계되었다. 우리가 서양으로부터 배우는 것을 진정으로 두려워하는 이들은 정치적 편견을 가지고 있는 일부 서구인 자신이다. 그들은 중국에 저들의 가치관을 수출하고, 저들의 이른바 민주주의와 인권을 수출하는 것에 가장 열을 올리는 반면에 저들의 선진적인 과학과 기술발명을 중국에 수출하는 것은 가장 싫어한다. 과학과 기술의 봉쇄는 그들이 다른 나라를 견제하는 방법이다. 우리의 문화적 자신감은 문을 닫아건 자신감이 아니라, 가장 넓은 흉금을 가지고 세계의 선진 문명을 받아들이고 서양의 선진적인 과학기술과 우수한 문화를 배우며 세계 여러 나라의 장점을 널리 받아들이는 것이다. 세계 여러 나라의 장점을 배우는 것은 우리의 대외개방에 반드시 포함되어야 하는 내용이다. '일대일로' 건설의 제안은 바로 평화의 길, 번영의 길, 개방의 길, 혁신의 길, 문명의 길을 건설하려는 데 취지가 있다. 시진핑 총서기가 말하였다시피 "문명은 개방 속에서 발전하고 민족은 융합 속에서 공존한다는 것"이다.

사물은 변증법적인 것이며 이론도 역시 마찬가지이다. 우리는 문화에 대한 자신감이 길에 대한 자신감, 이론에 대한 자신감, 제도에 대한 자신감에 일으키는 정신적·문화적 버팀목역할을 보아야 할 뿐만 아니라, '중국의 길'에서 이룩한 성과, 중국의 기본 경제제도와 정치제도의 우월성이 문화에 대한 자신감을 확고히 수립하는데 일으키는 실제적인 역할도 보아야 한다. 세인이 주목하는 그러한 성과들이 실천성과로 문화적 자신감의 정확성과 중요성을 증명해주고 있으며, 문화적 자신감과 문화적 자강을 수립하려는 전국 인민의 결심을 더욱 확고하게 다져주고 있기 때문이다.

문화적 자신감을 강조하는 것은 절대 맹목적으로 자고자대하거나 과실을 덮어버리려는 것이 아니다. 우리는 '중국의 길'이 여전히 끊임없이 경험을 총화하는 가운데서 앞으로 나아가고 있고, 중국 특색의 사회주의이론이 여전히 시대와 더불어 발전하고 있으며, 중국의 제도 구축이 여전히 끊임없이 보완되고 법제화되고 있다는 것을 명확히 알고 있다. 18차 당 대회 이래, 시진핑 동지를 핵심으로 하는 당 중앙은 국정운영 관련 일련의 새로운 이념, 새로운 사상, 새로운 전략을 제기하였고, 당을 엄하게 다스리고 부패척결을 엄히 실시하였으며, 민주·법치·인권건설을 대대적으로 추진하였다. 우리는 현대중국이 직면하고 있는 사회모순이 매우 복잡하다고 직언하는 것을 꺼리지 않는다. 당면한 일부 문제들 가운데서 어떤 것은 사회진보의 대가이고 어떤 것은 법제가 건전하지 못하고, 도덕교양이 뒤처져서 초래된 것이며, 어떤 것은 개혁을 시작할 때 미처 예상하지 못하였던 것이다. 자기개혁은 사회주의운동사상 위대한 사업으로서 방향이 정확한 것이 가장 중요하다. 물론 올바른 방향이 모든 조치, 모든 결정, 모든 절차의 완전무결을 보장할 수는 없으며 비판의 여지가 없음을 보장할 수는 없다. 인민을 중심으로 하고 사회주의 민주를 충분히 발휘시키며, 인민대중의 의견에 귀를 기울이고, 허심하게 받아들이는 것은 가장 효과적인 오류를 시정하는 메커니즘이다.

"언젠가는 바람을 타고 파도를 헤쳐 나갈 수 있으며, 돛을 높이 올

리고 망망대해에서 용감히 앞으로 나아갈 수 있으리라 믿어 의심치
않는다!(長風破浪會有時, 直掛云帆濟滄海)” 시진핑 동지를 핵심으로
하는 당 중앙의 지도하에, “네 가지 자신감”, 특히 문화에 대한 자신감
을 견지하면 틀림없이 중화민족의 위대한 부흥이라는 중국의 꿈을 실
현하는 데 갈수록 접근할 수 있을 것이다.

제14장 문화 전승의 자각성과 제도성

　민족문화의 전승과 문화의 전파는 다르다. 문화의 전승은 한 민족 문화 내부의 기원과 발전, 계승과 혁신의 관계이고, 문화의 전파는 본토 문화와 외래문화, 문화교류와 문화 섭취의 관계이다. 민족문화는 전승을 중시하고 외래문화는 참고하는 것을 중시한다. 문화 전승의 기원과 발전이 끊이지 않을 수 있는 전제조건은 국가의 존재와 통일이다. 자각성과 제도화는 한 민족문화의 기원과 발전이 끊이지 않도록 지탱해주는 두 기둥이다. 중국은 풍부한 전통문화를 가지고 있을 뿐만 아니 유일하게 그 발전이 끊이지 않았던 세계 고대 문명국가이다. 역사적으로 중화문화의 전승 과정에서 자각성과 자발성, 제도화와 제도의 결여가 공존하여 왔다. 그중 적지 않은 역사적 경험과 교훈을 총화하고 섭취할 수 있다.

1. 문화적 자각과 문화의 전승

　문화의 전승은 인류사회 발전의 내적인 정신적 원동력이다. 인류가 문화를 창조함에 따라 동시에 필연적으로 문화의 전승이 나타나게 된다. 만약 세대마다 모두 처음부터 다시 시작한다면 문화는 축적될 수 없고, 사회발전도 필연적으로 정체될 것이다. 중국의 전통문화는 바로 전승과 창조의 이중 장력을 받으며 발전한 것이다.

중국 전통문화의 전승은 자각적인 일면도 있고, 자연발생적인 일면도 있으며, 제도화의 일면도 있고, 제도적 보장이 결여된 일면도 있다. 그렇기 때문에 중국 전통문화의 발전은 전체적인 연속성과 계승성을 띠는 동시에 많은 유명한 경전이 이름만 있고, 저서는 보이지 않는 실정이다. 무형문화기예 · 특기 · 전통이 실전되었으며, 역사상에서 한때 번성하였던 적지 않은 학파가 뒤를 잇는 사람이 없어 절학이 되어버렸다. 우리 조상들이 훌륭한 것을 아주 많이 남겼지만, 남아 있지 않은 것도 아주 많다. 중국역사상의 경사자집(經史子集) 및 다양한 문학예술 서적을 포함한 고전들, 다양한 국보급 문물과 예술진품들은, 전쟁을 겪기도 하고 불살라져 없어지기도 하고, 약탈당하고 도둑맞는 등 수난을 겪어 오늘날 사람들이 진정으로 볼 수 있는 것은 절반도 안 될 것이다. 이는 문화 전승의 자각성, 제도화 보호문제와 관련된다.

오래 동안 전해져 내려오고 있고, 비교적 잘 보존된 것이 유학 경전이다. 중국 봉건사회는 역대로 왕조가 많이 바뀌었지만, 유학의 전승은 끊이질 않았다. 역사적으로 일찍 유학과 함께 현학(顯學)으로 불렸던 묵가(墨家)는 학파로서는 절학이 되어버렸다. 전국시기에 활약하였던 적잖은 다른 학파들도 역시 마찬가지다. 그 원인은 한무제(漢武帝)가 선진(先秦) 이래의 여러 사상 학파를 폐지하여 없애버리고 단지 유가사상만을 존숭하기 시작하면서(罷黜百家, 獨尊儒術) 유학의 자각적 전승이 제도의 지지를 받아 봉건사회제도와 고도로 결합된 데 있었다. 왕조가 어떻게 바뀌든 봉건사회의 공식적 이데올로기라는 유학의 지위는 변하지 않았다. 유학의 형태가 바뀐 적은 있었지만 (예를 들어 도가사상을 도입하여 유가사상의 부족한 부분을 메우거나 유교·불교·도교 사상을 융합하는 것) 봉건사회에서 유학의 주도적 지위는 바뀌지 않았으며, 유교가 중국 전통문화의 핵심이라는 사실은 바뀌지 않았다. 특히 송(宋)대 과거시험에서 '사서(四書)'를 표준답안으로 채택하고, '사서오경(四書五經)'이 중국 지식인들의 필독서가 된 이래, 국가 정권세력의 발전방향은 유가문화의 자각적인 전승에 중요한 역할을 하였다. 그리고 다른 학파들은 순수 학술분야가 되어 자발적으로 전승되었다. 그 학문을 연구하는 사람이 있을 때는 그 학문이 있게 마련이고, 그 사람이 없으면 절학이 된다. 이는 문화의 자각적 전승관념의 결여에 따른 손실이다.

　유학은 중국 전통문화의 정통과 주도가 되어 중국인의 정신세계에 중대한 역할을 하였다. 유학은 "하늘은 공정하여 늘 덕을 갖춘 자를 돕는다(皇天無親, 唯德是輔)"라고 주장하며 국민을 중심으로 하는 민본(民本)사상, 민심을 얻은 자가 천하를 얻는다고 여기는 사상, 포악한 군주를 죽인 것은 임금을 시해하였다고 하지 않는다고 여기는 사상(誅獨夫不爲弑君) 등 중요한 사상을 주장하는데, 이는 군권에 일정한 구속력이 있다. 유학이 제창하는 학문을 연구하는 도리, 벼슬에 오르는 자의 도리, 인간으로서의 도리는 도덕적 자율작용을 한다. 따라서 적지 않은 저명한 학자를 양성해냈으며, 절개와 기개가 있는 쟁신(諍臣)과 살신성인, 시사여귀의 충직하고 용감한 인사들이 적잖게 나타났다. 문천상(文天祥)은 사형을 앞두고 "성현의 책을 읽고 배운 것은 무엇인가? 지금부터 성현의 가르침에 대한 가책은 느끼지 않을 것이리라!(讀聖賢書, 所學何事, 而今而后, 庶幾天愧!)고 했던 것이다. 그는 그들 중에서 가장 유명한 인물 중의 한 사람이었다.

역사상의 지식인, 즉 선비·유생들은 주로 직접 경전을 읽음으로써 중국의 전통문화를 계승하였다. 이 또한 일종의 자각적 전승이다. 이러한 자각적 전승은 중국 지식인의 인문자질과 도덕수준을 양성하는 데 큰 역할을 하였으며, 책을 읽는 것과 도리를 분명히 하는 것을 통일시키고 유학의 교화역할을 발휘하였다. 중국역사상 여러 교육기관이 있었는데, 관학(官學) 외에도 사숙(私塾)·가숙(家塾)이 있었고, 당송(唐宋) 이후에는 서원(書院)이 흥기하였는데, 이 모두 문화의 자각적 전승의 수단에 속한다. 유학이 전승될 수 있었던 가장 중요한 이유는 교육이다. 공자가 최초로 사학(私學)을 창설하였는데, 제자가 3천 명을 헤아리고, 그중 현자가 72명에 이르는 것으로 알려졌다. 공자가 세상을 떠난 후 유학이 전승될 수 있었던 것은 공자의 제자들과 그 후학들이 있었기 때문이다.

중국에는 역사를 편찬하는 전통이 있는데, 사서에는 정치를 하는 길, 치세와 난세의 득과 실이 포함될 뿐만 아니라 문화의 자각적 계승도 포함된다. 통치자들은 중국 전통문화 속에서 국정운영의 경험을 받아들이는 것에 각별한 주의를 돌렸다. 예를 들면 당(唐)대 위징(魏徵)이 어명을 받아 편찬한 『군서치요』(群書治要)가 바로 그 대표적인 예이다. 일부 왕조들은 유서(類書)를 편찬하는 일을 중시하였다. 예를 들면, 『책부원귀(册府元龜)』『태평어람(太平御覽)』 등이 있다. 특히 『영락대전(永樂大典)』『사고전서(四庫全書)』는 그 규모의 방대함이 세상에 유례가 없을 정도이다.

유학에 대한 자각적 전승의 제도화는 양면성을 포함하고 있다. 군권을 제약하고 전제주의를 약화시키는 일면이 있다. 그러나 통치자는 통치에 유리하도록 하기 위해 언제나 다른 일면을 강조하였다. 즉, 존비유서(尊卑有序, 즉 위계질서), 충군사절(忠君死節, 임금에게 충성을 다하고 절개를 위해 목숨을 바침)을 강조하면서 조정에 대항하고 반란을 일으켜서는 안 된다고 강조한다. 반면에 민본(民本, 백성을 중심으로 함), 인정(仁政, 어진 정치), 왕도(王道, 임금이 마땅히 지켜야 할 도리로 인덕을 근본으로 다스리는 도리)에 대해서는 언제나 말로만 은혜를 베풀고 실행하지 않으며, 형식적으로 대강대강 하는 자가 많고, 진정으로 실천하는 자는 적다. 유학은 출세에 뜻이 있는 선비를 양성하는 인문도덕의 경지를 포함하고 있어, 사람들이 사회에 적극 뛰어들어 어진 신하, 훌륭한 재상, 청렴한 관리, 훌륭한 관리, 군자가 될 수 있도록 중대한 역할을 한다. 그러나 일단 제도화되어 관직 인재 등용과 과거 시험장 표준 답안이 되면 입신양명의 수단으로 이질화되게 된다. 오랜 세월 고생스레 공부하는 것은 과거에 급제하기 위해서였다. 유학의 전승과 관리의 승진이 결합되면서 유학의 교리는 점차 기계화, 경직화, 표면화되어 역사의 숙명이 되었다. 유가의 경전을 정독한 사람 중에 이중인격자, 즉 이른바 위군자가 적지 않다. 이는 유학만 존숭하는 것과 유학의 공리화가 가져온 부정적 영향이다.

역사적으로 문화 전승의 자각에는 자발적 역할도 포함된다. 중국은 풍부한 전통과 우수한 문화를 보유한 국가다. 중국의 관리 심지어 고위관리 중에도 저명한 문학가, 철학자, 시사(詩詞)대가가 적지 않다. 중국의 관리들은 문화소양이 높아 관직을 맡을 수도 있고, 학문을 연구할 수도 있으며, 글을 지을 수도 있고, 시를 지을 수도 있다. 이는 그들이 어려서부터 전통 유학의 정통교육을 받고 자신의 문화소양을 쌓은 것과 관계가 있다. 정통유학 교육 외에 다른 학파는 비록 유파로서는 지속되지 않았지만, 그중의 일부 유명한 경전은 여전히 전해져 내려오면서 전문가·학자들에 의해 연구되었기 때문에, 그 사상이 보존될 수 있었다. 게다가 중국의 전통문화는 그 내용이 매우 광범위한데,

시가 · 소설 · 회화 · 필기 · 야사가 포함되며, 모두 정신적 식량을 제공한다. 이러한 문화는 입신양명과는 무관한 것들이다. 과거시험에서 뜻을 이루지 못하여 벼슬길에 오르지 못한 자들은, 흔히 학술연구와 전승 면에서 더욱 큰 성과를 거두었다. 이는 자발적 전승에서 가치가 있는 문화 재부이다.

중국은 일찍이 문맹이 매우 많은 나라였다. 중화인민공화국이 창립되기 전까지 중국의 문맹률은 여전히 매우 높았으며, 교육이 극히 보편적이지 않았다. 문화 고전의 자각적 전승은 교육이 보급되지 못하고, 문맹이 많음으로 인해 매우 큰 제한을 받았다. 절대다수의 일반 백성들은 고전을 직접 읽을 수 없었다. 그들은 문화의 자발적 사회기능을 통해 그 속에 존재하는 민족문화의 영향과 감화를 받는다. 전통적인 도덕규범, 훌륭한 풍속습관, 가정교육과 가풍, 희곡, 소설, 생활양식과 인간교제의 규칙, 전통 명절과 제사활동 등 일상적인 생활문화 형태는 윤리도덕과 일상생활을 통해 역할을 발휘한다. 중국 전통문화 정신의 정수는 흔히 이런 세속화된 방식을 통해 자발적으로 전승되어 우리 민족 구성원의 정신적 구성의 중요한 유전자가 되었다. 그러나 전통문화 세속화의 자발적 전승은 왕왕 들쭉날쭉하다. 중국 전통문화의 전승에서 정수와 찌꺼기를 구분하고, 낡은 풍속, 낡은 관념, 낡은 습관을 바꾸는 것이 낡은 제도 하에서는 실현되기 어려운 것이었다. 중국근대에 줄곧 비판 받아왔던 중화민족의 저열한 근성과 국민성은 중국인의 특성이 아니라, 문화를 자발적으로 전승하는 과정에서 나타난 나쁜 영향과 여독이 쌓여서 형성된 것이다. 문화전승 과정에 훌륭한 것을 취하고 저열한 것을 배제하는 자각성을 키워야 한다.

마오쩌동은 "공자에서 쑨중산에 이르기까지 우리는 잘 총화하여 그 귀중한 유산을 계승해야 한다."라고 말하였다. 중국인민이 해방을 얻기 전까지 이는 마르크스주의자가 자기 문화유산을 대하는 역사적 유물론의 원칙이었다. 중국공산주의자들이 전국의 정권을 장악한 후에 중화민족의 우수한 문화를 계승하고 발전시키는 역사적 책임을 자발적으로 짊어지고 제도화한 보장을 통해, 중화문화 자원에 대한 전면조사와 공유 · 등록 · 보호 등 제도를 실시할 수 있었다. 우수한 문화에 대한 전승의 자각성을 높이고 문화 보장 제도를 확립하여 중화문화자원의 유실을 효과적으로 방지하는 것은, 역사상 문화전승 과정에서 자발성과 제도가 부족하였던 경험교훈에 대한 총화이다.

2. 덕으로 인재를 양성하고 길은 달라도 이르는 목적지는 같다

현대중국은 유학만 존중하던 시대가 아니다. 중화의 우수한 전통문화는 여러 가지 문화유산과 무형문화 유산을 포함하여 전승할 내용이 풍부할 뿐만 아니라, 정부의 여러 부서가 공동으로 감당해야 할 임무와 관련된다. 그러나 국민교육의 각도에서 볼 때, 중화의 우수한 전통문화를 각기 다른 교육수준, 각기 다른 교육유형에 전면적으로 융합시키는 것은 매우 필요하고 중요한 것이다. 적당한 봄바람과 알맞은 비가 소리 없이 만물을 적신다. 교과과정의 설치를 통해 중화 전통문화의 핵심이념, 중화 전통미덕과 인문주의정신을 교육 받은 자의 인문소양과 가치이념으로 점차 내재화시킨다. 이는 사회주의제도 하에서 우수한 문화를 자각적으로 전승할 수 있는 효과적인 경로이다.

중화의 우수한 전통문화를 교실에 들여오는 것과 대학교의 사상정치 이론교육을 강화하는 것 간의 관계를 어떻게 처리할 것인가 하는 것은, 우리가 현재 반드시 직시하고 정확하게 처리해야 할 문제이다. 마르크스주의를 핵심 내용으로 하는 사상정치이론 수업과 유학을 핵심 내용으로 하는 중화민족의 우수한 전통문화는 이론의 틀 · 기본 범주와 개념 및 적지 않은 문제에 대한 해석에서 이론적 차이가 나타나게 된다. 어떻게 양자 관계를 조율하여 이데올로기 영역에서 마르크스주의의 지도적 지위를 공고히 하는데 입각하고, 사회주의 선진 문화의 발전방향을 확실히 파악하며, 중국 특색의 사회주의 문화발전의 길을 견지하고, 마르크스주의와 중화의 우수한 전통문화를 결합하는 원칙을 견지하는데 큰 힘을 기울일 것인가 하는 것이 우리가 직면하게 되는 새로운 과제일 것이다.

중국의 문화경전이 학교 교과 수업과 사상정치이론 교육 내용에 포함되고, 덕으로 인재를 양성하는 면에서 각자의 기능을 발휘하여, 길은 달라도 이르는 목적지는 같은 효과를 달성한다. 정치이론 교육은 강한 정치적 방향성과 직접적 현실성을 띠고 있으며, 그 근본 임무는 과학적 세계관과 방법론, 그리고 마르크스주의 기본 원리로 학생들을 교육하여, 학생들이 바른 정치의식과 정치방향을 수립하도록 하여, 중국 특색의 사회주의 사업을 위한 합격된 건설자와 후계자를 양성하는 것이다. 이는 어떤 대학교를 운영하고, 어떻게 운영하며, 어떤 인재를 양성하고, 누구를 위해 양성할 것인가 하는 문제와 직접적으로 관계되는 큰 문제이다. 전통문화 경전을 학교 교과수업에 포함시키는 것으로써 사상정치 이론과의 선도기능을 대체할 수 없고 또 약화시켜서도 안 되며 그것의 상호 보완역할을 살려야 한다.

우리는 중화의 우수한 전통문화의 핵심이념에 대해 충분히 인식해야 한다. 즉 인문정신과 고상한 도덕규범 및 지조는 우리가 덕을 쌓아 인재를 양성하는 사상자원으로서 사상정치이론과를 중시하고 강조함으로 인해, 그 중요성을 약화시켜서는 절대 안 된다. 우리 학생들이 마르크스주의 사상정치이론 교육을 받지 않는다면, 현시대 사회주의 조건 하에서 명확한 사회주의 정치방향을 가진 중국인으로 성장할 수 없으며, 또 중화의 우수한 전통문화에 대한 교육과 양성을 받지 않는다면, 중국의 우수한 문화소양과 도덕교양을 갖춘 중국인으로 성장할 수 없다.

사상정치과 교원들은 중화의 우수한 전통문화에 대한 학습을 중시해야 하며, 중국의 일부 전통 고전저작들을 진정한 마음으로 학습하고 연구하여 그 정수를 장악해야 한다. 사상정치 과목 교원들은 스스로 전통문화의 정수를 입신의 근본으로 삼아야 할 뿐만 아니라, 그것을 가르치는 교과과정에 융합시켜야 한다. 중국에서 마르크스주의 연구(사상정치이론과 교학을 포함하여)에 종사함에 있어서, 중국 전통문화 소양을 갖추지 못하면, 중국문화 특성과 중국 언어를 결부시켜 마르크스주의 기본이론을 논술할 수 있는 교원이 될 수 없다. 진지하게 생각해본다면, 우리는 마르크스주의 기본이론과 중화의 우수한 전통문화의 핵심 이념·인문정신은 인류의 지혜와 사회의 진보 및 인류 도덕 진보의 방향과 서로 통한다는 것을 발견할 수 있다. 기능적으로 말하면, 그것들은 모두 덕을 쌓아 사람을 양성하는 역할을 발휘할 수 있다. 그 어떤 마르크스주의 이론과목 교원이든지 모두 중화의 우수한 전통문화의 핵심 이념과 전통미덕과 인문정신에서 마르크스주의 신앙과 이상, 변증법적 유물론과 역사적 유물론의 원칙에 부합되고 일치하는 사상을 찾아낼 수 있다. 만약 사상정치이론 과목이 중화의 우수한 전통문화와 결합되지 못하고, 피와 살이 없고 감정이 없는 완전히 비중국화, 일반적이고 추상적인 원리의 논술이 된다면, 사상정치이론 과목은 감화력과 흡인력을 잃게 될 것이다. 사실 중화문화의 고전저작 속의 지혜와 사상 그리고 이름난 가작, 시·사·가·부(詩詞歌賦)는 모두 우리가 정치과목을 강의하는 데 있어서 매우 가치 있는 사상자원이 될 수 있다. 중국어로 마르크스주의 사상정치이론 과목을 강의하는 것을 배우려면, 교사 자신이 반드시 양호한 중국 전통문화소양을 갖추어야 할 뿐만 아니라, 중화의 우수한 문화자원을 정확하고 영활하게 운용하는 능력을 갖추어야 한다.

마찬가지로 중국 전통문화 연구자와 강의자들은 마르크스주의를 경시하거나 배척해서는 안 되며, 사상정치이론 과목의 역할을 경시해서는 안 된다. 사실 중국 전통문화를 강의하면서 만약 교과서의 내용을 그대로 옮겨놓거나 글자를 풀이하고 뜻을 해석하는 수준에 머물러 있지 않는다면, 마르크스주의를 발견할 수 있을 것이며, 변증법적 유물론과 역사적 유물론의 이론적 위력을 발견할 수 있을 것이다. 그 이론들을 활용하여 중국의 전통문화를 이해하고 해석한다면, 전통문화는 새로운 경지에 오를 수 있을 것이며, 새로운 시대의 풍부한 내용을 담게 될 것이다. 중국 전통문화의 창조적 전환과 혁신적 발전의 방법론적 지도는 마르크스주의이고, 그 현실적 토대는 중국 특색의 사회주의 실천이다. 마르크스주의 사상의 지도와 중국 특색의 사회주의 건설의 현실적 토대를 떠난 전통문화 중의 사상은 일종의 역사적 존재에 그칠 뿐이며 현시대와 어울리기 어렵게 된다. 자세히 관찰하면 우리는 묵은 것을 버리고 새 것을 창조하는 것, 시대와 더불어 발전하는 것, 실제에 입각하여 착실하게 행하는 것, 있는 그대로의 사실에 토대하여 진리를 탐구하는 것(실사구시), 백성을 이롭게 하고 백성에게 혜택을 베푸는 것, 민심·민생을 안정시키고 백성을 풍족하게 하는 것, 자연의 법칙에 따라야 한다는 도법자연(道法自然), 자연과 인간은 일체라는 천인합일(天人合一)의 관점, 그리고 어짊을 강조하고, 민본을 중시하며, 신의 성실의 원칙을 지키고, 정의를 숭상하며, 화합을 숭상하고, 대동을 추구하는 등의 사상이 우리 시대에 이르러 새로운 이해와 현실적 내용이 담긴 것을 볼 수 있을 것이다. '천인합일'의 관점은 이미 전통적인 천명론(天命論)이라는 불순물을 제외시키고, 마르크스주의 철학에 담긴 인간과 자연의 관계, 인간과 사회의 관계와 관련된 새로운 내용을 받아들이는 차원으로 향상되어, 원래의 명제 중에서 "자연과 인간은 서로 분리되어 있다는 천인상분(天人相分)" 관점과 '천인합일'의 관점 간의 내적 대항을 해결하였다. 오직 현대 사회주의 실천에 입각해야만 어떤 것이 묵은 것이고, 어떤 것이 새 것인지, 중국 특색의 사회주의 발전과정에서 "묵은 것을 버리고 새 것을 창조하는 것"의 본질과 방향은 무엇인지에 대해 이해할 수가 있다. 변증법적 유물론에 대해 알지 못하면, '실사구시'가 왜 옛날 사람들이 창도하던 일종의 학구적 태도이던 데서 중국공산당의 사상노선이 될 수 있었는지에 대해 이해할 수가 없다. 역사적 유물론의 기본 원리와 인민대중에 관한 관점에 대해 알지 못하면, "백성을 이롭게 하고 백성에게 혜택을 가져다주는 것" "민심·민생을 안정시키고 백성을 풍족하게 하는 것" 등의 사상은 말로만 혜택을 주고 실행에 옮기지 않았던 봉건사회의 이른바 '왕도(王道, 인덕을 근본으로 다스리는 도리)'와 '인정(仁政, 어진 정치)'에 머물러있을 뿐이다. "물은 배를 띄울 수도 있고, 뒤엎을 수도 있다"는 말이 있다. 현대중국은 이미 인민을 위해 봉사하고 '인민이 사회주의국가의 주인이 된 수준으로 올라섰다. 단순히 배를 띄우고 뒤엎는 물의 기능만을 강조해서는 안 된다. 그렇지 않으면 인민을 떠날 수 없거니와 인민을 두려워하는 봉건사회 통치자들의 딜레마에서 벗어날 수 없다. 변증법을 떠나서, 모순과 대립의 통일학설을 떠나서, 통일과 분열, 화합과 투쟁의 변증법적 관계에 대해 모른다면, 또 다른 일면성에 빠져들게 된다. "백성은 나라의 근본으로서 근본이 튼튼하면 나라가 안정된다(民惟邦本, 本固邦寧)", "인심을 얻는 자가 천하를 얻는다" 등과 같이 참으로 훌륭한 고훈이 있는데, 중국 역대왕조들은 왜 근본적인 것을 약화시키고, 지엽적인 것을 강화하며, 민심을 잃는 실수를 되풀이하였을까? 유물론적 역사관이 없이는 그것을 해명하기가 어려운 것이다. 그러므로 반드시 변증법적 유물론과 역사적 유물론을 견지하고 객관적이고 과학적이며 예를 갖춰 존숭하는 태도를 견지하며, 그 정수를 취하고 찌꺼기를 버리며, 계승과 폐지, 전환과 혁신을 견지하며, 꾸준히 보충하고 확장하며, 보완해야만 중화민족의 가장 기본적인 문화 유전자가 현대문화와 서로 어울릴 수 있게 하고, 현대사회와 조화를 이룰 수 있게 할 수 있다. 이런 태도로 수업시간에 중화의 우수한 전통문화를 강의한다면, 사상정치 이론 과목의 내용과 서로 어긋나지 않을 것이며, 상부상조하여 서로의 능력을 더욱 잘 살리고, 각자의 장점을 더 잘 살릴 수 있어, 각기 다른 방면에서 덕으로 인재를 양성하는 역할을 발휘할 수 있을 것이다.

개인의 학술과 신앙은 자유이다. 그러나 현대중국에서 전통적인 유학경전을 교과과정에 포함시키는 것은, 우리 학생들을 유학경전만 숙독하면서 시대와 더불어 전진할 줄 모르는 현대 유생으로 양성하기 위한 것이 아니라, 그들을 올바른 정치방향, 과학적인 세계관과 사고방식도 갖추고 또 높은 인문자질과 도덕교양을 갖춘, 중화민족의 문화를 사랑하는 현대인으로 양성하기 위한 것이다. 또한 중화의 우수한 전통문화에 대한 이해를 통해 중국 특색의 사회주의 길·이론·제도·문화에 대한 동질감을 심화시키기 위한 것이다.

3. 논거는 서로 다르지만 지혜는 서로 통한다

만약 마음 밖에 사물이 없고 마음 밖에 이치가 없으며, 내 마음이 곧 우주이고, 우주가 곧 내 마음(心外無物, 心外無理, 吾心即宇宙, 宇

宙即吾心)이라고 한다면, 객관적 외재세계를 연구 대상으로 하는 우리와 같은 과학자들은 과학실천을 할 필요가 없이 집에 앉아서 수양만 충분히 닦으면 될 것 아닌가? 이러한 딜레마는 유학을 주도로 하는 중국 전통문화의 특성과 심학(心學) 정수의 존재에 대해 이해하지 못한 데서 비롯된 것이다. 마르크스주의의 본질과 유학을 주도로 하는 중국 전통문화의 각각의 특성과 운용의 경계에 대해 이해하지 못하면, "이것이 아니면 저것", "물과 불처럼 서로 용납할 수 없는 이론"의 딜레마에 빠지기 쉽다.

사상정치이론 수업에서 교원은 인간의 본질이 사회관계의 총체라며 까닭 없는 사랑도 없고 까닭 없는 미움도 없다고 말한다. "우리 모두 똑같이 세상을 떠도는 나그네 신세인데 오늘 서로 만나서 서로 안면이 있었느냐고 물어볼 필요가 있는가!" 동정심·측은지심·연민, 수치심은 선천적으로 타고나는 것이 아니다. 정치이론 과목 수업에서는 세계의 물질성과 법칙의 객관성에 대해 강조하고, 물질세계는 인간의 의식에 의존하여 존재하는 것이 아닌 객관세계라고 강조하면서 세상은 인간이 생겨나기 전부터 이미 존재하고 있었다고 말한다. 또 자연과 인간은 서로 구분되고 세계는 주체와 객체의 구분이 있으며, 그것들은 일정한 조건 하에서만 통일될 뿐이며, "천지와 내가 함께 생겨나고, 만물과 내가 일체인 것"은 아니라고 말한다. 만약 마음 밖에 존재하는 사물이 없고, 마음 밖에 존재하는 이치는 없다(心外無物, 心外無理)고 한다면 인류는 세계를 인식할 필요도 없고 세계를 개조할 필요도 없다. 마음 밖에 존재하는 사물이 없다면, 인류의 실천과 과학 연구에 필요한 대상이 없게 되며, 마음 밖에 존재하는 이치가 없다면, 객관 법칙에 대해 탐구하고 연구할 필요가 없다.

그런데 유학경전에 대해 강의할 때는, 맹자의 성선설(性善說, 인간의 본성은 선천적으로 착하다는 설), 사단사심설[四端四心說, 인간의 본성에서 우러나오는 네 가지 마음씨, 곧 인[仁]에서 우러나오는 측은 지심[惻隱之心], 의[義]에서 우러나오는 수오지심[羞惡之心], 예[禮]에서 우러나오는 사양지심[辭讓之心], 지[智]에서 우러나오는 시비지심 [是非之心]을 이름)에 대해 강의하게 된다. 특히 정주이학과 육왕심학에 대해 강의할 때, 사실을 무시하고 실천에서 이탈하여 도리만 따지는 경우에 대해 이야기하면서 도리가 사실 밖에 있다고 강조하게 된다. 또 사람들은 모두 마음을 가지고 있고, 도리는 사람들의 마음속에 있다면서 본심으로 돌아가 실제 행동 속에서 양지(良知)를 실현하고 지행합일을 실현할 것을 주장한다. 양심은 선천적인 것이고, 본심으로서 아버지를 보면 자연히 효도를 알게 되고, 형님을 보면 자연히 우애를 알게 되며, 어린 아이가 우물에 빠지려는 장면을 목격하게 되면, 자연히 놀라움과 동정심이 생기게 된다고 이야기한다. 이런 것은 선천적인 것으로서 마음속에 내재되어 있고, 외부의 힘을 빌릴 필요가 없으며, 외부로부터 구할 필요가 없다. 만약 사상정치이론 과목을 강의하면서 변증법적 유물론과 역사적 유물론의 주장에 따라 물질적·객관적·실천적인 것을 강조하면서 물질이 제일의 특성이고 의식이 제2의 특성이라고 강조하고, 중국의 전통문화, 특히 심학(心學)에서 천리(天理, 천지자연의 이치)·천량(天良, 타고난 착한 마음)·본심 (本心, 꾸밈이나 거짓이 없는 참마음, 진심)·양지(良知, 천지자연의 이치에 순응하여 부여된, 배우지 않고 얻은 지혜를 뜻함) 그리고 실제 행동으로 양지를 실현하는 것을 강조하며, 생각이 일어나는 것이 곧 행하는 것임을 강조하는 등 제각기 옳다고 생각되는 의견과 주장에 찬성하고, 제각기 그르다고 생각되는 의견과 주장에 반대한다면, 학생들은 배울수록 생각이 혼란스러워지고 자기 주견이 없이 남에게 끌려가게 될 것이다. 사상정치이론 과목과 중국 전통 고전수업에서 나타나는 입론의 차이를 정확히 처리하려면, 마르크스주의를 지침으로 하는 사상정치이론과 중화의 전통문화가 서로 통할 뿐만 아니라, 각자 관심을 갖는 부분이 다르기 때문에, 논술에서 차이가 생길 수 있다는 것을 명확히 설명해야 한다.

마르크스주의는 세계를 인식하고 개조하는 철학이다. 세계의 객관성과 법칙의 객관성을 인정하고, 인식은 실천에서 온다고 주장한다. 그렇지 않으면 마르크스주의는 무산계급과 인류 해방의 이론적 지침 역할을 담당할 수 없다. 마르크스주의는 과학적 특성을 띠며, 객관성·법칙성·검증가능성을 중시한다. 마르크스주의 경제학은 객관적 경제법칙을 연구할 것을 요구하며, 과학적 사회주의 학설은 사회주의가 자본주의를 교체하는 필연적 법칙에 대해 연구할 것을 요구한다. 그리고 마르크스주의 철학은 세계의 객관적 본질과 세계발전의 보편적 법칙, 사회발전법칙에 대해 연구할 것을 요구한다. 현시대 중국의 마르크스주의는 중국 특색의 사회주의 발전법칙에 대해 연구해야 한다. 물질세계를 중시하고 실천활동을 중시하며 객관법칙을 중시하고, 과학적 인식론과 능동적 반영론을 중시하는 것은 과학적 세계관으로서의 마르크스주의학설이 반드시 포함해야 할 내용이다. 마르크스주의는 실천과 이론을 분리시켜 사실을 무시하고, 실천에서 이탈하여 도리에 대해서만 논하는 것에 반대하며, 마음과 물질을 분리시켜 물질을 제외시키고, 마음에 대해서만 논하는 것에 반대한다.

중국의 전통문화에도 마찬가지로 본체론과 인식론 문제가 존재하는데, 유학의 기론(氣論), 묵학(墨學)의 인식론과 논리학, 노장(老庄) 철학의 변증법은 마르크스주의 철학과 서로 통하고 유사한 부분이 있다. 그러나 중국 전통문화의 특색은 유학을 주도로 하는 인생 윤리형

문화로서 도덕·가치·수양·심성을 중시하는 학설이다. 인간에게는 대상성 의식이 있을 뿐만 아니라 자아의식도 있다. 대상성 의식은 물론 대상을 떠날 수 없으며, 반영성 의식의 일종이다. 그러나 인간의 자아의식은 인간의 내면세계이다. 도덕의 본성은 자율이다. 인간은 내면세계를 떠나서 도덕수양과 도덕자율을 진행할 수 없다. 마음을 본체로 하고, 내면세계를 중시하며, 수양을 강조하는 것은 중국의 도덕윤리 문화의 이론적 근거이다.

마음은 무엇인가? 우리는 인체해부학으로 이 중국철학의 문제를 이해할 수 없다. 생리학에 따르면 사람에게는 심장이 있는데, 그것은 사람의 생리기관이다. 심장은 생각하는 기관이 아니다. 인간에게서 생각하는 기관은 대뇌이다. 중국철학에서 마음은 인지(認知)·정감(情感)·의지(意志)를 포함하고 있으며, 인간의 도덕과 가치를 포함한 주체적이고 능동적인 내면세계이다. 마음은 인간의 몸과 행위의 진짜 주군이며 주재자이다. 측은심(惻隱心)·수치심(羞恥心)·사양심(辭讓心)·효심(孝心) 등과 같은 이른바 마음이란 도덕규범의 내면화로 인해 형성된 양지(良知)이다. 양지는 바로 내면의 도덕이고, 양지에 이르는 것은 바로 수양을 통해 최고의 도덕적 경지에 이르는 것이며, 지행합일이 곧 도덕의 실천이다. 생각이 일어나는 것이 곧 행하는 것이니 반드시 신독하여 잡념을 없애야 한다. 사람마다 모두 성인이 될 수 있는 재질을 가지고 있지만, 모든 사람이 다 성인이 될 수 있는 것은 아니다. 사람의 타고난 착한 마음은 사리사욕에 가려지기 쉽기 때문에, 반드시 마음의 수양을 닦아야 한다. 오로지 마음을 바르게 해야만 성의가 있으며, 수신제가치국평천하(修身齊家治國平天下)를 이룰 수 있다. 이것이 바로 '수심(修心, 마음을 닦음)' 설의 의미이다.

마오쩌둥은 양창지(楊昌濟) 선생을 스승으로 모시고 있으면서 파울

젠(Friedrich Paulsen)의 윤리학을 숙독하였다. 마오쩌동이 1917년에 쓴 논문 「마음의 힘(心之力)」에서는 바로 도덕 수양의 시각에서 심성의 학문을 살펴보았다.

> "우주가 곧 내 마음이고 내 마음이 곧 우주이다. 그 미세함이 머리카락 끝에 이르고 광대함은 천지에 이른다. 세계·우주 나아가 만물에 이르기까지 모두 생각과 마음의 힘에 의해 움직인다. 고금을 두루 꿰뚫어보게 되면, 인류가 세상만물의 영장이 될 수 있는 것이 실로 천지간에서 진화에 가장 힘쓰는 심력을 가졌기 때문이라는 것을 더욱 잘 알 수 있다. 중화는 유구한 역사를 가진 나라이고, 인류문명의 시조로서 세계의 수많은 나라의 문명과 정의 및 도덕의 창시자라고 할 수 있는 것은, 실로 중국이 세계 여러 나라 중에서 인류와 천지만물의 정신을 서로 양성하는데 가장 힘쓰고 있기 때문이다."

글에서는 삼군의 장수는 빼앗을 수 있지만, 필부가 품은 뜻은 빼앗을 수 없다고 강조하고 있다. 뜻이 있는 사람은 마음의 힘을 갖춘 사람이라는 것이다.

중국에는 마음 심(心)자에 관한 성구가 매우 많은데, 이는 중국인이 마음에 대해, 마음의 수양에 대해 중시하고 있음을 보여준다. 사람은 마음을 바르게 쓰지 않고 수치심이 없으면 도덕적 경계가 없게 되며, 그러면 무슨 나쁜 일이든지 저지를 수 있다. 일반 백성이 그럴 수 있을 뿐만 아니라, 벼슬을 하고 정치를 하는 자들도 그럴 수 있다. 『대학』에는 이런 문구가 있다. "천자(天子)에서 서민에 이르기까지 사람마다 모두 품성을 수양하는 것을 근본으로 삼아야 한다. 그 근본이 흔들리면 지엽적인 모든 것이 다스려지지 못하는 것이다. 중시해야 할 것을 중시하지 않고, 중시하지 말아야 할 것을 중시하는 경우는 없다." 마음과 행실을 바르게 닦아 수양하는 수신(修身)의 핵심은 바로 수심(修心, 마음을 닦음), 즉 자신의 내면세계를 정화하는 것이다.

우리는 중국철학의 언어 환경을 떠나서 중국 전통문화의 특색에 대해 추상적으로 토론할 수는 없다. '천인합일(天人合一, 천지자연과 인간은 하나)', "내 마음이 곧 우주이고, 우주가 곧 내 마음이다", "마음 밖에 물질이 없고, 마음 밖에 도리가 없다" 등의 중국 도덕 형이상학의 철학적 명제들에 대해 우주의 기원과 인류의 기원에 관한 여러 가지 학설로써 짐작해볼 수는 없다. 변증법적 유물론의 물질본체론과 과학인식론의 관점에 따르면 "내 마음이 곧 우주이고, 우주가 곧 내 마음이다", "마음 밖에 물질이 없고, 마음 밖에는 도리가 없다", "만물은 모두 나를 위해 준비되어 있다"라는 철학적 명제를 인정할 수 없다. 그러나 그 철학적 명제들을 인생의 경지와 도덕적 추구로 간주하고 "가장 완벽한 경지에 이르는" 궁극적인 도덕가치의 추구로 간주하며 "생각할 줄 아는 갈대"로서의 인간과 동물의 서로 다른 점으로 간주할 때, 우리는 중국 전통문화의 특색을 이해할 수 있다. 양명심학(陽明心學)이 중화의 우수한 전통문화의 정수로 인정받는 것은, 양명심학이 인간의 주체성을 강조하고 양지를 실현하는 수양공부와 지행합일의 도덕실천원칙을 알고 있으며, 현대인들의 지나친 물화(物化, 대상화)를 바로잡는데 있어서 현실적인 가치가 있기 때문이다.

마르크스주의 철학은 유심론에 반대하지만 인간의 정신세계를 중시하며, 용속적이고 기계적인 유물론에 반대한다. 정신은 물론 육체를 떠날 수 없지만, 정신의 역할, 즉 인간의 인지·정감·의지와 인간 도덕의 힘은 거대한 것이다. 정신은 사람들에게 죽음도 두려워하지 않게 하며, 태산이 무너져도 안색이 변하지 않게 한다. 마오쩌둥은 사람에게는 정신이 있어야 한다고 말하였다. 마오쩌둥의 글 중에 유명한 「우공이산」(愚公移山) 「인민을 위해 봉사하자」 「베쥰을 기념하여」 등은 일종의 정신을 찬양한 글들이다. 우공(愚公)이 "끝까지 산을 파서 옮기는" 견인불발의 정신, 장쓰더(張思德)의 "인민을 위해 봉사하는" 정신, 베쥰의 '불원천리' 하며 중국에 온 "진정한 공산주의자의 정신"을 찬양하였다. 레닌은 정신의 역할을 강조한 유심론 철학자들에게 "영리한 유심론"이라고 찬양하고, 정신의 역할을 부정한 용속적 유물론을 "어리석은 유물론"이라고 부정하였다.

세계의 물질성 그리고 물질과 의식의 변증법적 관계에 있어서 우리는 마르크스주의 세계관을 견지한다. 우리는 "마음을 근본으로 하는(以心爲體)" 사상이 도덕적 수양과 안신입명(安身立命, 아무 걱정 없이 모든 것을 천명에 맡길 수 있는 안정된 마음상태)의 범위를 벗어나 마르크스주의 철학의 기본 관점을 대체하는 것에 찬성하지 않는다. 그러나 우리는 '마음', 즉 인간정신의 능동적인 작용을 고도로 중시한다. 우리가 마르크스주의와 중국 전통문화 간 상통하는 부분과 상이한 부분에 대해 정확하게 파악하고, 그들 각자의 이론적 근거, 각자의 이론적 기능과 적용범위를 알기만 한다면, 마르크스주의와 중국의 우수한 전통문화를 서로 결합시켜 현대중국 마르크스주의를 창조적으로 발전시킬 수 있는 길을 찾을 수 있을 것이다.

제15장 문화 고전과 민족정신

한 민족의 문화전통은 세상에 전해져 내려오는 고전저작 속에 존재하며 더욱이는 인민의 활동 속에, 특히 민족정신을 대표하는 뛰어난 인물들의 활동 속에 존재한다.

1. 문화 고전의 상징적 역할

중화민족의 문화는 수천 년 동안 발전이 중단된 적이 없다. 선인들이 자손 후대에 풍부한 문화유산을 물려주었다. 그중 문화 고전은 세계적으로 보기 드문 문화 보물이다. 한 민족을 두고 말하면, 문화 고전은 민족문화가 발전하고 성숙하였음을 보여주는 상징적 정계비이다. 중국문화의 기본정신을 연구함에 있어서 물론 중화민족의 문화 고전에 대해 연구해야 한다. 그러나 단순히 고전서적에 대한 연구에만 머물러서는 안 된다. 반드시 동시에 역사와 현실 속에서 중화민족의 발전을 추진한 생생한 민족정신에 대해 연구하는데 중점을 두어야한다. 그것이 바로 중화민족의 발전을 위해 걸출한 기여를 한 역사인물을 포함한 중국의 광범위한 인민대중의 실천정신이다. 인민대중과 중화민족의 걸출한 인물들은 중화민족정신의 주체이다. 단순히 글의 범위에만 머물러서는 옛날 주해의 울타리에서 벗어날 수 없다.

마오쩌둥은 일찍 다음과 같이 지적한 바 있다. "중화민족의 개화사에는 발달한 것으로 알려진 농업과 수공업이 있고 수많은 위대한 사상가·과학자·발명가·정치가·군사가·문학가·예술가들이 있으며, 풍부한 고전 문화 서적도 있다." "중화민족은 어려움을 이겨내고 노력하는 민족으로 세계에 널리 알려져 있으며, 동시에 자유를 사랑하고 풍부한 혁명적 전통이 있는 민족이다. ……중화민족의 수천 년 역사에서 많은 민족영웅과 혁명의 지도자가 나타났다. 그렇기 때문에 중화민족은 또 영광스러운 혁명전통과 우수한 역사유산을 보유하고 있는 민족이다." 고전적인 문헌과 중국인민 및 그 걸출한 대표인물 간의 상호 연관성과 상호작용 속에서 중국 전통문화의 기본정신에 대해 연구하는 것은 더욱 설득력이 있다. 중화민족문화의 기본정신의 문자부호의 매체인 고전서적은 임의로 해독할 수 있는 단순한 글이 아니라, 중화민족의 생존과 발전의 실천과 하나로 합쳐진 정신의 담체이다.

세계문화사에서 중화민족만큼 고전문헌을 많이 보유하고, 그 고전에 대한 정리와 전수를 중시하는 민족도 드물다. 중국에는 고전뿐만 아니라 고대 백과전서라고 할 수 있는 여러 유형의 서적들이 있으며, 문헌과 자료들을 널리 수집하여 후세 사람들에게 연구하고 받아들일 수 있는 대량의 고전을 물려주었다. 거기에는 『영락대전』(永樂大典) 『사고전서』(四庫全書)처럼 방대한 규모의 문헌 보물이 포함된다. 고전의 생성과 전승, 문헌의 대대적 정리는 중화문화의 유구하고 지속적인 발전에 중요한 역할을 한다.

한 민족의 문화구조는 하나의 전일체이다. 그러나 전일체 속에서 각개의 부분은 각자 특성을 띨 수 있다. 중국문화 유산으로서의 고전문헌은 여러 가지 서로 다른 관점을 가지고 있다. 예를 들면 중국역사상의 이른바 구류십가(九流十家, 선진시대에서 한대 초기에 이르는 시기의 여러 가지 학설 파별의 총칭으로서 유가[儒家]·도가[道家]·음양가[陰陽家]·법가[法家]·명가[名家]·묵가[墨家]·종횡가[縱橫家]·잡가[雜家]·농가[農家]·소설가[小說家]를 일컫는 십가와, 십가 중 소설가를 제외한 9가지 사상유파를 일컫는 구류를 가리킴)는 각자 주장하는 사상이 있고, 유가·묵가·도가·법가는 각자 근본이 되는 이론이 있다. 이들 사상은 서로 차이점만 있는 것이 아니라 공통점도 있다. 이들 사상은 대체로 같은 지리·경제·정치 환경 속에서 생겨났기 때문에, "생각은 백 가지에 이를 정도로 많지만, 목표는 일치하고 길은 다르지만, 이르는 곳은 같다.(百慮而一致, 殊途而同歸)"는 중화민족문화의 기본정신은 바로 중화문화 고전 중에서 주도적 지위에 있는 사상의 정수이다.

중화민족의 기본정신을 단순히 유가정신에만 귀결시켜서는 안 된다. 유가학설이 중화민족의 기본정신에 가장 많이 가장 오래 영향을 끼친 학설임은 의심할 여지가 없다. 그러나 중화민족의 기본정신은 여러 유파의 우수한 사상을 포함하고 있다. 근대 독일의 학자 알버트 슈바이처(Albert Schweitzer)는 여러 유파가 기여한 공헌을 인정하였다. 예를 들어 그는 중국문화의 생명관과 세계관에 대해 언급하면서 이렇게 말하였다. "세계와 생명의 긍정문제에서 그 자체에서나 아니면 그 문제와 윤리학의 관계 면에서나 다른 어느 곳에서나 모두 중국

사상에서처럼 망라하지 않은 것이 없는 모습을 하고 있지 않다. 노자·장자·공자·맹자·열자(列子) 등등은 모두 그러한 사상가들이다. 그들에게 서양의 사상이 애써 해결하고자 하는 세계관은 매우 이상하고도 우리의 관심을 끄는 방식으로 표현된다."

중화민족의 고전 속에 들어있는 지혜는 풍부하고도 다양하여 몇 가지 격언식의 논단으로 전부 개괄하기는 어렵다. 각기 다른 시대에 각기 다른 사상가들의 연구에 따라 그 지혜들은 꾸준히 낡은 것을 버리고 새것을 만들어낼 수 있다. 각기 다른 사람이 각기 다른 조건에서 고전을 읽고 연구하기 때문에 고전에 대한 해석도 각기 다를 수밖에 없다. 중국에 경주(經注, 고전에 주해를 단 서적) 저작들이 많은 것도 세계적으로 보기 드물다. 그러나 어떻게 해석하든지간에 그중 중화민족의 역사와 현실 속에서 공감대를 이루고 방향성을 띤 적지 않은 사상은 마땅히 우선자리에 놓아야 한다. 예를 들면 "천지자연의 운행은 굳건하니 군자는 그것을 본받아 자강불식하는(天行健, 君子以自强不息)" 분투정신, 세상 만물을 사랑하는 조화정신, 화이부동(和而不同)의 포용정신, 겸애비공(兼愛非公, 모든 사람과 사람 사이에 서로를 사랑할 것을 주장하고 불의의 전쟁에 반대함)의 평화정신, 나라에 이로울 수만 있다면 옛날 법률과 제도에 구애되지 않고(便國不法古) 시대와 더불어 변화하는 실사구시와 변혁의 정신 등은 모두 중화민족 문화의 정수이다. 유가가 주장하는 적극적으로 사회에 몸담는 사상과 장자가 주장하는 본분에 안주하고 순리에 따르며(安時處順), 명리를 가벼이 여기고 추구하지 않는 사상, 손자병법 중의 전략과 "싸우지 않고 적의 군대를 굴복시키는(不戰而屈人之兵)" 사상과 묵가가 주장하는 겸애비공 사상은 서로 보완하면서 여러 가지 상황 앞에서 여유롭고 침착하게 대처할 수 있는 완벽한 정신세계를 이룰 수 있다. 중화민족문화의 기본정신은 중화민족문화가 특색이 있는 전체적 구조를 이룰 수 있는 기둥이며, 중화민족문화가 기타 민족문화와 구별되는 근본 특성이다. 그러므로 중국과 중국인에 대해 이해하려면 중국문화와 그 기본정신에 대해 이해해야 한다. 그렇지 않으면 중국에 대한 어떤 이해도 표면적이고 피상적이며 수박 겉핥기식, 장님이 코끼리 만지기식으로 각기 자기 의견만 주장하는 것이 된다.

중국의 문화정수는 외재적인 기물(器物)이 아니라, 내재적이고 연구를 거쳐야만 꾸준히 이해할 수 있는 민족정신이다. 그 부분에 대해 일부 서양 철학자들은 어느 정도 이해하였다. 예를 들어 프랑스 시인 폴 발레리(Paul Valery)가 중국 작가의 저작 『나의 어머니』를 위해 써준 서문에 다음과 같은 구절이 있다. "만약 우리가 여전히 다른 한 민족의 감정과 내면세계를 무시한 채 그들이 창작한 꽃병·도자기·상아조각품·청동기·옥기를 좋아하는 것만으로는 그 민족의 지혜와 재능을 진정으로 평가하고 발굴할 수 없다. 이들 장식품이나 심심풀이용 진귀한 기념품의 예술가치보다 훨씬 더 귀중한 것은 그 민족의 생명력이다." 이른바 민족 생명력의 내적인 핵심은 민족문화의 기본정신이다. 중화민족의 생활양식 및 그 특유의 공예품, 기물 그리고 중국의 것이라고 할 수 있는 모든 것에는 중화민족의 문화가 지닌 의미와 가치가 깃들어 있다. 많은 나라들이 현대 공예로 중국의 여러 가지 기물을 모방할 수는 있지만 그 속에 깃든 중화민족의 기본정신은 모방할 수 없다. 왜냐하면 해외에서 기물은 그저 하나의 기예, 하나의 사물에 불과하지만 중국에서 그것은 전체 문화구조의 일부이기 때문이다. 박달나무 태사의(太師椅, 등널과 팔걸이가 반원형으로 되어 있고 다리를 접을 수 있는 중국 전통 의자) 하나를 모조하거나 수출할수는 있지만, 그 의자가 중국의 대청에 놓여서 풍기는 중국 특유의 문화적 분위기는 그대로 옮겨놓을 수 없는 것이다. 그 문화의 맛은 중국의 것이며, 더욱이 중국만의 것일 수밖에 없다.

독일의 저명한 문화이론가 슈펭글러가 중국의 원림에 대해 언급할 때도 역시 문화의 내적정신이 외적 실물표현에 미치는 영향을 강조하였다. "중국의 원림은 생기 넘치는 경치를 피한다. 중국 원림은 경치가 중첩되게 배치되어 있어 목표를 명확히 가리켜주지 않지만, 발길이 닿는 대로 거닐 수 있게 한다. 중문(重門, 대문 안에 거듭 세운 문)·수림·계단·다리 그리고 정원을 지나는 통로를 갖춘 중국의 초기 '교회당'인 벽옹(辟雍, 중국 주[周]나라 때 천자[天子]가 도성[都城]에 건립한 대학[大學])은 어두침침하고 차가운 행진식의 이집트 양식 또는 문을 열고 직접 들어오는 고딕양식이 있었던 적이 없다." "깊고도 한적한 정원은 대체 얼마나 깊은 걸까?" "구불구불한 오솔길이 깊은 곳으로 통한다." 이러한 표현은 바로 떠벌리는 것을 싫어하고 함축적이며 심오한 중화민족의 민족정신을 구현하였다.

물론 그 어떤 민족의 전통문화든지를 막론하고 모두 불순물이 조금도 없는 절대적인 정수일 수는 없다. 중화민족의 문화도 이와 마찬가지이다. 중화민족은 역사적으로 적지 않은 분야에서 세계의 부러움을 자아내는 창조물을 보유하고 있지만, 적지 않은 문화적 불순물도 쌓이게 되었다. 그 중의 정수만 보고 불순물의 존재를 무시하는 것은 물론 편파적이다. 그러나 중화민족의 기본정신, 즉 중화민족의 주도적인 면에 착안하지 않고, 중화민족의 생존과 발전을 유지하는 정신적인 기둥에 착안하지 않고, 그 문화의 불순물을 지나치게 강조한다면 더욱 편파적일 수밖에 없다. 우리는 마땅히 역사적 유물론의 태도로 중화민족의 우수한 문화유산을 계승해야 한다. 과거 마오쩌둥은 "우리는 마르크스주의 역사주의자들이다. 우리는 역사를 단절시켜서는 안 된다. 공자에서 쑨중산에 이르기까지 우리는 그 소중한 유산에 대해 총화하고 계승해야 한다."[71] 그러므로 현재 우리는 중국의 일부 고전에 대해 참답게 공부하고 연구해야 한다. 특히 인문학에 대해 공부하고 연구하며, 가르치는 일에 종사하는 사람들은 더욱더 그래야만 한다. 인문 소양을 양성하는 방법 중의 한 가지가 바로 중화민족의 우수한 문화를 배우는 것이다. 고전을 열독함으로써 우리 선현들의 지혜를 터득하고 배우는 것은 유행하는 스낵 문화나 크게 심혈을 기울이지 않아도 되는 심심풀이 문화에 안주하는 것에 비해 훨씬 유익하고 훨씬 깊이가 있다.

우리는 현대중국의 문화부흥 과정에서 경전을 읽는 것을 최우선 과제로 삼아서는 안 된다. 왜냐하면 지금은 봉건 과거시대가 아니기 때문이다. 우리는 반드시 '복고(復古)'가 무엇인지, "전통을 계승하는 것"이 무엇인지에 대해 알아야 한다.

과거를 숭상하고 현실을 무시하며 말할 때 항상 하·상·주(夏商周)를 언급하고 오로지 경전의 주장에만 따르는 것을 '복고'라고 한다. 현실에 입각하여 고대의 우수한 이론을 활용하여 현실의 발전을 추진하고 미래를 창조하는 것을 "전통을 계승하는 것"이라고 한다. 문화는 한 자리에만 머물러 있는 것이 아니다. 중국문화는 반드시 발전해야 한다. 계승과 창조 및 발전은 한 민족의 문화가 보존되고 발전하는 법칙이다. 세계상에서 고대 문명국가의 문화발전이 중단된 것은 모두 이러한 법칙을 어겼기 때문이다. 현대중국에서는 사람들이 선택성 있고 목적성 있게 고전명작을 읽도록 이끌고 있다. 게다가 독서수준을 높이고 깊이 이해하도록 하여 그 속에 담긴 중화민족문화의 기본정신을 파악하는 것을 중시하게 되면 틀림없이 중화민족의 문화부

71) 마오쩌둥, 『毛澤東選集』 제2권. 2판. 베이징, 인민출판사, 1991, 534쪽.

홍에 도움이 되고, 중국인 특히 젊은 세대 인문자질의 향상에 도움이 될 것이다. 계승 속에서 발전시키고 발전 속에서 계승하는 것, 이는 중화민족문화를 올바르게 대하는 마르크스주의 태도이다.

2. 중화민족문화와 중국인민

세계에는 이른바 우등민족과 열등민족이란 존재하지 않는다. 중화민족문화가 중국인의 삶의 태도에 중대한 영향을 미친다는 것은 거리낌 없이 말할 수 있는 사실이다. "중국문화 우월론"은 우물 안 개구리식의 이론이다. 그러나 중국문화를 하나의 큰 장독에 비유하면서 중국인의 모든 문명적이지 못한 행위가 중국문화에서 비롯되었다고 생각하는 것도 스스로 자신을 비하하는 것이다. 중국문화 중에는 물론 오랜 세월동안 쌓여온 소극적인 요소들도 있다. 특히 서구사회가 자본주의에 들어서고 중국의 봉건사회가 쇠락하기 시작하면서 중국이 반식민지 반봉건사회로 전락되었을 때 더욱 그러하였다. 그러나 전반적으로 볼 때 중화민족의 전통문화는 세계적으로 비교적 우수한 문화라는 것은 세인이 공인하는 사실이다. 특히 중화민족문화의 기본정신은 전체 중화민족의 생존과 발전, 국가의 통일에 대하여, 그리고 민족성격의 형성에 대하여 중요하고도 적극적인 역할을 한다.

중화민족문화는 절대로 문자를 매개체로 하여 도서관 안에 보관해 두는 문헌만으로 존재하는 것이 아니라, 중화민족의 생존방식 속에 확실히 존재하고 있다. 중화민족의 다원일체의 문화는 중화민족의 아들딸들이 공동으로 창조한 것이다. 그리고 중화문화는 또 그 문화의 자양분으로 세세대대의 중국인들을 키워냈다. 중국인의 몸에는 모두 중화문화의 낙인이 찍혀 있다고 말할 수 있다. 민족의 정체성은 어떤 의미에서 문화의 정체성이라고 할 수 있다. 민족은 개개의 인간과 비숫하다. 사람마다 개성이 서로 다르고 서로 구별되는 것처럼 민족도 각자 민족성격을 띠고 있으며 서로 구별된다. 민족문화의 장기적인 축적은 필연적으로 민족성격을 형성하는 문화 환경이 되며, 민족의 성격은 바로 일정한 생산방식을 바탕으로 내면화된 민족문화이다. 문화는 발전하는 것이며 이른바 민족성격도 불변하는 것이 아니다.

예를 들면 조화사상은 중화민족 전통문화의 중요한 사상이자 중화민족의 민족성격이기도 하다. 미국 작가 펄 벅(Pearl S. Buck)은 『중국: 과거와 현재』라는 저작에서 "조화는 중국문명의 핵심 단어이다. 주변 사람들, 그리고 자연과 조화를 이루는 사람은 교양이 있는 사람이며, 그것이 지혜의 철학이며, 평화롭고 자아 절제가 잘되는 사람이다." 이런 주장은 그녀가 중국에서 오랜 세월 동안 살면서 중국인들에게서 직접 느낀 바이다.

중화민족의 민족성격은 확실히 평화를 주장하는 것이다. 일부 학자들은 이런 조화사상이 중화민족의 나약하고 보수적인 성격을 만들었다고 주장하고 있으며, 중국역사상 만리장성을 쌓아 스스로를 지키는 수비정책, 한·당(漢唐) 시기의 화친정책 그리고 중국 고대 시가 속에서의 전쟁 혐오정서를 예로 들었다. 이는 중화민족 내의 여러 민족 간의 관계에 대해 이해하지 못한 것이다. 중화의 여러 민족 간에 비록 모순과 전쟁이 있었지만, 결국에는 모두 적대적 관계에서 우호적 관계로 전환하였다. 중화의 여러 민족 사이에서 중화문화는 "화목을 귀중하게 여기는 것"으로 민족 간의 오래된 원한과 모순을 해소할 것을 주장한다. 장원한 견지에서 볼 때, 이는 중화민족이 일체화된 다원민족의 형성과 민족 간의 화목을 도모하는데 이롭다. 중화민족이 56개 민족을 포함한 중화민족의 대 가정으로 융합될 수 있는 것은 바로 이런 정책과 관계된다. 역사적으로 민족 간에 모순과 전쟁이 존재하였지만, 전반적으로 중국문화는 민족 간 전쟁을 주장하지 않는다. "문화를 사회에 적용하여 광범위한 대중에 널리 보급시켜" 문화의 힘으로 민족의 융합을 촉진하기를 원한다.

중화민족은 내부에서 여러 민족 간의 조화를 주장하듯이 대외에서도 그러하다. 역사적으로 중화민족은 대외로 침략하고 확장하였던 역사가 없다. 중국역사상 외부와의 교류는 모두 문화적 교류 또는 상업적 교류였다. 육상 실크로드 또는 해상 실크로드는 무역교류와 문화교류를 모색하는 친선의 길이다. 중국에서 여전히 강국의 지위를 유지하고 있던 명조 초기에 정화(鄭和)가 그 당시 가장 선진적인 240여 척의 함대와 수만 명에 이르는 인원을 거느리고 총 7차례에 걸쳐 먼 동남아시아와 동아프리카 여러 나라로 원양항해를 떠났다. 원양항해가 국내에서 황권 쟁탈의 정치적 목적이 있었는지 여부에 대해서는 역사적으로 정평이 나있지 않지만 한 가지 확실한 것은 대외적으로 약탈과 전쟁이 없었으며 우호적인 교류였다는 점이다. 이는 식민지화와 약탈을 목적으로 한 서구 자본주의의 해적의 원정이 아니라 중화민족의 평화정신을 충분히 보여주었다.

물론 조화로움은 결코 중화민족이 외래의 침략에 저항하지 않고 순종한다는 의미가 아니다. 중화의 문화는 '흉악한 늑대'도 키우지 않을 것이며 그렇다고 또 '순한 양'도 키우지 않을 것이다. 중화민족문화는 조화를 주장하는 동시에 또 천하의 흥망성쇠는 필부에게 책임이 있다고 주장하며 '애국주의를 창도하고 전쟁터에서 피 흘려 싸우다가 용감히 전사한 열혈남아들을 기념하고 칭송한다. 중화민족은 조화로움을 주장하면서도 침략에 저항하는 정신을 가진 민족이다. 과거 일본이 중국의 동북을 점령하고 인민에 대한 억압과 노예화 교육 및 선전을 진행하였지만 중화민족문화가 갖추고 있는 저항할 수 없는 응집력과 구심력 그리고 애국주의 전통으로 인해 일본 군국주의는 결국 동북을 장기적으로 점령할 수 없었다. 동북이 점령당하였던 것은 국민당의 무저항정책의 결과였다. 중국인민은 정복당하지 않는 민족이다. 중화민족문화의 응집력은 영원히 굴복하지 않는 중화민족의 정신력이다.

근대 100여 년의 중화민족역사는 바로 제국주의 침략에 저항하여 싸운 투쟁의 역사이다. 아편전쟁에서 항일전쟁까지의 역사는 중화민족이 나라를 멸망에서 구하고 민족의 생존을 도모하며 '중화민족의 위대한 부흥을 위해 희생하고 분투한 역사이다. 마오쩌동은 쑨중산 서거 13주년 기념대회 및 적의 침략에 저항해 싸우다 전사한 장병을 추모하는 대회에서 다음과 같이 말하였다. "중화민족은 절대 순한 양들의 무리가 아니라 민족의 자존심과 인류의 정의감으로 가득 찬 위대한 민족이다. 민족의 자존심과 인류의 정의를 위해, 중국인이 반드시 자기 땅에서 살아갈 수 있도록 하기 위해, 일본 파시스트들이 처참한 대가를 치르지 않고 저들의 무법천지의 목적을 이루는 것을 절대 허용하지 않을 것이다." 중국인민은 죽을지언정 굴복하지 않고 불타는 적개심으로 앞사람이 쓰러지면 뒷사람이 이어나가는 희생정신으로 끝내 항일전쟁의 승리를 거두었다. 또 "마지막까지 살아남은 용사를 이끌고 최후의 용기와 힘을 내어 뿔뿔이 흩어져 황망히 도망치는 적을 끝까지 쫓으며 서초(西楚) 패왕 항우(項羽)처럼 일시의 명예를 위해 적을 풀어주는 것이 아니라" 철저한 혁명정신으로 장가 왕조(장제스[蔣介石] 정권)를 타도하고 전 중국을 해방시켰다. 이 모두 중화민족의 투쟁정신을 구현하고 중화민족의 바른 기풍을 널리 발양시킨 결과이다. 조화정신과 자강불식하는 전투정신은 절대적으로 대립되는 것이 아니다. 조화로움은 우리의 목적이지만 조화로움을 추구하는 것과 자강불식정신과 용감한 투쟁정신을 발양하는 것은 서로 의존하는 관계이다.

"남이 나를 범하지 않으면 나도 남을 범하지 않는다."라는 것도 마찬가지로 중화민족의 기본정신에서 빠뜨릴 수 없는 중요한 내용이다. 현시대 중국은 평화발전시기에 처하여 있다. 중국이 조화로운 세계, 조화로운 아시아의 건설을 창도하는 것은 현시대의 국제문제를 처리함에 있어서 "화목을 귀중하게 여기는" 중국의 정신을 충분히 구현하였다. 물론 중화민족은 국가의 주권과 민족의 존엄을 희생시키는 것을 대가로 하는 이른바 '조화로움'에 찬성하지 않을 것이다. "화목을 귀중하게 여기는 것"을 주장하는 공자는 이렇게 말하였다. "조화를 위한 조화를 추구하면서 예로써 조화를 절제하지 않는 것 또한 실현될 수 없다.(知和而和, 不以禮節之, 亦不可行也.)"(『논어·학이[論語·學而]』) 현시대 국제관계와 국제질서에서 이러한 이른바 '예'는 평화공존 5항 원칙을 견지하는 것이다.

왜 수많은 고대문명 중에서 유독 중화민족의 문명만 발전이 중단되지 않았는지? 중국은 역사적으로 분열되었던 적이 있는데 종국에는 어떻게 통일을 이룰 수 있었는지? 이런 문제에 대해 학자들은 꾸준히 탐구하고 있다. 중국의 독특한 지리적 환경, 넓은 영토, 내륙에 위치하며, 동쪽은 바다에 닿아 있고 서쪽은 높은 산이 있으며, 북쪽은 사막을 장벽으로 삼고 있는 등 요소가 어쩌면 훗날 중국의 판도 내에서 수많은 민족이 교류를 통해 중화민족으로 융합될 수 있는 중요한 요소일지도 모른다. 그러나 가장 근본적인 요소는 역시 중국의 경제·정치·문화의 상호작용이다.

어떠한 민족의 발전에서든 경제·정치·문화는 독립적으로 존재하는 분야가 아니라 서로 작용하고 있다. 역사가 증명하다시피 어떠한 강대한 제국이든 단순히 군사적 수단으로만 유지하고 상응한 경제적 토대가 없다면 일시적으로 궐기하여 휘황할 수는 있겠지만, 결국에는 오래 가지 못하고 연기처럼 사라져 과거 역사가 되고 말 것이다. 마찬가지로 어떠한 유구한 문명도 안정된 국가구조와 상대적으로 안정된 영토를 유지하지 못하고 국가의 분열과 민족 간의 투쟁이 끊이지 않는다면, 민족 갈등이 첨예해짐에 따라 통일국가의 해체와 분열을 초래하게 되며, 문화발전의 연속성도 중단될 것이다. 국가의 통일과 민족의 조화가 없다면 문화전통의 지속이 있을 수 없다.

중화민족은 예로부터 발달한 농업경제를 보유하고 있다. 근대 공업 자본주의가 흥기하기 이전에 발달한 농업경제는 한 나라가 번영 흥성할 수 있는 경제적 기반이었다. 중화민족은 역사적으로 황허(黃河) 창장(長江)과 같이 농업경제에 유리한 천혜의 조건을 갖추고 있으며, 발달한 농업생산방식을 바탕으로 비교적 성숙된 중앙집권과 문관제도를 발전시켰다. 바로 이러한 조건하에서 중화민족의 경제적 토대와 정치제도에 부합되는 특유의 발달한 중화문화가 생겨난 것이다. 이런 문화는 또 그것을 받쳐주는 정신적 지주가 된다. 중화민족의 부지런하고 용감하며 평화롭고 포용적이며 나라와 집단을 중요시 여기고 혈육과 우정을 중히 여기는 것, 이 모든 것이 장기간의 노동실천과정에서 형성된 민족성격이자 중화민족문화가 장기적으로 육성한 결과이다.

중화민족문화가 중화 아들딸들의 상기의 훌륭한 민족성격을 육성한 경로는 탐구해볼 가치가 있는 문제이다. 중국은 비록 발달한 문화 고전을 보유하고 있지만 농민이 주체가 되고 문맹 인구가 대다수를 차지하는 나라에서 고전문화가 어떻게 그 역할을 발휘할 수 있을까? 중국문화 중에는 엘리트문화도 있고 세속적인 문화도 있다. 양자는 서로 갈라놓을 수 없다. 한 가지 방식은 엘리트화이다. 중국의 지식인 또는 사대부는 고전문화를 통해 양성해낸 이들이다. 여기에는 학교·서원·사숙 등의 경로가 포함되는데 특히 중국의 과거시험제도가 대표적인 것이다. 과거제도는 후에 '사서오경(四書五經)'이 출세의 문턱이 되기에 이르는 것으로 고착화되어 지식인의 사상을 속박하는 올가미가 되었지만, 일찍이 중화민족문화, 특히 유가문화의 전승에 중대한 역할을 하였다. 또 다른 한 가지 방식은 세속화이다. 중국의 일반 서민들은 학교 교육을 받을 여건이 안 되었다. 그들은 고전을 읽는 대신 노동과 실제 생활을 통해, 민풍·민속·전통명절·지방의 희곡 그리고 인간교제에서의 도덕규범, 문화적 내용이 담긴 속담과 격언을 통해 중화민족의 문화를 받아들였다. 이러한 방식은 모두 민중의 실제 생활과 하나가 되어 일반 대중이 가장 즐겨 보고 즐겨 듣는 방식들이다. 고전문화의 기본정신은 여러 가지 방식을 통해 세속적인 문화의 힘을 빌려 그 작용을 발휘한다. 중국에서 인구가 많은 농민을 포함하여 고전을 읽어 본 적이 없는 중국인일지라도 이러한 문화 환경 속에서 그 영향을 받고 문화 분위기에 스며들어 의식적 또는 무의식적으로 각이한 정도로 민족문화정신에 의해 육성된, 중국인의 가치관념과 도덕관념 및 사고방식을 가진 사람이 되는 것이다.

중국문화 중에서 낡은 봉건통치를 유지하는데 유리하고, 관리는 귀하고 백성은 천하다는 관념을 수호하는데 유리하며, 인과응보를 선전하고 낡은 윤리 도덕을 고취하는데 유리한 사상들도 마찬가지로 세속화의 경로를 통해 국민들의 사상을 속박하는 올가미가 된다. 우리는 중국의 전통문화와 중화민족 전통문화의 기본정신을 구분해야 한다. 중국의 전통문화가 다 우수한 문화인 것은 아니다. 장기간 주도적 지위를 차지하였던 유가학설을 포함하여 여러 학설에는 모두 적지 않은 불순한 사상과 시대에 맞지 않은 사상관념도 끼어 있다. 그러나 역사와 실천이 증명하다시피 중화민족 전통문화의 기본정신은 중화민족 문화 중에서 영원히 가장 귀중한 사상적 부이다.

　중화민족문화의 기본정신은 언제나 관철되고 실현될 수 있는 것이 아니다. "백성이 가장 중요하고 사직이 그 다음이며 군주가 가장 하찮다."라는 말은 군주를 중히 여기고 백성을 하찮게 여겼던 봉건사회에서 단 한 번도 실현된 적이 없으며 또 실현될 수도 없었다. "임금이 법을 어겨도 서민과 마찬가지로 죄를 다스린다."라는 말 역시 봉건사회 제도 하에서는 흔히 빈말에 불과하였다. '화이부동(和而不同)'의 포용정신은 임금과 신하 사이에서, 또 이른바 군자 들 사이에서 모두 현실적인 "어진 이들의 정치(人治)'의 관계였던 것은 아니다. 그러나 그렇다고 하여 그들 정신의 가치를 부정해서는 안 된다. 중화민족 전통문화의 기본정신은 중화민족에 사고방식을 제공할 뿐만 아니라 이상성과 가치성 그리고 방향성도 갖추고 있다. 자강불식, 화이부동, 민포물여(民胞物與. 이 세상에 있는 모든 사람은 나의 형제자매이고 생명이 있는 것과 생명이 없는 것을 포함하여 우주만물은 모두 나의 친구), 해납백천(海納百川. 바다는 모든 강물을 받아들인다) 등 정신에 대한 중화민족 역대의 선진적인 사상가와 뛰어난 인물의 긍정적인 인정과 추구 및 실천은 중화민족의 좌절과 시련 속에서도 용감하게 앞으로 나아갈 수 있도록 중화민족을 고무격려하고 있다. 이런 중화민족 전통문화의 기본정신은 사회주의 조건 하에서 계승되고 충분히 발양되어야 한다.

3. 뛰어난 인물은 인격화된 중화문화정신의 모델이다

　영웅이 없는 역사는 적막과 침묵의 역사이며, 영웅이 없는 민족은 허약한 민족이다. 중국인의 민족성격은 특정된 경제생산방식과 제도 하에서의 문화의 결정체이며 문화의 정수와 광범한 인민은 또 중국역 사와 현실 속의 뛰어난 인물을 육성해냈다. 그들은 민족의 대들보이고 나라의 기둥이라고 할 수 있다. 중화민족의 역사와 현실 속의 뛰어난 인물이 바로 중화민족문화 기본정신의 인격화이며 중국인민의 뛰어난 자손이다. 그들은 문화와 인민이 낳은 자식인 동시에 문화 전승과 민족 격려의 힘을 갖춘 본보기이다. 덩샤오핑은 "나는 중국 인민의 아들이다. 나는 조국과 인민을 깊이 사랑한다."라고 말하였다. 이 말은 중화문화의 정신적 힘을 가장 생생하게 표현한 말이다.

중화민족의 역사에는 중화민족의 정신을 구현한 뛰어난 인물들이 수도 없이 많다. 그들의 인격과 절개는 현시대와 후세 사람들의 칭송과 우러름을 받을 것이다. "부귀에 미혹되지 않고 가난하고 비천하여도 변하지 않으며, 위압과 무력에도 굴복하지 않는 것"은 중화문화가 칭송하는 가장 이상적인 인격과 절개이다. 문천상(文天祥)은 「정기가(正气歌)」에서 중화민족의 정신적 기개를 구현한 중화민족의 역사인물들을 강렬한 감정을 안고 노래하였다. 문천상 자신이 바로 가장 뛰어난 인물 중의 한 사람이다. "자고로 사람은 태어나서 한 번 죽는 법, 나라를 사랑하는 일편단심을 역사에 길이 남기리."라는 글귀는 중화민족문화가 창도하는 인격과 절개를 시적으로 표현한 구절이다. 중화의 여러 민족에는 저마다 칭송할만한 뛰어난 인물이 있다. 임칙서(林则徐)의 "나라에 도움이 되는 일에 어찌 생사를 따지며. 어찌 화와 복을 가려가며 피하고 좇으랴"라는 글귀, 담사동(譚嗣同)의 "나라와 백성을 해치는 도둑을 제거할 뜻을 세웠으나 나라의 운명을 되살릴 힘이 없구나. 그래도 가치 있는 죽음이 되었으니 후련하기만 하구나."라는 글귀들은 장렬한 죽음으로 개혁의 길을 연 영웅들의 이미지를 수립하였다. 리다자오(李大釗)·마오쩌동·저우언라이(周恩來) 그리고 중화민족의 해방을 위해 전쟁터에서, 형장에서 죽음을 두려워하지 않은 무수히 많은 영웅들이 보여준 정신은 모두 공산주의정신이기도 한 중화민족의 전통적인 기본정신이 현 시대에 구현된 것이다. 또 예를 들면 첸쉐썬(錢學森) 선생은 중화민족을 위해 뛰어난 기여를 하였을 뿐만 아니라 뜨거운 애국심을 간직한 사람이다. 그는 "나는 중국사람이다." "미국에서 3~4년간 공부하고 후에 십 수 년 간 일한 것은 모두 조국에 돌아가 국민을 위해 뭔가 하기 위한 준비과정이었다."[72]라고 말하였다. 이는 중화민족문화를 고도로 인정하는 중국의 지식인들의 방식이라고도 할 수 있다.

　루쉰(鲁迅)은 1931년 9.18사건 이후, 일부 사람들이 자국에 실망하여 무작정 신이며 부처에게 빌고 기도하면서 과거를 그리워하고 현실을 슬퍼하는 퇴폐한 정서를 안고 있는 것을 두고 「중국인은 자신감을 잃었는가?」라는 제목의 잡문을 한 편 발표한 적 있다. 그는 그 글에 이렇게 썼다. "자고로 우리들 중에는 열심히 일에 몰두하는 사람도 있고, 목숨 걸고 악착같이 일하는 사람도 있으며, 백성을 위해 나서는 사람도 있고, 자신을 희생시켜 진리를 추구하는 사람도 있다. …… 제왕장상을 위해 기록한 족보와 같은 이른바 '정사'(正史)라 하지만 그들의 눈부신 빛을 가릴 수는 없다. 그들이 바로 중국의 대들보이다."라고 말하였으며, 루쉰은 또 혁명가들을 탄압한 국민당 반동당국의 백색공포에 대해 비분에 차서 말하였다. "이런 사람들이 지금인들 어찌 적을 수 있겠는가? 그들에게는 자기기만이 아니라 확신이 있다. 그들은 앞 사람이 넘어지면 뒷사람이 이어 나가면서 투쟁하고 있다. 다만 다른 한편에서는 계속 파괴당하고 말살당하며 어둠 속에서 소멸되고

---

72) 趙永新, "첸웡, 부디 잘 가세요!", 『인민일보』, 2009-11-07 (4).

있어 사람들에게 알려지지 않고 있을 뿐이다." 루쉰의 눈에는 취츄바이(瞿秋白)·팡즈민(方志民) 그리고 룽화(龍華) 감옥에서 국민당에게 암암리에 처형당한 다섯 명의 좌익 작가들이 바로 그런 중국의 대들보이다. 사실이 증명하다시피 민족 기본정신의 대표주자인 뛰어난 인물들을 억누르고 있는 것은 언제나 독재적 통치자들이다. 특히 부패한 정권을 필사적으로 유지하고 있는 통치자들이다. 이런 각도에서 볼 때 진정으로 중화민족의 기본정신을 구현할 수 있는 사람은 역사의 흐름을 거스르는 반동 통치자가 아니라 광범위한 근로인민과 민족의 흥망성쇠를 위해 몸과 마음을 다 바쳐 죽을 때까지 싸우는 뛰어난 역사 인물들이다.

중화민족문화의 기본정신은 중화민족문화의 정수이고 중화민족정신의 주축이자 가장 귀중한 정신적 부이다. 우리는 전통문화 중의 찌꺼기에 대해 비판해야 하고 그 영향을 받아 인민들 속에 생겨난 낙후한 것들에 대해 끊임없이 개진해야 한다는 사실을 부인할 수 없다. 우리는 삼촌금련(三寸金蓮)을 찬미해서는 안 되며 축첩(첩을 둠)이나 근대 문명에 어긋나는 모든 사물에 대해 찬미해서는 안 된다. 그러나 우리는 또 영원히 변하지 않는 중국인이 없고 영원히 변하지 않는 민족성도 없다는 사실을 믿어야 한다. 한 나라의 경제제도와 정치제도는 바뀌게 되며 문화는 발전하게 된다. 새로운 사회주의 조건 하에서 중국민족문화 중 소극적이거나 또는 정치적 원인으로 인해 왜곡되고 남용되어 낡은 통치를 수호하고 국민을 우롱하는 요소들, 그리고 국민의 정신과 개성을 억압하고 견제하는 요소들은 점차적으로 제거되고 도태될 것이다. 낡은 경제제도와 정치제도 하에서 형성된 중국인의 일부 결함들도 변하게 될 것이다. 인간의 본질은 사회관계의 총합이다. 아Q(루쉰 작품 속 인물의 이름)는 구식 농민의 이미지일 뿐 영원히 변할 줄 모르는 중국농민의 이미지가 아니다. 중국인들 속에서 사람들의 비난을 받는 일부 교양이 없는 현상과 일부 결함은 모두 시대가 빚어낸 것이지 중화민족의 나쁜 근성이 아니다. 천성적으로 추한 중국인은 없다. 오직 추한 사회와 부패한 정부가 빚어낸 일부 중국인의 교양 없는 추한 행위만 있을 뿐이다. 국민성과 이른바 민족적 나쁜 근성에 대한 어떠한 규탄이든지 최종 낡은 경제제도와 정치제도를 겨냥하지 않고, 문화적 측면에만 머문다면 결국에는 피부에 닿기 어렵다. 마오쩌동은 "수억 중국 인민이 진정으로 해방되고 그들의 거대한 생산 잠재력이 해방되어 여러 분야의 창조적 활동에 활용되기만 하면 경제 발전을 촉진할 수 있고 전 세계의 문화 수준을 향상시킬 수 있을 것"이라고 예언하였다.

1949년 10월 1일, 마오쩌동이 톈안먼(天安門) 성루에서 "중화인민공화국 중앙인민정부가 오늘 창립되었다"고 전 세계에 선포하였다. 중국인민은 낡은 제도의 속박에서 벗어나 새 사회 주인의 신분으로 사회주의 건설에 참여하였으며 중국인들 속에 존재하는 낙후하고 비문명적인 요소들이 끊임없이 개조되었다. 중국인민의 애국주의 열정과 문화적 자각, 민족적 자부심이 지금처럼 강하였던 적이 없다. 원래 흩어진 모래알이라고 조롱받았던 중국인들이 조직되고 단합되기 시작하였다. 이는 사회경제제도와 정치제도의 변화가 사상문화에 반영된 필연적 결과이며 사회주의 경제와 정치 토대 위에서 중국공산당이 이끄는 진정한 의미에서의 문화부흥인 것이다. 물론 십 수억 중국 인구를 고도의 문화소양과 문명행위를 갖춘 사회주의 새 인간으로 변화시키는 것은 장기적이고 간고한 과업이다.

역사의 발전은 모순을 포함하고 있다. 사회발전에서 한 민족의 전통은 사회 진보의 디딤돌이 될 수도 있고 사회발전의 걸림돌이 될 수도 있다. 그러므로 사회발전은 흔히 전통의 파괴와 전통의 재건이라는 이중과정을 겪게 된다. 인류 역사 발전의 긴 흐름 속에서 전통에 대한 가장 큰 충격은 봉건사회에서 자본주의사회로 전향하고 전통적인 농업생산방식에서 자본주의생산방식으로 전환하는 과정에서 온다. 이는 인류 관념의 역사에 있어서의 대변혁이다. 마르크스와 엥겔스는 『공산당 선언』에서 자본주의로 봉건사회를 대체한 것이 전통과 현대의 관계에 가져다준 변화에 대해 매우 생생하게 서술하였다. 토머스 칼라일(Thomas Carlyle)이나 장 샤를 레오나르 드 시스몽디(Jean Leonard Sismondi) 등은 그러한 변화 때문에 전원시 같은 지난날을 한없이 아쉬워하는 슬픈 감정을 품었으며, 역사의 방향을 돌려세우려고 시도하였다. 그러나 마르크스와 엥겔스는 앞을 내다보면서 그러한 변화의 적극적인 의미를 긍정하였으며 자산계급이 역사적으로 매우 혁명적인 역할을 한 바 있다고 찬양하였다. 그러나 이와 동시에 또 자본주의가 사람과 사람의 관계를 적나라한 이해관계로 바꿔놓아 인간의 감정이 이기주의적 타산의 얼음물 속에 잠겨버리게 되었다고 지적하였다. 그런 인간관계와 가치관은 일종의 이질화이다. 그러나 이는 역사의 과도과정으로서 반드시 새로운 사회 형태와 새로운 관념에 의해 대체될 것이다.

향토적이던 중국이 현대화·공업화·정보화의 중국으로 바뀌고 있고 낯익은 사람들의 사회에서 낯선 사람들의 사회로 바뀌고 있으며 혈연과 인정으로 연결되었던 인간관계가 화폐를 교환의 유대로 하는 금전관계로 바뀌고 있다는 사실을 분명히 보아낼 수 있다. 이 과정에서 가치관념·도덕관념에 급격한 변화가 일고 있다. 중국의 농민은 이미 소농경제 하의 농민이 아니며, 도시로 진출하여 노무에 종사하는 농민은 이미 농경방식 하의 농민이 아니다. 대도시로 진출하여 시장경제의 물결에 몸담은 농민은 이젠 그들의 아버지 세대와 다른 관념을 지닌 농민이다. 그들은 농업생산방식이 부여한 향토적 본색을 점차 잃어가고 있다. 여러 계층 사람들의 사상관념은 모두 사회 경제 변화 속에서 변화하게 된다. 그런 변화는 주로 사회주의 시장경제의 발전과 완벽한 사상관념의 해방을 촉진하는데 유리하지만 동시에 또 가치 관념의 혼란과 도덕적 후퇴의 위기 그리고 일부 사회문제도 숨어있다.

중국의 사회주의 현대화는 서구 자본주의 현대화 진행과정의 복제판이나 축소판이 아니다. 현시대 중국의 역사 과정에서 사회에는 확실히 서구 현대화 진행과정과 비슷한 현상들이 일부 나타나고 있다. 그러나 역사 속의 모든 유사한 현상은 완전히 다른 조건과 시대 또는 제도 하에서 각기 다른 내용과 의미를 가질 수 있다. 중국 정신문화 영역에 나타난 소극적인 현상은 일종의 대가이며 그 대가는 무시하여도 되는 대가가 아니다. 중국공산당은 정신문명 건설과 사회주의 핵심가치 관념의 건설을 크게 중시한다. 우리는 전통문화 기본정신의 교화의 힘을 중시해야 하지만 더욱이는 마르크스주의를 지침으로 하고 중국의 현실에서 출발하여 전환과정에 나타난 문제를 과학적으로 분석해야 한다. 마르크스주의를 중국의 실제와 결부시키는 것을 강조하고, 중국 특색의 사회주의 이론을 강조하는 거대한 의의가 바로 여기에 있다.

우리는 중국의 전통문화를 완전무결한, 모든 병을 치료하고 기사회생시킬 수 있는 만병통치약이라고 생각해서는 안 된다. 반드시 이를 적재적소에 적절한 방법으로 적절하게 사용해야 한다. 예를 들면 중국문화로 서구의 제도적 위기를 해결하려는 시도는 일종의 문화 미신이다. 유학으로 21세기 경제위기와 금융위기를 분석하고 유가 도덕으로 금융기관 임원들의 행위를 설득하고 규범화하는 것도 효과를 보기 어렵다고 본다. 그것은 공자를 탓할 수 있는 일이 아니며 또 유가학설을 탓할 수도 없다. 기원전 수백 년 전 사상가의 도덕 이상 속에서 21세기 서구의 경제 · 금융 위기를 해결할 처방을 찾는다는 것은 비현실적이기 때문이다. 그것은 공자의 잘못이 아니라 우리 현대인의 잘못이다. 경제위기와 금융위기에 대한 해답을 얻기 위해서는 반드시 자본주의제도와 글로벌화 문제에 대해 마르크스주의적인 탐구를 진행해야 하며, 도덕은 분석하는 과학이론의 틀이 아니다. 도덕에 대한 비판은 과학적인 비판이 아니라 단지 행동에 대한 평가일 뿐이다. 유가의 도덕적 설득, 심지어 금융기관 임원에 대한 도덕적 규탄과 편달로 자본주의 제도적 위기를 근절하지는 못한다. 일부 사람들이 잠시 손을 땐다 하더라도 다른 일부 사람들이 권토중래할 수 있다. 왜냐하면 위기는 자본주의제도에 동반하여 생겨난 사물이기 때문이다.

어떠한 사상학설이든지 능히 할 수 있는 것이 있고 또 할 수 없는 것이 있다. 사회주의 현대화를 대대적으로 추진함과 동시에 사회주의 핵심가치체계를 기본 방향으로 하는 선진문화 건설을 강화한다면 우리는 중화민족문화라는 이 보물고에서 풍부한 자원을 섭취할 수 있다. 중화민족문화는 중화민족이 대대로 중국이라는 이 땅에서 생활하면서 축적한 실천적 경험으로서 그 속에는 인류 실천 속에서 일부 기본 관계를 처리하는 기본정신이 포함되어 있으며 모종의 초월성을 갖추고 있다. 예전에 문화고전 속에 존재하던 지혜는 사상가들의 위대한 이상으로서 실천으로 변하여 사람을 교화하고 육성하는 역할을 발휘할 수 있다.

문화는 매우 중요하다. 마오쩌동은 이렇게 말하였다. "문화는 없어서는 안 된다. 어떤 사회도 문화가 없이는 건설될 수 없다. 봉건사회에는 봉건문화가 있었다. 봉건문화는 봉건주의를 선전하는 도리였다. 그리고 자본주의사회에는 자본주의 문화가 있다. 자본주의사회도 문화가 없으면 건설될 수 없다." 마오쩌동은 봉건사회 문화 중에도 합리적인 것이 있다는 것을 부정하지 않았다. 그는 "부모가 자애로우면 그 자녀가 부모에게 효도한다"는 공자의 관점을 예로 들어 다음과 같이 말하였다. "우리는 또 부모가 자애로우면 그 자녀가 부모에게 효도한다는 관점을 제창해야 한다. …… 아버지에게 마구 매질을 당한 아들이 어찌 효도할 수 있겠는가? 이는 공자의 변증법이다." 그러나 문화가 사회의 최종 결정 요소가 되는 것은 아니다.

중화 전통문화의 기본정신은 대대손손 이어나갈 가치가 있다. 그러나 고도로 발달한 선진 생산력과 선진 생산방식 그리고 선진 정치제도가 없다면 전통문화는 단독으로 역할을 발휘할 수 없다. 하드파워가 없는 소프트파워는 연약한 것이고 막강한 하드파워와 침투력이 있는 소프트파워의 결합이 없는 스마트 파워는 사실 "스마트"한 것이 아니라 "졸렬한 것"이다. 아편전쟁 이후 중국의 100여 년간에 걸친 민족 굴욕사가 이를 증명하였다. 그 당시의 공자는 공자묘에 모셔놓은 성인일 뿐이었고 그 당시의 경전은 장서각에 소장해둔 고전서적일 뿐이었다. 그 당시 헤겔은 공자의 사상을 경멸하였다. 헤겔은 『논어』에 "담긴 내용은 일종의 상식적 도덕이다. 그런 상식적 도덕은 그 1어디서나 어느 민족에게서나 다 흔하게 찾아볼 수 있는 것이다. 혹시 조금 더 나을 수도 있지만, 빼어난 점이라곤 없는 것이다."라고 말하였다. 그러나 현 시대 세계에서는 공자에 대한 칭찬 일색이다. 헤겔의 시대와는 비교도 할 수 없을 정도로 뜨거운 반응이다. 그런 변화는 세계에서 현대중국의 경제 및 정치 지위에 근본적인 변화가 일어난 결과이다.

우리는 자기 문화를 사랑하고 우리 조상들의 문화유산을 존중한다. 중국문화와 중국 전통문화를 동일시해서는 안 된다. 중국문화에는 전통문화와 현대문화가 포함된다. 중국의 전통문화와 중화민족의 전통문화의 기본정신을 동일시해서는 안 된다. 우리는 고전을 깊이 파고들어야 하지만 고전에서 벗어나 현대에 직면하고 세계를 내다보아야 한다. 어떤 유산을 계승하고 어떤 유산을 거부하며 우리의 문화유산을 어떻게 계승할 것인지에 대해 우리가 처한 시대와 실천에 의해 결정해야지 현시대를 전통에 대한 주해로 삼아서는 안 된다. 중화민족의 전통문화를 연구할 때에는 그 기본정신에 중점을 두고 찌꺼기를 걸러내고 정수를 취해야 하며 그것을 현대화, 과학화시켜야 하며 실천 속에서 중화민족 전통문화의 기본정신을 관철해야 한다. 그렇게 해야 전통 미덕과 시대정신을 모두 갖춘 중국인을 양성할 수 있고 사회주의정신과 애국주의정신을 갖춘 새로운 뛰어난 인물, 즉 사회주의 시대의 '쌍백' 식 영웅인물(双百人物, 신 중국 창건을 위해 뛰어난 기여를 한 100명의 영웅모범인물과 신 중국 창건 이래 중국을 감동시킨 100명의 인물을 가리키는 말.)을 양성할 수 있다. 중국 특색의 사회주의건설에 유리하도록 한다는 목표를 벗어나 전통문화의 계승과 이데올로기 영역에서 마르크스주의의 지도적 지위를 견지하는 것을 대립시키게 되면 전통문화 중 오랜 세월을 거치면서 쌓여 고질병이 된 소극적인 요소들이 다시 머리를 쳐들 수 있고 전통문화의 기본정신도 학자들이 손뼉을 치며 찬탄하거나 인용하는 용도로 쓰이는 고전 문헌 중 지혜로 가득 찬 격언에 불과할 뿐이다. 이는 물론 사회주의 조건하에서 유학의 기본정신을 포함한 중국 전통문화를 창도하는 진정한 목표에 어긋나는 것이다.

제16장 철학의 곤경과 중국 철학의 전망

　역사는 늘 미래를 명시한다. 인류 역사상의 변혁, 혁명은 모두 철학과 갈라놓을 수 없다. 18세기의 프랑스, 19세기의 독일에서 철학은 항상 혁명의 선도자였다. 중국공산당이 영도하는 혁명도 마찬가지로 마르크스주의철학이 중국에서 일으킨 사상변혁과 갈라놓을 수 없다. 문화적 각도에서 말하면 철학은 문화의 살아있는 영혼이다. 인류 주축의 시대가 그처럼 오랜 세월이 흘렀음에도 잊혀 지지 않을 수 있는 것은 그때 당시 나타난 하늘의 뭇별들처럼 반짝이는 많은 위대한 철학자들과 갈라놓을 수 없다. 17세기의 영국, 18세기의 프랑스, 19세기의 독일의 문화 속에서는 모두 뭇별처럼 반짝이는 철학자들의 모습을 찾아볼 수 있다. 중국역사는 더욱 그러하다. 선진(先秦)의 백가쟁명 시대로부터 위진(魏晉) · 양송(兩宋) · 명청(明淸)에 이르기까지 모두 역사에 기록될 뛰어난 철학자들이 있었다. 현대중국에서 중화민족의 위대한 부흥을 실현함에 있어서 철학, 특히 마르크스주의철학이 빠진다는 것은 상상조차 할 수 없는 일이다.

1. 과학기술과 인문의 주도적 지위의 변화

대 철학학과가 어떤 곤경에 빠지는 것은 세계적인 현상이다. 우리가 철학의 지위의 발전변화를 인류 역사의 발전 과정에 포함시켜 고찰한다면 우리는 실망을 느끼지 않을 것이다. 사회주의 중국은 전망이 밝으며 중국 철학도 마찬가지로 전망이 밝다. 민족 전통문화의 바탕이 이처럼 풍부한 중국에서, 개혁개방에 힘입어 중국과 서양에 정통하고 고금을 통달하였으며 마르크스 철학, 중국 철학, 서양 철학을 모두 통달한 사회주의 중국에서 사람들의 마음속에서 철학의 몰락은 시장 취업의 방향에서 야기된 일시적인 현상일 뿐, 중국 철학 발전의 몰락은 절대 아니다. 중화민족문화 부흥의 거센 흐름 속에서 철학은 반드시 빛을 발할 것이고 미네르바의 부엉이가 중국의 하늘에서 또 다시 날아오를 것이라고 필자는 굳게 믿는다!

철학의 소외는 세계 역사가 현대화, 공업화 발전에 접어들면서 나타나는 필연적인 흐름이다. 수단의 이성이 가치의 이성을 압도하는 것은 인류 사상의 기형적인 발전이다. 과학기술과 인문의 주도적 지위의 변화는 전통 사회에서 현대 사회로 진입하면서 필연적으로 나타나는 사상현상이다. 그러나 현대화가 가져온 여러 가지 폐해로 인해 인문으로의 회귀, 두 가지 문화의 결합을 부르는 것이 현대 세계 최강의 목소리가 되었다.

자본주의 이전 사회에서 동서양을 막론하고 문학·역사학·철학은 사회의 주도적인 사상 형태였다. 중국 춘추전국시대의 제자백가(諸子百家·초사(楚辭)·한부(漢賦)·당시(唐詩)·송사(宋詞)·원곡(元曲)·명청(明淸)소설이 모두 그러하다. 철학은 특히 뚜렷한 지위를 차지한다. 중국은 역대로 저명한 철학자는 세계에서 보기 드물다. 중국 근대에 비록 양무운동(洋務運動), 중체서용(中體西用), 유신변법(維新變法)을 거쳐 과학에 의한 구국을 창도하기에 이르렀지만 중국에서 주도적 지위를 차지하는 것은 여전히 인문 문화이다. 1949년 이전의 중국은 과학기술이 너무 낙후하여 단 한 번도 인문 문화의 주도적 지위를 대체한 적이 없다.

　서구의 역사 발전과정은 아주 오랜 기간 동안 대체로 비슷하였다. 자본주의 이전 시기에 고대그리스·로마철학, 중세기의 스콜라철학, 17세기의 영국철학, 18세기의 프랑스 계몽철학과 백과전서파, 19세기의 독일 고전철학은 모두 시대적 상징성을 띤다. 서양 문화사에서는 저명한 철학자가 배출되었는데 그들은 모두 인류문화사를 빛낸 인물들이다. 서구가 공업화·현대화 단계에 접어들면서 과학기술이 점차적으로 인문학과를 대체하여 주도적인 지위를 차지한 후에야 인문학과는 비로소 점차 비주류화 되었다. 특히 과학기술이 제1생산력이 된 후에는 더욱 그러하였다. 현대 서양에서도 철학은 마찬가지로 비인기 전공이다. 철학과는 규모도 작고 교수도 많지 않다. 과학기술이나 재정경제관리 등 학과에 비해 철학은 "약세" 학과이다.

　두 가지 문화, 즉 과학기술 문화와 인문 문화의 주도적 지위의 변화는 자본의 가치증대와 시장 수요의 흐름 방향의 필연적인 표현이다. 자본의 급속한 가치증대에 힘입어 자본 및 시장과 밀접히 연관되는 모든 학과들이 발전하였고 인문학과, 특히 자본주의 이전 사회에 철학을 둘러싸고 있던 신성이라는 아우라가 사라지기 시작하였다. 모든 가치가 화폐로 평가될 수 있게 되었을 때 자본의 신이 왕좌를 차지하고 지혜의 여신, 뮤즈 여신과 같은 신들이 자리에서 물러난 것은 필연적인 결과였다. 『1844년 경제학 철학 초고』 중 화폐에 대한 장절, 『공산당 선언』 제1장을 읽으면서 "자산계급은 줄곧 사람들로부터 존숭

받고 경외감이 생기게 하던 모든 직업을 둘러싸고 있던 신성이라는 아우라를 모조리 쓸어버렸다"라는 대목에서 우리는 산업화시대에 철학이 무시당하는 것은 전혀 놀라운 일이 아니라는 사실을 발견하게 된다.

헤겔은 1816년 하이델베르크 대학에서의 연설문에서 그리고 1818년 베를린 대학에서의 연설 서두에서도 다음과 같이 말한 적 있다. "고난의 시대는 사람들에게 일상생활 속의 사소하고 평범한 취미에 대해서도 너무 큰 관심을 가지게 한다. 현실적으로 매우 높은 이익과 그 이익을 위한 투쟁이 모든 정신적인 능력과 정신적인 힘 그리고 외적 수단을 크게 차지한 바 있다. 그리하여 사람들은 좀 더 높은 차원의 내면생활과 좀 더 순결한 정신활동에 신경 쓸 자유로운 마음의 여유가 없게 되어 우수한 인재들이 어려운 환경에 얽매이게 되며 일부는 그 안에서 희생되고 만다." 이는 200여 년 전에 나온 말인데 얼마나 예리한가! 그 당시 독일에서 자본주의가 막 흥기하기 시작하였으며 영국이나 프랑스에 비하여 훨씬 뒤떨어져 있었다. 후발국인 독일은 산업화의 단맛을 보기도 전에 자본주의의 쓴맛부터 보았다. 독일 철학자들은 사회적으로 독일 고전철학의 전통이 버림을 받고 사람들이 세속적이고 물질적인 삶에 지나치게 관심을 갖는 것에 대해 불평을 늘어놓았으며 정신적인 삶으로 돌아가야 한다고 호소하였다. 그러나 역사는 철학자들의 불평을 무시한 채 자체의 법칙에 따라 앞으로 나아갔다.

그 당시 포이어바흐가 철학과에 지원할 때 그의 부친은 편지를 띄워 강경하게 반대하였다. 형법변호사인 부친은 포이어바흐가 부친의 뒤를 이어 법률을 공부하기 바랐다. 포이어바흐가 기어이 철학과에 지원하려 한다는 소식을 접한 그의 부친은 그에게 보낸 편지에 다음과 같이 썼다. "너를 설득하는 건 불가능한 일이라는 것을 잘 알고 있다. 그런데 네가 앞으로 먹을 빵이 없어 체면이 서지 않는 비참한 삶을 살게 될 줄 알면서도 너에게 아무런 역할도 해줄 수 없구나. 그러니 너 자신의 뜻에 따라 너 스스로 만든 운명에 맡겨 내가 예언한대로 후회의 맛을 보게 하는 수밖에 없구나." 포이어바흐는 아버지의 뜻에 따르지 않고 기어이 베를린대학 철학과에 입학하였다. 그는 굳은 믿음이 있었다. "철학 밖에서는 행복을 찾을 수 없다! 사람은 자신이 만족을 느낄 수 있는 곳에 있어야만 행복할 수 있다. 철학에 대한 기호가 나의 철학적 재능을 보장해준다." "철학은 나에게 영생불멸의 황금사과를 가져다주고 나에게 현세에 영원히 누릴 수 있는 행복을 마련해주며 나에게 자신의 동등함을 가져다준다. 나는 풍요로워질 것이다. 한없이 풍요로워질 것이다. 철학은 영원히 마를 줄 모르는 원천이다." 그러나 독일의 고전 철학자들과 포이어바흐의 끈질긴 추구도 과학기술의 급속한 발전과 자본의 이윤 추구 앞에서 철학이 처한 약세 지위를 만회할 수 없었다.

사물의 발전이 극에 달하면 반드시 역방향으로 전환된다. 이는 역사의 변증법적 법칙이다. 과학기술의 급속한 발전과 더불어 여러 위기, 예를 들어 생태적 위기, 문화적 위기, 도덕적 위기 등 위기가 나타나기 시작하자 이론가들은 인문 문화, 특히 철학을 상기하기 시작하였다. 그러나 일부 사상가들은 그 책임을 과학기술의 발전으로 돌렸다. 이에 따라 "과학종말론"이 등장하였으며 반(反)과학, 반(反)기술이 일종의 사조로 대두되었다. 과거 한때는 인류사회의 진보를 추진하는 힘으로 여겨졌던 과학기술력이 인류사회의 발전을 저해하는, 심지어는 인성을 타락시키는 악마로 간주되었다. 오스트리아 철학자 비트겐슈타인은 이렇게 말하였다. "과학기술의 시대는 인성 종말의 시작이다. 위대한 진보적 관념, 그리고 진리는 결국 인식할 수 있는 것이라고 여기는 관념은 모두 일종의 착각이다. 과학지식 중에는 추구할 가치가 있는 양호한 것이란 존재하지 않는다. 과학지식을 추구하는 인간은 함정에 빠지게 된다." 이는 물론 그릇된 과학기술관이다.

문제는 과학기술에 있는 것이 아니라 과학기술이 어떻게 활용되느냐에 있다. 과학기술을 활용하는 데는 사회제도문제도 있고 과학기술학자들의 가치관과 인문도덕수양 문제도 있다. 자연의 징벌을 받은 뒤 사람들은 물질생산과 정신생산 간의 균형이 심각하게 파괴된 고통 속에서, 생태환경과 사회윤리생태의 악화 속에서 천천히 깨어나게 된다. 영국 학자 C.P.스노는 20세기 50년대 말 여러 차례 연설을 묶어서 펴낸 『두 가지 문화』라는 제목의 책에서 이미 과학기술과 인문학을 대립시키는 위해성에 대해 언급하였다. 그는 "우리는 기술이 초래한 악영향에 대항하는 유일한 무기도 역시 기술 그 자체이며 그 외의 다른 무기는 없다는 것을 알아야 한다. 우리는 애초에 존재하지도 않는, 기술이 없는 에덴동산으로 후퇴할 수는 없다."라고 말하였다. 그러나 "사람들은 기술에 대해 알고 과학을 응용해야 하며 또 과학 자체는 대체 무엇인지, 과학으로 무엇을 할 수 있는지, 무엇을 할 수 없는지에 대해 이해해야 한다. 그런 이해는 20세기 말 교육의 필수 구성부분이다. 우리는 일종의 공유문화가 필요하다." 이른바 공유문화란 과학과 인문을 모두 중시하고 양자를 결합시킨 새로운 문화를 말한다. 철학은 반드시, 그리고 마땅히 이러한 공유문화의 지침과 접착제가 되어야 한다. 세계 인류 역사의 발전으로 볼 때 설령 제2의 축의 시대가 오지 않는다 하더라도 철학은 과학기술의 발전으로 인해 그 빛을 절대 잃지 않을 것이다. 과학기술이 발전할수록 철학이 더 필요하다. 포스트모더니스트들이 고취하는 "철학종말론"은 역사의 발전 법칙에 어긋나는 것이다. "철학종말론"은 여전히 철학의 일종으로서 한 가지 철학으로 다른 한 가지 철학을 부정하는 자기모순의 패러독스 속에 처하여 있다. 사회가 발전하고 인류의 정신적 갈망이 끊임없이 채워지고 있는 한 철학이라는 별은 절대 지지 않을 것이다.

2. 현대중국에서 철학이 처한 일시적 곤경

왜 사회주의 중국에서도 특히 개혁개방 이후 철학이 냉대 받는 상황이 나타날 수 있는 걸까? 20세기 50년대 중국인민대학 철학과의 눈부신 광경은 지금까지도 사람들의 찬사를 받고 있다. 이는 개인의 문제가 아니라 사회 경제의 변화에 따른 것이다. 시장의 수요가 사회경제생활에서 주도적인 역량이 될 때 철학은 필연적으로 사회주의 국가와 민족의 수요, 시장경제의 수요, 개인의 수요 이 3자 사이의 틈새에 놓이게 된다. 현재 철학은 그 틈새에서 힘겹게 싸우고 있다.

국가와 민족의 수요로 말하면 사회주의 중국은 물질적 부를 필요로 할 뿐만 아니라 정신적 부도 필요로 한다. 물질적으로 가난해서도 안될 뿐만 아니라 정신적으로 가난해서도 안 된다. 물질적으로 가난하여도 사회주의가 아니며 정신적으로 가난하여도 마찬가지로 사회주의가 아니다. 사회주의 중국은 철학의 발전이 필요하다. 정신은 민족의 영혼이며 한 민족이 지속적으로 발전할 수 있는 정신적 원동력이다. 철학적 사고방식이 없는 민족은 세계 민족들 속에서 자립하기 어렵다. 원대한 식견이 있는 민족과 국가의 지도자는 반드시 철학을 중시하게 된다.

마오쩌둥 동지는 철학을 크게 중시하였으며 그 자신이 바로 위대한 철학자이다. 시진핑 총서기도 마찬가지로 철학사회과학을 크게 중시하고 있다. 그는 철학사회과학업무좌담회에서 열거한 중외 문화명인들 중에는 철학대가들이 적지 않다. 전국 당 학교 업무회의에서 그는 다음과 같이 강조하였다. "당의 각급 지도간부들, 특히 고위급 간부들은 고전 저작을 있는 그대로 학습하고 탐독하여 마르크스주의 입장·관점·방법을 확실히 장악하여 자신의 비장의 재능으로 삼아야 한다." 우리 당과 국가는 철학사회과학을 크게 중시하고 있다고 말할 수 있다. 시진핑 총서기도 중화의 우수한 전통문화 특히 그중의 철학적 지혜에 매우 큰 중시를 돌리고 있다. 봉건군주제가 결속됨에 따라 유가의 국가 주도적 이데올로기로서의 기능은 더 이상 존재하지 않게 되었지만 그 속에 들어있는 풍부한 도덕윤리와 국정운영사상은 여전히 중화민족의 우수한 문화의 중요한 구성부분이 되고 있다. 중국공산당은 유학이 포함하고 있는 우수한 문화는 계승하지만 유가의 도통(道統)은 답습하지 않을 것이다. 중국공산당과 그 지도자들의 마음속에서 중외의 우수한 철학적 지혜를 포함하여 마르크스주의철학은 극히 중요한 지위를 차지하고 있다.

그러나 시장경제의 수요와 국가 민족의 수요 사이에는 큰 차이가 있다. 시장경제는 생산력의 발전을 추진하고, 사회의 물질적 부를 증가시키며, 상품의 부족 및 결핍 문제를 해결하는데 중대한 역할을 한다. 사회주의사회도 마찬가지로 시장경제를 건설해야 한다. 이는 생산의 사회화의 역사적 필연이다. 중국은 십 수억 인구가 있다. 그중에는 많은 빈곤인구도 있다. 경제를 발전시키는 것은 여전히 중국의 최우선 과업이다. 시장경제 하에서 부의 축적은 사회주의 문화의 투입에 도움이 되며 따라서 철학의 발전에 도움이 된다. 그러나 시장경제는 그 자체의 주도적 역할로 볼 때 자본의 획득에 최고의 효과를 직접 가져다줄 수 있는 학과를 앞에 내세우게 되며 시장에 직접적으로 필요하지 않은 학과는 뒤로 밀려나게 된다. 개인 자본이나 집체 자본이나 다 마찬가지이다. "내세울 것 하나 없는" 철학에 있어서 시장에 의해 지배되는 여러 업종들 속에서 충분한 고용 자리를 찾기란 너무나도 어려운 일이다. 시장의 수요가 지배하는 환경에서 대학교 여러 학과들의 인기 순위가 바뀌는 흐름을 거스르는 것은 어려운 일이다. 기업이 최대 이익을 얻기 위해서는 당연히 최대 이익을 얻기 위해 서비스할 수 있는 학과의 졸업생이 절실히 필요하다. 과학기술이나 재무회계, 법률 그리고 경제·금융·관리·투자·증권 등 여러 종류의 전문 인재에 대한 자본의 욕구는 아리스토텔레스식의 인재에 대한 자본의 욕구보다 더 절박하고 더 현실적일 수밖에 없다. 이는 기업가 개인의 애호와는 무관하다. 기업가는 개인적으로 시나 문학·철학을 좋아할 수 있다. 그것은 개인의 취미이다. 그러나 자본의 본성을 볼 때 문학·시·철학을 좋아하지 않으며 이윤을 좋아한다. 문화제품이 문화상품으로 전환되어 자본에 막대한 이윤을 가져다주지 않는 한...... 시장에 있어서 결정적 의미가 있는 것은 자본의 본성이지 결국 자본을 인격화한 개인의 기호가 아니다. 자본이 선택하도록 내버려두고 시장에서 절실히 필요하지 않은 학과나 인재가 뒤로 밀려나는 것은 자본 운행의 철의 법칙이다.

개인의 수요는 시장경제의 수요, 국가와 민족의 수요와도 완전히 같은 것이 아니다. 여기에는 개인의 흥취와 애호의 문제도 있고 또 생계유지의 문제도 있다. 그러나 시장경제조건하에서 개인이 전공을 선택함에 있어서 시장경제의 영향을 받게 되며 심지어는 시장 수요의 지배를 받게 된다. 많은 학생들에게 있어서, 학부모도 포함하여 최고의 학과는 바로 시장에서 최고의 일자리를 찾을 수 있는 학과이고, 최고의 일자리는 최고의 급여와 최고의 대우가 보장되는 일자리이다.

이는 개인 삶의 현실적인 수요이다. 이처럼 전적으로 시장 지향적인 전공의 선택은 흔히 개인의 흥취와 애호를 억누르게 된다. 생계를 위한 분투, 임금을 위한 분투는 인문학과의 발전에 매우 불리하다. 이것이 바로 헤겔이 말한 바와 같이 사람들이 속세의 이익을 지나치게 중시하면서 정신 활동의 가치로부터 점점 더 멀어지고 있는 것이다.

이 세 가지 수요, 즉 국가와 민족의 수요, 시장경제의 수요, 개인의 수요가 존재하는 모순이 틈새를 이루고 있고, 철학은 그 모순의 틈새에 끼어있다. 시장경제의 수요와 시장의 영향을 받는 개인의 수요는 흔히 철학에 대한 사람들의 애호와 정신에 대한 수요를 압도하고 개인의 흥취와 발굴할 수 있는 잠재된 철학적 재능을 압도한다. 철학과 "연애"는 할 수 있지만 철학과 "결혼"을 하여 평생 철학을 업으로 삼고 청빈한 삶을 살아야 한다면 포이어바흐처럼 절대적인 애호와 가치의 추구, 이상의 추구가 없이는 실천하기 너무나도 어려운 일이다.

국가와 민족의 수요는 민족의 전반적 발전의 수요를 대표하고 시장경제의 수요는 기업의 경제적 효과의 수요이며 개인의 수요는 개인의 현실적 삶을 만족시켜야 하는 수요이다. 도리대로라면 이 세 가지 수요 중에서 가장 중요한 것은 국가와 민족의 수요이다. 국가는 전체 인민을 대표하며 그 수요는 전면적인 것이다. 경제발전도 고려해야 할 뿐만 아니라 인민의 전반적인 인문 자질과 도덕 자질도 고려해야 한다. 사회주의 핵심가치관은 가정과 나라에 대한 사랑을 구현하며 국가·집체·개인의 통일이다. 사회주의 국가는 장원한 안목을 갖추었다. 민족의 발전과 전망을 고려해야 하고 중화민족의 위대한 부흥, 중화민족의 우수한 전통문화의 부흥을 고려해야 하며 전체 중국인의 인문자질의 향상과 중화문명의 발전을 고려해야 한다.

나라와 민족에 있어서 가난하지만 뛰어난 성취를 이룬 철학자가 민족정신을 위해 한 공헌은 그 어떤 억만장자나 고관대작도 비할 수 없는 것이다. 사람들은 지금까지도 소크라테스 · 플라톤 · 아리스토텔레스와 같은 고대 그리스, 고대 로마의 대철학자들을 기억하고 있으며 중국의 공자 · 맹자 · 노자 · 장자를 기억하고 있다. 장자는 쌀을 꾸어다 밥을 지어야 할 정도로 가난하였고 공자는 학생에게서 절인 고기 열 토막씩 학비로 받아 생계를 유지하였다. 그러나 민족에 대한 그들의 공헌은 비할 바가 없다. 그들은 민족정신의 창조자이며 민족의 영원한 자랑이다.

시장에서 기업의 수요는 현실적인 경제적 효과를 추구하는 것으로서 단시기적인 것이다. 개인의 수요는 늘 현 단계의 삶을 개선하는 것으로서 근시안적인 것이다. 진정으로 철학에 큰 애호와 흥취가 있는 사람이라면 단지 높은 임금만을 위해서 자신의 애호를 희생시켜서는 안 된다. 진정으로 학술적으로 성과를 이룬 사람들은 세속의 경멸하는 시선에 굴하지 않을 것이며 자신의 물질적인 삶에만 관심을 두지 않을 뿐만 아니라 자신의 취미와 애호 및 재능을 더 중시하며 국가와 민족에 대한 공헌을 중시한다.

시장경제 조건 하에서 개인은 전공을 선택함에 있어서 마땅히 이상과 신앙에 대한 추구를 중시해야 한다. 앞에서 거론한 바 있는 포이어바흐는 아버지의 반대를 무릅쓰고 철학을 선택하였으며 끝내 인류를 위해 위대한 공헌을 한 철학자가 되었다. 마르크스의 아버지도 변호사였고 마르크스가 본 대학과 베를린 대학에서 공부한 전공도 법률이다. 자본주의가 발전함에 따라 법률을 배우는 것이 당연히 철학을 배우는 것보다 더 큰 인기를 얻게 되었다. 마르크스는 법률을 공부하였지만 철학에 심취하였다고 할 수 있다. 그는 본 대학에서 칸트와 피히테에 대한 연구에 몰두하다가 후에 헤겔에 대한 연구로 전향하여 거의 미친 것처럼 심취하였다. 그는 아버지에게 보내는 편지에서 "철학이 없으면 앞으로 나아갈 수 없다"면서 철학에 대한 "애정"을 토로하였다. 베를린대학으로 옮긴 뒤로는 더욱 그러하였다. 마르크스는 결국 마르크스주의의 창시자가 되었으며 천년의 위인이 되었다. 포이어바흐, 마르크스와 같은 천재적인 인물이 세속의 관념에 굴복하여 이른바 품위 있는 삶을 추구하였더라면 어쩌면 후세에 이름조차 알려지지 않은 포이어바흐 변호사가 한 명 더 많아진 반면에 철학사에서 유물론의 권위를 새롭게 회복시킨 위대한 철학자 한 명이 없어졌을 것이며, 아버지의 뒤를 이은 마르크스 변호사 한 명이 더 많아진 반면에 새로운 철학의 창시자 한 명이 없어졌을 것이다.

자본주의 발전사가 증명하다시피 물질적 욕구의 팽창과 소비에 대한 무한한 추구는 일부 재능 있는 사람들이 물질적 삶에 굴종함으로써 자기 철학적 재능을 희생시키게 한다. 이런 상황은 중국에서도 완전히 피하기는 어렵지만 기개가 있는 젊은이는 마땅히 더욱 원대한 안목을 가져야 한다. 필자는 항상 학생들에게 마르크스의 「젊은이들이 직업을 선택할 때 고려해야 할 것」이라는 제목의 고등학교 졸업 논문을 참답게 읽어볼 것을 권장한다. 이는 시장경제 조건 하에서 직업을 어떻게 선택해야 하는지에 대해 지도적 의의가 있다. 마르크스는 이렇게 말하였다. "우리가 가장 존엄을 느낄 수 있는 직업을 선택하고 우리가 옳다고 굳게 믿는 사상에 토대하는 직업을 선택해야 한다. 우리가 인류를 위해 활동할 수 있는 광활한 공간을 마련할 수 있고 공동의 목표(그 목표에 대해서는 모든 직업이 수단에 불과하다) 즉 완벽한 경지에 접근할 수 있는 직업을 선택해야 한다." "만약 우리가 인류의 복지를 위한 일을 가장 잘할 수 있는 직업을 선택하였다면 우리는 그 무거운 짐에 억눌리지 않을 수 있다. 왜냐하면 그것은 모두를 위하여 헌신하는 것이기 때문이다. 그렇게 되면 우리는 것은 불쌍하고 제한적이며 이기적인 즐거움을 느끼게 되는 것이 아니라 우리 행복은 수백만의 사람들에게 속하게 될 것이며 우리 사업은 묵묵하지만 영원히 역할을 발휘하면서 존재해나갈 것이다. 그리고 우리 유골 앞에서 고상한 사람들은 뜨거운 눈물을 흘리게 될 것이다."

철학은 공안락처(孔顔樂處. 공자와 그의 학생 안회[顔回]의 즐거움이라는 뜻으로 유가 선비들의 안빈락도하고 달관하고 자신감 넘치는 처세자세와 인생의 경지)의 정신을 필요로 한다. 철학자 개인의 청빈함과 가난함은 기껏해야 개인의 불행이다. 그리고 한 민족의 철학적 가난은 그 민족 전체의 불행이다. 우리가 지금까지도 중화민족 역사상의 수많은 철학자들에 대하여 일종의 민족적 자부심을 가지고 있는 원인은 바로 이 때문이다.

3. 정신의 안식처의 재건과 중국 철학의 전망

철학이 사회적 지위에서 곤경에 빠지면서 과거 왕관 위의 보석이 현재 어떤 사람들에게는 눈에 가시로 변해버리는 결과를 초래하게 된다. 중국 경제가 발전할수록 철학이 필요하지 않게 되는 것이 아닐까? 철학과 학생은 갈수록 전도가 없는 것일까? 사실은 정반대이다.

중국은 시장경제가 발달할수록, 물질적 부가 많아질수록 정신적 욕구에 더욱 주의를 돌려야 한다. 시장은 상품이 부족하고 물자가 결핍한 문제는 해결할 수 있지만 정신적 가난 문제는 해결할 수 없다. 돈만 있으면 시장에서 자기에게 필요한 물건을 얼마든지 살 수 있다. 특히 현재 전자상거래를 통해 전국 심지어는 세계 각국의 물건도 살 수 있다. 그러나 우리는 시장에서 정신은 살 수 없다.

사람에게는 정신이 필요하다. 사람의 정신은 안식처가 필요하다. 서양에서는 경제사회가 발전할수록 영혼과 육체의 모순도 더욱 심각해진다. 육체적인 욕구는 시장에서 충족시킬 수 있다. 육체는 시장에 맡겨 마음껏 소비하고 향락을 누리며 마음의 욕구는 하느님과 교회에 맡겨 하느님 앞에서 경건하게 참회한다. 이것이 현대 자본주의사회의 현실이다. 우리 정신도 마찬가지로 안식처가 있어야 한다. 송대(宋代)의 주희(朱熹)는 「장경부(張敬夫)에게 답하는 편지」에서 안신입명(安身立命) 문제를 제기하였다. "이제는 이 넓은 세상에 자신의 안식처가 있어 안신입명하고 스스로를 지배하며 지각할 수 있는 곳이 있음을 알게 되었다. 그것은 근본이 서고 공인하는 준칙이 행해질 수 있는 핵심이다. 이른바 본체와 현상은 그 근원이 같아 사물의 본질과 표면현상은 서로 갈라놓을 수 없으며, 아주 미세한 부분에서도 반영되는 것은 바로 이 때문이다."(而今而后, 乃知浩浩大化之中, 一家自有个安宅, 正是自家安身立命, 主宰知觉处, 所以立大本行达道之枢要,所谓体用一源,显微无间 者,乃在于此.) 과학은 이 문제를 해결할 수 없으며 시장은 더욱이 이 문제를 해결하지 못한다. 서양에서는 오로지 종교에 의지할 수밖에 없다. 서양에서 종교는 확실히 정신을 위로하는 역할을 한다. 그러나 우리는 그 길을 갈 수 없다.

개혁 개방 이후, 물질은 풍부해졌지만 교회에 가는 사람은 점점 많아지고 있고 절에 가서 향을 피우고 부처님께 공양을 드리는 사람도 점점 더 많아지고 있으며 나무관세음보살을 되뇌고 염불을 하는 사람들도 적지 않다. 물론 종교 신앙은 개인의 자유이다. 진정한 종교 신앙을 가지고 도덕적 수양을 중시하며 한마음으로 선을 행하는 종교 신도는 사람들의 존경을 받는다. 그러나 이런 현상을 통해 우리는 종교 신앙 문제만 보아낼 수 있는 것이 아니라 현시대 일부 중국인들이 정신의 안식처를 찾고 있다는 사실도 엿볼 수 있다. 그 아래로는 스님이나 무당을 믿고 풍수를 믿으며 심지어는 내세나 점술을 믿는 것, 이런 것들은 모두 영혼의 어떤 강렬한 욕구를 반영하고 있다. 그러나 그것은 정교한 욕구가 아니라 조잡하고 저속하며 공리적인 정신적 욕구이다. 중국 소셜 네트워크 서비스 플랫폼인 위챗(微信) 단톡방에서 돌아다니는 "마음의 닭고기 수프"(心靈鷄湯. 사람들의 긍정적인 정서를 유도하는 세뇌적인 말들을 일컫는 신조어)는 들쭉날쭉한데 그중에 일괄 발송 식의 정신적 공황과 결핍의 표현인 것이 적지 않다. 중국은 사회주의 국가이므로 종교를 안신입명의 학문으로 삼는 것은 당연히 안 될 말이다. 마찬가지로 유학을 유교로 만들어서도 안 된다. 그러나 반드시 인문 문화를 핵심으로 하는 정신의 안식처를 새롭게 건설해야 한다.

현재 우리는 사회도덕이 어느 정도 붕괴되고 있고 가치 관념이 혼란해지고 있으며 신앙이 사라지고 있는 상황에 직면하고 있다. 결국 이는 바로 정신적 삶터가 파괴된 것이며 일부 사람들에게 바위처럼 단단한 정신의 안식처가 결여되어 있는 것이다. 한 나라와 민족을 놓고 볼 때 정신적 위기는 가장 심각한 위기이며 또 가장 위험한 위기이다. 사회도덕의 붕괴와 가치 관념의 전도는 한 세대 전체에 영향을 줄 수 있으며 그 영향을 받은 세대는 또 아래 세대에 영향을 주는 사상적 토양이 될 것이다. 그렇게 대대로 이어지다보면 그 민족의 자질은 악화될 것이다. 사회도덕의 "붕괴"라는 말은 아주 형상적이고 적절한 표현이다. 마치 산이 붕괴되어 산 위에서 돌멩이가 굴러 내리는 것처럼 효과적인 조치를 취하지 않으면 굴러 내리던 돌멩이가 저절로 멈추지 않을 것이다. 당 중앙은 그 위해의 심각성을 충분히 인식하였으며 조치를 취하여 그런 현상을 돌려세우고 있다.

시장 지향성 취업 형세 하에 철학의 열기가 뜨거웠던 데서 식어버렸으나 사람들 정신의 안식처가 재건되고 과소비로 인한 정신적 기갈증이 발작함에 따라 세계관·인생관·가치관으로서의, 사고방식으로서의 철학의 열기가 다시 뜨거워질 수 있으리라고 필자는 굳게 믿어 의심치 않는다. 경제가 발전할수록 정신의 바닥짐으로서의 철학, 특히 마르크스주의철학의 역할은 갈수록 중요해질 것이다. 우리는 가장 철학을 필요로 하는 시대를 살아가고 있지만 그것을 자각하지 못하고 있다. 현대 신앙의 결여, 이상의 동요, 도덕의 어긋남, 가치관의 전도는 사회경제 전환기의 일종의 합병증 같은 것이며 앞으로 나아가는 과정에서의 뒷걸음질이다. 우리는 진정으로 철학을 필요로 하는 시대를 살아가고 있지만 하필 여러 가지 원인으로 인해 철학이 소외되고 있다.

이런 현상에 대해 철학 분야 종사자로서 필자는 늘 자신에게 묻곤 한다. 우리는 어떤 사람들인지? 우리는 자신의 사회적 책임을 다하고 있는지? 철학 분야 여러 학과의 단편적 전문화와 자기 폐쇄, 철학 인재 지식 구조의 단일화, 철학 연구의 자기 오락화는 모두 우리가 반드시 엄숙하게 직면해야 할 문제라고 필자는 생각한다.

중외 철학사에서 유명한 철학자는 전문적인 철학자가 아니며 학원파의 철학자는 더더욱 아니다. 공자·맹자·노자·장자, 이정[정호(程顥)·정이(程頤)]과 육(구연)·왕(양명), 황종희(黃宗羲)·왕부지(王夫之) 그리고 강유위(康有爲)·양계초(梁啓超) 등등은 모두 혹자는 자신의 정치적 이상을 집권자를 통해 펼친 이들이거나 혹자는 고관·개혁가·혁명가들이었다. 왕양명은 말을 타면 반란을 평정할 수 있었고 말에서 내리면 정사를 다스리는 문관이 되었으며 좌천되어서는 깊이 생각하고 도리를 깨칠 수 있었다. 고대의 철학자들은 모두 문학과 역사에 두루 정통하고 말과 행동에 능하며 사회·정치·인정·세정·국정에 대해 깊이 이해하고 이상과 포부를 품고 있다. 그들은 일부 글귀만 인용하면서 머리가 하얗게 세어 늙어서도 경전과 고전서적만 파고들며 서재에서 늙어죽는 이른바 전문 철학자들이 아니다. 중국에서 철학이 전공으로 된 것은 1912년 베이징대학의 "철학문"(哲學門)이 시초이다. 철학과가 생긴 뒤로 철학은 비로소 전공으로 자리 잡기 시작하였다.

서양에서도 이와 마찬가지이다. 철학 전문 인재는 근대 교육의 세속화에 따라 나타났다. 소크라테스 이전의 철학자들은 자연과학 분야 철학자로서 자연과학에 기여하였고, 소크라테스·플라톤·아리스토텔레스는 모두 도시국가의 정치와 공공생활에 관심을 가졌으며, 중세기는 주로 신학인데 신학원은 신학자를 양성하는 기관이고 철학은 신학의 하녀로서 신학을 위하여 서비스를 제공한다. 18세기 이후에 나타난 존 로크(John Locke), 데이비드 흄(David Hume), 르네 데카르트(Rene Descartes), 바뤼흐 스피노자(Baruch de Spinoza), 고트프리트 라이프니츠(Gottfried Wilhelm von Leibniz) 등 일부 대철학자들은 모두 교회 또는 대학교 철학과에서 양성되었다. 그들은 모두 높은 과학적 소양을 갖추고 있으며 자연과학집단과의 연계가 오히려 더 밀접해졌다. 칸트·피히테·셸링·헤겔·포이어바흐를 포함하여 독일의 고전주의 철학자들은 모두 대학을 나왔다. 그러나 그들은 단순히 학원파 철학자가 아니다. 그들은 모두 철학의 각도에서 독일의 사회 현실 또는 중대한 철학 문제에 관심을 기울임으로써 그들의 철학은 시대정신의 정수가 되었으며 독일 정치 변혁의 선도로 불린다. 19세기 이후부터 서양 철학자들은 전문화, 직업화 그리고 학원파 철학자로 바뀌었다. 선배들에 비해 정작 대학 철학과를 나온 철학대가는 극히 드물다. 문제는 철학이 철학과로 된 것과 전문 철학 인재를 양성하는데 있는 것이 아니라 철학자 자신이 사회를 이탈하여 책에만 관심을돌리는 데 있다. 철학자가 자신이 처한 시대의 문제에 대하여 그것이현실적인 문제이든 중대한 철학적 문제이든 막론하고 무관심하고 머릿속으로 체계를 구축하는 데만 열중하게 되면 결국 시대에서 버려지게 될 것이다.

　대학교의 철학과는 학원과 철학자를 양성하는데 그쳐서는 안 된다. 철학 교원들과 철학과 학생들도 대학생이든 아니면 석사연구생이든박사연구생이든 모두 반드시 사회에 관심을 기울이고 현실과 실제 삶에 관심을 기울여야 한다. 책에만 관심을 기울일 것이 아니라 현실 속에서 철학문제를 포착하는 기능을 갖추어야 한다. 책의 글귀들 속에서 심오한 도리를 찾는 데만 열중해서는 안 되며 개념으로부터 개념에 이르는 이른바 새로운 철학체계를 구축하는 데만 그쳐서는 안 된다. 그것은 모래성을 쌓는 것과 같은 것으로서 얼핏 아무리 웅장해 보여도 몇 번의 발길질에도 무너지게 된다.

　현시대 중국에서 철학과는 이미 철학의 대가족으로 되었다. 20세기50년대에는 변증법적 유물론과 역사적 유물론 교학연구실만 유난히돋보였을 뿐이지만 지금은 여덟 개의 2급 학과를 포함한 1급 학과로부상하였다. 이러한 변화는 철학 학과의 진보와 발전인 한편 또 2급학과들이 각자 담을 쌓고 스스로 방어하면서 서로 격리되는 문제를야기할 수도 있다. 어떻게 해야 각각의 2급 학과를 발전시키는 동시에 여러 2급 학과 연구가 하나의 합력을 형성하여 현대중국 철학의 발전을 추동할 수 있을까 하는 것이 여전히 해결해야 할 문제로 남아 있다. 특히 여러 2급 학과에서 마르크스주의의 지도적 역할을 어떻게발휘시킬 것인가 하는 것도 여전히 해결해야 할 문제로 남아 있다. 중국 철학과의 여러 2급 학과가 기본 이론과 방법론으로서의 마르크스주의의 역할을 거부한다면 사회주의 중국의 철학과라고 할 수 없다. 그러한 철학과가 서양 철학과와 다를 바가 무엇이겠는가? 우리 철학 연구가 창조적 사유가 부족하고 조국과 인민을 위하여 도덕수양을 쌓고 학술이론을 세울 수 있는 추동력이 없다면 설령 아무런 현실적 가치나 이론적 가치도 없는 논문들을 만들어 내거나 개념으로부터 개념에 이르는 철학체계를 구축할 수 있더라도 기껏해야 동일 학계의 울타리 안에서나 서로 감상할 수 있을 뿐 서재를 벗어나지 못하고 친구의 범위를 벗어나지 못하며 그 역할이 극히 제한되어 있다. 이러한 철학 연구는 창조성의 결핍으로 인해 니체가 말한 것처럼 "병의 물을 따르는 것"과 같게 된다. 즉, 물을 "이쪽 병에서" "저쪽 병에" 따르는 것과 같다.

마르크스주의철학은 가장 창조성을 갖춘 철학이다. 왜냐하면 그 철학이 생활에 입각하고 사회문제를 마주하기 때문이다. 마르크스주의철학은 한 병의 물을 자기 병에 따라 넣는 것이 아니라 생활 속에서, 과학의 발전 속에서, 사회의 발전과 사회과학의 성과 속에서 새로운 문제를 추출해내는 것이다. 마르크스주의철학은 책 지향적인 것이 아니라 문제 지향적인 것이다. 마르크스와 엥겔스는 자본주의사회는 어디로 가야 하는지? 인류는 어디로 가야 하는지? 무산계급과 인류는 어떻게 해방되어야 하는지? 어떻게 해야만 한 사람의 자유롭고 전면적인 발전을 실현할 수 있는지? 등등 문제로부터 출발하여 마르크스주의철학학설을 수립하였다. 마오쩌둥 동지의 「실천론」「모순론」「인민내부의 모순을 정확히 처리하는 문제에 대하여」 및 그의 기타 철학 저작들은 모두 중국의 실제 상황과 중국의 문제에 입각하여 사고한 철학 문제들이다. 철학의 창조성에는 물론 계승성이 포함된다. 그러나 그것은 병의 물을 따르는 식의 계승성이 아니다. 마오쩌둥 동지는 마르크스주의 중국화를 강조하였으며 마르크스주의를 중국의 실제와 결합시킬 것을 강조하였다. 결합은 병의 물을 따르는 것과는 전혀 다르다. 병의 물을 따르면 따라낸 것이 여전히 물이지만 결합하는 것은 창조적인 발전이다.

철학은 마르크스주의철학이든 중국의 전통 철학이든 아니면 서양 철학이든지를 막론하고 모두 중국에서 발전 공간과 밝은 전망을 가지고 있다. 방침정책을 제정하는 데 필요하고 각급 간부들에게도 필요하며 일반 교육에도 필요하다. 특히 전체 학생들을 대상으로 하는 사상정치이론과목에서 철학은 더더욱 없어서는 안 된다. 사상정치이론과목으로서의 철학은 철학이 아니라 "세뇌학"이라고 말하는 이들이 있다. '세뇌'라는 말은 귀에 거슬리는 말이다. 왜냐하면 "세뇌"라면 흔히 사상과 정신을 통제하는 것으로 이해된다. 그러나 필자는 사상정치이론과는 "세뇌" 요소를 포함하고 있으며 학생들 머릿속의 잘못된 생각을 '세척'하는 것이라고 당당하게 말할 수 있다. 서양의 교육은 '세뇌' 요소를 포함하지 않는가? 그들 역시 자기들의 애국주의를 선전하고 있지 않은가? 그리고 다양한 방식으로 서구의 가치관을 선전하고 있지 않은가? 또 학교와 여러 가지 여론의 수단으로 매일 '세뇌'하고 있지 않은가. 우리가 사회주의 핵심가치관으로, 과학적 세계관과 인생관 및 가치관으로 우리 젊은이들을 교육하는 것은 왜 '세뇌'라고 폄하되어야 하며 왜 학술의 자유를 부정하고 독립적인 사고를 부정하는 것으로 간주되어야 하는가? 세뇌는 필요한 것이다. 때가 가득 끼는 것을 막아야 하니까. 문제는 세뇌에 사용되는 물이 맑은 물인지 더러워진 물인지, 진리인지 거짓말인지, 과학인지 편견인지, 사람들의 정신을 향상시키는지 아니면 추락시키는지 하는 것이다. 우리는 사상정치교육을 강화해야 한다. 이는 어떠한 사람을 양성하며 누구를 위한 인재를 양성하는지에 관한 큰 문제이다. 우리는 서구 국가들이 제멋대로 이러쿵저러쿵하는 것도 두렵지 않고 국내에서 이에 맞장구치는 사람도 두렵지 않다. 우리 철학은 철학의 특기를 살려 과학적 세계관과 사고방법으로 학생들의 두뇌를 무장시켜야 한다.

　마오쩌동 동지는 "철학을 철학자들의 수업과 서적으로부터 해방시켜 대중들 수중의 무기로 바꾸어야 한다"고 말하였다. 그 말의 진정한 의미는 수업이나 서적이 필요 없다는 것이 아니라 학원파의 길을 걷지 말자는 것이다. 문학이 상아탑에서 나와야 하는 것처럼 철학도 신성한 철학의 전당에서 나와야 한다. 인민과 나라를 마음에 담고 문제로 선도하고 진정한 창조적인 철학 연구를 진행하여 연구 성과를 민족의 귀중한 재부로 전환시키고 전 국민의 인문 자질을 양성하고 향상시키는 현실적 철학의 지혜로 전환시켜야 한다. 이는 끝없이 앞으로 뻗어나가는 드넓은 철학의 길이다. 14억이 넘는 인구를 가진 중국에서 진정한 철학 인재는 너무 많은 것이 아니라 오히려 너무 적다. 사회주의 중국에서 철학은 무한한 발전공간이 있다.

제17장 선진문화의 발전방향을 견지하다

100여 년래 문화문제를 둘러싼 중국 여러 정치세력들 간의 논쟁은 중국 사회 발전의 전도 그리고 운명과 연관되어 있다. 청조 말기 유신파(維新派)의 '중체서용'(中體西用, 태평천국 운동 이후에 일어난 양무운동의 기본 사상. 중국의 유교 문화를 바탕으로 하되, 서양의 과학과 기술을 도입하여 부국강병을 꾀하자는 것)에서부터 5.4신문화운동까지, 마오쩌둥의 신민주주의 문화건설에서부터 덩 샤오핑의 사회주의 정신문명 건설을 강화하기에 이르기까지 실제로는 중국 사회가 겪었던 부패하고 무너지고 있는 봉건 청 왕조를 수호하던 데서부터 서양의 자산계급 민주공화제도를 선택하려는 시도, 그리고 다시 신민주주의사회와 사회주의사회를 수립하기에 이르는 역사의 발걸음이 울리는 메아리였다. 약 한 세기 가까이에 이르는 중국문화 논쟁의 역사는 어떤 면에서 보면 중국 사회 변혁의 역사이기도 하다.

1. 선진문화문제는 중대한 이론문제이다

선진문화문제를 제기한 것은 실제로 또 동시에 하나의 중대한 이론문제, 즉 문화를 판단하는 기준문제를 제기하였다. 이 문제에 있어서 상대주의와 절대주의는 모두 단편적이다. 상대주의는 문화의 다원성, 상대성, 등가성을 강조하며 어떠한 문화형태도 그 문화 주체에 대해서 말하면 모두 합리적이며 문화에는 선진적인 것과 낙후한 것 간의 구분, 혁명과 반동 간의 구분이 없다고 여긴다. 문화의 상대주의는 여러 민족 문화가 존재하는 권리를 인정하고 여러 문화 속에 합리한 것이 있음을 강조하는 등등 일부 합리성이 있지만 단편적인 것은 필연적으로 낙후한 문화를 보호하며 시의적절하지 않거나 심지어 반동적인 모든 문화를 보호한다. 그리고 절대주의는 어느 한 시기 또는 어떤 문화 요소의 합리성의 절대화를 영원히 변하지 않는 것으로 보고 선진적인 것은 영원히 선진적인 것으로서 문화는 시대와 함께 발전할 필요가 없다고 주장한다. "서구 문화 중심론"자는 봉건문화에 비해 일시적으로 앞선 서구 자본주의 시기 문화의 지위를 절대화하고 "동양 정신문명 우월론"자는 중국 봉건시대 문화의 앞선 지위를 절대화한다. 문화 상대주의와 절대주의는 모두 문화문제에서 나무만 보고 숲을 보지 못하는 이론으로서 모두 선진 문화의 본질을 정확히 인식하고 정확한 평가기준을 찾을 수 없다.

선진 문화 또는 문화의 선진성은 추상적이고도 말로 설명할 수 없는 논단이 아니며 과학적이고 가치 있는 기준을 가지고 있다.

이른바 과학적 기준이란 평가의 객관성 문제를 말하는 것이다. 물론 생산력의 선진성에 대해서는 공인된 표준, 심지어는 계량화된 표준이 있을 수 있다. 왜냐하면 생산력은 사람들이 생산에 종사하는 객관적 과정 속에 존재하기 때문에 실제 생산과정 속의 과학기술 함량, 생산수단의 성질, 생산자의 과학기술 자질, 관리 수준, 제품의 수량과 품질 등등을 통해서 판단할 수 있다. 생산력의 선진성도 그 상대성 일 면을 가지고 있다. 즉 세계적 범위와 역사적 과정에 포함시켜 횡적, 종적 비교를 진행하지만 생산력의 선진성에 대해서는 다수 사람들이 받아들일 수 있는 객관적인 판단을 내릴 수 있다.

문화의 선진성은 다르다. 문화의 선진성은 정신 생산의 영역에 속 하며 물질을 매개로 하는 정신적 생산물의 내용 속에서 구현된다. 문 화의 선진성은 눈에 보이는 것이 아니어서 직관적인 성질을 띨 수 없 으며 정량화하기는 더욱 어렵다. 그러나 그렇다고 하여 문화의 선진 성이 전적으로 가치 판단이며 객관적·과학적 기준이 없다는 결론을 내릴 수는 없다.

문제의 관건은 문화의 본질을 제대로 이해하는 데 있다. 문화는 여 러 가지 사회 이데올로기로 표현되는 이론적 형태이든 아니면 사람들 의 일상생활방식으로 표현되는 세속적 형태이든지를 막론하고 모두 그것이 의지하여 생겨나는 사회와 시대를 벗어날 수 없다. 문화는 사 회와 시대를 벗어난 정신의 천국에 존재하는 것이 아니다. 문화는 사 회 제약성과 시대성을 띠며 계급사회에서는 또 계급성도 띤다. 그렇 기 때문에 문화와 사회, 문화와 시대, 문화와 계급의 관계를 통하여 문 화의 성격을 판단할 수 있다.

객관적 기준으로 볼 때 문화의 사회적 제약성이 문화의 선진성을 결정하며 그것은 사회제도의 진보성으로 구현된다. 그러므로 사회발 전과정에서 한 사회형태가 더 높은 다른 한 사회형태에 의해 대체되 는 것은 바로 낡은 사회형태와 갈라놓을 수 없는 낡은 문화가 좀 더 선진적인 문화에 의해 대체되는 것이다. 이는 물론 문화 전체의 성격면에서 말하는 것이다. 그리고 낡은 사회가 해체됨에 따라 기존 문화 중의 적극적인 요소와 합리적인 것은 새로운 선진문화에 흡수되어 새로운 선진문화 중의 유기적인 요소로 된다. 이는 문화발전의 법칙이다. 그러나 이 법칙은 새 사회의 새 문화가 낡은 문화에 비하여 전체적인 진보성을 가지고 있다는 것을 부인하지는 않는다.

문화와 시대의 관계로부터 볼 때 문화는 모두 시대성을 띤다. 설령 가장 황당무계하고 가장 수용 가능성을 갖추지 못한 문화형태의 출현이라 하더라도 모두 그 시대적 배경이 있으며 모두 현실적 존재의 이해 가능성을 갖추고 있다. 마르크스가 말한 것처럼 "무릇 이론을 신비주의로 이끄는 모든 신비로운 것은 모두 인간의 실천 속에서 그리고 그 실천에 대한 이해 속에서 합리적인 해결을 이룰 수 있다."[73] 그러나 이해가능성은 수용가능성과 다르며 진보성과는 더더욱 다르다. 한 시대에는 여러 가지 문화사조가 있을 수 있다. 선진 문화는 시대 진보의 흐름을 반영하고 시대의 발전방향과 요구에 부합되는 문화이다. 시대 진보의 흐름에 부합하느냐 거스르고 있느냐는 것은 문화가 선진적인 것인지 낙후한 것인지, 혁명적인 것인지 반동적인 것인지를 가르는 중요한 객관적 척도이다.

물론 문화의 선진성을 판단하는 가치기준도 있다. 계급사회에서 문화는 계급성을 띠고 있기에 서로 다른 입장에 서면 평가가 판이하게 다를 수 있기 때문이다. 마르크스주의가 생겨난 후 지지자·신봉자·실천자의 수는 세계 어느 학파가 견줄 수 없을 정도로 많으며 또 저주하는 자와 반대하는 자의 수도 다른 어느 학파가 견줄 수 없을 정도로 많다. 그러나 이로부터 "가치판단은 등가"이고 "시부모가 서로 제 말이 맞다고 우기면 시비를 가릴 수 없다"라는 결론을 얻을 수는 없

73) 마르크스·엥겔스, 『마르크스·엥겔스선집』 제1권, 3판, 베이징, 인민출판사, 2012, 135-136쪽.

다. 사실 가치판단은 이익에 의해 지배되며 이익의 합리성은 또 생산 관계의 성격과 생산관계 속에서 각이한 계급의 지위에 의해 결정된 다. 따라서 착취자의 이익과 피착취자의 이익, 진보 계급의 이익과 반 동 계급의 이익, 다수 사람의 이익과 소수 사람의 이익의 구분이 있 다. 역사 발전 과정으로부터 볼 때 선진문화를 대표하는 계급의 기반 은 언제나 낡은 문화를 대표하는 계급의 기반보다 넓다. 이는 노예사 회로부터 봉건사회로, 다시 자본주의사회로, 그다음에는 사회주의사 회에 들어서는 이익 주체의 변화 상황이다. 이는 사회의 진보이자 가 치 관념이 가치 주체의 변화에 따라 비교가능성을 갖춘다는 의거이기 도 하다.

2. 선진문화와 주류문화

계급사회에서 선진문화가 반드시 주류문화인 것은 아니며 지배적 지위에 있는 주류문화가 반드시 선진문화인 것도 아니다. 특히 사회 대변혁시기에 처하였을 때 선진문화의 대표자들은 흔히 지배 받고 억 압 받는 처지에 처하게 된다. 그들의 사상은 이단 사설로 간주되고 정 통 지위에 처한 사상과 언행에 어긋나는 것으로 간주되어 제압을 받 는다. 명(明)조 때의 리지(李贄)는 송·명(宋明) 시기의 지배적 지위 에 있었던 도학(道學)에 반대하고 "본래부터 마음속에 간직하고 있던 천지자연의 섭리를 보존하고 인간의 사적인 욕망을 없애는 것(存天 理, 滅人慾)"에 반대하면서 남녀평등을 주장하다가 결국 체포되어 옥 사하였다. 청(淸)조 말기 중국은 국세가 기울어 몰락한 후 공자진 (龔自珍)·위원(魏源)·왕도(王韜)·마건충(馬建忠)·정관응(鄭觀 應)·진치(陳熾)·담사동(譚嗣同) 및 초기의 강유위(康有爲)·양계초 (梁啓超) 등 이들의 사상은 청 왕조와 자희(慈禧)를 위수로 한 완고한 수구파의 억압에 눌려 역시 그 시대에 어울릴 수 없었다. 5.4 신문화 운동과 국민당의 문화 "토벌" 시기에 있었던 루쉰(魯迅)은 선진 문화의 방향을 대표하는 대표주자였다. 그는 낡은 문화에 맹렬한 공격을 가하였다. 마오쩌둥은 일찍 루쉰의 그러한 정신을 높이 찬양하면서 루쉰이 "문화전선에서 전 민족의 대다수를 대표하여 적진을 향해 돌격한 가장 정확하고 가장 용감하며 가장 단호하고 가장 충실하며 가장 열정적이었던 전례 없는 민족 영웅이었다"고 하였다. 진리가 처음에는 언제나 소수 사람들의 손에 장악되는 것처럼 선진문화 역시 마찬가지이다. 선진문화를 대표하는 사람은 처음에는 소수의 사람들이지만 선진문화는 언젠가는 낡은 문화의 주도적 지위를 대체하게 된다. 역사의 발전 방향은 막을 수 없다는 진리를 동서고금의 역사가 모두 증명해주고 있다.

"발전 방향"이라는 몇 글자가 특히 중요하다. 왜냐하면 문화의 선진성은 시대성과 상대성을 띤다. 문화의 선진성은 다만 일정한 시대에 상대하여 이르는 것일 따름이며 사회형태의 교체와 마찬가지로 영구불변한 것은 아니기 때문이다. 원래 선진적이었던 문화가 선진적이지 않은, 심지어 후진적인 문화로 변할 수 있다. 관건은 문화가 시대와 더불어 발전하는 품격을 갖추어야만 그 선진성을 유지할 수 있다는 것이다. 실현할 수 있는가 없는가 하는 것은 문화의 계급성에 달려 있을 뿐만 아니라 문화 속 과학성의 함량에 달려있다.

봉건적 신학 문화에 상대하여 말할 때 문예 부흥(르네상스)이 선양하는 자유·평등·박애 사상이 진보적인 것임은 의심할 나위가 없다. 문예 부흥은 자본주의와 봉건주의의 투쟁 속에서 그 세계관·가치관·인생관으로 도덕·문학·예술·회화·음악 등 거의 모든 부문에 침투되어 영향을 주었으며 일종의 선진적인 사회적 사조를 대표한다.

엥겔스는 일찍 그들 모두를 붓대도 들고 총대도 멘 일류의 학자들이며 다재다능한 천재인물이라고 높이 찬양하였다. 그러나 사회의 발전과 더불어 그런 추상적 인도주의를 핵심으로 하는 문화의 선진성은 점차 마르크스주의를 지침으로 하는 더욱 선진적인 무산계급문화에 의해 대체되었다. 자본주의사회의 발전에 따라 여러 가지 모순이 끊임없이 축적되고 격화되면서 자본주의 문화의 선진성은 점차 퇴색하고 변질하였다. 그래서 엥겔스는 또 계몽학자들의 화려한 약속과 비교하면 이성의 승리로 수립된 사회제도와 정치제도는 뜻밖에도 극도로 실망적인 풍자화라고 말하였다. 엥겔스는 자본주의사회의 양극 대립, 상업 사기, 도덕적 해이 등 인도주의와 대립되고 자유·평등·박애와 대립되는 여러 가지 사회 현실에 대해 낱낱이 열거함과 동시에 자산계급의 계몽주의 문화가 이성주의에서 비이성주의로 바뀌고 자연관의 유물론적 인도주의에서 추상적인 유심론적 인본주의로 바뀌었으며 과학을 숭상하던 데로부터 종교를 숭상하는 데로 바뀌었다고 말하였다. 현시대까지 발전하면서 물질적 향락에 심취하고 관능적 만족을 추구하는 자본주의사회에는 기형적이고 황당한 여러 가지 쓰레기 문화가 사처에 널려 있다. 이는 곧 자산계급이 일찍 선진문화의 대표주자였지만 결코 선진문화의 발전 방향을 대표하지 못하였고 문화가 비자본주의 문화 방향으로 발전하도록 추동할 힘이 없었으며 자산계급의 계급 이익이 그들을 자본주의의 범위 안에 옴짝달싹 못하게 가두어놓았음을 의미한다. 물론 자산계급이 창조한 휘황한 성과는 사라지지 않을 것이며 더 높은 차원의 형태를 갖춘 새로운 사회와 노동계급에게 받아들여질 것이다. 엥겔스가 130여 년 전에 내놓은 "독일의 교양 있는 자산계급은 이론적 흥미를 잃었지만 독일의 고전철학은 노동계급에 의해 계승될 수 있을 것"이라는 논단은 이러한 자본주의 문화가 가일층 발전할 수 있다는 전망을 예시하고 있다.

　무산계급은 다르다. 무산계급의 계급 본성과 계급 이익이 무산계급 문화는 중도에서 멈출 수 없음을 결정한다. 이와 마찬가지로 무산계급의 문화형태도 고착화될 것이 아니라 반드시 시대와 더불어 발전해야 한다. 사회주의 초급단계의 문화로부터 성숙단계의 문화로 발전하고 최종 공산주의문화로 발전한다. 이는 물론 상당히 긴 역사 과정이다. 그 과정에 무산계급정당으로서의 공산당이 자체 선진성을 확보하려면 반드시 시종 선진문화의 발전방향을 대표해야 한다.

　문화는 인류가 생존하는 일종의 환경 즉 문화 환경이다. 문화 환경은 경제 환경, 정치 환경과 일치하며 한 사회의 사회 성격과 전체적인 상태를 구성한다. 현대중국에서 선진문화를 견지하는 것은 바로 중국 특색의 사회주의문화를 발전시키는 것이며, 바로 사회주의 정신문명 건설을 강화하는 것이다. 이는 마르크스주의를 지침으로 하는, 중국문화의 우수한 전통을 계승하고 외국 문화의 긍정적인 성과를 받아들인 민족적이고 과학적이며 대중적인 일종의 문화형태이다. 중국 특색의 사회주의문화는 자국에 입각하고 세계에 눈을 돌려 전통을 중시하고 미래를 지향하는 문화이다. 그 문화와 사회주의제도와의 관계로 보든, 시대 진보의 흐름과의 관계로 보든, 아니면 인민대중의 근본 이익과의 관계로 보든지 간에 중국 특색의 사회주의문화는 현시대의 선진문화임을 표명한다. 만약 문화면에서 자산계급에게 찬란한 빛을 가져다준 문예부흥시대가 있었다면 현시대 중국이 종사하고 있는 중국 특색의 사회주의 문화건설은 문예부흥에 견주어도 전혀 손색이 없다고 할 수 있다. 중국 특색의 사회주의 문화 건설은 인류가 창조한 모든 문화유산 중에서 우수한 것을 확대 발전시키고자 애쓰고 있으며 '좌'적 노선 하에서 특히 이른바 "4가지 낡은 현상을 타파하는" 과정에서 짓밟혔던 우수한 문화유산을 사회주의 문화 건설 속에 새롭게 받아들이고 있다. 만약 빌려 쓸 수 있다면 필자는 이를 중국식 사회주의 문예부흥이라고 말하고 싶다.

현대 이론가들은 모두 인류의 생존환경이 악화되고 있음에 걱정하고 있다. 그러나 인류의 생존환경이 악화되고 있는 것은 자연 생태 문제만이 아니며 자연계의 오염만이 아니라 문화 환경의 악화도 포함된다. 즉 사회기풍의 파괴, 도덕 가치의 절하, 가치 관념의 혼란, 여러 가지 음란문화 · 암흑문화 · 폭력문화 · 인종차별이 사회에 난무한다. 서양의 일부 학자들은 그것을 문화 갈등 또는 문화 위기라고 부른다. 이는 일종의 정신적 오염이다. 자연생태의 악화는 인간의 육체를 해치고 인간의 생명을 위협하고 문화생태의 악화는 인간의 영혼을 해치고 인간의 사상과 정신을 위협한다. 우리는 선진문화를 견지하고 전 민족의 사상도덕자질과 과학적 자질을 꾸준히 향상시켜 중국의 경제 발전과 사회진보에 정신적 원동력과 지력적 지원을 제공해야 한다. 특히 사회주의사회의 구성원 특히 청소년세대의 건전한 성장에 적합한 최적화된 문화 환경을 구축해야 한다.

3. 문화의 교화 기능

문화의 교화 기능은 문화의 여러 기능 중 가장 중요한 기능이다. 문화는 인간이 창조하는 것이지만 또 인간은 그 문화 속에서 살아가고 있다. 안자(晏子)는 이런 말을 하였다. "감귤나무는 회하 이남지역에서 자라면 감귤나무가 되고 회하 이북지역에서 자라면 탱자나무가 된다. 잎만 비슷할 뿐 사실 열매는 맛이 다르다. 왜 그럴까? 그것은 수토가 다르기 때문이다." 안자는 이런 말로 사람을 비유하였다. 귤과 탱자가 다른 것은 수토의 차이 때문이다. 즉 식물의 생장환경이 다르기 때문이다. 그리고 사람도 각자가 처한 수토가 서로 다름에 따라 각기 다르다. 그런 수토가 바로 각이한 문화배경인 것이다. 이 또한 순자가 말한 것처럼 "월나라 사람이 월나라에 안거하고 초나라 사람이 초나라에 안거하는 것"(사람은 자기 고향땅에 안거해야만 적절한 천성을 맘껏 펼 수 있다는 뜻)은 "타고나는 본성이 아니라 오랜 세월을 거쳐 연마하여 형성된 습관이 그렇게 만든 것"이다. 월나라 사람이 월나라 사람의 특성을 갖고 있고 초나라 사람이 초나라 사람의 특성을 갖고 있는 것은 바로 장기적인 문화 적응의 결과이다. 일부 사람들은 국외로 이주하였을 때 이른바 문화 부적응을 겪기 쉽다. 즉 문화적으로 이주국가에 융합되지 못하여 결국은 다시 본국으로 돌아오게 된다. 이는 문화가 사람에게 끼치는 영향이 얼마나 큰지를 말해준다. 인간의 특성과 행동이 유전자에 의해 결정되는 것이고, 바뀌지 않는 선천적인 것이며, 숙명론적 관점이라는 주장은 인간에 대한 사회적·문화적 환경의 제약 작용을 완전히 무시한 것이다.

한 사람의 일생은 문화 교양과 밀접한 관계가 있다. 한 사람의 생활 목적, 생존가치 및 생존기능, 그리고 그의 심미적 취향과 능력, 인생의 경계와 도덕적 자율능력은 모두 그의 문화소양과 갈라놓을 수 없다. 한 민족의 전반 자질도 그 민족 전체의 문화소양과 갈라놓을 수 없다. 개체의 문화소양은 전체에 영향을 미치고 한 민족의 역사적·현실적 문화축적은 최종적으로 개체의 자질에서 구현되고 표현된다.

선진문화의 발전방향을 견지하는 것은 장기적이고도 간고한 과업이다. 특히 시장경제 조건하에서 선진문화를 견지함에 있어서 많은 모순에 맞닥뜨리게 된다. 따라서 반드시 당의 이론·노선·방침·정책을 견지하고 정확하게 처리해야 한다. 이론상의 실수와 실제적 처리에서의 부적절함은 모두 중국 특색의 사회주의 문화 건설 임무를 완수하는데 큰 걸림돌이 될 것이다.

　예를 들면 시장경제의 이익 방향과 선진문화의 가치 원칙 사이에 모순이 발생할 수 있다. 자본주의제도는 생겨난 후 자연경제로부터 시장경제로 과도하는 과정에서 문화의 발전과 전파에 중대한 촉진역할을 하였다는 것은 의심할 바 없다. 자본주의 이전 사회에서 문화는 궁정·귀족·교회가 독점하고 있었으며 소수의 사람이 독점하고 있었다. 자본주의사회의 문화가 시장으로 나가기 시작한 후 문화의 전파경로가 확대되면서 문화의 내용이 바뀌었다. 문화가 세속화·평민화·상업화로 나아가는 것은 전체 민족의 문화소양을 높이는데 이롭다. 사회주의는 더욱 그렇다. 사회주의 시장경제체제의 확립은 중국 문화사업의 발전을 적극 추진하였다. 문화시장의 가동은 더 많은 자금이 문화사업에 투입되도록 하는데 이롭고 물질적 이익의 역할은 문화사업종사자들의 적극성을 불러일으키는데 유리한 것이며 경쟁은 우수한 인재들이 두각을 나타내는데 유리하다. 문화산업의 등장으로 인해 문화의 전파방식과 수단이 더욱 선진적이며 빠르고 편리해져 전체 사회 구성원 특히 청년들이 여러 경로로 문화교육을 받는데 유리하다. 그러나 시장경제의 이익원칙과 문화의 선진성·사회가치 사이에는 모순이 존재한다. 상업가치가 있다고 하여 꼭 문화적 함의가 풍부한 것은 아니다. 반대로 사회적 효과가 있다고 하여 꼭 경제적 효과가 있는 것은 아니며 심지어 지속되기 어렵다. 어떤 이론가들은 경제적 효과는 시장에 맡기고 사회적 가치는 정부에 맡겨야 하며 합법적이기만 하면 된다고 주장하고 있다. 이러한 이분법이 문화산업의 경영에 대해서는 일정한 범위 내에서 취할 수 있는 방법이지만 전반 사회주의문화사업에 대해서는 취할 바가 아니다. 문화 분야에서 합법적 경영은 최저한도의 조건이며 문화산업업무의 최저한계선이다. 사회주의 선진문화를 건설함에 있어서 이를 목표로 삼아서는 안 된다. 중국 특색의 사회주의문화를 건설함에 있어서 우수한 작품을 창작하고 많은 학술명인을 양성할 수 있도록 노력해야 한다. 내세울 수 있는 우수한 명작이 있는지 세계가 공인하는 학술명인들이 있는지 하는 것은 한 나라의 문화발전수준의 상징이다. 선진문화의 지도원칙을 견지하는 것은 사회적 효과와 경제적 효과의 통일이며 모순이 발생할 경우에는 후자가 전자에 복종해야 한다. 우리는 상업경영의 이익원칙을 전반 문화건설의 척도로 삼아서는 안 된다.

시장경제와 연관되는 또 다른 문제는 고품격문화와 대중문화의 관계 문제이다. 시장경제 조건 하에서 대중문화의 등장은 필연적이고 보편적인 것이다. 서양에서 대중문화는 대량으로 생산되는, 영리를 목적으로 하는 일종의 상업문화와 소비문화이다. 그 특징은 오락성·심심풀이성이다. 그러나 이데올로기를 뛰어넘는 것은 아니다. 시청각 오락의 담소 속에 서구적 세계관과 가치관이 배어 있다. 그중에는 배금주의·이기주의가 포함되며 심지어 인종차별과 음란하고 폭력적인 쓰레기 문화까지도 포함된다. 개혁개방에 따라, 계획경제체제에서 시장경제체제로 전환함에 따라 중국 대중문화의 흥기는 일종의 진보하고 있는 추세이므로 두루뭉술하게 부정해서는 안 된다. 그러나 이에 따라 대중문화와 고품격 문화의 모순도 첨예화된다. 문화시장이 대중문화에 점령되고 고품격문화가 점차 위축됨으로써 대중의 감상수준과 심미수준이 균등화되고 표면화되었다. 그러나 만약 상업경쟁의 각도에서 본다면 고품격문화는 대중문화에 필적할 수 없다. 이는 전체 민족의 문화소양과 그들이 상대하는 다양한 사람들의 수에 의해 결정된다. 우리는 대중문화의 유행을 막을 수 없다. 우리는 고품격문화를 양성하고 대중문화를 이끌어야 한다. 단순히 시장을 잣대로 취사선택을 해서는 안 된다. 문화소비의 향상과 보급을 서로 결합해야 하며 대중문화는 품위를 높이고 고품격문화는 신성한 전당에서 나와 대중에게 가까이 다가가 대중의 수준을 향상시켜야 한다. 문화소비는 물질소비와 다르다. 물질소비는 소모적인 것으로서 인간의 몸에 영향을 준다. 문화소비는 축적적인 것으로서 인간의 마음에 영향을 준다. 매 한 차례의 문화소비는 동시에 한 차례의 세뇌이기도 하다. 그렇게 매번 조금씩 오랜 시간 동안 쌓이고 눈과 귀에 익게 되면 나중에 그 역할이 비할 바 없이 커지게 된다. 때문에 문화소비는 일반적인 의미에서의 소비가 아니라 동시에 선전이며 교육이기도하다. 그러므로 선진문화의 전진방향을 견지함에 있어서 각기 다른 문화의 성격·유형·상황을 구분하지 않고 그것들을 일률적으로 시장에 내놓아서는 안 된다.

시장경제 조건하에서 인문 문화와 과학기술문화 발전 간의 모순과 불균형상태가 가일층 강화될 것이다. 공업은 자연과학과 기술을 필요로 하는데 이는 공업기업의 사활이 걸린 "영험한 보석"과도 같은 중요한 요소이다. 공업의 발전으로 하여 자연과학의 발명과 기술갱신에 대한 수요가 강화되었다. 인문과학은 그 비생산적이고 비영리적이며 직접적 실용성이 없음으로 인해 소외되어왔다. 그 과정은 서양 공업화과정에 이미 200여 년 존재하여왔다. 자연과학기술이 제1생산력으로 부상하면서 그런 편향이 더욱 가속화되었다. 서양의 일부 이론가들은 인문위기에 놀라 한탄하면서 잃어버린 정신적 고향을 찾아 나섰다. 그들은 그런 일방적인 편향이 인류사회에 주는 위해성, 특히 생태환경의 악화에 대해 인식하기 시작하였으며 그런 인문정신으로 회귀하자는 목소리를 더욱 크게 내게 되었다. 그러나 서양의 일부 철학자들은 인문 문화와 과학기술문화 간의 관계를 바르게 이해하지 못하고 과학기술의 진보에 반대하며 자연으로 돌아가고 애초의 소박한 상태로 돌아가야 한다고 고취하고 있다. 이것은 그릇된 것이다.

4. 과학기술과 인문의 관계를 정확하게 처리하다

중국이 선진문화의 발전방향을 견지하려면 반드시 인문 문화와 과학기술문화의 관계를 정확하게 처리해야 한다. 우리는 반드시 과학기술을 중시하고 인문을 소홀시하는 경향을 힘써 돌려놓아야 한다. 그러나 또 과학기술의 발전에 이롭지 못한 잘못된 철학 관점, 즉 인간과 자연의 조화로운 관계에 대한 낭만주의적이고 신비주의로 가득 찬 추구도 방지해야 한다. 인간과 자연 간의 조화로운 관계는 인류 발전 과정에서 실현되는 것이며 일종의 역사 과정으로서 인류사회가 과거에는 조화로웠는데 단지 과학기술의 발전이 이런 조화로움을 파괴하였기 때문에 인류가 자연과의 조화로운 황금시대로부터 인간과 자연이 대립하는 심연 속으로 점차 빠져들게 된 것이라고 여겨서는 안 된다. 사실 농업사회시대의 이른바 인간과 자연의 조화로움은 사회발전의 둔화를 대가로 이루어진다. 생산력의 발전과 사회의 진보는 필연적으로 이런 원시적인 조화를 파괴하고 장래의 진정한 조화를 위한 길을 개척하게 된다. 그리고 인간에 대한 자연의 매 한 번의 보복은 인류가 과학과 기술을 어떻게 대해야 하는가에 대해 경고하고 있다. 즉, 자연에 대한 인류의 파괴는 과학기술 자체에서 오는 것이 아니라 과학기술을 응용하는 제도·사유제와 이윤 및 물질소비에 대한 무한한 추구에서 오는 것이다. 자연과학과 기술의 발전을 멈추려는 것이 아니라 정확한 과학기술정책을 실시하고 재부에 대한 사람들의 끝없는 추구를 방지하려는 것이며 자연에 대한 개조를 멈추려는 것이 아니라 자연에 대한 약탈을 막으려는 것이다.

　과학기술과 인문은 얼음과 숯처럼 양립할 수 없는 것은 아니다. 사실상 과학기술의 발전은 산업을 통해 생산을 추진하고 인류의 삶의 질을 개선하였을 뿐만 아니라 과학적 관념, 과학적 정신, 과학적 사고방식은 인간의 인문 소양 향상에도 똑같이 중요한 역할을 한다. 아인슈타인은 자연과학의 이 두 가지 기능을 중요시하여 과학이 인류의 사무에 영향을 미치는 방식은 두 가지가 있다고 말하였다. 한 가지 방식은 모두가 익숙히 알고 있는 것인데 즉, 과학이 인류의 삶을 완전히 변화시킨 도구를 직접적으로, 게다가 훨씬 더 간접적으로 생산해내는 것이다. 다른 한 가지 방식은 교육적 성격을 띠는 것으로서 이미 정신에 영향을 주고 있다. 이 방식은 얼핏 보기에는 별로 뚜렷하지 않은 것 같지만 적어도 첫 번째 방식과 마찬가지로 날카롭다. 그러므로 우리는 선진문화를 건설하는 과정에 과학기술을 발전시켜 선진국과의 격차를 줄여야 할 뿐만 아니라 철학사회과학을 중시하여 인문정신을 양성하는데도 중시를 돌려야 한다. 자연과학과 철학사회과학이 진정으로 자동차의 두 바퀴와 새의 두 날개가 되어 서로 촉진할 수 있도록 해야 한다. 자본주의사회의 공업화와 시장경제의 발전으로 형성된 과학기술과 인문의 대립, 인간과 자연 간 모순의 격화는 우리가 이러한 불균형을 예방하고 극복할 수 있는 경험과 교훈을 제공해주었다. 우리는 그 전철을 또 밟아서는 안 된다. 만약 과학기술을 반대하는 것에 모순을 귀결시킨다면 선진문화의 건설은 공담이 되고 말 것이다.

　시장경제는 개방적이다. 따라서 경제 글로벌화 조건 하에서의 선진문화 건설문제는 경제 글로벌화와 문화의 민족성 유지의 관계에 직면하게 된다. 이 문제를 적절하게 처리하지 못하면 선진문화의 건설을 저해하게 된다. 경제 글로벌화는 거스를 수 없는 객관적 추세이다. 그

러나 경제의 글로벌화는 경제의 일체화가 아니며 서로 다른 나라에
서로 다른 사회제도가 존재하는 세계에서는 경제의 일체화가 있을 수
없다. 경제의 글로벌화는 서로 다른 두 가지 측면을 망라한다. 생산력
의 각도에서 보면 그것은 현 시기 세계 생산력, 특히 발달한 자본주의
세계에서 생산력이 고도로 발전하고 생산의 사회화가 세계시장을 찾
는 필연적인 결과이며 자본주의 생산방식이 생긴 후에 이미 나타난
글로벌시장 모색의 연장이자 새로운 조건하에서의 고도의 발전이다.
생산관계의 각도에서 볼 때 경제의 글로벌화는 발달한 자본주의국가
가 주도적 지위를 차지한 것이며 그 가장 중요한 표현은 다국적 회사
와 여러 독점조직이 전 세계에 정착한 것이다. 세계 경제 글로벌화의
조건하에서 한 나라가 발전하려면 세계 경제로부터 고립되어서는 안
되며 쇄국정책을 펴면 영원히 뒤처질 수밖에 없다. 비록 개발도상국
들에는 위험이 있지만 도전과 기회가 공존하고 있는 것이기도 하다.
관건은 우리의 대책이다. 중국이 세계무역기구에 가입한 것이 바로
세계경제의 물결 속에서 빠른 발전을 이룩하기 위한 준비이다. 우리
가 선진문화를 견지함에 있어서 이는 더욱이 시련이자 도전이다. 경
제 글로벌화 속에서 문화교류는 피할 수 없다. 문화교류에는 두 가지
형태가 있다. 한 가지는 간접적인 것, 즉 무역을 매체로 하는 보이지
않는 문화교류이다. 예를 들어 미국의 청바지를 수입함과 동시에 미
국인의 옷에 깃든 심미 관념도 수입한 것이다. 또 코카콜라, 맥도날드
가 중국에서 크게 유행하는 것, 특히 청소년들 사이에서 각광 받는 것
은 바로 우리가 자신도 모르는 사이에 중국의 전통과 다른 생활방식
과 생활 관념을 받아들이고 있는 것이다. 다른 한 가지 형태는 직접적
인 문화교류이다. 예를 들면 과학기술의 전파, 도서의 수입, 여러 문
화예술단체의 상호방문 등등이 그런 형태에 속한다. 문화교류는 유익

한 것이다. 문화의 교류는 상품의 거래와는 다르다. 상품은 유무상통하는 것이고 문화는 서로 증가하는 것이다. 어떤 민족의 문화도 완전 순수한 본토문화일 수는 없다. 문화는 잡종이다. 혹은 어느 철학자가 말한 것처럼 "백납의(百衲衣, 헝겊을 대고 누덕누덕 많이 기운 승려의 장삼)이다. 그러나 문화는 또한 민족적인 것이다. 한 문화가 다른 문화를 받아들이는 것은 마치 사람이 음식을 섭취하여 그것을 자기 피와 살로 만드는 것과 같다. 문화는 민족성을 잃지 않을 것이며 또 잃어서도 안 된다. 경제의 글로벌화는 문화교류에 유리하다. 그러나 또 선진국이 자체 선진 매체와 경제 실력을 이용하여 교류 과정에서 자기 문화를 강세 문화의 지위에 놓이게 하여 문화 패권을 쥐려고 할 수 있다. 그러면 문화 수락국의 문화는 식민지문화로 전락하게 된다. 이런 상황에 대비하여 마땅히 사전에 방지하고 효과적인 대책을 세워야 한다. 그러나 이런 위험성 때문에 문화교류를 금지해서는 안 된다.

인류의 문화역사가 보여주다시피 그 어떤 발달한 문화형태든지 그에 상응한 철학수준이 있다. 서양의 고대희랍과 로마의 문화든 아니면 동양의 인도와 중국의 문화든 할 것 없이 모두 그러하다. 량수밍(梁漱溟) 선생은 모든 민족 문화가 그 중심과 바탕이 되는 철학을 가지고 있다고 말한바 있다. 진웨린(金岳霖) 선생도 모든 문화가 자체의 중견사상을 가지고 있다고 말한 바 있다. 그들의 말은 모두 같은 의미이다. 모두 문화에서 철학의 지위와 역할을 강조한 것이다.

5. 선진문화 속에서 마르크스주의의 지도적 지위

오늘의 세계에서 한 나라 사회 자체의 발전에 있어서나, 아니면 국제교류에 있어서나 문화는 항상 갈수록 중요한 역할을 발휘하고 있다. 그러나 소프트파워의 일종으로서의 문화가 도대체 사회의 진보를 촉진시키고, 국제간의 정상적인 문화교류와 친선왕래를 촉진케 하는 역할을 하는 소프트파워인지, 아니면 단순히 통치자의 이익과 국제 패권을 수호하는 역할을 하는 소프트파워인지라는 이 두 가지는 크게 다르다. 그런 구별 중에서 관건적인 역할을 하는 것이 그 속에 일관된 지도사상이다. 문화의 소프트파워는 종합적 국력의 구성부분으로서 그 성격과 역할은 문화의 근본적인 속성과 내용에 의해 결정된다. 소 프트파워는 문화의 역할을 설명할 수 있을 뿐이며 그런 소프트파워의 선진성을 설명할 수 있는 것은 문화의 사회적 속성과 내용일 뿐이다. 우리가 사회주의문화를 중시하는 것은 바로 그것이 사회주의제도의 본질을 구현하고 마르크스주의를 지침으로 하는 선진문화를 구현하 기 때문이다.

세계적 범위에서 볼 때 문화는 다원적인 것이다. 국내적으로 볼 때 문화는 다양성을 띤다. 사회주의문화가 선진문화인 이상 중대한 이론 문제가 존재한다. 즉 문화의 선진성을 판단하는 기준이 존재하는지 존재하지 않는지 하는 문제이다. 우리는 그 기준이 존재한다고 생각 한다. 문화문제에서의 상대주의와 절대주의는 모두 일면적이다. 중국 특색의 사회주의문화를 선진문화라고 하는 것은 그 문화가 사회주의 제도의 선진적 본질을 구현하고 있기 때문일 뿐만 아니라 그 문화가 마르크스주의 과학적 세계관을 지침으로 하는 문화이기 때문이다. 따 라서 현시대 중국에서 선진문화를 견지하고 중국 특색의 사회주의문 화를 발전시키며 사회주의 정신문명건설을 강화함에 있어서 반드시 마르크스주의를 지침으로 삼아야 한다. 문화건설에서의 마르크스주 의의 지도적 지위를 견지해야만 진정으로 과학적인 태도로 중국문화 의 우수한 전통을 계승하고 외국문화의 긍정적인 성과를 받아들일 수 있으며, 국내의 다양한 문화 사조를 이끌어 사회주의 주류 문화의 발전에 이롭도록 할 수 있다. 특히 우리는 사회 전환기에 처해있어 국제와 국내 대환경과 소환경의 변화로 인해 여러 가지 사조들이 극히 활발한 상황이다. 만약 문화 건설에서 마르크스주의를 지침으로 하는 원칙을 견지하지 않는다면, 사회주의 선진문화를 진정 효과적으로 건설할 수 없는 것이다.

사회주의 선진문화 건설에서는 문화산업을 발전시켜야 할 뿐만 아니라 문화사업도 발전시켜야 한다. 이 두 종류의 문화 실체는 차이가 있지만 공통성도 있다. 문화산업의 경제 효과는 흔히 선진적인 과학기술의 수단에 의지해야 한다. 서구의 선진국들은 자기 가치 관념을 세계에 선전함에 있어서 대체로 자국의 선진적인 과학기술을 이용한다. 그리하여 그들은 최대의 경제적 효과를 얻는 동시에 또 이데올로기 영역에서도 모종의 강세적 지위를 차지하고 있다. 서구의 문화산업은 단순히 이익을 추구하는 문화기업이 아니라 동시에 또 이데올로기의 진지이기도 하다. 우리에게 있어서 문화산업이든 문화사업이든 어느 것을 막론하고 재산권과 관리 면에서 구별이 존재하지만, 그들은 모두 사회주의 제도 하에서의 두 가지 문화 단위이다. 그렇기 때문에 문화기업의 경영자와 문화사업의 지도자는 모두 각기 다른 방식으로 마르크스주의를 지침으로 하는 사상 관념을 수립해야 한다.

문화산업에서 우리는 경제적 효과를 도모함과 동시에 반드시 문화 생산물의 가치 내용을 충분히 인식해야 한다. 국제적으로도 마찬가지로 중국의 문화 생산물이 중국문화의 특유한 가치 관념을 담을 수 있도록 해야 한다. 서구 정치인들이 비아냥거리는 대로 텔레비전만 수출할 뿐 드라마는 수출할 수 없는 중국이 되어서는 안 된다. 만약 사회주의 문화산업이 사회적 효과를 무시하고 경제적 효과만 중시한다면서 자본주의 가치 관념의 '홍보자'가 되어 심지어는 국가의 존엄과 인격을 손상시키고 추함을 팔아 볼거리로 삼아 서구의 수요에 영합하는 것은 분명히 마르크스주의를 지침으로 하는 문화건설의 방침에 위배되는 것이다. 그런 문화산업은 문화산업이라고 할 수 없으며 '더욱이 사회주의 문화산업이라고 할 수 없다. 물론 문화산업은 마르크스주의를 지침으로 해야 한다고 우리가 강조하는 것은 경영방침과 경영자의 가치 이념을 가리키는 것이지' 문화생산물이 모두 딱딱한 마르크스주의 이데올로기적인 언어여야 한다는 것은 아니다. 문화생산물은 어떻게 해야 사람들이 즐겨 보고 인기를 갖추는 동시에 또 우리 자신의 가치 관념도 견지하고 사회주의 선진문화 이념을 전파할 수 있을까? 이는 문화산업 경영자의 마르크스주의이론 수준을 가늠하는 척도이다.

선진문화 속에서 마르크스주의의 지도적 지위를 견지해야만 사회주의 핵심가치관의 사회주의 본질을 구현할 수 있고 사회 사조를 이끄는 마르크스주의의 선도적 역할을 충분히 발휘할 수 있다. 사회주의 핵심가치 관념은 중국 전통문화의 우수한 성과와 세계 문명의 적극적인 성과를 받아들였다. 그러나 마르크스주의의 지도를 떠난다면 사회주의 핵심 규범과 비사회주의 가치 규범의 차이성을 구분할 수 없고 동일성만 보게 된다. 예를 들면 애국주의는 중국에만 있는 것이 아니라 외국에도 있으며 고대뿐만 아니라 근대에도 있다. 그러나 애국주의가 사회주의 핵심가치에 속하는 것은 그것이 마르크스주의를 지침으로 하기 때문이다. 그런 애국주의는 협애한 민족주의도 아니고 포퓰리즘도 아니며 사회주의를 사랑하는 것과 갈라놓을 수 없다. 또 예를 들면 영욕 · 자유 · 민주 · 평등 · 조화 등등 규범은 사회주의 핵심가치체계 중의 규범으로서 긍정코 사회주의 성격을 띠고 있다. 자유와 평등이 보편적으로 사용되는 개념이지만 사회주의 자유 관념은 자본주의의 자유 관념과 분명히 다르며 사회주의 평등 관념은 자본주의의 평등 관념과 분명히 다르다. 만약 사회주의 핵심가치 중에서 마르크스주의 지도를 제거하고 일부 추상적인 규범만 남겨둔다면 사회주의 핵심가치는 그 질적 규정성과 방향성을 잃게 된다.

현대중국에서 마르크스주의를 견지하려면 현대중국 마르크스주의를 견지해야 하며, 현대중국 마르크스주의를 견지하는 것은 곧 마르크스주의를 견지하는 것이다. 현대중국 마르크스주의는 마르크스주의 기본 원리에 대한 마르크스주의의 창시자 마르크스와 엥겔스의 기여를 항상 포함하고 있다. 우리는 다른 어떤 주의가 아니라 오직 중국의 마르크스주의만이 중국이 개혁개방을 계속 추진할 수 있는 지도사상이 될 수 있다는 것을 정확하게 이해해야 한다. 여기에서 말하는 이른바 다른 "어떤 주의"는 마르크스 · 레닌주의를 가리키는 것이 아니라 마르크스주의에 반대하거나 또는 마르크스주의가 아닌 사상(예를 들어 서구의 민주사회주의, 신자유주의 또는 신유교 따위)을 가리킨다. 중국공산주의자들에게 있어서 다른 '어떤 주의'가 아니라 마르크스 · 레닌주의, 마오쩌동 사상이야말로 반드시 견지해야 하는 동일한 마르크스주의 체계에 속하는 이론이다. 마르크스 · 레닌주의, 마오쩌동사상은 바로 현대중국 마르크스주의 사상 이론의 원천이다. 중국공산당이 중국 특색의 사회주의 이론에 대해 마르크스 · 레닌주의, 마오쩌동사상과 일맥상통하며 또 시대와 더불어 발전하고 있다고 거듭 강조하는 것은 시대와 더불어 발전하는 마르크스주의의 본질을 강조할 뿐만 아니라, 중국 특색의 사회주의 이론의 마르크스주의 본질도 강조하기 때문이다. 마르크스주의는 오직 한 가지뿐이다. 다른 종류의 마르크스주의는 없다. 그것은 바로 마르크스와 엥겔스에 의해 창립되고 엥겔스에 의해 창조적으로 발전한 마르크스주의이다. 마르크스의를 견지하는 것과 현대중국 마르크스주의를 견지하는 것을 분리시키는 것은 극히 해로운 것이다.

이데올로기 영역에서 우리는 여전히 매우 준엄한 정세에 직면하고 있다는 사실을 기피할 필요가 없다. 국제적으로 볼 때 서구의 자유주의 사조, 특히 개인주의를 핵심으로 하고 자본주의 사유제의 수호를 최종 목적으로 하는 이른바 자유 · 민주 · 인권사조는 세계화의 배경 아래 여러 분야에서 교류가 빈번함에 따라 다양한 경로의 전파 유입 방식을 갖추고 있다. 이른바 인권외교, 가치관외교란 바로 서구 국가의 막강한 군사력과 경제력을 뒷받침으로 한 사상적 침투와 정치적 압박을 말한다. 국내적으로 볼 때 경제적 요소의 다양화와 이익의 다원화로 인해 필연적으로 사상의 다양화, 다양한 이익 요구 심지어 서로 다른 정치적 요구가 생기게 된다. 만약 바르게 이끌지 않는다면 주류 이데올로기에 대한 충격으로 발전할 수 있다. 특히 시장경제가 유발한 배금주의와 극단적 이기주의 사조는 서구 자유주의 사조의 전파와 침투를 조장한다. 그리고 또 사회 분배의 불공평, 빈부의 양극 분화, 관리의 부패 및 식품 안전과 도덕의 붕괴에 따른 대중의 불만정서는 또 다른 방면에서 사상적 혼란을 일으키게 되며 젊은이들이 개혁개방에 대한 올바른 인식을 수립하는데 불리하며 현대중국 마르크스주의의 지도적 지위를 수립하고 공고히 하는데 불리하다.

마르크스주의의 지도적 지위를 견지한다면 문화의 동질화, 학술의 빈곤화, 이론의 일률화를 초래하지는 않을 것이다. 마르크스주의의 지도적 지위를 견지하는 것을 "모든 학문을 배척하고 오로지 마르크스주의 학술만 존숭하는 것"이라고 말하는 것은 전적으로 잘못된 것이다. 마르크스주의는 개방적인 사상체계이다. 마르크스 자신이 바로 학술의 자유를 주장하고 학술의 쟁명을 주장하였다. 그는 "장미와 같은 향기를 발산하기를 요구할 수 없는데 어찌 가장 풍부한 정신세계에 오직 하나의 존재형태만 있어야 한다고 요구할 수 있겠는가?"라고 말한 바 있다. 그는 또 "진리는 부싯돌과 같아서 부딪쳐야 불꽃이 일어날 수 있다"고 말한 바 있다.

중국공산당은 마르크스주의의 지도적 지위를 견지할 것을 제창하면서도 동시에 학술 분야에서는 '쌍백(双百 : 백화제방, 백가쟁명[百花齊放, 百家爭鳴])방침'을 관철할 것을 강조하고 있다. 이 문제에서 우리에게는 '좌' 적인 실수와 교란이 있었지만 그것은 당의 방침이 아니었다. 문화과학과 예술 분야에서 중국공산당의 방침은 '쌍백방침'이다. 마르크스주의의 지도적 지위를 견지할 것을 강조하는 이상 "한 가지 꽃만 피어나고 한 학파의 학설만 존숭하는 것"일뿐인데 어찌 백화제방·백가쟁명이라 할 수 있겠는가? 지도사상의 일원성문제와 학술에서 다양한 풍격 유파의 다양성문제는 서로 다른 차원의 두 문제이다. 하나는 어떤 세계관과 방법론을 연구 지침으로 삼을 것인지 하는 문제이고 다른 하나는 구체적인 학술관점과 유파에 관한 문제이다. 학술연구과정에서 마르크스주의 세계관과 방법론을 응용하는 것을 애써 배워 연구의 지침으로 삼을 것을 제창한다. 그러나 기타 연구방법을 절대 배척하지 않으며 또 추상적인 마르크스주의 원칙으로 구체적인 학술연구와 예술유파를 대체하는 것은 절대 제창하지 않는다. 물론 '쌍백방침'을 견지한다는 것이 이데올로기 영역에서 나타날 수 있는 의견 차이와 투쟁을 부정하는 것은 절대 아니다. 마르크스주의의 지도적 지위를 견지하는 이상 중대한 그릇된 사상과 사조에 대하여 무심하게 방치해두는 것은 물론 안 되며 반드시 마르크스주의의 혁명적 비판의 기능을 발휘시켜야 한다. 우리는 이론의 비판 기능을 포기해서는 안 되며 이데올로기 영역에서 마르크스주의 진지를 포기해서는 안 된다. 그러나 이러한 비판은 반드시 도리와 이치를 따져 설명해야 하고 설득력이 있어야 한다. 도리와 이치를 따져 설명할수록 이데올로기 영역에서의 마르크스주의의 지도적 지위를 더욱 공고히 할 수 있다. 진리의 힘은 진리 자체에 있는 것이다.